문학의 목소리

김치수

1940년 전북 고창에서 태어났다. 서울대학교 문리대 불문과를 졸업하고 같은 과 대학원에서 석사학위를, 프랑스 프로방스 대학에서 「소설의 구조」로 박사학위를 받았다. 1966년 『중앙일보』 신춘문예 평론 부문 입선으로 등단하였고, 『산문시대』와 『68문학』 『문학과지성』 동인으로 활동하였다. 1979년부터 2006년까지 이화여대 불문과 교수를 역임, 2011년부터 2013년까지 이화학술원 석좌교수로 재직하였고, 2014년 10월 지병으로 타계했다.

저서로는 『화해와 사랑』(유고집) 『상처와 치유』 『문학의 목소리』 『삶의 허상과 소설의 진실』 『공감의 비평을 위하여』 『문학과 비평의 구조』 『박경리와 이청준』 『문학사회학을 위하여』 『한국소설의 공간』 등의 평론집과 『누보로망 연구』(공저) 『표현인문학』(공저) 『현대 기호학의 발전』(공저) 등의 학술서가 있다. 역서로는 알랭 로브그리예의 『누보로망을 위하여』, 미셸 뷔토르의 『새로운 소설을 찾아서』, 르네 지라르의 『낭만적 거짓과 소설적 진실』(공역), 마르트 로베르의 『기원의 소설, 소설의 기원』(공역), 알랭 푸르니에의 『대장 몬느』, 에밀 졸라의 『나나』 등이 있다. 현대문학상(1983), 팔봉비평문학상(1992), 올해의 예술상(2006), 대산문학상(2010) 등을 수상했다.

김치수 문학전집 7

문학의 목소리

펴낸날 2016년 12월 9일

지은이 김치수
펴낸이 주일우
펴낸곳 ㈜문학과지성사
등록번호 제1993-000098호
주소 04034 서울 마포구 잔다리로7길 18(서교동 377-20)
전화 02) 338-7224
팩스 02) 323-4180(편집) / 02) 338-7221(영업)
전자우편 moonji@moonji.com
홈페이지 www.moonji.com

© 김치수, 2016. Printed in Seoul, Korea

ISBN 978-89-320-2791-3 04800

이 책은 〈오뚜기재단〉의 학술도서 연구비의 지원을 받아 발간되었습니다.

이 도서의 국립중앙도서관 출판예정도서목록(CIP)은 서지정보유통지원시스템 홈페이지(http://seoji.nl.go.kr)와 국가자료공동목록시스템(http://www.nl.go.kr/kolisnet)에서 이용하실 수 있습니다.
(CIP제어번호: CIP2016028994)

김치수 문학전집 7

문학의 목소리

문학과지성사

김치수 문학전집을 엮으며

여기 한 비평가가 있다. 김치수(1940~2014)는 문학 이론과 실제 비평, 외국 문학과 한국 문학 사이의 아름다운 소통을 이루어낸 비평가였다. 그는 '문학사회학'과 '구조주의'와 '누보로망'의 이론을 소개하면서 한국 문학 텍스트의 깊이 속에서 공감의 비평을 일구어냈다. 그의 비평에서 골드만과 염상섭과 이청준이 동급의 비평적 성찰의 대상이 되는 것은 자연스러웠다. 문학 이론들의 역사적 상대성을 사유했기 때문에 그의 비평은 작품을 지도하기보다는 읽기의 행복과 함께했다. 그에게 문학을 읽는 것은 작가와 독자와의 동시적 대화였다. 믿음직함과 섬세함이라는 덕목을 두루 지녔던 그는, 동료들에게 훈훈하고 한결같은 문학적 우정의 상징이었다. 2014년 그가 타계했을 때, 한국 문학은 가장 친밀하고 겸손한 동행자를 잃었다.

김치수의 사유는 입장을 밝히는 것이 아니라 입장의 조건과 맥락을 탐색하는 것이었으며, 비평이 타자의 정신과 삶을 이해하려는 대화적 움직임이라는 것을 확인시켜주었다. 그의 문학적 여정은 텍스트의 숨은 욕망에 대한 심층적인 분석에서부터, 텍스트와 사회구조의 대응을 읽어내고 문학과 사회의 경계면 너머 그늘의 논리까지 사유함으로써 당대의 구조적 핵심을 통찰하는 데까지 이르고 있다. 그의 비평은 '문학'과 '지성'의 상호 연관에 바탕 한 인문적 성찰을 통해 사회문화적 현실에 대한 비평적 실천을 도모한 4·19 세대의 문학 정신이 갖는 현재성을 증거한다. 그는 권력의 폭력과 역사의 배반보다 더 깊고 끈질긴 문학의 힘을 믿었던 비평가였다.

이제 김치수의 비평을 우리가 다시 돌아보는 것은 한국 문학 비평의 한 시대를 정리하는 작업이 아니라, 한국 문학의 미래를 탐문하는 일이다. 그가 남겨놓은 글들을 다시 읽고 그의 1주기에 맞추어 〈김치수 문학전집〉(전 10권)으로 묶고 펴내는 일을 시작하는 것은 내일의 한국 문학을 위한 우리의 가슴 벅찬 의무이다. 최선을 다한 문학적 인간의 아름다움 앞에서 어떤 비평적 수사도 무력할 것이나, 한국 문학 비평의 귀중한 자산인 이 전집을 미래를 위한 희망의 거점으로 남겨두고자 한다.

2015년 10월
김치수 문학전집 간행위원회

머리말

금년은 내가 문단에 나온 지 40년이 되는 해이다. 1966년 1월에 『중앙일보』 제1회 신춘문예 평론 부문에 입상함으로써 문학 활동을 시작한 이후 나는 한국 문학의 현장을 떠나지 않고 한국 문학과 함께 살아온 셈이다. 문학은 내가 살아온 격변의 역사 속에서 내 삶의 지주 역할을 해왔다. 때로는 헛된 욕망에 시달리고 때로는 세속적인 유혹을 받고 때로는 격정에 휩쓸리고 때로는 절망하며 중심과 균형이 흔들릴 때도 많았던 나에게 문학은, 어떤 작가의 표현을 빌리면, 꿋꿋하게 서서 버틸 수 있게 해준 척추뼈의 역할을 했다. 동시대의 많은 작가와 시인 그리고 비평가와 문학을 함께하는 것이 내게는 행복이었다. 그들의 글을 읽으면서 그들과 함께 상상하고 그들과 함께 괴로워하고 그들과 함께 느끼고 그들과 함께 표현할 수 있을 때 나는 즐거웠고 행복했다.

『삶의 허상과 소설의 진실』을 내고 5년 만에 새 평론집을 발간하면서 최근 몇 년 동안 내 자신이 씨름해온 문제가 세계화와 한국 문화, 디지털 시대와 영상 문화, 정보화와 생명공학 등 첨단 과학의 발달과 고도의 산업화로 인한 새로운 문명의 시대에서 인문학과 문학은 무엇이며 무엇일 수 있는가 하는 문제였다. 인문학이 살 수 있는 길을 모색하고 문학의 역할이 축소되지 않는 길을 찾는 것은 쉬운 일이 아니다. 그것은 나 혼자서 해결할 수 있는 것도 아니지만 그렇다고 해서 외면할 수 있는 것도 아니다. 인문학이나 문학은 천천히 생각하고 천천히 반성하는 본래 속성 때문에 속도에 모든 가치를 부여하고 있는 새로운 문명의 대열에서 밀려날 수밖에 없다. 그래서 오늘날 인문학이나 문학을 하는 우리는 괴롭고 불행하다.

문학을 하는 즐거움과 행복을 다시 찾고 문학을 하는 괴로움과 불행을 극복하기 위해서는 그 문제에 대한 생각의 끈을 놓지 않고 논의를 계속해야 한다. 환경을 보호하기 위해 8, 90퍼센트의 개발이 진행된 지점에서 개발을 원점으로 돌리라고 주장하는 환경 운동을 보면서 안타깝게 생각했다. 생태계가 이미 파괴된 다음에 그것의 복원을 주장하는 것보다 파괴되기 전에 계획 단계에서 충분한 논의를 거치게 하는 것이 진정 환경을 보존하고자 하는 태도일 것이기 때문이다. 생태계를 훼손시키지 않고 환경을 보존하고자 하는 것은 궁극적으로 인류가 행복하게 살기 위한 것이다. 인문학을 위기에서 벗어나게 하고 문학의 역할을 축소시키지 않기 위한 논의가 계속되어야 하는 이유도 여기에 있다.

오늘날 대학이 인문학을 비롯한 기초 학문을 등한시하고 취업 중심의 직업학교로 전락하는 현상을 보면 안타깝다. 대학이 새로운 문명을 이끌어가는 중심에 서서 인간다운 삶의 균형을 유지하는 것은 기초 학문을 토대로 한 전문 교육이 이루어졌을 때 가능하다. 정보화나 과학화, 기업화나 세계화 안에 인간화에 대한 물음이 없을 때 그것은 재앙의 물결로 돌아올 수 있기 때문이다. 이러한 위기의 시대에 나는 35년 가까운 세월 동안 몸을 담았던 대학 생활에서 벗어나게 되었다. 그러나 정년을 했다고 해서 대학의 장래에 대한 생각을 중단할 수는 없을 것 같다. 이러한 논의에서 오랫동안 토론하며 함께 고민해준 많은 선배·동료 교수들, 특히 정대현, 송준만 교수의 우정에 감사한다.

문학을 한다는 것은 대학에서의 정년 퇴임을 가볍게 해준다. 더구나 마지막 방학을 플로리다에서 보낼 수 있도록 초대해준 마종기 시인과 함께 보낸 아름다운 시간은 은퇴 후의 삶에서 좋은 출발로 기억될 것이다.

　함께하는 문학의 즐거움을 가진 나는 지금 행복하다.

2006년 2월
이화여대 연구실에서
김치수

차례

일러두기

1. 문학과지성사판 〈김치수 문학전집〉은 간행위원회의 협의에 따라, 문학사회학과 구조주의, 누보로망 등을 바탕으로 한 문학이론서와 비평적 성찰의 평론집을 선별해 10권으로 기획되었다.

2. 원본 복원에 충실하되 '한글 맞춤법'과 '외래어 표기법'은 국립국어원에 따라 바꾸었다.

I

문학적 편력

어렸을 때 할머니나 어머니에게서 옛날이야기를 들었던 기억을 가진 사람은 누구나 옛날이야기를 좋아하면 가난하게 산다는 말을 함께 들으며 자랐습니다. 그래서 옛날이야기는 딱 하나만 들려주고 이제 그만 잠을 자라든가 공부를 하라는 이야기를 할머니나 어머니에게 듣게 됩니다. 또 어렸을 때 소설책을 몰래 읽다가 어른들에게 발각되면 호된 꾸지람을 듣고 책을 빼앗깁니다. 그런 사람은 특히 수업 시간에 공부는 하지 않고 소설책을 읽었다는 죄로 학교에서 선생님에게 화장실 청소라는 벌을 받거나 심지어는 혹독한 매를 맞기도 합니다. 오랫동안 나는 왜 어른들이 아이들에게 옛날이야기나 소설을 제한하거나 금지하고 '공부'를 강요했는지 의문을 가지고 살았습니다. 그 당시 첫번째로 내게 온 대답은 문학이란 글자로 되어 있어서 눈으로 읽고 머리로 받아들이는 비생산적이고 게으른 삶과 관련되어 있다는 것이었습니다.

그러나 문학을 하고부터 나는 옛날이야기나 소설이 다른 사람의 이야기이면서 나의 이야기도 될 수 있다는 것을 알게 되었습니다. 소설이 '삶과 세계에서 있을 수 있는 이야기를 상상력을 동원하여 그럴듯하게 그려놓은 이야기'라는 사전적 정의를 이해하게 되면서 왜 사람들은 다른 사람의 이야기를 읽는가 하는 의문을 갖게 되었습니다. 자신이 살아보지는 못했지만 자신에게도 닥쳐올 수 있는 다른 사람의 이야기를 듣거나 읽는다는 것은 인간이 가지고 있는 삶의 한계를 극복하고자 하는 하나의 방법이라는 생각이 들었습니다. 인간은 누구나 한 번밖에 살 수 없습니다. 자신이 사는 삶은 매 순간 여러 가지 개연성 가운데 하나만을 선택할 수 있을 뿐입니다. 하나를 선택하고 나면 다른 가능성은 포기하도록 되어 있는 인간은 하나만의 선택을 할 수밖에 없는 운명을 타고난 존재입니다. 삶의 매 순간에 하는 한 번의 선택은 무르거나 취소될 수 없는 것이기 때문에 인간은 자신의 선택에 대해서 책임을 져야 합니다. 다른 사람의 이야기를 듣거나 읽는 것은 그러한 선택에 앞서 여러 가지 결과를 내다볼 수 있는 기회를 제공합니다. 그것은 한 번밖에 살 수 없는 인간이 여러 번 살아보는 방법이라는 점에서 삶을 풍요롭게 합니다. 여러 번 산다는 것은 한 번밖에 살지 못하는 인간의 꿈이 아닐 수 없습니다. 소설을 읽는다는 것은 제 개인의 차원에서 그 꿈을 실현하는 것입니다.

때문에 옛날이야기를 좋아하면 가난하게 산다는 논리적 근거도 분명합니다. 다른 사람의 이야기를 좋아한다는 것은 다른 사람의 삶을 이해하고 고려하게 된다는 것을 의미합니다. 그것은 다른 사람의 삶은 생각하지 않고 자신의 삶과 이익만 생각하는 이기주의를 벗어나게 한다는 것입니다. 다른 사람의 사정과 형편을 알고 있는 사람은 다른 사람에게 모질게 굴면서 자신의 삶과 이익만을 추구할 수는 없습니다. 그렇기 때문에 옛날이야기나 소설을 좋아하면 가난하게 산다는 고정관념이 어른들의 사유를 지배하고 있었고, 그래서 어린아이들에게 옛날이야기와 소설을 절제시키거나 금지시켰던 것으로 보입니다. 그것은 다른 사람과 '함께' 사는 삶이 아니라 자기 자신'만' 잘 사는 삶을 목표로 하고 있습니다. 그래서 어른들은 옛날이야기나 소설 대신에 '공부'를 하라는 권고나 명령을 내립니다. 여기에서 '공부'란 남보다 많은 지식을 소유하는 것, 남보다 많은 정보를 소유하는 것, 남보다 많은 재화를 소유하는 것, 남보다 많은 권력을 소유하는 것을 의미합니다. 그것은 소유라는 하나의 가치만을 목표로 하고 출세의 수단으로 전락하게 됩니다. 그래서 공부는 하나의 정답만을 찾아내는 것이 됩니다. 문학은 삶에 정답이 하나가 아니라는 다원주의적 가치와, 개개의 삶에 가치를 부여하고 자유의 확장을 가능하게 하는 인문주의적 가치를 실현하는 분야로서 우리의 상상력을 무한대로 키워주는 것입니다.

나는 1960년 4·19 혁명과 5·16 군사 쿠데타를 겪으면서 한국의 지식인과 문학인이 해야 할 것이 무엇인지 깊이 생각하게 되었습니다. 처음으로 거리에 나서서 시위에 참가하였고, 독재 정권의 총격에 학생들이 피를 흘리는 것을 목격하였고, 학생 운동의 주도자들이 정치에 깊이 관여하며 정치인이 되어버리는 것을 목격하였고, 군사 쿠데타에 의해 모처럼 맞이한 민주주의의 기회가 짓밟히는 것을 목격하면서 나는 문학 지식인으로서 자신이 해야 할 일을 투철하게 의식하게 되었습니다. 1962년 봄, 불문학과 동기생인 나와 김현과 김승옥은 함께 동인지를 만들기로 합의했습니다. 나는 아직 문단에 나오기 전이었기 때문에 문학청년의 습작기 정도로 생각하고 있었지만 그해 1월 1일『한국일보』신춘문예에「생명 연습」으로 데뷔한 김승옥이나,『자유문학』3월호에「나르시스 시론」으로 문단에 등장한 김현은 기존 문학지들의 폐쇄적이고 보수적인 운영 때문에 그들의 문학 작품을 자유롭게 발표할 수 없을 뿐만 아니라 그들의 지적인 욕구를 표현할 수 없다고 생각하고 있었습니다. 우리 셋은 한글세대 최초의 동인지를 만드는 데 의견의 일치를 보고 김현의 제안에 따라 최하림도 동인으로 참가하게 되었습니다. 동인지의 제목으로 김현이 '질주'를 제안했고 김승옥이 그건 문학청년 냄새가 난다고 하면서 '산문시대'를 제안했습니다. 김현의 제안은 독일의 '질풍노도'와 프랑스의 초현실주의를 연상시키는 자극적 효과는 있겠지만 지속성을 생각하면 '산문시대'라는 평범한 이름이 좋겠다는 데 의견의 일치를 보았습니다.

1960년대는 우리에게 희망과 절망의 시대였습니다. 4·19 학생 혁명과 5·16 군사 쿠데타, 한일 수교와 6·3 사태, 경제개발과 산업화 등으로 사회 전체가 변화와 갈등으로 점철되었습니다. 1970년대는 우리에게 잔혹한 시대였습니다. 3선 개헌을 강행하여 군사독재를 연장하고자 했던 박정희 정권은 이를 반대하는 국민들의 저항을 억누르기 위하여 강온 양면 정책을 번갈아 사용하고 있었습니다. 4·19 혁명이 일어난 지 10년의 세월이 흘렀음에도 불구하고 자유로운 사회, 민주적인 국가와는 정반대의 길로 치닫고 있는 암담한 현실에 대해 우리는 자칫 절망의 나락으로 떨어질 위험을 느끼고 있었습니다. 김지하가 담시 「오적」을 발표했다가 투옥되었고, 그 시를 수록했다는 이유로 당시 지식인 사회의 여론을 주도하던 월간지 『사상계』가 폐간되었고, 대학에는 휴교령이 내려지는 등 우리 사회는 끝없는 불화와 갈등, 억압과 저항의 소용돌이에 휘말리고 있었습니다. 이러한 상황에서 문학은 무엇을 할 수 있는가, 진정한 문학은 존재할 수 있는가라고 우리는 질문을 던지며 괴로워했습니다. 자칫하면 친일 문학이 아니면 절필할 수밖에 없었던 일제 암흑기로 되돌아갈 수 있는 황량한 시대를 살고 있다는 느낌이었습니다.

다행히도 1966년 창간된 『창작과비평』이 문학의 정치적·사회적 역할을 강조하면서 인문사회과학의 저항 이론을 문학에 적용시키고, 문학에서 민중의 고통스러운 모습을 찾아내고 그것을 통해 저항 정신을 고취시키는 힘든 싸움을 하고 있었습니다. 우리는 당대에 『창작과비평』이 벌이고 있는 고군분투에 경의와 지지를 보내고 있었습니다. 그러나 그 싸움의 격렬함 때문에 문학 작품을 정치와 사회에 종속시킬 수 있다는 우려를 우리는 하지 않을 수 없었습니다. 정치와 사회제도가 바뀌어도 존재할 수 있는 문학을 지키고자 하는 노력을 게을리 하게 되면, 변화를 겪게 된 덧없는 체제와 함께 문학도 덧없이 사라지게 되고 또다시 문학의 암흑시대를 맞이할 수 있기 때문입니다.

김현, 김병익, 김주연 그리고 나, 우리 넷은 현실 속에 존재하는 폭력의 정체를 밝히고 한국 문학의 다채롭고 풍요로운 경향을 대변할 수 있는 계간지가 있어야 『창작과비평』과 역할을 분담하며 한국 지성사와 문학사에 기여할 수 있다는 신념을 가지고 『문학과지성』을 창간하는 데 뜻을 모았습니다. 『창작과비평』이 실천적 지성에 비중을 두고 문학의 현실 참여를 주장한 반면에 『문학과지성』은 이론적 지성으로 넓은 의미의 현실에 대한 분석과 해석을 시도하고 문학의 순수성을 지키고자 하였습니다. 김현이 쓴 '창간호를 내면서'는 우리 시대의 근원적 병원을 '패배주의'와 '샤머니즘'으로 진단하고 이를 극복하기 위하여 "인간 정신의 확대의 여러 징후들을 정확하게" 제시하고 한국을 정확하게 이해하고자 하는 모든 연구 결과에 주목하고자 한다는 창간 정신을 그대로 드러내고 있습니다. 여기에서 패배주의는 4·19 학생 혁명이 5·16 쿠데타로 인해 실패로 돌아간 다음 우리 사회에 만연하고 있던 자유와 민주의 정신적 패배를 의미하는 것으로서, 그 절망감에 사로잡혀 있는 정신의 깨어남을 위한 극복 대상이라고 보았던 것입니다. 샤머니즘은 실천적 참여가 아니면 모든 것이 부인되는 맹목적인 독선과 민족적인 맹신을 의미하는 것으로서 극복의 대상이기 때문에, 어떠한 경우에도 이성적 성찰을 통해서 합리적 출구를 모색해야 한다는 것입니다.

4·19 세대의 비평은 우리 문학에 대한 새로운 이해를 그 출발점으로 삼았다고 볼 수 있습니다. 우리들은 그동안의 문학사에서 중요하게 취급되지 않은 작가와 작품을 분석하고 해석함으로써 새로운 이해를 가능하게 하고자 했습니다. 우리들이 중요하게 다룬 작가와 시인 들로는 이상, 염상섭, 채만식, 최서해, 정지용, 김춘수, 김수영 등을 들 수 있습니다. 우리들은 동시에 4·19 세대의 작가와 시인 들을 집중적으로 분석하고 해석함으로써 동세대의 정신적 동질성이 무엇인지 밝히고 새로운 감수성의 근원을 구명하고자 했습니다. 그 결과 그전 세대의 비

평이 토픽 중심의 논의를 전개했다면, 4·19 세대의 비평은 작가론과 작품론 중심의 논의를 전개시켰다고 하겠습니다. 우리들은 우리 세대의 공통점이 우리말을 배우고 우리말로 사유하고 우리말로 글을 쓰는 한글세대라는 데 있음을 자랑으로 생각하고 문학의 모든 논의는 작가와 작품을 정확하게 읽고 이해하는 데서 출발해야 한다는 데 인식을 같이하였습니다. 작가와 작품에 대한 정확한 이해 없이는 어떤 주의나 주장도 공허할 수밖에 없고 작가와 작품에 대한 평가가 소문에 의해 이루어지거나 친분 관계에 의해 이루어질 수밖에 없다는 것을 깨닫고 작품의 구체적인 분석을 통해서 작가론을 전개하고자 했습니다. 바로 그 때문에 4·19 세대 비평의 첫번째 특성은 작가론, 작품론을 비평의 중심에 둔 데 있다고 하겠습니다. 그 두번째 특성은 좋지 않다고 생각된 작품이나 옳지 않다고 생각된 글에 대해서 비판하는 공격적인 비평을 하지 않았다는 데 있습니다. 4·19 세대의 비평은 전 세대의 문학을 깎아내림으로써 자신의 정체성을 확보하고자 하는 네거티브 비평을 한 것이 아니라 좋은 작품과 좋은 글을 발굴하고 그것이 왜 좋은 것인지 밝힘으로써 한국 문학의 전통을 세우고자 하는 포지티브 비평을 한 것입니다. 그렇기 때문에 우리 세대들은 공격적이고 논쟁적인 글보다는 분석적이고 해석적인 글, 따라서 긍정적인 주장을 담은 글을 주로 썼습니다. 비평이 시나 소설에 비해 당대적인 성격이 강한 장르라면 4·19 세대의 비평이 동세대의 문학을 옹호하는 것은 당연하다고 생각했습니다. 우리들은 동시대의 작가들에게서 감수성의 공통점을 발견하고 그것이 4·19 세대의 정체성을 확보해준다고 생각했기 때문입니다.

내가 염상섭이라는 이름을 처음 알게 된 것은 고등학교 때 '자연주의'

작가라는 교과서의 소개에 의해서입니다. 나는 그때까지 이광수와 김동인의 소설을 읽었을 뿐 염상섭의 소설은 「표본실의 청개구리」 이외에는 읽은 것이 없었습니다. 대학에 들어와서 우연한 기회에 『삼대』를 읽고 그것이 서울의 중산층 이야기임을 알고, 「만세전」을 읽으면서 세 작품 모두 일제강점기의 지식인(그 당시에는 대학생이면 지식인에 속하였습니다)의 삶을 다루고 있다는 사실에 주목하게 되었습니다. 일제의 억압 속에서 자신의 젊음을 펼쳐보지 못하고 암울한 생활과 막막한 방황의 나날을 보내는 그들의 삶에 상당한 친밀감을 느꼈습니다. 그런데 작가 염상섭 자신이나 문학사가들은 염상섭의 문학을 '자연주의' 문학이라 주장하고 있었습니다. 내가 대학에서 배운 에밀 졸라의 자연주의는 『실험소설론』에 나타난 대로 과학적이고 유전학적인 요인이 작용해서 개인의 정신적 질환을 가져오고 파멸에 이르게 한다는 결정론에 근거를 두고 있는데, 「표본실의 청개구리」는 그와 상관없는 작품이었습니다. 작가는 일제의 억압에 견디지 못하고 있는 지식인의 암울한 삶을 그리면서 일제 당국의 감시의 눈이 표본실에서 청개구리를 실험하는 장면으로 집중되도록 하기 위해서 자연주의를 표방하지 않았을까 생각되었습니다. 그러다 보니 찬피 동물인 개구리를 해부하니까 김이 모락모락 난다고 하는 것과 같은 오류를 범한 것이 아닐까 생각되었습니다. 이 작품의 핵심은 주인공의 고뇌와 방황에 있고 그것을 형상화한 작가의 관찰력과 묘사력에 있다고 생각되었기 때문에 이 작품은 사실주의 작품의 걸작이라는 주장을 하게 되었습니다.

내가 발자크에 대해서 석사 논문을 쓰게 된 것은 프랑스의 작가 가운데 가장 위대한 작가라는 생각을 가지고 있었기 때문입니다. 그의 『고리오 영감』『사라진 환상』『골짜기의 백합』등의 작품을 읽으면서 고리오 영감의 하숙집이라든가, 다니엘 다르테즈의 문학론이라든가, 모르소프 부인의 생명을 바친 순수한 사랑 등의 묘사에서 호적부와 경쟁하겠다고 한 사실주의자이며 낭만주의자인 발자크의 세계에 매료되어 있었습니다. 거기에는 무수한 인물이 등장하고 있지만 그들이 모두 자신의 개성을 가지고 있어서 인물 하나하나가 머릿속에서 떠나지 않고 깊이 새겨진 채 남아 있었습니다. 그 인물들이 한 작품에만 나오는 것이 아니라 다른 작품에도 나오고 거기에 맞는 나이의 인물로 다시 등장하는 것도 신기했습니다. 그런데 거의 1백 권에 달하는 그의 작품을 다 읽을 수는 없지만, 그 인물의 운명이 어떻게 되는지는 알고 싶었습니다. 발자크가 어떻게 그 많은 작품을 쓸 수 있었는지도 궁금했습니다. 거기에는 관상학과 골상학, 의상학에 관한 지식이 정교하게 이용되고 있었습니다. 그래서 그 분야의 문헌을 더듬으면서 작중인물들의 운명을 분류할 수 있었습니다. 그런데 우연히 이화여대 불문과에 『발자크 작중인물 사전』이 있다는 정보를 입수하여 빌려 볼 수 있었습니다. 놀라운 것은 3천여 명의 작중인물들이 어느 작품 몇 페이지에 몇 번 나오는지 철저하게 조사되어 있다는 사실이었습니다. 그래서 처음에는 사실주의의 대가라는 점에서 공부를 하고 싶었는데 실제로는 작중인물의 유형과 운명에 관한 것이 되고 말았습니다.

대학을 졸업한 다음 나는 한국사에 관한 공부를 다시 했습니다. 『삼국사기』『삼국유사』에서부터 시작해서 박은식, 신채호 등의 글과 한말 개화파의 저술들을 읽었습니다. 이기백 선생의 『한국사 신론』과 함석헌 선생의 『뜻으로 본 한국 역사』도 읽고 춘원과 육당의 글도 읽었습니다. 그리고 계간지 『문학과지성』을 낼 때 홍이섭, 이기백, 이광린, 김용섭, 김영호 등의 국사학자들을 찾아다니며, 한국사를 배우면서 원고를 청탁했습니다. 그로 인해 한때는 역사에 관한 관심이 높았고, 상당 부분 역사주의적 관점을 갖게 되었습니다. 마르크 블로크의 『역사를 위한 변명』의 서론을 번역한 것도, 「식민지 시대의 지식인」이라는 글을 쓴 것도 바로 그러한 연유였습니다. 아마 박경리 소설에 관한 특별한 관심도 거기에서 연유한다고 보아야 할 것입니다.

내가 프랑스로 유학을 떠난 것은 1973년이었습니다. 그 당시에는 박정희 정권이 유신을 선포한 다음 해여서 여러 가지로 절망적인 시기였습니다. 글을 쓰는 사람으로서, 대학에서 학생들을 가르치는 사람으로서 3선 개헌과 유신 선포는 숨 막히는 경험이 아닐 수 없었습니다. 프랑스 정부에서 장학금을 받게 되었을 때는 도망가는 심정이 되었고 숨통이 트이는 심정이었습니다. 그러나 프랑스에 도착한 다음 날부터 나는 혼자서만 도망 나왔다는 죄의식에 사로잡혀 고민하지 않을 수 없었습니다.

나는 그러한 강박관념에서 벗어나기 위해 많은 책을 읽었습니다. 마르쿠제를 비롯한 프랑크푸르트학파의 저서 가운데 프랑스어로 번역되어 있는 것은 거의 모두 읽었고 골드만과 바르트, 토도로프와 주네트, 루카치와 지라르, 무냉과 프리에토, 그레마스와 레비스트로스, 소쉬르와 푸코와 라캉 등 프랑스 신비평 계열과, 구조주의, 기호학 계열의 저술들을 닥치는 대로 읽었습니다. 새로운 지식은 또 다른 충격으로 내게 다가와서 서울의 현실에서 내 정신을 멀어지게 하는 것 같았습니다.

가끔 프랑스 신문에 단신으로 보도되는 서울 소식이나 편지로 전해지는 서울 소식을 어느 정도 거리를 두고 바라볼 수 있게 되었고, 새로운 지식을 소화해야 되겠다는 생각에 사로잡히게 되었습니다. 문학은 무엇이며 무엇일 수 있는지 질문하며 문학의 언어와 형식에 관한 공부를 하였고 작가에게 있어서 문체의 문제가 얼마나 중요한지 깨닫게 되었습니다. 이와 동시에 밤마다 잠들기 전에 마르쿠제를 읽으면서 나 자신, 매일 혁명을 하는 심정이었습니다.

그때 읽은 누보로망에 대한 논의는 문학에 대한 지금까지의 생각을 수정하는 데 기여했습니다. 프랑스로 떠나기 전에 누보로망과 거기에 관한 몇 권의 연구서를 읽은 바 있지만, 정작 프랑스에서 자료를 조사한 결과, 생각보다 많은 사람들이 누보로망에 대한 평가를 하고 있음을 알게 되었습니다. 골드만의 작업은 이미 읽은 바 있지만, 사르트르, 바르트, 푸코 등 당대의 대가들이, 특히 프랑스의 진보적 지식인에 속하는 사람들이 누보로망을 높이 평가하고 있었습니다. 소련을 비롯한 동유럽에서 주창되고 있는 사회주의 리얼리즘이란 너무나 낡고 굳어 있는 주장일 뿐만 아니라 그것이 가지고 있는 친체제적 성격 때문에 문학의 '자율성'과 '전복성'을 침해하고 있다는 것을 알게 되고, 그러한 생각을 이론적으로 뒷받침하고 있는 것이 그들이었습니다. 골드만의 표현에 의하면, 사물화되고 물신 숭배에 빠져 있는 인간의 모습을 충격적으로 보여주는 것이 바로 누보로망인 것입니다. 그러한 누보로망을 읽는 방법은 줄거리 중심의 역사주의적 방법이 아니라 그 구조를 드러내는 분석비평의 방법일 수밖에 없습니다. 텍스트를 정확하게 분석하지 않은 비평은 모든 것을 물신화시켜버리고 문학을 체제에 의해

금방 수렴당하게 만들 수밖에 없습니다. 왜냐하면 그런 비평은 당위론을 벗어나지 못하기 때문에 동어반복, 즉 토톨로지의 비평이 되기 때문입니다. 이러한 인식을 토대로 씌어진 글들이 우리의 산업화 시대에 나온 소설을 분석한 것으로서 『문학사회학을 위하여』에 수록된 글들입니다.

텍스트를 꼼꼼히 읽는다는 것은 다시 말하면 우리의 삶을 꼼꼼히 사는 것입니다. 문학 작품은 총체적인 존재이기 때문에 거기에 접근하는 방식은 다양하다고 생각합니다. 다양한 방법론을 가지고 있다는 것은 문학 작품에 접근할 수 있는 열쇠를 많이 가지고 있다는 것을 의미합니다. 한 편의 작품을 집에 비유한다면 어떤 때는 한 작품의 현관만 보고 싶을 때도 있고 어떤 때는 그 작품의 안방을 보고 싶을 때도 있으며 어떤 때는 정원만 보고 싶을 때도 있습니다. 그것은 내 기분에 달려 있기도 하지만, 대부분의 경우 그 작품의 어느 부분이 흥미를 끄느냐에 따라 다른 선택을 하게 됩니다. 작품에 따라서는 어느 부분이 특별히 잘 만들어져서 눈에 띌 수도 있고, 작가가 어디에 중점을 두고 만들 수도 있어서 특별한 요소에 감동을 받을 수도 있습니다. 5·18 광주민주화운동을 이용해서 등장한 신군부에 의해 대학에서 해직된 이 시기에 내가 『박경리와 이청준』『문학과 비평의 구조』 등을 쓴 것은 그러한 독서의 결과였습니다. 일상 언어와 문학 언어는 같은 것인가 다른 것인가 하는 질문을 통해서 그것들이 서로 다른 질서와 구조를 갖고 서로 다른 쓰임새에 기여하고 있다는 문제를 제기하였습니다.

하지만 언제나 내 머리에서 떠나지 않는 질문은 문학이란 무엇인가 하는 것입니다. 어떤 입구를 통해 작품에 들어가더라도, 어떤 측면을 보고자 선택하더라도 그 질문을 잊지 않으려고 노력하였습니다. 그것이 곧 문학에는 어떤 방법만이 중요하고 어떤 관점만이 유효하다고 할 수는 없다는 생각과 연결되기 때문입니다. 여기에서 간과해서는 안 될 것은 작가의 시점과 생각을 작가와 함께 좇아가는 것입니다. 그것은 작가가 쓰고자 한 것과 실제 작품에서 나타난 것 사이의 거리를 측량하는 지름길이기 때문입니다. 『공감의 비평을 위하여』는 민주화의 격랑 속에서 문학적 괴로움을 작가와 함께 나누는 대화의 공간을 찾고자한 노력의 표현이었습니다.

많은 젊은이들의 저항과 희생을 통해 정치적 민주화, 사회적 자유화가 이루어짐으로써 문민정부와 국민의 정부를 거치는 동안 우리 사회는 선진국이라는 단군 이래의 꿈을 실현할 것 같은 낙관적 희망으로 들떠 있었습니다. 그러나 오랜 군사독재의 모순을 안고 있는 우리 사회에서 그러한 희망은 근거 없는 희망이었으며, 그 결과 외환과 재정 위기라는 혹독한 대가를 치르면서 우리 사회는 엄청난 시련을 겪게 됩니다. 획득된 자유와 민주주의에 도취한 우리 사회는 외환 관리나 재정적 자립을 도외시한 채 선진국의 꿈만 꾸다가 엄청난 재앙을 당합니다. 그러나 우리 사회의 지식인들은 누구도 그 재앙을 예고하지도 못하고 경고하지도 못하고 국민 전체의 소득이 반감하는 것을 방치하고 있었습니다. 이 시기는 현실에 대한 낙관적 전망이 허상에 지나지 않다는 것과 문자로 된 이야기가 진실을 말한다는 확신을 갖게 했고, 그것이 곧 『삶의 허상과 소설의 진실』로 표현되었습니다.

2000년을 전후로 해서 인터넷과 휴대전화가 우리의 일상적 삶을 지배하기 시작함으로써 우리는 엄청난 문화적 충격을 받아들이지 않을 수 없습니다. 그것은 멀티미디어와 영상 문화로 대표되는 새로운 정보 산업 사회의 도래를 알리면서, 활자 문화인 문학의 역할을 축소시키고 변화를 강요하고 있는 것으로 인식하게 하고 있습니다. 그것은 곧 영상 문화와 디지털 정보 시대에 문학은 살아남을 수 있는가 질문하게 합니다. 나는 문학의 영토가 좁아질 수도 있고 역할이 달라질 수는 있지만 문학이 죽지 않는다고 확신합니다. 모든 것이 정보화되고 영상 문화의 영향력이 막강해진다 하더라도 타인과의 관계 속에 살아야 하는 삶이 없어지는 것이 아닌 것과 마찬가지로 새로운 매체의 등장이 곧 문학의 죽음을 가져오리라고 생각하지는 않습니다. 다만 달라지는 것은 문학이 독점하고 있던 '이야기'의 세계가 다양해짐으로 인해서 이야기로서의 문학의 역할은 없어지는 것이 아니라 약화되는 반면에, 문자라는 선조적 구조물로서의 독창성은 영상이라는 입체적 구조물이 지배하는 문화 속에서 독자적인 역할과 기능을 할 것입니다. 디지털 문화 속에서 문학은 아날로그 문화로 남을 것입니다. 이러한 상황에서 문학비평은 아날로그 문화로서의 문학의 역할과 기능을 파악하고 해석하며 문학 고유의 미학이 존재할 수 있는 가능성을 모색해야 할 것입니다. 문학이 존재하는 한 문학비평은 존재한다고 확신합니다. 그 경우 문학비평은 디지털 시대에서 아날로그 문화의 존재 이유와 가능성을 찾아야 할 것입니다. 이처럼 변화하는 문학의 환경 속에서 작가와 함께하는 문학으로 삶의 즐거움을 찾아야겠다는 희망을 잃지 않고 있습니다.

이제 내가 35년의 교수 생활을 마치고 정년 퇴임을 한다는 것은 교수로서의 은퇴를 의미하는 것이지 문학인으로서의 은퇴를 의미하는 것은 아닙니다. 은퇴 이후에도 문학은 나의 생활의 중심이 될 것입니다. 앞으로 문학을 하면서 여전히 내 마음속에 새겨두고자 하는 말은 다음의 세 사람이 남긴 말입니다. 그 세 사람의 말로 오늘의 잡담을 마치겠습니다.

1) 억압이 없는 사회를 얻기 위해 평생을 바친 마르쿠제는, 억압이 없는 완전한 자유를 획득한 다음에는 무엇을 할 것인가라는 질문에 "우리 생애에 처음으로 자유로워진 나는 그때 비로소 자유로운 상태에서 무엇을 할 것인가 자유롭게 생각할 것이다"라고 대답합니다.

2) 1968년 '문학은 무엇을 할 수 있는가'라는 콜로키움에서 사르트르는 "배가 고파 우는 아프리카의 굶주린 아이들 앞에서 내 『구토』는 한 조각의 빵의 무게도 나가지 못한다"라고 개탄합니다. 이에 대해서 장 리카르두는 "어떻게 빵과 문학 작품을 같은 저울에 놓을 수 있느냐"고 반박하면서 문학은 "배고픈 아이에게 빵을 주는 것이 아니라 우리가 사는 세계에 배고픈 아이가 존재한다는 사실을 추문으로 만드는 것"이라고 공박합니다.

3) 롤랑 바르트는 "에로티시즘의 극치는 옷깃 사이의 틈새에 비치는 살결에 있지 벌거벗은 육체에 있는 것이 아니다"라고 말합니다.

나는 이 세 가지 말을 기억하면서 문학을 계속하고자 합니다.

Ⅱ

세계화 시대에서 한국 문화의 상황

1

새로운 세기가 시작된 지 3년이 지나가고 있다. 3년 전 한국에서는 21세기가 어떻게 시작될 것인가 하고 많은 사람들이 질문을 던졌다. 더구나 성장 일변도로 나가던 한국 사회가 1997년 외환 위기와 함께 겪게 된 재정적 파탄의 위기는 한국 경제를 IMF 관리 체제 아래 들어가게 만들었다. 그것은 세기말의 한국인에게 심각한 불안과 깊은 우려를 심어주었다. 그보다 10년 전에 제기된 '세계화'라는 화두가 그것을 깨닫지 못한 한국인에게 엄청난 시련을 안겨주었고, 그로 인해 한국인들은 불안한 가운데 새로운 세기를 맞이했다.

---

* 이 글은 2003년 10월 23일 일본 도쿄대 대학원 한국 조선 문화 전공의 초청으로 행한 강연을 약간 수정 보완한 것이다.

지난 30년 동안 군사정권의 권위주의 사회에서 살아온 한국인들은 최근 10여 년 동안 진정한 민주주의 사회로 가는 경험을 하고 있기 때문에 한국의 과거에 대해서 어떠한 확신이나 믿음을 가질 수 없었다. 겉으로 민주주의를 표방하면서 안으로는 권위주의의 억압 속에 살아온 한국인들은 그 모순이 가지고 있는 무게에서 벗어날 수 없다.

20세기 마지막에 한국인에게 끊임없이 제기된 위험은 Y2K 문제였다. 역사상 유례가 없는 Y2K 문제는 어쩌면 인간이 만든 문명의 이기가 부메랑이 되어 되돌아오는 재앙일 수 있다는 생각을 하게 했다. 그것은 한국인들에게 공포의 대상이 되었고, 그래서 그들은 그 문제에 조심스럽게 접근하지 않으면 안 되었다. 다행히도 Y2K 문제가 별다른 착오 없이 극복되자 한국인들은 그 문제가 마치 전혀 제기된 적이 없었던 것처럼 그 문제를 잊고 있다. 망각은 한국인들에게 너무나 편리한 도구여서 과거의 고통을 잊고 편안한 마음으로 살 수 있게 한다. 그 결과 유신 정권과 신군부의 등장이 가져다준 엄청난 고통을 벌써 망각하고 그 시절에 자신에게 주어진 특혜를 그리워하며 과거의 권위주의에 대한 향수를 가진 사람들이, 그리고 대담하게도 그 향수를 표명하는 사람들이 늘어나고 있다.

지난 세기말 세계사적 사건으로서 가장 큰 것은 소비에트연방 체제의 몰락과 함께 동유럽 현실사회주의 사회의 붕괴를 들 수 있다. 그것은 동서 냉전 구도 속에서 한쪽의 일방적인 패배를 의미하며 세계를 하나의 가치로 통합시킨다. 그것은 세계 전체를 자본시장화함으로써 경제적 가치가 모든 사회와 개인의 가장 큰 덕목인 것처럼 만들고 좋은 삶의 유일한 척도가 되게 만든다. 동서의 장벽이 무너진 것은 인류의 공존과 공생을 위해 다행한 일이다. 그것은 국가 간의 장벽과 민족

간의 장벽과 종교 간의 장벽을 무너뜨리고 대화와 화해를 통해 지구 전체를 하나의 체제로 통일시켜 영구적인 평화를 정착시킬 수 있다는 기대를 인류로 하여금 갖게 하였다. 그리하여 WTO가 발족되어 모든 국가의 문호를 개방하고 교역과 교류를 자유롭게 함으로써 전 세계는 사회, 경제, 문화, 과학의 발전을 이룩한다는 인류의 오랜 꿈을 실현할 수 있는 것처럼 보였다. 여기에서 '세계화globalization'라는 화두가 대두되어 전 세계를 변화의 격랑 속에 휩쓸리게 한다. 위성방송과 인터넷 그리고 휴대전화의 발전과 세계적 보급은 세계 전체가 실시간으로 소통됨으로써 세계화가 인류의 꿈만이 아니라 현실일 수 있다는 가능성을 열어주었다.

그러나 '지구 공동체화'로 번역될 수 있는 세계화는 통합적이고 화해적인 어휘에도 불구하고 배타적이고 대립적인 현실로 나타나고 있다. 동서의 장벽이 무너진 다음 일부 국가에서 벌어지고 있는 갈등과 대립과 분열은 인종과 종교와 국가 사이의 벽이 허물어진 것이 아니라 보이지 않던 벽이 더 견고하게 쌓인 것처럼 보일 정도로 세계 도처에서 살육과 전쟁이 자행되고 있고, 교역과 교류의 벽이 무너진 것이 아니라 산업화된 선진국이 개발되지 않은 후진국을 일방적 상품 시장으로 만들고 있다. 그런 점에서 '자본'이 세계를 하나로 만드는 가치가 되며 세계화란 자본의 자유로운 이동을 의미하게 된다. 그것은 새로운 제국주의의 다른 이름이라는 의심을 받게 한다. 여기에서 자본은 생산을 목적으로 하는 산업에 투여된 자본이 아니라 외환이나 증권시장에 투기하여 이익을 챙기는 이동성 자본이며 그것을 가능하게 하는 것은 세계 전체의 온라인화이다. 그것은 초고속 전산망을 구축하여 자본 이동의 장벽이 되는 국경을 허물고 세계 전체를 하나의 시장으로 만든다. 세계 공동체의 실현이라는 세계화는 세계의 시장화라는 선진국의 음모를 감추고 있다.

특히 한국 사회가 1997년 경험한 IMF 관리 체제는 세계의 금융시장에서 떠돌고 있는 투기성 자본의 위력이 얼마나 큰지 한국인에게 혹독한 체험을 하게 했다. 한국의 손꼽히는 재벌들이 하루아침에 도산하고 수십만의 노동자가 직장에서 거리로 내쫓기고 수천 개의 중소기업이 파산하여 많은 기업가가 죽음을 선택한 비극적인 상황은 한국 지도자나 국민 누구도 예상하지 못한 파국이었다. 국민소득 1인당 1만 달러가 넘었다고 선진국 백성이나 된 것처럼 좋아하던 한국인은 하루아침에 6천 달러의 3등 국민이 되어버린다. 실제로 이러한 경제적 위기가 태국에서 시작해 인도네시아·말레이시아를 거쳐 한국에 이른 과정을 보면 모처럼 이룩된 아시아의 경제 발전이 세계의 자본시장에서는 한낱 허풍에 지나지 않을 수 있다는 것을 깨닫게 한다. 선진국의 엄청난 자본이 밀려와서 개발도상국의 경제를 부풀려놓고 빠져나간다면, 그 경제는 바람 빠진 풍선처럼 그 형체를 알아볼 수 없을 정도로 쭈글쭈글해진다.

　미국의 신용 평가 기관들은 이러한 위기의 원인이 한국 경제가 세계화되지 않은 데 있다는 진단을 내린다. 금융시장이 투명해지고 상품 시장이 개방되고 외환시장이 자유화되는 것이 세계화의 길이라면, 한국 사회는 그동안 그와 동떨어진 현실 속에 있었다. 금융시장이 투명하지 않은 것은 특혜 금융이 지배하고 있었기 때문이며, 상품 시장이 개방되지 않은 것은 한국 상품이 외국 상품에 비해 경쟁력이 없기 때문이고, 외환시장이 자유화되지 않은 것은 한국 화폐가 실제 가치보다 과대평가되고 있기 때문이다. 물론 이렇게 된 데는 정부 당국이 세계의 금융 정보에 어두웠다든가 한국의 경제 구조가 개방하기에는 너무나 허약했다든가 그 밖에도 여러 가지 이유가 있을 수 있다. 독일의 어떤 기자는 '세계화'란 세계 인구의 20퍼센트를 잘살게 하기 위해서 세계 인구의 80퍼센트를 가난하게 만든 것이라고 분석하면서 그것이 후진국에 씌운 덫이라고 주장한 바 있다. 실제로 한국 사회가 IMF 관리 체제를 맞이하게 된 것은 한국 정부가 세계화를 부르짖으며 각 분야를 개방하기 시작한 다음의 일이라는 것은 주목해볼 만한 현상이다. 한국 경제가 아직 세계 수준에 도달하지 못했음에도 불구하고 세계화를 위해 개방한 것은 미숙아를 인큐베이터에서 꺼내놓은 것과 다를 바 없다.

세계화의 첫번째 조건은 개방화이고, 두번째 조건은 정보화이며, 세번째 조건은 과학화이다. 한국 사회는 지난 반세기 동안 지구상의 유일한 분단 국가로 남아 있고, 그 가운데 30여 년 동안 군사독재 체제를 감수해왔다. 그렇기 때문에 한국 사회 자체는 스스로 개방화될 수 있는 여건을 구비하지 못했다. 학생과 시민의 끊임없는 민주화 요구로 한국 사회는 조금씩 개방의 길을 걸을 수 있었지만, 그러나 세계적 수준의 개방화에는 이르지 못했다. 문민정부가 세계화를 내세운 것은 이념적으로 수긍할 수 있지만 현실적으로 준비되지 않은 개방화의 길에 들어선 것으로 평가할 수밖에 없다. 그렇다고 해서 '문민정부'가 개방화를 위한 준비를 하지 않았다고 주장하는 것은 아니다. 군대 조직을 개혁하고 하나회를 해체한 것이나, 금융실명제를 도입하여 자본의 흐름을 투명하게 한 것이나, 공직자의 재산을 공개한 것 등은 문민정부가 개방화를 위해 이룩한 업적에 속하지만, 그것으로 한국 사회 전체가 투명해졌다고 말하기에는 미흡한 것이다. '국민의 정부'가 들어선 다음 오랫동안 관행처럼 인정되고 또 실제로 법제화되었던 각종 규제를 풀어줌으로써 한국은 개방 사회에 대비해왔지만 그것도 하루아침에 이루어질 수는 없는 것이다. PC의 보급이 일반화되고 인터넷의 보급이 확산되면서 다른 분야보다는 정보 통신 분야가 비교적 발전되기는 했지만 그것을 활용해야 할 소프트웨어나 콘텐츠 분야의 개발이 뒤떨어진 현실에서 정보의 소유나 보급이 필연적인 정보화도 세계 수준에 도달하기에는 요원한 것이다. 인터넷의 보급으로 한국인이 필요로한 정보를 얻고 활용하기보다는 한국의 정보가 공개되고 활용되는 현실은 한국 사회가 외국 자본에 발목을 잡힐 수밖에 없는 것이다. 국내산업이나 자산에 대한 평가는 대기업 내부 거래에 대한 엄격하고 객관적인 분석을 토대로 이루어져야 하고 그 평가에 의해 국내 산업의 구조를 분석하고 세계시장에 대한 올바른 정보를 확보함으로써 한국 사회는 세계화의 길에 들어설 수 있을 것이다.

2

문학비평가 김병익은 21세기의 '무서운 공룡'을 '과학과 자본의 복합체'라고 진단한 바 있다. 1997년 과학기술은 양을 복제하는 데 성공한다. 그것은 인간의 장기뿐만 아니라 생명을 복제할 수 있는 가능성을 열어놓은 것이기 때문에 세계의 지도자들과 지식인들로부터 비난의 대상이 되지만 일부 과학자들은 그것이 인간의 생명을 연장하고 인간의 불치병을 치유하는 길이라는 점에서 과학기술의 승리라고 평가한다. 그러나 세계의 지도자들과 지식인들은 과학자들에게 과학의 무분별한 발전이 가져올 수 있는 재앙에 대해 경고를 보내면서 생명에 대한 윤리 의식을 호소하고 있지만, 과학기술의 발전 과정을 보면 인간의 복제도 머지않은 장래에 이루어질 전망이다. 더구나 유전자 연구는 인간의 유전자 지도를 거의 완성할 단계까지 이르게 했다.

인간의 복제와 유전자 지도의 완성은 인간 장수에의 꿈을 실현시킬 뿐만 아니라 그것이 식량으로 확대될 경우 인류의 식량난 해소에 기여할 것으로 기대된다. 여기에서 세계화된 자본은 이러한 과학기술의 발전에서 엄청난 소득을 올릴 수 있기 때문에 막대한 투자를 서슴지 않는다. 이러한 과학기술의 발전은 컴퓨터의 발전과 함께 이루어진다.

컴퓨터에 의한 인공지능의 제작과 가상현실의 창조, 유전자 공학과 인간 복제를 통한 '신인류'의 출현과 생명 연장은 인간이 신의 영역을 침범하는 결과를 가져온다. 인간은 자신의 존재가 무엇인지, 그 존재를 복제한 존재는 어떻게 정의할 수 있는지, 두 존재 사이의 정체성은 어떤 것인지, 그 두 존재 사이에는 호응과 화합, 대립과 갈등은 없을 것인지 등의 문제에 부딪힐 것이다. 유전자 검사는 인권을 침해할 수 있고 노령화로 인한 사회적 문제는 성별, 연령, 인종 사이의 불평등을 가져올 수 있다. 여기에서 복제된 인간이 본래의 인간과 동일한 유전자를 갖고 동일한 인격과 능력을 소유할 것이라고 예견하는 것은 19세기적 결정론의 재판을 보는 것 같다. 유전자가 인간의 모든 것을 결정지을 것이라고 생각하는 것은 인간이란 존재가 살아가면서 생성되고 형성되는 존재라는 것을 망각한 결정론에 지나지 않는다. 그러나 과학이 인간의 통제력 범위를 벗어날 경우 인간은 과학에 종속될 수 있으며, 그것은 인류의 재앙이 될 수 있다.

이처럼 자본과 과학기술의 결합은 산업체와 대학의 협력으로 발전하여 엄청난 확대의 길을 걷겠지만, 그것을 조절할 수 있는 윤리 의식이나 공동체 의식의 부재는 그것을 반인류적 방향으로 흐르게 할 수 있다. 왜냐하면 세계화의 물결은 대학에서 과학기술이나 경영학과 같은 응용 학문을 발전시켜 대학의 주류를 형성하게 하고 있는 데 반하여, 윤리 의식과 공동체 의식과 관계되는 인문학을 주변으로 밀어내는 경향이 있기 때문이다. 여기에서 경계해야 할 것은 그 결합체와 협력체를 움직이는 것이 개인이 아니라 익명의 연구소이기 때문에 비인간화의 가능성을 지니고 있다고 김병익은 지적하고 있다. 자신의 이름을 걸지 않고 보이지 않는 존재로서 어떤 집단이 자기의 능력을 과시하고 이익을 추구하려 할 때 개인은 극단적으로 소외될 수 있다는 것이 그 주장을 뒷받침해준다. 그러나 자본과 기술이 결합하여 자신의 능력을 과시하려는 개인도 익명의 집단보다 훨씬 큰 위해를 인류에게 가져올 수 있다는 것은 역사에서 얼마든지 그 예를 찾아볼 수 있다. 개인이 극도의 개인주의에 사로잡혀 수단과 방법을 가리지 않는 경우 자본과 기술의 결합은 개인의 차원에서도 가장 비인간적이고 가장 비윤리적인 방향으로 발전할 수 있다. 윤리 의식이 결여된 과학기술의 발전은 인류의 재앙이 될 것이기 때문이다.

3

자본과 과학의 결합은 문화에 대해서도 엄청난 변화를 강요한다. 이미 후기 산업사회에 들어서면서 문화도 산업의 일부가 되었지만, 세계화 시대의 문화 산업은 기왕의 문화 형태를 근본적으로 변화시킨다. 그것은 문화와 예술이라는 창조적 행위를 산업이라는 경제구조 속에 흡수시킴으로써 그것의 표현을 모두 상품으로 바꿔버린다. 모든 문화와 예술 행위를 생산성과 유행성의 상품으로 바꿔버리는 것은 그것이 본래

가지고 있던 진정한 가치를 무시하고 교환가치로만 평가하게 만들며, 그것의 향유를 개인적 차원에서 집단적 차원으로 전환시킨다. 이러한 상황의 변화로 인해 문학도 문화 산업의 일부가 되고 예술은 대중의 소비 대상이 된다. 작가와 예술가 같은 문화 창조자는 대중적 인기와 소득에 의해 평가된다.

새로운 밀레니엄을 맞이하여 경제적 부가가치가 가장 큰 것으로 평가된 것이 문화 상품이다. 특히 미국의 「쥬라기 공원」과 같은 영화 한 편이 한국의 자동차 1년 수출고를 능가하는 수입을 올렸다는 평가를 받게 되면서 한국에서도 문화에 대한 관심이 급속도로 고조되고 있다. 그리하여 21세기를 문화의 세기라고 전망하면서 여러 가지로 문화의 상품화 가능성을 검토하고 있다. 그것은 문화를 누리는 것이 아니라 교환하는 것이라는 상업화의 길로 빠지게 만든다.

그 가운데 가장 관심의 초점이 되고 있는 것이 영상 문화이다. 여기에서 영상 문화라고 하는 것은 단순히 영화나 비디오만을 의미하는 것이 아니라 만화와 컴퓨터 그래픽, 컴퓨터 게임, 통신 문학 등 이른바 멀티미디어 혹은 디지털 문화 전체를 포함한다. 그 단적인 예가 오늘날 거의 모든 대학이 멀티미디어를 전공으로 다루는 분야들을 새롭게 개설하고 있는 것으로 나타난다. 이런 현상은 한편으로 대학이 한국 사회의 빠른 변화에 대응하는 긍정적인 측면으로 평가될 수 있지만 다른 한편으로는 모든 대학이 기존의 학문 체계는 도외시한 채 사회가 요구하는 실용적 분야만을 개발하는 부정적인 측면으로 평가될 수 있다. 왜냐하면 그것이 자칫하면 기초 분야의 말살을 초래하고 대학을 취업 중심의 직업 훈련 학교로 전락시킬 위험이 있기 때문이다. 그것은 대학을 천박한 자본주의의 첨병으로 전락시킬 위기를 초래할 수 있다.

 개인용 컴퓨터의 보급 확대에서 시작되어 인터넷의 보편화가 불러일으키고 있는 디지털 문화의 위력은 오늘날 한국인의 일상적 삶의 모습을 근본적으로 변화시키고 있다. 변화의 속도가 빨라짐에 따라 세대마다 사고방식이 달라지고 있고 생활 방식이 달라지고 있다. 넘쳐나는 정보의 홍수 속에서 정보를 많이 가진 사람과 정보를 적게 가진 사람, 정보를 활용하는 사람과 그것을 활용하지 못하는 사람 사이에 빈부의 격차가 심화되고 있다. 제조업을 근간으로 하는 기업은 그 생산단가의 고액으로 인해 성장이 둔화되는 반면 생산을 근간으로 하지 않는 정보산업과 서비스산업이 고도성장을 함으로써 두 종류의 기업 사이에 부의 편중 현상이 일어난다. 기업의 벤처화로 인해 모든 구성원들에게 돈의 액수에 따라 직장을 얼마든지 바꿀 수도 있고, 운의 좋고 나쁨에 따라 일확천금도 노릴 수 있다고 생각하는 등 직장 개념이 바뀌고 있다. 많은 젊은 인재들이 큰 기업체에서 많은 동료들과 함께 일하는 것을 포기하고 스스로 '벤처' 회사를 만들어 자기 기업을 경영하는 모험을 감행한다. 자신이 살고 있는 삶과 사회에 대해 끊임없이 반성하고 비판적인 지식인이 되기보다는 자신이 가지고 있는 지식을 활용해서 경제적 부를 새롭게 창출하는 '신지식인'이 되고자 하는 것처럼 오늘날 지식인의 역할도 달라지고 있다. 이와 같은 환경과 사유 방식의 변화는, 반성을 기본적 덕목으로 가지고 있는, 문학을 비롯한 인문학 전체에 전반적인 위기를 초래하고 있다. 그 위기는 변화에 쉽게 대응하지 못하는 인문학 본래의 성격에서 비롯되는 것도 있지만, 변화에 대응하기보다는 변화하지 않고자 하는 인문학자의 태도에서 유래하는 것이 더욱 많다.

일반적으로 인문학자들은 문자 문화를 그들의 본령으로 생각하고 그것이 아닌 다른 문화, 예를 들면 영상 문화 같은 것을 문자 문화보다 하위의 장르로 생각하고 폄하하는 경향이 있다. 이미 젊은 세대는 문자 문화의 주역들보다 영상 문화의 주역들을 환호하고 부러워하며 그들을 우상으로 생각하고 있음에도 불구하고 인문학자들은 후자를 '딴따라'라는 표현으로 호칭하면서 문자 문화의 주역들을 문화의 주역으로 평가한다.

　그것은 인문학의 오랜 전통에서 기인한다. 인문학의 전통적인 정신을 역사학자 김영환은 다음과 같이 간단명료하게 정리하고 있다.

　1) 인문학은 규범적 성격이 강한 학문으로서 "지혜와 덕을 겸비한 교양인을 길러내고자 하"고 "자유정신과 책임 의식이 조화된 건전한 시민을 육성하고자 하"여, "궁극적으로는 사물을 정합적이고 종합적으로 볼 수 있는 사람, 즉 편향되지 않고 균형감 있는 안목을 가진 인간의 양성을 목표로" 하고,

　2) 인문학은 "확실성을 추구하는 것이 아니라 개연성을 추구하는" 것으로서 "절대적 진리나 정의일 수 없는 상황에서 최선의 판단과 선택을 하도록 도와주는 학문"이고,

　3) 인문학이 추구하는 것은 "지식이 아니라 지혜"로서 "진리의 실천을 목표로 하"기 때문에 과학이라고 할 수 없고,

　4) 인문학은 "반성적 자기 성찰적 학문이라는 점에서" "자기를 인식하고 완성시키는 학문이라는 점에서" 다른 학문과 차이가 있다.

　이러한 성격 때문에 인문학은 고전을 읽고 이해하는 '이해의 인문학'의 범주에 머물며 문자 문화 이외의 것을 자신의 분야로 수용하기를 거부하고 있다.

바로 여기에서 전통적인 인문학은 위기를 맞게 된다. 문화의 환경이 변하고 그것을 실천하는 도구가 문자에서 멀티미디어로 바뀌고 있음에도 불구하고, 그리고 문화가 상품으로 팔려 부를 축적하는 방법이 되고 있는 현실에서 인문학은 스스로 과거의 위상을 포기할 수도 없고 여러 가지 변화를 모색하여 새로운 문화를 주도할 수도 없는 위기에 처해 있다. 이 위기를 극복하기 위하여 인문학은, 상황의 변화 속에서 개인의 판단과 선택을 도와주는 역할을 지속하려 한다면, 문화의 세기에서 보다 적극적으로 스스로의 범위를 확대할 필요가 있다.

4

문학은 이러한 변화에 비교적 유연성을 지닌 분야이다. 일찍부터 문화 상품으로 널리 보급되기 시작한 문학은 독자의 절대적인 힘의 작용을 받아왔다. 그렇기 때문에 이미 한 세대 전부터 새로운 문화의 시대를 예견한 문학은 '문학의 죽음'을 논할 정도로 문화적 상황의 변화에 민감한 반응을 보여왔다. 그럼에도 불구하고 많은 사람들이 문학의 위기를 거론하는 것은 인터넷의 일반화가 문자 문화를 이용할 만큼 한가하게 만들지 않고 있으며, 모든 것에 대한 평가 기준이 속도의 빠르고 느림에 의존함으로써 반성적인 문자 문화가 외면당하기 시작했기 때문이다. 그 결과 천재들이 쓴 걸작의 독자로만 남아 있던 사람들이 PC 통신에서 스스로 표현할 수 있는 기회를 갖게 되었고, 그로 인해 지금까지 천재들에게만 주어지던 글쓰기의 기회가 모든 사람에게 주어짐으로써 글쓰기의 특권화가 인정되지 않고 있다. 인터넷의 보급으로 등장하기 시작한 통신 문학은 익명의 작가 혹은 무명의 작가의 등장 가능성을 열어놓았을 뿐만 아니라 창작을 개인의 전유물로 생각하던 종래의 개념을 바꿔놓기까지 한다. 즉 한 사람이 쓰기 시작한 이야기를 다른 사람이 받아 쓰며 또 서로 의견을 교환하면서 집단적으로 쓰기까지 한다. 최근에 일어난 한국 소설의 변화는 그렇게 이루어진 '하위문학'의 영향 아래 가능했던 것으로 보인다.

한국 문학은 한국 사회의 권위주의에 대항해 민주화와 인간화를 위한 험난한 길을 오랫동안 걸어왔다. 그 과정에서 한국 문학은 수많은 대서사 문학을 만들어냈다. 그러나 군사정권이 무너지고 '문민정부'에 이어 '국민의 정부'가 들어섬으로써 민주화와 인간화를 위한 싸움에서 눈에 보이는 거대한 대상을 잃게 된 문학은, 따라서 스스로 추구해야 할 가치를 사회적 자아에서 찾지 못하고, 그렇다고 해서 심층적 자아에서 찾을 수 있을 만큼 내면적 가치를 발견하지도 못한다. 오랫동안 권위주의 사회에서 그것과 맞서 싸워온 한국 문학은 싸움의 대상이 무너지자 전혀 달라진 새로운 세계에서 방황하게 된다. 이른바 신세대 문학이라고 불리는 새로운 세대의 작품 주인공들은 그들이 살고 있는 세계에 대해서 큰 관심을 보이지 않는다. 전통적인 소설의 작중인물이 자신이 살고 있는 세계에 대해서 질문을 던지고 때로는 거기에 반항하고 고민하면서 고통스럽게 살고 있는 데 반하여, 새로운 세대의 주인 공들은 자기 세계에 대해서 무관심하고 자신에게 주어지는 여건에 대해서 수동적이며 아주 사소한 것에 흥미를 보인다. 그들은 스스로 추구해야 할 가치를 가지고 있지도 않고 즉각적이고 즉물적인 충동에 따라 망설임 없이 행동한다. 그들은 이념적 갈등도 느끼지 않고, 생활하는 고통도 모르고 산다. 삶의 구체적인 고통이 없는 그들의 안락한 생활은, 공동체에 대한 이상을 실현하고자 하는 꿈도 없고 대량 생산 사회의 단순한 소비자가 되고 있는 것처럼 보인다. 그들은 자신이 속한 사회와 가족제도에 대해 어떤 구속도 느끼지 않고 사회적이고 종교적인 관행을 희화하고 무시하고 그것을 위반함으로써 자신의 정체성을 발견하기도 한다.

그 작가들은 이야기의 줄거리를 단선적으로 엮어가는 것이 아니라 단편적인 장면을 입체적으로 보여줌으로써 만화나 영화에서 볼 수 있는 몽타주 수법을 자주 사용한다. 현재의 삶을 과거의 것으로 삼고 미래의 삶을 현재의 것으로 묘사하기도 하고, 육체적인 관계가 감정과는 상관없이 즉물적으로 이루어진다. 그들은 짧은 문장을 사용하여 문장 안에서는 메시지의 애매성이 없게 하고 있지만 문단 차원에서는 애매성이 증폭되는 기법을 사용해 영상 문화에 익숙지 못한 사람들이 이해하기 곤란하게 만든다. 그들은 기존의 규범이나 가치를 추종하지 않으며 선배들에게 금기로 되어 있는 것을 위반하는 데 아무 거리낌 없이 행동한다. 심지어는 자신의 작품이 기존 작품의 패러디라거나 패스티시라고 주장하면서 그것이 자기 세대의 문화의 한 양상임을 자부한다. 그들은 문학을 예술적인 완성으로 보는 것이 아니라 유희처럼 수행 과정에 의미를 부여할 수 있는 장르로 보고 있다. 그렇기 때문에 그들의 작품은 인과관계로 이루어진 것이 아니라 우연과 기분에 따라 이루어진 것처럼 보인다.

이러한 신세대의 문학을 보면 그것이 영상 문화의 압도적인 영향을 받고 있음을 알 수 있다. 영화, 비디오, 만화, 컴퓨터 게임, 통신 문학 등으로 대표되는 영상 문화는 이들 신세대 문학에서 사용되고 있는 기법과 느껴지고 있는 감각과 일어나고 있는 행동의 모델 역할을 하고 있다. 그렇기 때문에 이들의 문학은 기성세대의 문학에 비해 낯설게 느껴지는 것이 사실이지만, 그것이 곧 완전한 새로운 문학이라고 할 수 있을지는 의심스럽다. 디지털 문화의 영향으로 소설의 문체가 단문화하고 거기에서 다루어지는 주제가 가벼워지는 것은 사실이지만 소설이 가지고 있는 이야기로서의 기능은 여전히 유효하기 때문이다.

이러한 문학적 변화는 그 상황의 변화에 따른 문학적 조건이나 문체와 같은 형태의 변화를 가져올 수는 있지만, 문학 자체의 본질적인 변화를 가져온다고는 볼 수 없을 것 같다. 그러한 변화는 위에서 살펴본 바와 같이 소설에 영향을 미칠 수는 있지만, 이야기로서의 소설 본래 역할의 흐름을 바꿔놓을 수는 없기 때문이다. 실제로 많은 사람들이 영화가 나오고 비디오까지 나왔을 때 이야기로서의 소설의 역할은 끝난 것으로 말하기도 했다. 그러나 그 후 백 년의 세월이 지난 오늘날 소설은 여전히 문학에서 가장 중요한 장르로 자리 잡고 있고, 문학의 여러 장르 가운데 가장 많은 독자를 확보하고 있다. 또 라디오와 텔레비전이 대중화되기 시작했을 때, 그로 인해 신문의 역할이 축소되고 어쩌면 사라질 것으로 예언한 사람들도 많았다. 그러나 라디오나 텔레비전이 보도의 신속성과 현장감을 살리는 데 결정적인 역할을 하고 있는 반면에 신문이나 잡지는 정확한 분석과 해석의 기능을 수행하면서 저널리즘의 중요한 몫을 여전히 담당하고 있다. 이러한 사실로 미루어 볼 때 오늘날 인터넷이 보급됨으로 인해 종이가 필요 없는 시대가 오고 인쇄된 책이 머지않은 미래에 사라질 것이라 주장하는 사람들의 예언도 틀릴 것으로 보이고 문학의 존재가 미미해질 것이라는 예언도 맞지 않을 것으로 보인다.

그러나 그 모든 예언은 문자 미디어와 영상 미디어의 역할과 기능의 차이를 간과하고 있다. 그러한 예언자들은 이 세상에 기능적이고 실용적인 것만 있으면 될 것이지 문학이나 인문학 같은 반성적이고 비판적인 것의 존재가 어디에 쓰이는지, 왜 필요한지 알고자 하지 않는다. 이처럼 반지성적이고 배금주의적 예언자들로 인해 오늘날 대학에서 문학 교육이나 인문 교육을 필요 없는 것으로 취급하고 자연을 파괴하고 생태학적 질서를 깨뜨리는 기술 교육만을 필요한 것으로 인식하고 그것만을 발전의 척도로 삼게 된다. 그로 인해 오늘의 대학은 직업 훈련소로 전락하고 대학 교육은 반인문적 실용 교육 중심의 취업 교육이 되고 만다. 라디오와 텔레비전이 보편화됨에도 불구하고 신문이나 잡지가 건재하다는 사실을 보거나, 영화와 비디오가 생활화되도록 보급되어도 시와 소설이 확실한 독자를 충분히 확보하고 있다는 사실을 보면, 디지털 문화가 아무리 보급되어도 문학의 죽음을 가져올 수는 없다는 것을 알 수 있게 한다.

5

문자 문화로서의 문학에 대한 이러한 진지한 반성에도 불구하고 오늘의 베스트셀러는 반성에 기초한 것이 아니라 대중적 정서에 기초한 것이다. 한국 경제가 IMF 관리 체제로 들어간 다음 많은 사람들이 구조 조정의 희생자가 되어 직장에서 추방되고 실직의 고통을 안게 되었을 때, 가부장 제도의 절대적 지배를 받고 있는 한국 사회는 실직한 아버지의 고통을 그린 소설에 공감을 보냈다. 그것은 전통적인 소설에 대한 반성이라는 문학적인 문제가 아니라 사회적 정서에 호소하는 사회적 소재가 독자들의 관심을 집중시켰음을 의미한다. 몇 년 전에 다시 불치의 병에 걸린 아들에 대한 아버지의 애정과 고통을 그린 소설이 몇 달 동안 독자들의 인기를 독차지한 적이 있다. 그것은 문화의 시대가 문학의 문제에 끼치는 영향을 가늠하게 할 수 있는 단서를 제공한다. 얼마 전 한국의 어느 일류 대학 도서관에서 조사된 집계에 의하면, 그 도서관에서 가장 많이 대출된 책을 조사했더니 폭력과 섹스가 중심이 된 만화 같은 인터넷 소설이었다. 그것이 교육과 연구의 장인 대학에서 일어난 현상이라는 점에서 보면 스캔들에 해당하지만 문화의 대중화라는 시대적 흐름에서 볼 때 얼마든지 있을 수 있는 일이다.

일본의 대중적 독서 경향이 만화에 집중되고 있다는 것은 한국에도 널리 알려진 사실이지만, 한국 대중사회에서도 만화가 가장 많은 독서의 대상이 되어가고 있다. 위성방송과 인터넷의 보편적 보급은 국가와 국가 사이의 문화적 장벽을 무의미하게 만든다. 한국 사회가 일본 문화에 문호를 개방하는 것은 장벽 자체가 무의미해지고 있는 오늘의 문화적 상황의 반영이라고 할 수 있다. 이미 한국 사회에서도 만화에 대한 인기는 가히 폭발적이라고 할 만큼 젊은 독자들을 사로잡고 있다. 게다가 컴퓨터 게임의 보급은 급속도로 확대되고 있어서 그것이 이미 청년 문화의 일반적 양상으로 자리 잡고 있다. 일본이 전 세계의 만화 시장을 지배하고 있는 것처럼 한국은 전 세계의 컴퓨터 게임 시장을 석권할 수 있는 가능성을 가지고 있다. 그러나 한국에서는 만화가 일본의 대중문화를 이끌고 있다고 해서 일본에 엘리트 문화가 없다고 말하지 않는다. 오히려 일본은 전통문화를 보존하고 그것을 양식화하여 발전시킨 나라로 손꼽히고 있고 고급문화를 개발하여 세계화시킨 나라의 모범으로 평가되고 있다. 그것은 문화가 상품화되는 시대에서 대중문화를 무조건 폄하하고 고급문화만을 고집하는 것이 문화의 질을 유지하고 높이는 것이 아님을 입증한다. 미국에서 록 음악이 젊은이들의 세계를 휩쓸고 있다고 해서 고전적인 음악이 연주되지 않는 것이 아니고 고전음악에 대한 연구나 작곡이 없어지는 것이 아니다.

세계화 시대에는 문화의 개발과 선택 자체를 대중에 맡길 수밖에 없는 측면이 있다. 여기에는 상업주의가 개입될 수 있고 대중문화가 고급문화를 추방하는 부정적인 현상이 있을 수 있다. 문화를 시장의 원리에만 맡기면 그러한 결과를 가져올 수 있다. 이러한 현상을 방지하여 대중문화와 고급문화를 모두 발전시키기 위해서는 교육과 정책이 제대로 역할을 수행해야 한다. 여기에는 한편으로 저급문화와 대중문화를 구분하는 능력을 길러주어야 하고, 고급문화의 의미와 깊이를 알게 하여 그것을 누리는 능력을 길러주는 교육이 있어야 한다. 진정한 삶의 질은 즉각적인 쾌락을 만족시키는 데에서만 결정되는 것이 아니라 축적됨으로써 느낄 수 있는 희열을 아는 데서 결정된다는 것을 배우게 해야 한다. 한국에서는 고급문화와 대중문화를 구분하는 교육과 정책이 세계화 시대에서 해결해야 할 과제로 대두되고 있다.

다른 한편으로 대중문화의 보급을 시장경제의 원리에 맡겨 그 자체로 경쟁적인 힘을 갖추게 해야 하지만, 고급문화의 개발과 보존에는 상업주의가 개입하지 못하도록 재정적 지원을 아끼지 않아야 한다. 문화를 시장경제 원리에만 맡길 경우 대중문화만 살아남고 고급문화는 도태될 수밖에 없다. 미국, 일본, 그리고 유럽의 선진국들은 고급문화를 개발하고 보존하는 문화 정책을 펼치고 있다. 그러나 한국에서는 고급문화를 보존·발전시키는 데 정책적인 배려가 너무나 미약한 반면에, 대중문화에 대한 정책적 관심은 훨씬 높은 편이다. 그것은 한국 사회에서 개방의 역사가 짧고 독자적 대중문화의 전통도 많지 않기 때문인 것처럼 보인다.

교육과 정책이라는 두 가지 측면만 보장된다면 문화의 시대에 대중문화의 지배를 두려워할 필요는 없다. 이미 문화의 대중화는 시작된 것이다. 한국 소설에도 만화소설, 환상소설, 탐정소설, 감상소설 등이 대중적 사랑을 받고 있고 이른바 순수소설의 독자가 감소하는 추세에 있다. 그렇지만 선진국에 비하면 아직 한국의 순수문학은 행복할 만큼 많은 독자를 가지고 있다. 이러한 현상은 군사정권이 지배하던 권위주의 시대에 문학이 민중과 함께 호흡하며 민중의 곁에 있었던 것으로 인해 독자들에게 아직도 친화력을 잃지 않고 있기 때문이다. 그러나 권위주의 시대가 끝나고 민주화가 된 이후 순수문학은 독백의 형태로 변함으로써 개별화되고 있다. 독자들의 관심도 개인화되고 즉각적이 됨으로써 순수문학과 독자의 관계가 변하고 있다. 대중소설의 힘은 커지고 있고 순수소설의 영향력은 감소되고 있다. 이런 현상을 더 크게 본다면 문자 문화의 영향력은 줄어들고 영상 문화의 힘은 강화되고 있다고 해석된다. 그 결과 언젠가는 문자 문화인 순수문학을 보호해야 할 시대가 올지도 모른다. 대중문화만이 지배하는 시대에는 순수문학의 자리가 그렇게 넓지 않기 때문이다.

그러나 아직도 순수문학이 많이 읽히는 한국 사회는 희망이 있는 사회이고 살 만한 사회임이 분명하다. 21세기가 문화의 시대라고 하지만, 한국 문학은 아직도 그 중심에 자리 잡고 있고 앞으로도 있어야 한다. 그리고 독자를 확보하기 위해서라도 한국 문학은 이야기로서의 그 역할을 지키고자 한다. 그렇게 지키기 위해서는 문화 자체의 변화에 상응할 정도로 문학도 스스로 변화하지 않으면 안 된다. 그러한 점에서 오늘의 신세대 문학의 변화가 어떤 의미를 갖는지 보다 진지하게 검토되어야 한다. 문학이 상업주의의 달콤한 유혹에 휩쓸리지 않으면서 자본과 기술이 결합한 진정한 의미의 문화 상품이 될 수 있는 길은 한국 사회가 풀어야 할 과제이다. 그 과제에 대한 직접적인 대안은 앞으로 한국 사회가 고심해야 할 부분이다. 그 과정에서 반드시 고려해야 할 부분을 상징적으로 말해주는 시 한 편을 인용함으로써 결론을 대신하고 싶다.

나, 시간은,
돈과 권력과 기계들이 맞물려
미친 듯이 가속을 해온 한은
실은 게으르기 짝이 없었습니다.
(그런 속도의 나락에서 헤어나지 못하고 보면
그건 오히려 게으름이었다는 말씀이지요.)

마음은 잠들고 돈만 깨어 있습니다.
권력욕 로봇들은 만사를 그르칩니다.
자동차를 부지런히 닦았으나
마음을 닦지는 않았습니다.
인터넷에 뻔질나게 들어갔지만
제 마음 속에 들어가보지는 않았습니다.

나 없이는 아무것도
있을 수가 없으니
시간이 없는 사람들은 실은
자기 자신이 없습니다.
돈과 권력과 기계가 나를 다 먹어버리니

당신은 어디 있습니까?

나, 시간은 원래 자연입니다.

내 생리를 너무 왜곡하지 말아주세요.

나는 천천히 꽃 피고 천천히

나무 자라고 오래오래 보석 됩니다.

나를 '소비'하지만 마시고

내 느린 솜씨도 찬탄도 좀 보내주세요.

　　——정현종, 「시간의 게으름」 전문(『견딜 수 없네』, 시와시학사, 2003)

생태주의 인문학을 위한 제언

1. 왜 인문학이 문제가 되고 있는가

새로운 시대에 인문학이란 어떤 것이어야 하는가? 이 물음에 대답하기 위해서는 왜 이런 질문을 제기할 수밖에 없었는가 생각하지 않을수 없다. 그것은 과학기술의 발달과 사회구조의 변화로 우리의 삶의조건이 엄청나게 달라지고 있기 때문이다. 졸업 후에 일정한 자격이주어지는 실용적인 학문이 젊은 대학생들의 관심을 끌고 있는 데 반하여 졸업 후 아무런 직장도 보장해주지 않는 인문학을 비롯한 기초 학문은 대학 입학이라는 관문을 통과하는 수단으로 전락해버린 것이 오늘의 현실이다. 인문대학에 입학하면 인문학을 전공하고자 하지 않고사법 고시나 행정 고시를 준비하거나, 언론계의 입사 시험을 준비하거나, 통역사나 번역가가 되기 위해 어학연수를 떠나거나, 경영이나 재정 전문가가 될 수 있는 길을 모색하게 된다. 그것은 대학이 교양과 전문성을 겸비한 종합적 사유와 창조적 사유를 가능하게 하는 교육의 장으로서의 기능을 할 수 없게 만들고 직업 훈련을 하는 학교로 전락하게 한다. 과학기술의 발달은 사람다움이란 무엇인지 생각할 수 없게 만들고, 사회구조의 변화는 부와 권력을 삶의 질적 평가의 기준으로 삼게 만든다. 이러한 현실 속에서는 어떻게 사는 것이 사람답게 사는 것인가와 같은 질문은 쓸데없는 한눈팔기에 지나지 않으며 구체적인 목표를 향해 전진하는 것만이 생존의 훌륭한 수단으로 인식된다. 이처럼 인문학이 우리의 삶에서 차지하는 비중이 약화되고 인문학의 효용 가치에 대한 인식이 희박해지는 오늘의 현실에서 그 원인을 규명하는 것이 선행되어야 한다.

인문학의 위기 조건을 사회과학과 자연과학 등 인접 과학의 성공에서 찾는 학자들도 있다. 자연과학의 성공은 과학기술의 발달로 이어지면서 일상적 삶의 속도를 빨라지게 하고 편의 위주로 안락한 삶을 생각하게 만든다. 그것은 한정된 공간 안에서 살아온 인간에게 공간 개념을 바꾸게 할 뿐만 아니라 물질적으로 풍요롭고 안락한 삶을 보다 오래 누릴 수 있게 만든다. 게다가 심리학, 사회학, 경제학, 정치학과 같은 사회과학의 발달은 인간의 삶에 대해 깊이 있는 분석을 가능하게 하면서 생산과 소비, 욕망과 소유, 정보와 소통 분야에 엄청난 변혁을 가져온다.

이 두 분야의 성공은 도구적이 아닌 인문학의 필요성을 인식하지 못하게 만든다. 원자폭탄을 만드는 기술이 개발되고, 그것이 가지고 있는 위력이 전쟁을 종식시킬 수 있는 힘으로 작용한다는 것이 과학기술과 사회과학이 주장하는 영역에 속한다면, 그것의 존재와 그것의 사용이 인류의 미래에 어떻게 작용할 수 있는지 비판적으로 검토하고 반성하는 것은 인문학의 영역에 속한다. 그러니까 과학기술과 사회과학이 발달한 사회에서 인문학은 거추장스럽고 시대에 뒤진 것으로 취급될 수밖에 없다.

인문학이 비판적이고 반성적인 것은 고전적 텍스트를 읽고 이해함으로써 획득한 교양과 비전에 의해서 자신이 살고 있는 삶의 질을 생각하고 사람다움의 참뜻을 실현하고자 하기 때문이다. 그런데 과학기술과 사회과학의 발달은 우리의 삶에서 힘과 속도와 편의에 가치를 부여함으로써 인문학 자체의 유용성을 의심하게 하고 그리하여 인문학과 삶 사이의 괴리 현상을 가져오게 한다.

2. 전통적인 인문학

인문학이나 다른 과학은 모두 앎에 대한 추구이다. 자연과학이 자연현상과 원리에 대한 앎을 추구하고 사회과학이 사회현상과 원리에 대한 앎에 도달하고자 한다면 인문학은 인간의 사유와 감각, 인간의 신념과 꿈을 표현하는 모든 텍스트를 분석하고 해석하여 삶의 현상과 있을 수 있는 삶에 대한 앎에 도달하고자 한다. 법칙을 발견하여 그 영향력을 최대한 확대하고자 하는 것이 모든 과학의 속성이라면 인문학은 그러한 법칙이나 영향력이 인간과 삶에 긍정적으로 작용할 수 있는지, 그리하여 사람다운 삶을 이룩하는 데 도움을 주는지 알고자 하는 것이 그 속성이다. 따라서 전자가 앎의 목적에 대해 효용성을 우선적으로 따지는 반면 후자는 반성적 사유의 자유로운 토론장으로서 기존의 믿음과 앎에 대해 새롭게 해석하고 평가함으로써 새로운 가치를 탐구한다. 새로운 가치는 삶의 질을 높이는 데 기여할 수 있지만, 부와 권력이라는 지배적 힘을 소유하는 데 장애 요인으로 작용할 수 있다. 그렇기 때문에 인문학은 고매한 인격을 갖추는 데 필요하다는 것을 인정하면서도 현실적인 이익 앞에서는 외면당한다.

인문학은 신학과 문헌학을 중심으로 전통적인 형이상학으로 자리를 잡은 뒤 20세기에 들어와서 놀라운 발전을 이룩하였다. 그것은 인접 학문의 도움을 받아 고도로 전문화되었음을 의미한다. 무의식의 발견으로 표현되는 프로이트S. Freud의 정신분석학, 언어의 공시성과 통시성, 계열성과 통합성으로 구조주의적 이론을 만들어낸 소쉬르F. de Saussure의 일반언어학, 자본주의 사회의 모순의 분석을 통해 사회주의적 이상을 꿈꾸었던 마르크스K. Marx의 사회주의 이론 등은 텍스트에 대한 총체적 이해에 도달하고자 한 인문학을 '인문과학'으로까지 불릴 수 있게 만드는 데 기여한다. 그것은 인문학이 과학적인 방법론을 도입하여 분석의 엄격성과 해석의 과학성을 확보하게 하여 전문화의 길에 들어서게 한다. 그것은 인문학을 발전시킨 것으로 평가될 수 있지만, 다른 한편으로는 세부적 전문화라는 과학적 유혹에 빠져 교양을 갖춘 전체적 시각을 잃어버리게 한 것으로 평가될 수 있다. 인문학이 하나의 과학을 지향하면서 전문화된 것은 전통적 인문학의 총체적이고 통합적인 관점을 약화시킨 반면에 취업의 보장 없이 전문화되었다는 점에서 옛날의 매력을 상실한 결과를 가져왔다.

3. 새로운 인문학의 추구

최근에 와서 학제 간의 연구가 권장되면서 세분화되고 전문화된 인문학을 통합하려는 움직임이 대두되고 있다. 그것은 전체적이고 통합적인 관점을 회복하는 데 긍정적으로 보이는 것이 사실이지만, 한번 전문화된 인문학을 교양과 자기완성의 도구로 삼아 확실한 진리의 개념을 주는 데 도움을 줄 수 없게 만든다. 제도로서의 인문학이 위기에 처할 수밖에 없는 것은 그것이 과학의 범주에 들어갈 수 없음에도 불구하고 대학에서 전문화된 지식을 전제로 가설을 내세우고 그것을 입증하는 과정에서 전체적인 통찰력을 잃어버렸다는 데 있다. 그리하여 전산인문학, 영상인문학, 디지털 인문학 등 무수한 전문 분야가 탄생하고 그것을 이해하기 위해서 또 다른 지식을 가져야 하며, 그럼으로써 새로운 과학기술에 접근해야 하는 악순환을 경험하게 된다. 그것은 거대 담론의 붕괴로 이어지고 미세 담론이 대표적인 담론이 되고 거대 이론이 분화되고 의식이 분화되는 현상을 낳게 된다. 사물에 대한 분석 정신이 강화됨으로써 미세한 이야기에 관심이 고조되고 따라서 전체를 보는 인문학의 역할이 축소된다.

최근 몇 년 사이에 이러한 인문학의 위기에 대한 반성과 논의가 많은 학자들에 의해 상당히 활발하게 진행되고 있다. 그 가운데 주목할 만한 것을 든다면, 1997년 11월 28일 전국대학 인문학연구소협의회가 '현대 사회의 인문학—위기와 전망'이라는 제목으로 주최한 학술 심포지엄[1]과 1998년 11월 5일 학술단체협의회가 창립 10주년을 기념하여 '1990년대 한국 인문사회과학의 현 단계와 전망'이라는 제목으로 개최한 연합 심포지엄,[2] 한국기호학회와 이화여대 기호학연구소가 공동으로 2000년 12월 20일 '인문학과 생태주의'라는 제목으로 주최한

---

1 전국대학 인문학연구소협의회 편, 『현대 사회 인문학의 위기와 전망』, 민속원, 1998.
2 학술단체협의회 편, 『한국 인문사회과학의 현재와 미래』, 푸른숲, 1998.

학술대회,[3] 한국철학회가 2001년 10월 26~27일 '생명공학 시대의 철학적 성찰'이라는 제목으로 개최한 한국 철학자대회 등을 들 수 있고, 중요한 연구로는 정대현·박이문·유종호·김치수·김주연·이규성·정덕애·최성만 교수가 공동으로 연구한 『표현인문학』과 박은정 교수가 쓴 『생명공학 시대의 법과 윤리』 등이 있다. 이 학자들이 디지털 시대의 영상 문화가 주도하는 새로운 사회의 도래와 생명공학의 발달에 의한 생명 복제 시대의 도래에서 인문학의 위기를 느끼고 있는 것은 인문학의 미래에 새로운 전기를 마련해야 한다는 공통적인 의식을 나누는 결과로 나타난다. 그것은 젊은 세대로 대표되는 디지털 세대가 그동안의 문자 문화에 의존하던 기존의 관습을 버리고 영상 문화에 경도되는 사실과, 과학기술의 발달이 인간에게서 질병을 추방하고 생명을 연장하는 방법으로 인식된다는 사실로 구체화되기 시작한다. 그러니까 여기에서 논의에 참여한 사람들은 누구나 새로운 인문학이란 어떤 것이어야 하는가 생각할 수밖에 없다.

그렇다면 전통적인 인문학을 어떻게 규정할 것인가 하는 문제가 검토의 대상이 되지 않을 수 없다. 전통적인 인문학이 역점을 둔 것은 고전을 읽고 이해함으로써 인격 도야에 이르는 것이다. 이탈리아의 휴머니스트들은 그리스 고전에서 언어와 행동의 모형을 찾고자 했고 그리하여 그리스의 고전을 근대어로 번역하는 것은 일차적으로 인문주의자가 하는 일이었다. 그들은 그리스의 철학자들에게서 글쓰기의 전범을 배웠고 삶과 죽음의 방식을 배웠다. 그래서 토마스 만 같은 20세기의 작가는 "우리 인문주의자들은 모두 교육자적 열망을 가지고 있

---

3 한국기호학회의 편, 기호학 연구 제9집 『생태주의와 기호학』, 문학과지성사, 2001.

어요. 인문주의와 교사 사이에는 역사적 연관이 있어요. 그리고 그것은 심리적 사실에 기초하고 있기도 하지요. 인문주의자는 교육자가 되지 않을 수 없고, 또 의당 그리 되어야 하오. 인간의 존엄성과 미의 전통은 인문주의자가 관장하고 있기 때문이오"[4]라고 말하고 있다. 인문주의자가 교육적 열망을 가지고 있다는 것은 인간의 존엄성과 미적 전통을 전수하는 것이 인문주의자의 역할임을 강조하고 있다. 그것은 '성장소설'로 번역된 독일어의 '빌둥스로만Bildungsroman'과 같은 맥락에서 파악된 인문주의 정신의 표현이다. 그것은 다른 말로 '교양소설'이라고 번역되며, 따라서 '교양을 통해서 사람다움에 이르게 된다'는 것을 의미한다. 고전적 소설을 통해 주인공의 성장하는 모습에서 삶의 교훈을 얻고 인격을 갖춘다는 이러한 인문 정신은 고전의 읽기를 통해서 자신의 교양을 갖추고 비판 정신을 함양하여 자유의 확장에 이르는 것이다. 고전을 읽음으로써 세계에 대한 물음과 기존의 지식에 대한 비판과 사물에 대한 이해에 도달하고 그것을 통해 자유의 확장에 이르는 특성을 지닌 전통적 인문학은 만물이 인간을 위해 존재하는 인간중심주의를 철저하게 표현하고 있다. 학자에 따라서는 "인문학이 인간을 위한 것인 이상" 인간중심주의가 "오히려 당위적이고 필연적이라고" 주장하는 견해도 있지만,[5] 전통적 인문학은 인간과 자연을 구분하고 정신의 소유자인 인간이 자연을 지배하는 특권을 가졌다는 관념에 기초하고 있다.

　그러나 오늘날의 인문학이 처한 위기 조건에 비추어볼 때 새로운 인문학은 인간이 자연의 정복자나 지배자가 아니라 하나의 생명체로서

4　토마스 만, 『마의 산』 제3장.
5　남경희, 「생태주의 인문학 서설」, 『생태주의와 기호학』 기호학연구 제9집, p. 46.

자연의 일부라는 것을 전제로 생명 친화적이고 자연 친화적인 인문학이어야 한다. 인간은 자연 속에 살고 있는 생명체로서 생태계를 형성하고 있는 하나의 구성원이다. 그런 점에서 새로운 인문학은 현대 문명으로부터 여러 가지 위협에 직면해 있는 인간을 살리고 자연을 살리고 나아가 생태계를 살리는 길을 적극적으로, 필연적으로 모색해야 한다. 인간을 위한다는 것은 자연을 훼손하고 생태계를 파괴함으로써 가능한 것이 아니라 자연을 보존하고 생태계를 살림으로써 가능하기 때문이다. 그것은 인문학이 모든 생명체에 대한 의식의 전환을 가져올 수 있는 방법을 모색해야 한다는 것을 의미한다.

4. 왜 생태주의 인문학인가

인문학이나 사회과학이나 자연과학이나 모든 학문은 앎을 목적으로 삼고 있다는 공통점을 지니고 있지만, 인문학적 앎과 과학적 앎은 근본적으로 다르다. 인문학적 앎의 대상은 텍스트인 데 반하여 과학적 앎의 대상은 객관적 현상이다. 인문학적 앎이 반성적 사유를 목적으로 삼고 있다면 과학적 앎은 인과법칙의 발견을 목적으로 한다. 그 가운데서 인문학이란 문자 그대로 인간이 인간에 대한 앎의 세계에 도달하고자 하는 학문이다. 그것은 인간의 존재에 대한 질문에서부터 출발해 인간답게 사는 방식에 대한 질문에 이르는 과정 전체를 일컫는 말이다. 다른 학문이 현실 세계의 분석을 통해 인간과 세계를 둘러싼 모든 현상을 이해하고 설명하는 것을 목적으로 삼는 것과 달리, 인문학은 인간의 꿈과 상상력의 도움을 받아 가능한 세계를 구성하고 인간의 존재와 삶의 조건을 이해하고 표현하는 것을 목적으로 삼는다. 그렇기 때문에 대학에서는 인문학을 리버럴 아츠liberal arts 혹은 휴머니티스humanities라는 명칭으로 부르고 그 안에 문학·역사·철학·예술을 포함하고 있는 것은 당연하게 보인다. 인문학은 문학·역사·철학·예술의 텍스트를 분석하고 해석함으로써 인간의 이해에 도달하고자 한다. 전통적인 인문학이 고전 읽기를 전제로 한 것은 고전이 인문학 텍스트의 근간이기 때문이다. 그러나 모든 텍스트가 언어로 되어 있다고 해서 자연과학의 언어와 인문학의 언어가 동일한 언어는 아니다. 과학적 언어가 객관적 현상을 서술하고 표상하는 것을 목적으로 한다면, 인문학적 언어는 객관적 시간과 공간 속에 살아가는 인간의 주관적 느낌, 생각, 실존적 상황, 가능한 세계를 기록하고 표현한다. 인문학적 언어는 객관적 정보를 전달하지 못하고 그것이 사용된 시대나 그것을 사용한 사람의 주관적인 모습과 느낌을 표현한다. 과학적 언어가 어떤 객관적 현상을 가리킨다면 인문학적 언어는 그러한 현상에 대한 해석, 느낌, 생각, 태도를 표현한다. 과학적 텍스트가 객관적 현상을 표상하는 데 반하여 인문학적 텍스트는 인간의 지적·도덕적·미학적 경험 내용을 표상한다. 따라서 과학적 텍스트를 통해 알 수 있는 것이 객체로서의 세계라면 인문학적 텍스트를 통해 알 수 있는 것은 주체로서의 인간이다. 그렇기 때문에 인문학의 교육은 어떤 객관적 현상에 대한 지식을 제공하고 그 지식을 축적하는 것이 아니라 여러 인간적 드라마의 기록과 표현을 접함으로써 지적·도덕적·미학적 감수성을 높이고 세련되게 하고 그러한 감성을 바탕으로 좀더 반성하고 생각해서 그만큼 더 비판적으로 다양한 문제에 대처하는 능력을 길러준다는 데 있다.

이러한 전통적 인문학은 르네상스 이후 언어, 상상, 자유, 초월, 이해, 표현, 시간, 인간, 평등, 행복 등 삶의 가치를 확립하고 인간 조건의 어떤 기준을 정립하여 삶의 질을 높이는 데 기여해왔다. 그것은 이성의 확대와 정신의 고양을 통해 자연을 개발하고 다스림으로써 자연을 정복하고 문명을 발전시킨다는 세계관을 확립시켜주었다. 특히 신의 존재를 문제로 삼게 된 현대 철학의 대두와 함께 인간 존재에 대한 관심은 그 사회 경제적 조건을 체계화한 마르크시즘, 무의식의 발견을 통해 인간 정신의 획기적인 이해에 도달하게 된 프로이트의 정신분석학, 인간의 의사소통의 도구로서의 언어에 대한 일반 이론을 제시한 소쉬르의 일반언어학 등을 통해 현대 인문학이 보다 더 인간중심주의를 강화하는 방향에서 이론화하게 만든다. 이들 이론의 개발 덕택에 인문학은 인간의 심리와 인간의 언어와 사회 경제적 동물로서의 인간의 특성을 보다 체계적으로 심층적으로 이해할 수 있게 된 것이 사실이다. 그렇지만 다른 한편으로 인문학은 이 새로운 인간학을 통해 인간을 자연과 분리하고 인간/자연이라는 대립적 명제를 강화하여 인간의 이름으로 자연을 정복하고 그것을 통하여 새로운 문명을 구축하고 그것을 문명과 야만의 척도로 사용한다.

이러한 인문학의 확장은 모든 생명과 자연과 우주의 신비를 규명하고 나아가서는 생명체를 인위적으로 조작하고 다스릴 수 있다는 과학만능주의scientisme 풍조를 낳게 한다. 최근 몇십 년 동안에 이룩한 생명공학 혹은 유전공학의 발달은 이른바 '인간 게놈 프로젝트'를 중심으로 DNA 지도를 완성할 단계에까지 이르게 했고 생명 복제 기술의 발전으로 인간을 모든 질병에서 해방시킬 수 있다는 가능성을 열어놓았다. 인간을 죽음과 질병에서 벗어나게 하는 것이 역사 이래 인류의 꿈이라면 최근의 생명공학은 그 꿈을 실현시킬 수 있다는 가능성을 보여주고 있다. 이러한 과학기술의 놀라운 발전은 인간으로 하여금 자연 전체를 정복하고 그것을 지배할 수 있다는 논리적 근거를 제시하고 있지만 다른 한편으로 그것은 윤리 의식이 결여된 생명공학이 자연을 훼손하고 생태계를 파괴하고 인류의 미래를 위험에 빠뜨릴 수 있음을 보여주고 있다. 바로 여기에 새로운 인문학이 담당해야 할 것이 있다. 생명공학의 발전은 인류를 질병에서 구해줄 수 있을지 몰라도 윤리 의식이 결여된 생명공학의 발전은 인류를 파멸시킬 수 있는 재앙을 가져올 수 있다. 그것은 지구의 종말과 연결될 수 있기 때문에 거기에 대항할 수 있는 인문학이 정립되지 않으면 안 된다. 생태주의 인문학의 필요성은 여기에 있다.

욕망 이론의 새로운 수용

— 문학의 위기를 극복하기 위하여

1

근래에 한국 지식사회에서 끊임없이 거론되는 위기가 기초과학의 위기이다. IMF 관리 체제의 경험으로 경제 위기의 쓰라림을 체험한 우리 사회는 세계화의 거센 물결에 휩쓸려서 미국 자본주의의 혹독한 훈련을 받고 있다. 정직성과 투명성과 효율성이라는 미덕을 앞세운 미국 자본주의는 상위 20퍼센트의 부를 위하여 나머지 80퍼센트가 희생당하는 자유경쟁 사회를 강화함으로써 부의 편중화 현상을 심화시키고 있다. 이러한 사회적 추세 때문에 많은 젊은이들이 그들의 장래를 힘든 공부에 비해 대가가 보장되지 않는 인문학, 사회과학, 자연과학을 외면하고 의학이나 법학, 경영학이나 언론학 등의 응용과학에 집중하는 현상을 일으키고 있다. 응용과학은 사회적 실용성이 크고 경제적

부와 정치적 권력과 사회적 명성을 보장해주기 때문에 그것을 전공하는 사람들은 인간다운 삶이나 사람됨의 길에 관한 질문을 제기하기보다는 남보다 힘 있고 남보다 잘살고 남의 존경을 받는 길을 모색하게 된다. 이러한 사회적 분위기 때문에 졸업 후의 취업이 보장되지 않을 뿐만 아니라 취업이 되더라도 경제적인 대우나 신분의 보장에 취약점을 갖고 있는 기초과학 분야에 많은 사람들이 모이지 않는 것은 당연한 것처럼 보인다. 기초과학, 특히 인문학의 위기를 주장하고 있는 대부분의 학자들은 이러한 외적인 데서 인문학의 위기의 요인을 찾고 있다. 그것은 사회 전체가 인문학을 수용할 만한 요건을 갖추지 않은 데서 오는 위기론이다.

반면에 인문학의 이론적인 발전을 놓고 볼 때 20세기에 들어와서 인문학은 지난 수세기에 걸쳐 이룩한 것보다 지난 1세기에 이룩한 것이 크다고 할 수 있을 만큼 놀라운 발전을 이룩한다. 그것은 인접 학문의 발전에 도움을 받아 여러 세기 동안 전인적 교양과 자기완성의 도구의 수준에 머물면서 진리의 개념을 주던 인문학이 전문화되어 하나의 학문이 되었다는 것을 의미한다. 인류의 정신사에 가장 큰 전환점을 제공한 것으로 평가될 수 있는 세 사람의 사상가를 든다면, 무의식의 발견으로 새로운 정신분석학을 가능하게 한 프로이트, 언어의 공시성과 통시성, 계열성과 통합성, 랑그Langue와 파롤Parole의 구분, 기표와 기의의 임의적 결합으로서의 기호signe를 규정함으로써 구조주의의 등장을 가능하게 한 소쉬르, 시장경제에 토대를 둔 자본주의 사회의 모순의 분석을 통해 사회주의의 이상을 꿈꾸었던 마르크스 등이다. 그들의 사상과 이론은 한편으로 정신분석학, 일반언어학, 마르크시즘이라는 새로운 학문 분야를 탄생하게 했을 뿐만 아니라 기존의 인문학에도 엄청난 이론적 발전을 가져온다. 그들의 이론으로 인해 인간과, 인간이 이룩한 사회, 사회 속에서 이루어지는 인간의 행위 등을 객관적이고 전문적으로 분석할 수 있게 되고, 인류와 세계를 보는 데 있어서 변화된 눈을 갖게 되고, 인문학의 새로운 영역을 개발하게 된다. 20세기의 인문학은 그들을 떠나서는 생각할 수 없을 정도로 그들의 이론적 도움을 받아 분석의 객관성과 해석의 엄격성을 확보하게 되어 '인문과학'으로 발전한다. 그러나 이러한 발전은 인문학에 긍정적인 결과만 가져온 것이 아니라 세부적 전문화라는 과학적 유혹에 빠져 통합적인 교양을 갖춘 전체적 시각의 상실이라는 부정적 결과를 동반하게 된다.[1] 인문학이 하나의 과학을 지향하면서 전문화된 것은 총체적이고 통합적인 전통적 관점을 약화시키는 한편, 취업의 보장 없이 전문화됨으로써 전문적 지식을 갖추지 못한 사람들에게 접근을 어렵게 만드는 결과를 초래한다.

2

이러한 인문학의 위기는 인문학의 일부라고 할 수 있는 문학에도 그대로 나타나는 현상이다. 이미 반세기 전에 씌어진 르네 웰렉과 오스틴 워런이 쓴『문학의 이론』에 문학 연구는 외적 접근과 내적 연구로 구분되어 있고, 문학과 심리학, 문학과 사회, 문학 작품의 존재 양태에 관해 마르크스주의 비평과 프로이디즘의 정신분석, 소쉬르의 랑그와 파롤 개념으로 설명하고 있지만, 그것은 문학 연구의 전문화에서 거의 초보적인 단계라고 할 수 있다. 그 이후에 이루어진 문학 연구는 모든

---

1 이 점에 관해서는 정대현 외, 『표현 인문학』, 생각의나무, 2000, p. 37 이하 참조.

현상을 오이디푸스 콤플렉스를 중심으로 한 인간의 무의식을 분석하여 그 행위를 해석하고 있는 정신분석학적 문학비평, 지배와 피지배, 상층구조와 하부구조라는 이분법적 사유를 토대로 역사의 변증법적 발전 과정을 규명하고자 하는 마르크스주의적 문학비평, 기표와 기의, 랑그와 파롤, 계열체와 통합체, 공시와 외시 등 언어학적 개념을 동원하고 있는 구조주의적 문학비평 등은 문학비평과 문학 연구를 깊이 있게 전문화하고 넓게 다양화함으로써 인간과 삶에 대한 이해의 폭을 넓히고 객관적 해석의 가능성을 열어놓는다. 특히 문학비평이 정신분석학이나 마르크스주의나 구조주의의 이론을 도입한 20세기 비평은 인상주의 비평이나 실증주의 비평으로 표현되는 19세기 비평과 비교할 때 문학 작품을 그 자체로 분석하고 해석하여 작품의 문학성litterarite[2]을 규명하고 문학의 일반 법칙을 세우고자 하는 내재적 연구나, 문학 작품을 태어나게 하고 그것을 수용하고 그것을 기능하게 하는 작가, 사회, 독자의 관계를 분석하고 해석하여 작품의 독창성을 파악하고자 하는 외적 접근에서 획기적인 발전을 이룩함으로써 20세기를 비평의 시대라고 부를 수 있을 만큼 비평의 전성시대를 구가하게 된다. 실제로 20세기에 개발된 비평 이론에는 형식주의 비평, 구조주의 비평, 텍스트 비평, 문학기호학, 시학, 발생론적 비평, 테마 비평, 원형 비평, 이미지 비평, 심리 비평, 정신분석학적 비평, 사회학적 비평, 문학사회학, 수용 이론, 신화 비평, 해체주의 비평 등 헤아릴 수 없이 많다. 19세기의 비평이 객관성을 확보하고자 하는 실증주의에 토대를 둔 역사주의 비평이나 전기적 비평이나 박학 비평 정도에 머물고 있는 것에

---

2 러시아 형식주의자들이 사용한 개념으로 "하나의 작품을 문학 작품이게끔 하는 것"을 의미한다. T. Todorov, *Thérie de la littéature*, p. 37.

비하면 20세기의 비평이 얼마나 화려하고 풍요로운지 알 수 있게 해준다. 이러한 비평의 발전은 비평 자체뿐만 아니라 문학 작품 전체의 풍요로움과 심오함을 이해하고 즐기게 해준다. 인문학의 목표가 인간과 세계에 대한 앎의 증진에 있다면, 문학비평의 이러한 발전은 문학의 본질과 역할에 대한 앎을 증진시켜줄 뿐만 아니라 그것을 통해 인간과 세계에 대한 앎의 증진에 이르게 한다. 문학비평이 하나의 학문 분야가 되어 대학에서 문학 교육의 중요한 과정으로 자리 잡은 것도 비평 이론의 이와 같은 발전에 힘입고 있다. 따라서 문학비평은 인문학에서 빼놓을 수 없는 주요한 자리를 차지하고 있다.

이러한 이론적인 발전 덕택에 문학비평은 문학 작품을 여러 각도에서 조명할 수 있게 하였고, 여러 갈래로 분석할 수 있게 만들었고, 작품의 깊이와 넓이를 가늠할 수 있게 만들었다. 비평 이론은 문학 작품의 디테일 어느 부분이든지 분석과 해석을 가능하게 만들었고, 그리하여 작은 주제를 깊이 있게 천착함으로써 문학 작품의 미시적 독서가 문학비평의 주된 흐름이 되게 하였다. 다시 말하면 문학 작품의 전체적 느낌과 그것이 표현하고자 하는 사상과 작가의 꿈을 이야기하고자한 19세기의 거시적 독서가 사라지고 작가의 의도나 사상과는 상관없이 독립적으로 읽을 수 있는 현상을 작가의 특징이나 증후로 파악하고 그것이 전문적인 인접 과학의 도움에 비추어볼 때 어떤 설명을 가능하게 하는지 20세기의 미시적 독서만이 비평의 흐름을 주도하게 된다. 작가의 의도나 사상, 그 시대의 정신과 같은 거대 담론을 이야기할 수 있었던 19세기의 거시적 독서와, 작품의 구성 원리나 몇 가지 주제, 특별한 표현이 문제되는 일상적 담론을 분석하고 있는 20세기의 미시적 독서 사이에는 분명히 객관적 관점과 전문적 용어의 결합이 가져온 발전적 측면은 비평이 전문화되었다는 점에서 주목의 대상이 되기에 충분하다.

3

대학에서 '문학의 이해'라는 강좌를 오랜만에 다시 가르치게 되면서 많은 학생들이 문학 작품을 문학 작품으로서 읽는 것이 아니라 고등학교 교과서나 참고서에서 배운 지식으로 읽는 것을 보고 나는 놀라지 않을 수 없었다. 가령 『춘향전』은 권선징악 사상을 고취하고자 씌어진 작품이고 『이방인』은 실존주의 사상으로 씌어진 작품이라고 하면서도 그 작품을 읽고 그것이 각자에게 어떤 느낌을 주었는지 무슨 감동을 불러일으켰는지 말하는 학생이 드물었다. 그것은 문학 작품을 미시적 독서나 거시적 독서와 상관없이 지식으로만 배울 뿐 그 지식을 통해 작품에 다가가는 훈련을 하지 않고 자신에게 그 작품이 어떻게 다가오고 있는지 전혀 생각하지 않는다는 것을 의미한다. 문학 작품이란 읽을 때마다 새로운 느낌과 의문을 갖게 할 때 좋은 작품이고 깊이 있는 작품일 텐데 언제나 똑같은 대답, 하나의 정답만 나오게 되어 있는 것은 그 작품이 걸작이 아니거나 독자가 작품을 읽지 않고 정답만 외우거나 한 것에 지나지 않는다.

　나는 이 두 작품에서 주인공의 운명에 대한 질문을 던지게 되었다. 왜 신관 사또는 춘향을 그토록 혹독하게 다루고 마음을 바꾸지 않으면 옥사를 시키려고 했을까, 왜 재판관은 뫼르소에게 사형선고를 내렸을까 하는 문제를 스스로에게 제기하며 학생들에게 생각하도록 했다. 다 알다시피 춘향이 감옥에 갇힌 것은 신관 사또의 수청 명령을 거부했기 때문이다. 기적(妓籍)에 올라 있는 춘향이 변학도의 수청을 드는 것은 당시의 신분제도나 풍속으로 볼 때 당연하다. 이러한 제도와 풍속을 거부했기 때문에 변학도는 춘향을 하옥시키고 온갖 박해를 가해 죽기 직전까지 이르게 한다. 이러한 박해는 당시 기생이라는 신분제도나 관례로 당연하게 볼 수도 있지만, 춘향의 수청 거부가 과연 죽을죄에 해당하는지 생각하지 않을 수 없게 만든다. 그것이 부당한 판결이라는 것은 소설 속의 화자나 작중인물들이 춘향의 절개에 찬사를 보내는 것으로 이미 드러나 있다. 그러나 관기의 딸로서 기적에 올라 있는 여자에게 '절개'를 주장한다는 것은 제도적으로 허용된 것이 아니다. '절개'란 '일부종사'라는 유교적 가부장 제도 아래 양갓집 '규수'에게만 미덕으로 강조되어 있을 뿐 기생에게는 '일부종사'라는 권리와 의무마저 존재하지 않는다.[3] 그럼에도 불구하고 춘향은 변학도의 요구를 거부하고 언제 올지도 모르는 이몽룡을 위해 절개를 지킨다. 그것은 춘향이 자기 신분의 한계를 망각하고 사회제도와 기성관념 자체에 도전하고 있음을 의미한다. 그런 점에서 『춘향전』은 기존의 사회제도에 저항하는 개인과 그 제도를 지키려는 체제 사이에 일어난 갈등과 대립을 극화시킨 작품이라고 할 수 있다. 조선 왕조의 지방 사또와 기생의 딸인 춘향의 대결에서 도저히 이길 수 없을 것으로 보이던 춘향이 이기는 것으로 결말이 나는 이 작품을 '서민/양반'의 대립이 '개인/집단'으로 변용되어 근대적인 '개인의식'의 발견으로 보고 있는 견해는 상당한 설득력이 있다.[4] 왜냐하면 소설 속의 화자 자신이나 작중인물들이 춘향을 '만고 열녀'로 칭송하고 있기 때문이다. 분명 여기에는 허용되

---

3 조윤제 교주, 『춘향전』, 을유문화사, 1983, p. 106 참조.

4 김동욱, 「춘향전」, 『월간문학』 2권 7호; 김윤식·김현, 『한국문학사』, 민음사, 1988, p. 52 이하 참조.

지 않은 개인에게 사랑의 선택이 승리하고 있는 것으로 나타난다.

그러나 춘향의 선택이 사랑 자체를 목적으로 한 것이냐 다른 목적을 위한 하나의 방법이냐 하는 점은 검토할 필요가 있다. 그 당시의 사회 제도는 "기생은 남편을 가질 수 있"고 "그 남편이 양반인 경우에만 대신 정속(定屬)할 수 있"다고 되어 있다. 그것은 반상의 구별이 뚜렷하지만 반상의 이동도 가능하다는 것을 의미한다. 여기에 근거해서 춘향이 이몽룡과 이별하는 순간에 하는 한탄을 해석하면 춘향의 사랑이 상당히 현실적인 계산에 근거하고 있음을 알 수 있다. "연 근 육순 나의 모친 일가친척 바이없고 다만 독녀 나 하나라, 도령님께 의탁하야 영귀할까 바랫더니 조물이 시기하고 귀신이 작해하야 이 지경이 되얏고나"[5]라고 하는 한탄은 60이 된 어머니의 장래와 자신의 영화를 보장받고자 한 의도를 드러내고 있다. 뿐만 아니라 춘향의 어머니가 양반과 상민의 관계에 관해 여러 차례 언급하고 있다. 그것은 춘향이 기생이라는 신분을 제도적으로 벗어날 수 있는 길이 '사랑'밖에 없다는 것을 알고 있다는 것이다. 그 사랑은 춘향에게 기생 출신의 신분을 곧 양반 신분으로 바꿔놓지 못하지만(왜냐하면 춘향이 육례를 올릴 수 없다는 것은 그녀가 이몽룡의 정실이 될 수 없다는 것을 의미하기 때문이다) 소실이 되어 양반의 대우를 받을 수 있게 할 것이다.

춘향에게 사랑의 선택은 신분 상승이라는 춘향의 욕망의 표현이고 실천이다. 춘향의 욕망은 기생의 딸로서 기적에 올라 있는 자신의 처지에 대해 불만을 가진 춘향이 자신의 현실을 초월하고자 하는 욕망이다. 그 욕망은 양반집 여자가 되고자 하는 욕망이며 한 남자와 사랑을

---

5 조윤제 교주, 『춘향전』, 같은 책, p. 84.

주고받고자 하는 욕망이다. 이러한 욕망 때문에 춘향은 사형당할 위기에 처하게 된다. 그렇다면 춘향의 욕망이 사형을 당할 만큼 잘못된 욕망인가 묻지 않을 수 없다. 춘향이 선택한 사랑의 욕망은 당시의 신분 제도나 기생 제도를 전면적으로 부인하는 체제 전복적인 불온한 욕망이다. 춘향의 소속 계층인 서민에서 이몽룡의 소속 계층인 양반으로 상승하고자 하는 춘향의 욕망은 체제 부인과 전복이라는 상징적 의미를 갖기 때문에 변학도 개인의 감정적인 문제도 있겠지만, 체제로부터 철저한 보복을 받게 된다. 그렇기 때문에 체제를 대표하는 변학도는 춘향의 목에 칼을 씌우고 태형을 가하며 마지막에는 사형까지 시도하고자 하고 욕망의 포기를 강요한다.

4

『이방인』의 주인공 뫼르소는 카뮈가 『시지프의 신화』에서 설명하고 있는 것처럼 부조리라는 허무주의적 개인주의를 구현하고 있다. 그는 아무런 욕망을 가지고 있지 않고 모든 것에 무관심한 사람이다. 사르트르의 표현에 의할 것 같으면, 『이방인』 1부에서 뫼르소는 의식이 잠든 상태에 있다.[6] 그는 자신의 삶이나 생활에 대해서 아무런 의식 없이 주어진 대로 살아가는 인물이다. 그는 자신의 행동에 대해 책임감도 없고 부양해야 할 가족도 없고 해결해야 할 개인적인 문제도 없다. 그는 자신을 반성하는 능력을 갖고 있지 못하며 따라서 자신에게 부족한 것이 무엇인지 생각하지 못하고 무엇을 욕망하지 않는다. 그는 어머니의 장례식에 다녀오기 위해 사흘간의 휴가를 신청하면서 사장에

---

6 사르트르, 『상황 1』 참조.

게 휴가 신청이 자신의 잘못 때문이 아니라는 것을 강조한다. 그는 어머니의 사망 소식을 듣고 절망하거나 슬프다는 생각을 하는 것이 아니라, 양로원까지 가기 위해서 어떻게 버스를 타고 얼마의 시간이 걸릴 것인지 생각한다. 어머니의 장례식에 가서는 눈물을 흘리지 않았고 장례식 다음 날 애인 마리와 함께 영화를 보고 해수욕을 즐긴다. 그는 어머니 사망 이후 첫번째 일요일을 보내고 평소와 다름없이 또 한 주일이 지나갔다고 생각한다. 그다음 날 다시 출근하고 마리와 정사를 벌인 다음 마리에게서 자신을 사랑하느냐는 질문을 받고 그것은 아무런 의미도 없는 말이라고 하고 꼭 대답해야 한다면 사랑하는 것 같지 않다고 말한다. 뫼르소에게 모든 것은 습관처럼 지나간다. 카뮈 자신의 말처럼 "기상, 전차, 사무실이나 전차에서의 네 시간 노동, 점심 식사, 전차, 네 시간의 노동, 저녁 식사, 잠, 그리고 똑같은 리듬으로 월요일, 화요일, 수요일, 목요일, 금요일, 토요일······"[7]이라고 하는 일상생활의 반복적인 삶에서 뫼르소는 기계처럼 살아가고 있다. "또 하나의 일요일이 지나갔고, 엄마는 이제 땅에 묻혔고, 나는 다시 일을 하게 될 것이고, 결국 변한 것은 아무것도 없다고 생각되었다"는 뫼르소의 의식은 자신이 반복되고 습관화된 삶의 부조리를 그대로 살고 있을 뿐 새로운 욕망을 느끼고 그것에서 벗어나겠다는 의지를 갖게 되었다는 것을 의미하지 않는다. 그는 사장이 그에게 파리에 가겠느냐는 제안을 해왔을 때 더 나은 자리임에도 불구하고 그 제안을 거절한다. 식민지에서의 삶보다 본토에서의, 특히 파리에서의 삶이 그에게 욕망을 불러일으킬 수 있음에도 불구하고 그는 그곳에서의 일상생활을 그냥

---

7 카뮈, 『시지프의 신화』, p. 27.

계속한다. 그는 하층민의 친구들을 만나고 그들과 어울리고 그들의 일상적 생활에 통합되며 마리와 해수욕을 즐기다가 우연히 권총을 손에 넣게 되고 그것으로 아랍인을 쏘아 죽이는 살인을 저지른다. 그는 회사의 말단 사원으로서 사회적인 야심도 없이 바다와 태양만을 즐기는 나른한 일상 속에서 예기치 않은 살인을 저지른다. 그 살인도 그가 어떤 욕망에 의해 저지른 것이 아니라 우연히 저지른 것이다. 그는 앞에서 이미 언급했듯이 누구를 사랑할 만한 의지나 욕망을 가지고 있지 않은 것처럼 누구를 미워하고 증오할 만큼 의지나 욕망을 가지고 있지 않다. 따라서 그는 살인을 저지를 만큼 어떤 욕망을 가지고 있지도 않다. 그는 자신의 주어진 현실에 대해서 불만을 느끼지도 않고 그것을 개선하려는 어떤 욕망도 가지고 있지 않으며 일상적이고 본능적인 작은 쾌락만을 누릴 뿐 큰 감동grande émotion을 추구하지 않는다.

이러한 현상은 그가 감옥에 갇히고 재판을 받는 과정에서도 그대로 드러난다. 변호사는 그가 저지른 살인 행위를 정당방위로 만들고자 그를 설득하지만 그는 태양 때문에 총을 쏘았다는 주장을 번복하지 않고 되풀이한다. 그는 자신이 살인을 했기 때문에 감옥살이를 하고 사형선고를 받는 것이 당연하다는 양심적인 반성에 의해 그러한 주장을 하는 것이 아니다. 그는 감옥에 갇혀서도 감옥에서 벗어나고자 하는 욕망을 갖지 않으며, 사형선고를 받고도 살고자 하는 욕망을 보여주지 않는다. 감옥에 갇혀 있는 동안 그가 유일하게 불편을 느끼는 것은 더위와 습기 때문에 몸이 끈적거릴 때 바닷물의 관능에 자신의 몸을 맡기지 못한다는 사실 정도지만, 그로 인해 감옥에서 벗어나고 싶다는 욕망까지 갖는 것은 아니다. 요컨대 그는 자신에게 주어진 현실을 벗어나고자 하는 욕망이 전혀 없다. 그것은 욕망이 없다기보다는 욕망을 철저히 거부하고 있다고 하는 것이 더 정확한 것 같다. 그는 자신을 보호할 줄도 모르고 세상을 살아가는 처세술도 없어서 보통 사람보다 지능이 낮거나 어린아이처럼 순진하게 보이기도 한다.

그러한 뫼르소에게 재판관은 사형을 선고한다. 살인죄를 범한 사람에게 사형을 선고하는 것은 낭연하게 보일 수 있시만, 그의 살인 행위가 어떻게 발생했는지 그 정황을 살펴보면 그에 대한 사형선고는 가혹한 것으로 볼 수 있다. 그의 살인 행위가 사전에 계획된 것이 아니라 우발적으로 일어난 사건이기 때문에 그의 죄는 '과실치사죄'에 해당한다. 과실치사죄는 현실에서 사형의 요건에 해당하지 않는다. 그의 살인 행위를 우발적인 것으로 판단한다면 거기에서 일반적인 결론을 끌어내는 것은 우발적인 것이 아니다. 그것은 우발적인 행위를 계획적인 행위로 바꿔놓기 위한 하나의 과정에 지나지 않는다. 변호사는 뫼르소가 어머니의 장례식에서 눈물을 흘리지 않은 것으로 기소된 것인지 아니면 아랍인을 살해한 것으로 기소된 것인지를 따진다. 뫼르소가 자기 어머니의 장례식에서 눈물을 흘리지 않은 것은 사실이다. 뫼르소가 아랍인을 살해한 것도 사실이다. 뫼르소가 사형선고를 받은 것도 사실이다. 여기에서 우리는 자기 어머니의 장례식에서 눈물을 흘리지 않은 사람이 과실치사를 범하게 되면 사형선고를 받는다는 일반적인 결론을 끌어낼 수 있지만, 그것이 현실에서 실제 일어날 수 있는 부조리의 고발로 본다는 것은 너무나 표피적이고 평면적인 이해로서 어딘지 미흡하다는 것을 알 수 있다.

그렇다면 재판관은 뫼르소에게 왜 이처럼 가혹한 판결을 내렸을까 질문하지 않을 수 없다. 그것은 뫼르소를 그 사회에서 가장 위험한 인물로 판단했기 때문이다. 어머니의 장례식에서 눈물을 흘리지 않는 점에서 피도 눈물도 없는 사람이고, 장례식 다음 날 애인과 코미디 영화를 보고 정사를 벌인 점에서 패륜적인 사람이고, 애인과 육체적인 관계를 갖고도 사랑하지 않는다고 한 점에서 무책임한 사람이고, 승진이나 출세에 무관심한 점에서 사회에 무익한 사람이고, 햇빛 때문에 사람을 죽일 수 있다는 점에서 잔인한 사람이고, 감옥에서도 불편을 느끼지 않는 점에서 대책 없는 사람이며, 재판 과정에서 자신의 살인 행위를 뉘우치지 않으며 반성하지 않는 점에서 삶에의 의지가 없는 사람이다. 그는 그가 살고 있는 사회가 추구하고 있는 여러 가지 가치를 중요하게 생각하지 않으며 그 사회가 따르기를 요구하고 있는 규범을 인정하지 않기 때문에 대단히 위험한 인물이다. 그는 그 사회가 통제할 수 없는 위험한 인물이다. 그는 언제나 어떤 우발적인 사건을 저지르고 어디로 튈지 예측할 수 없는 인물이다. 그는 그 사회의 모든 제도를 인정하지 않는 점에서 반체제적인 인물이다. 재판관은 그러한 인물을 그 사회에서 영원히 추방하는 길을 택해 그에게 사형선고를 내린다. 그런 점에서 아랍인을 살해한 행위는 재판관이 뫼르소를 그 사회에서 제거할 수 있는 하나의 구실을 제공한 것이다.

5

춘향의 양반이 되고자 하는 욕망의 확산이나, 뫼르소의 사회적 가치를 인정하지 않고자 하는 욕망의 거부는 미시적 분석을 통해 얼마든지 정신분석학적으로 설명할 수 있다. 욕망의 프로이트적인 개념은 유년기의 지워질 수 없는 기호와 연결된 무의식적 욕망과 관련된 것으로서 그렇게 엄격하게 사용된 것은 아니다. 라캉은 욕망이라는 개념에 프로이트적인 발견을 집중시키고 그 개념을 분석 이론의 전면에 내세우기 위해 모든 노력을 기울인다. 라캉은 욕망désir을 욕구besoin나 요구demande와 구분한다. 욕구란 어떤 특정 대상을 목표로 하고 그 대상으로 충족될 수 있다. 요구란 어떤 타자에게 말한 것이다. 만일 요구가 어떤 대상에 관련된 것이라면 그 대상은 요구에 비본질적인 것이다. 욕망이란 욕구와 요구 사이에 있는 사이에서 태어난다. 욕망이란 욕구로 환원될 수 없다. 왜냐하면 욕망이란 관계 원리에서 주체로부터 독립적인 현실의 어떤 대상에 속하는 것이 아니라 환영에 속하기 때문이다. 욕망이란, 타자의 무의식이나 언어 활동을 참고하지 않은 채 스스로에게 부과하고자 노력하는 요구로 환원될 수도 없고 타자에게 절대적으로 인정받기를 강요하는 요구로 환원될 수도 없다. 욕망이란 이처럼 단순한 욕구와 요구라는 두 개념을 수반할지라도 그 어느 하나로 환원되지 않는다. 춘향에게 이몽룡이 아닌 누구도 만족시킬 수 없는 사랑이나, '오늘 엄마가 돌아가셨다'라고 하는 어머니의 죽음이 결국 뫼르소의 죽음으로 끝나는 선택은 모두 정신분석 대상이 될 수 있겠지만, 그리고 그것이 두 작품 속에 감추어진 어떤 비밀을 밝혀줄 수 있겠지만, 욕망 이론의 정신분석학인 미시적 적용보다는 사회학적 확산을 동반한 거시적 적용이 문학 작품의 전체적인 이해를 보다 광범위하게 열어줄 것으로 보인다.

6

욕망 이론을 사회적으로 확산해서 정립한 것 가운데 르네 지라르의 『낭만적 거짓과 소설적 진실Mensonge romantique et vérité roman-esque』은 현실 속의 욕망이나 소설 속의 욕망을 거시적으로 읽을 수 있는 가능성을 열어준다. 지라르는 소설 주인공의 욕망 체계를 분석하여 현대 사회에서 살고 있는 우리들의 욕망 체계를 설명하고 우리가 살고 있는 사회의 특성을 제시한다. 지라르는 제일 먼저 세르반테스의 『돈키호테』를 분석하여 돈키호테의 욕망이나 산초 판사의 욕망이 동일한 구조를 가지고 있음을 밝혀냄으로써 우리가 지금까지 알고 있던 것과는 전혀 다른 결과를 보여준다. 돈키호테는 이상주의자이고 산초 판사는 현실주의자라고 알려진 소설에서 그가 분석해낸 결론은 『돈키호테』의 주인공들의 욕망은 모두 간접화된 욕망désir médiatisé이라는 것이다. 다시 말해 하나의 개인이 무엇을 욕망한다고 하는 것은, 그 개인이 지금의 자기 자신으로 만족하지 못하고 자기 자신을 초월하고자 한다는 것을 의미한다. 이때 초월은 자신이 욕망하게 되는 대상을 소유함으로써 가능하다. 이것을 도표로 그려보면 개인에 해당하는 주체가 밑에 있고 대상이 그 수직선상에 놓이게 된다.

대상

주체

이러한 관계를 『돈키호테』에서 살펴보면 주인공 돈키호테는 이상적인 기사가 되는 것이 꿈이다. 여기에서 돈키호테는 주체가 되고 이상적인 방랑의 기사는 대상이 된다. 그러나 돈키호테는 그 이상적인 방랑의 기사가 되기 위해 아마디스라는 전설의 기사를 모방하고 있다. 다시 말하면 돈키호테가 직접 이상적인 기사도에 도달하고자 하는 것이 아니라 아마디스를 모방함으로써 거기에 도달하고자 한다. 따라서 이상적인 기사도에 도달하고자 하는 돈키호테의 욕망은 아마디스라는 중개자médiateur에 의해 암시된 욕망이다. 따라서 욕망의 주체인 돈키호테와 욕망의 대상인 이상적 기사 사이에는 아마디스를 통해야 하는 간접화 현상médiation이 일어난다. 이 말은 주체의 욕망이 대상을 향해 수직적인 상승을 하는 것이 아니라 비스듬히 상승하여 중개자를 거쳐 대상에 이르게 된다는 말이다. 이것을 도표로 그려보면 다음과 같다.

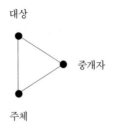

이처럼 간접화된 욕망을 르네 지라르는 '삼각형의 욕망désir triangulaire'이라 일컫고 욕망의 간접화 현상의 기원을 기독교의 구원에서도 발견하고 있다. 즉 한 사람의 기독교인이 진정한 기독교인이 되어 구원받기를 원한다면 그는 곧 예수라는 중개자를 모방하면 된다. 지상의 기독교인이 예수를 모방하여 하늘나라의 영생을 얻을 수 있다는 기독교의 구원에서 개인과 예수와 천국은 삼각형의 세 꼭짓점을 형성하게 되고 구원을 바라는 개인의 욕망도 삼각형의 구조를 갖게 된다. 이와 마찬가지로 많은 소설에서 작중인물의 욕망이 삼각형의 구조를 갖고 있다고 함으로써, 자연 발생적이어야 할 욕망까지 왜곡되고 비진정한 속성을 지니게 되는 현상을 분석한 르네 지라르는 그러한 현상 자체를 인간의 비극적 운명으로 파악하고 있다.

따라서 르네 지라르는 돈키호테의 욕망이 돈키호테 내면에서 자연 발생적으로 생긴 것이 아니라 아마디스라는 중개자에 의해 암시됨으로써 생긴 것이라고 이야기한다. 그러한 점에서 종내의 돈키호테를 이 상주의자로, 산초 판사를 현실주의자로 규정한 것은 부분적으로는 진실이지만 전체적으로는 진실이 아니다. 종내에는 산초 판사가 작은 '섬'을 하나 소유하여 자신이 다스리고 자신의 딸을 위하여 공작 부인의 칭호를 갖고 싶어 하는 것은 실현 가능성 있는 것을 희망한다는 점에서 산초 판사를 현실주의자라고 하였다. 그러나 지라르는 바로 산초 판사의 그 두 가지 욕망이 그의 내부에서 자연 발생적으로 생긴 욕망이 아니라 그의 주인인 돈키호테에게서 암시받은 욕망이라고 지적한다. 그것은 이제 돈키호테가 산초 판사의 욕망의 중개자라는 것을 의미한다. 이것을 도표로 그려보면 다음과 같다.

지라르는 이처럼 하나의 작품이 여러 개의 욕망의 삼각형으로 구성되어 있음을 주목하고 있다. 그가 분석하고 있는 스탕달의 『적과 흑』, 플로베르의 『보바리 부인』, 프루스트의 『잃어버린 시간을 찾아서』도 주인공들의 욕망이 여러 개의 삼각형으로 구성되어 있음을 밝히고 있다.

그러나 모든 삼각형의 욕망이 동일한 관계에 의해 형성된 것이 아니라 좀더 복합적인 관계에 의해 형성된 것임을 주목함으로써 그는 자신의 이론을 단순화시키지 않고 훨씬 더 복합적이고 풍요롭게 만들고 있다. 그에 의하면, 삼각형의 구조에서 주체와 중개자 사이의 거리가 일정한 것이 아니라 경우에 따라 달리 나타나기 때문에 분석에서 제일 먼저 고려할 수 있는 것은 그 둘 사이의 거리 관계이다. 다시 말하면 『돈키호테』에 있어서 주체 돈키호테와 중개자 아마디스는 동일한 세계에 있지 않다. 즉 아마디스는 전설적인 가공의 인물이어서 돈키호테와 만날 수 없는 인물이다. 이때 주체와 중개자의 거리는 극복될 수 없을 만큼 떨어져 있다. 그 점에서 주체로서의 산초 판사와 중개자로서의 돈키호테 사이의 거리는 그들이 함께 다니고 있기 때문에 동일한 공간에 있다고 보기 쉽지만 그 둘 사이에는 뛰어넘을 수 없는 거리가 있다. 다시 말해 돈키호테는 주인이고 산초 판사는 시종이기 때문에 둘이 함께 다닌다고 해서 그 둘 사이의 거리가 극복되는 것은 아니다. 따라서 주체와 대상 사이의 거리를 단순히 물리적 거리로 생각해서는 안 된다. 산초 판사는 단 한 번도 자신이 돈키호테라는 주인의 자리를 꿈꾸어본 적이 없고 주인과 경쟁을 해보고자 한 적이 없다. 그것은 두 인물이 동일한 공간에 살고 있으면서도 엄연하게 구분되는 정신적 거리를 유지하고 있음을 의미한다.

그러한 면에서는 플로베르의 『보바리 부인』에서도 똑같은 현상이 일어난다. 이 소설의 여주인공 에마 보바리는 사교계의 여왕으로 군림하고 싶어 한다. 이러한 욕망은 그러나 그녀에게 있어서 자연 발생적으로 생긴 것이 아니다. 그녀의 욕망은 그녀가 사춘기 시절에 읽었던 삼류 소설과 잡지에 나오는 여주인공들의 생활에서 암시받은 욕망이고 그 여자들을 모방하고자 하는 욕망이다. 착실한 의사 남편이 벌어다 주는 돈으로 금전적인 문제를 느끼지 못하고 평범한 가정주부의 안정된 삶을 살아온 그녀는 어느 날 자신의 현재 생활이 무미하고 따분하다는 자각을 하게 된다. 그녀는 어린 시절의 꿈이 사교계의 여왕이 되는 것이었다는 생각을 하며 그 꿈을 실현하고자 하는 욕망이 자신의 내부에서 솟아남을 알게 된다. 그러나 그녀의 욕망은 어린 시절에 읽었던 삼류 소설의 여주인공, 혹은 파리의 유행 잡지에 나오는 여주인공을 통해 얻은 낭만적인 욕망이다. 유행 잡지의 여주인공을 중개자로 갖게 된 이 삼각형의 욕망에서 주체와 중개자 사이의 거리는 돈키호테와 아마디스 사이의 거리보다 가깝다. 더구나 에마 보바리는 여행을 통해 중개자를 만날 수도 있고 실제로 파티에 초청됨으로써 만나기도 한다. 그러나 돈키호테가 이상적인 기사도라는 대상을 놓고 아마디스와 경쟁 관계에 빠질 수 없는 것처럼, 혹은 산초 판사가 가공의 섬을 놓고 돈키호테와 경쟁 관계에 빠질 수 없는 것처럼 에마 보바리가 파리의 여성들인 그 중개자와 경쟁 관계를 가질 수는 없다. 그런 점에서 이 두 소설이 가지고 있는 삼각형의 구조는 유사한 성질을 띠고 있다.

그러나 여기에서 플로베르의 주인공이 세르반테스의 주인공보다 더욱 현대적이라고 하는 것은 주체가 중개자를 모방하는 태도에서 드러난다. 다시 말해 세르반테스의 주인공 돈키호테는 자신이 욕망의 중개자 아마디스를 모방하고자 한다는 것을 공공연하게 이야기하고 있는 반면에 플로베르의 주인공 에마 보바리는 자신이 욕망의 중개자 파리 여성을 모방하고 있다는 사실을 감추고 있다. 말하자면 근대 이전에는 주체가 모방하고자 하는 대상을 공공연하게 밝히고 있는 데 반하여 현대 사회에서는 주체가 타자를 모방하고 있음에도 불구하고 모방의 대상을 밝히지 않고 모방 자체를 터부시함으로써 자기기만에 빠지는 특색을 지니고 있다.

그렇지만 이들 작품에서 욕망의 주체와 중개자 사이에 경쟁 관계가 없다는 것은 그 주인공들이 아직 행복한 상태에 있다고 평가할 수 있다. 왜냐하면 스탕달의 『적과 흑』에 등장하는 욕망의 주체와 중개자는 욕망의 대상을 두고 서로 경쟁 관계에 빠져 있기 때문이다. 가령 이 소설의 서두에는 베리에르라는 소읍의 읍장 레날 씨와 레날 부인이 산책하는 장면이 나온다. 이때 레날 씨가 자기 아이들의 가정교사로 쥘리앵 소렐을 데려올 것을 생각하는 것은 자기 자식에 대한 걱정을 하기 때문도 아니고 자기 자식의 공부 때문도 아니고 오직 발노라는 자신의 경쟁자와의 경쟁의식 때문이다. 그러한 예로써 레날 씨가 쥘리앵에 대한 결정을 내리지 못하고 있을 때 레날 부인이 "발노가 우리에게서 쥘리앵을 빼앗아갈지도 모르지요"라고 함으로써 레날 씨의 결정을 촉진시킨다. 레날 씨가 이러한 결정을 내리는 데 더욱 기여한 것은 그의 경쟁자 발노가 자신의 사륜마차를 이끌 노르망디산 말을 두 필 구입해놓고 그것을 대단히 자랑한 사건이다. 레날 씨는 가정교사를 두고 있지 않은 발노가 쥘리앵을 가정교사로 데려가기 전에 자기 집 가정교사로 데려오는 것이 유리하다고 판단하고 그와의 경쟁에서 이기기 위해 결정을 서두른다. 이러한 관계를 삼각형의 구조에 대입시켜보면 레날 씨가 주체의 위치에 있고 쥘리앵이 대상의 위치에 있다면 발노는 중개자의 위치에 있다. 여기에서 주목하게 되는 것은 주체인 레날 씨와 중개자인 발노 씨가 동일한 세계에서 동일한 대상을 서로 경쟁적으로 욕망할 수 있는 가능성이 있다는 것이다. 르네 지라르는 이처럼 주체와 중개자 사이에 경쟁 관계가 있는 것을 내면적인 간접화médiation interne라 일컫고, 『돈키호테』나 『보바리 부인』에서처럼 주체와 중개자 사이에 경쟁 관계가 없는 것을 외면적 간접화médiation externe라고 한다.

그렇다면 현대 소설이 현대의 시장경제 체제와 마찬가지로 바로 욕망의 간접화 현상을 보다 심화된 것으로 묘사하는 것은 어쩌면 당연할지도 모른다. 지라르는 스탕달의 소설 주인공들이 욕망의 간접화, 특히 내면적인 간접화를 도발하고 그것을 이용하기까지 하는 현상을 분석하고 있다. 즉 레날 씨가 쥘리앵 소렐을 자기 집 가정교사로 데려오기 위해 소렐 영감과 흥정할 때, 소렐 영감은 "우리가 다른 데 가면 더 좋은 조건을 찾아낼 것입니다"라고 함으로써 주체인 레날 씨로 하여금 중개자 발노를 연상하게 하고 그에 대해 경쟁의식을 느끼게 한다. 실제로 그 말을 들음으로써 쥘리앵을 가정교사로 삼고자 하는 레날 씨의 욕망은 배가된다. 이것은 오늘날 우리 자신의 욕망이 고도의 산업 사회의 광고에 의해서 도발되고 간접화되는 현상과 다를 바 없다. 다시 말하면 필요에 의해서, 즉 사용가치에 의해서 어떤 욕망을 갖는 것이 아니라 다른 사람의 암시에 의해서거나 다른 사람과의 경쟁 관계에 의해서, 즉 교환가치에 의해서 어떤 욕망을 가질 수밖에 없는 사회구조가 그대로 작품 속에서 드러나고 있다. 이러한 현상은 쥘리앵이 마틸드 드 라몰을 손아귀에 넣기 위해서 페르바크 원수 부인의 마음에 들고, 그 광경을 마틸드에게 보여줌으로써 마틸드로 하여금 쥘리앵을 욕망하게 만드는 것에서도 드러난다. 여기에서는 주체가 마틸드이고 중개자가 페르바크 원수 부인이며 대상은 쥘리앵 자신이다. 이때 마틸드가 쥘리앵을 욕망하는 것은 페르바크 원수 부인의 감시를 받고 거기에 경쟁의식을 느끼기 때문이다.

이처럼 경쟁 관계라는 내면적인 간접화 현상은 바로 가짜 욕망에 해당하는 것으로서 골드만의 표현에 의하면 교환가치에 해당한다. 그리고 우리의 욕망마저 간접화시켜버린 오늘의 사회에서 소설 주인공의 욕망이 더욱 심한 간접화 현상을 일으키는 것은 너무나 당연하다. 따라서 르네 지라르는 욕망의 간접화 현상을, 다시 말하면 삼각형의 욕망을 프루스트나 도스토옙스키의 작품에서도 발견해냄으로써 일반적 현상처럼 보편화시키고자 한다. 가령 『잃어버린 시간을 찾아서』의 화자 마르셀이 성인이 되어 속물근성snobisme을 보일 때에도 욕망의 간접화가 일어나고 있음을 보여주고 있다. 그는 스탕달에게서 허영심vanité이 프루스트에게서는 속물근성으로 나타나고 있다고 분석하면서 다음과 같이 말한다.

　　욕망된 대상의 변모는 스탕달에게서보다 프루스트에게서 더욱 극심하고, 질투와 선망은 더욱 빈번하며 더욱 강렬해진다. 『잃어버린 시간을 찾아서』의 모든 인물의 경우에, 사랑이 질투에, 즉 경쟁자의 존재에 완전히 종속되어 있다고 말해도 과언이 아니다. 따라서 욕망의 발생에서 중개자가 행하는 특권적인 역할이 전보다 더욱 명백해진 것이다. 프루스트의 화자는, 『적과 흑』에서 대부분 암시만으로 그쳤던 삼각형의 구조를 매 순간 분명한 언어로 정의하고 있다.[8]

그는 삼각형의 욕망의 구조가 사교계의 속물근성에서도 나타나는데, 그 이유는 속물도 하나의 모방자이기 때문이라는 것이다. 속물이란 자

8　르네 지라르, 『낭만적 거짓과 소설적 진실』, 김치수 옮김, 한길사, 2001, p. 66.

84

신의 개인적인 판단을 믿지 못하고 다른 사람이 욕망하는 대상들만을 욕망한다는 점에서 플로베르의 보바리즘bovarysme과도 상통하지만, 모방하는 대상이 단 하나에 국한되지 않았다는 점에서 프루스트의 주인공들은 훨씬 더 비극적인 욕망의 주인공들이다.

그러나 속물들 사이의 경쟁 관계로 설명할 수 있는 프루스트에게서 나타나는 삼각형의 욕망보다 더욱 고통스러운 것은 아버지와 아들 사이의 경쟁 관계로 설명할 수 있는 도스토옙스키의 『미성년』에서 나타나는 삼각형의 욕망이다. 아흐마코바 장군 부인이라는 동일한 여인을 사랑하는 돌고루키와 베르시로프의 관계는 욕망의 간접화라는 용어로만 설명이 가능하다. 왜냐하면 돌고루키의 열정은 아버지의 열정에서 베껴온 것이기 때문이다.

> 아버지로부터 아들로의 이 간접화는 우리가 콩브레 시절에 관해 정의한 바 있는 프루스트의 유년기에 나타난 외면적 간접화가 아니라 중개자를 지독히 미워하는 경쟁자로 삼게 되는 내면적 간접화이다. 그 불행한 사생아는 자기의 의무를 완수하지 않는 아버지와 똑같은 사람이며 동시에 아들을 내동댕이쳐버리는 알 수 없는 행동을 한 사람에게 매혹된 희생자이다. 따라서 돌고루키를 이해하려면 이전 소설들에 나온 어린애나 부모들과 그를 비교해서는 안 되고 차라리 자신을 받아들이기를 거부하는 사람에게 매혹되는 프루스트의 속물과 비교해야 한다. 그러나 이러한 비교도 정확하지는 않다. 왜냐하면 아버지와 아들 사이의 거리가 두 속물 사이의 거리보다 가깝기 때문이다.[9]

---

9 지라르, 같은 책, p. 93.

그런 점에서 본다면 돌고루키의 시련은 프루스트의 주인공인 속물의 시련이나 질투를 느끼는 사람의 시련보다 훨씬 더 고통스러울 것이 분명하다.

『영원한 남편』의 주인공 파벨 파블로비치와 벨차니노프 사이에도 욕망의 간접화 현상이 일어난다. 파벨 파블로비치는 벨차니노프의 중개에 의해서만 욕망을 가지며, 따라서 "욕망되고 도발되고 은밀하게 두둔받는 질투의 화신으로서" 자기의 애인을 다시 쫓아다니고 또 자기의 내부에서 애인에 대한 사랑을 다시 느끼기 위해, 애인이 부정을 저지르기를 바라게 된다. 두 사람 사이의 열렬한 우정 관계는 경쟁이라는 강렬한 감정으로 배가되지만, 그 경쟁 관계는 표면적으로 드러나 있지 않고 감추어져 있다. 여기에서 또 하나 드러나는 것은 아내에게 속은 남편의 증오심이다. 이 증오심에는 숭배의 감정이 감추어져 있다. 이 감정을 밝혀낸 르네 지라르는 주인공이 "사랑하는 여자를 중개자에게 밀어보냄으로써 중개자로 하여금 그 여자를 욕망의 대상으로 삼게 한 뒤에 욕망의 경쟁에서 승리하려는 것"임을 증명한다. 그것은 이들 주인공에게서 욕망의 간접화가 모두 심화된 내면적인 간접화라는 특색을 지니고 있음을 말해준다.

그런데 타인을 모방하고자 하는 욕망은 타인이 되고자 하는 욕망이며 그 욕망의 강도는 대상이 소유하고 있는 '형이상학적 위력'에 달려 있고 그 위력은 대상과 중개자 사이의 거리가 가까울수록 강하다. 욕망의 삼각형이 이등변삼각형이라는 것을 전제로 할 때 주체와 중개자 사이의 거리가 멀면 대상과 중개자 사이의 거리도 멀고, 주체와 중개자 사이의 거리가 가까우면 대상과 중개자 사이의 거리도 가까워진다.

따라서 중개자가 주체에 가까이 접근할수록 간접화된 형이상학적 욕망은 더욱 강렬해진다. 그것은 중개자와 주체 사이의 거리가 수직선에 가까이 올 경우 대상과 중개자를 구분할 수 없게 된다는 것을 의미하며 욕망도 그만큼 강렬해진다는 것을 의미한다. 이 경우 주체가 중개자를 모방하는 일방적인 관계로만 나타나는 것이 아니라 중개자가 주체를 모방하기까지 해서 주체와 중개자 사이의 구분이 흐려질 정도로 상호 관계가 치열해지게 되면 주체가 중개자가 되고 중개자가 주체가 되기까지 하게 된다.

지라르는 대상과 중개자를 구분할 수 없을 정도로 욕망이 강렬해지면 주체가 엄청난 고통 속에 빠지지만, 고행의 과정을 거쳐서 그 형이상학적 욕망의 정체를 알게 되는 마지막 순간에는 '전향conversion'이라는 종교적 개심에 도달한다는 것을 밝히기에 이른다. 『돈키호테』의 주인공은 죽음에 임박해서 기사도를 향한 자신의 열정이 '악마 들림'이라는 것을 알고 거기에서 해방되고 예전의 삶을 거부할 수 있게 된다. 『적과 흑』의 주인공은 죽음을 앞에 두고 자신의 권력에의 의지를 철회하고 그를 매혹시키던 세계에서 초연해지고 마틸드에 대한 열정의 사라짐과 레날 부인에게로 달려감으로써 자신의 방어를 포기한다. 『죄와 벌』의 주인공은 결말에서 고립을 이겨내고 복음서를 읽으며 오래전부터 맛보지 못했던 평화를 느낀다. 프루스트는 자신의 임종을 앞두고, 『되찾은 시간』에서 주인공이 명철한 의식 상태로 죽어서 작품 속에서의 부활에 도달하는 것을 통해, 자신의 우상숭배에서 벗어난다.

위대한 소설의 결말 부분에 대한 지라르의 분석은 구원을 마지막 목표로 삼고 있는 종교적 결말로 끝난다. 그러나 골드만을 비롯한 많은 문학연구자들은 지라르의 이론에서 마지막 결론에 중요성을 부여하지 않고 인간의 욕망이 간접화되어 주체와 중개자와 대상 사이에 삼각형의 구조를 형성하고 그 상호 간 관계의 역동성에 주목하여 문학 작품 분석의 한 틀로 활용하고 있다. 지라르는 소설이란 악마적 주인공을 통해 다락한 세계에서 티락한 방법으로 진정한 가치를 추구하는 이야기라는 점에서 루카치와 의견을 같이하면서도 소설가가 소설을 씀으로써 타락한 세계에서 수직적인 초월을 하여 진정성에 도달한다고 한 점에서 루카치와 의견을 달리한다. 소설이란 타락한 세계에서 진정한 가치를 추구하는 현상이지 초월 자체가 아니라는 유물론자인 루카치와, 소설이란 타락한 세계에서 작가 자신이나 소설의 주인공의 마지막 순간의 전환을 통해서 초월을 가져오는 것이라고 보는 기독교적인 지라르 사이에 삶과 세계를 보는 전망의 차이를 우리는 읽을 수 있다.

7

이상에서 살펴본 르네 지라르의 '삼각형의 욕망' 이론에 의해 『춘향전』과 『이방인』은 어떻게 해석될 수 있는지 하는 문제가 남는다. 춘향은 기생의 딸이라는 자신의 신분을 초월하는 데 이몽룡에 대한 사랑을 이용하고자 한다. 그것은 춘향이 양갓집 여성을 모방함으로써 신분 상승을 획득하고자 한 삼각형의 욕망의 구조를 드러낸다. 춘향이 변학도에게서 혹독한 고문을 당하고 죽음 직전까지 이른 것은 이러한 간접화된 욕망에 대한 대가를 치르는 것이다. 그러한 현상은 춘향을 수청 들게 함으로써 신관 사또의 권위를 세우고자 하는 변학도의 욕망에서도 나타난다. 남원 고을에 신관 사또로 부임한 변학도는 자신의 영과 권위를 세우는 데 춘향을 이용하려 하지만, 주체인 변학도와 중개자인 춘향 사이의 대립이 극단화됨으로써 변학도는 자신이 얻고자 하는 것을 얻을 수 없게 된다.『춘향전』은 이 두 개의 삼각형의 욕망이 겹치고 부딪쳐서 일어나는 갈등과 대립을 형상화하고 있다. 그런데 춘향은 마지막에 자신이 욕망한 것을 얻고 변학도는 자신이 욕망한 것을 얻지 못한다. 그것은 주체가 수단으로 삼은 중개자의 정체성에 그 사회가 부여한 가치가 있느냐 없느냐에 따른 결과로 보인다. 춘향이 선택한 양반집 여자의 사랑은 당시 사회가 부덕으로 평가한 절개와 상통하고 있고, 변학도가 얻고자 한 기생의 사랑은 당시 사회의 신분적 차이를 그대로 드러내고 있다. 그러한 신분적 차이가 제도로 존재하고 있는 사회에서 춘향에게 '만고 열녀'라는 칭송을 보내는 것은 신분제도의 타파를 바라는 작가의 정신과 독자의 여망을 그대로 표현한다. 반면에 춘향을 사형에 이르도록 혹독하게 다룬 변학도는 악의 화신처럼 보복을 받는다.

『이방인』의 주인공 뫼르소는 자신이 소유하고자 하는 것도 없고 모방하고자 하는 것도 없다. 그는 욕망의 주체가 아니다. 그는 자신의 현재의 삶에 불만이 없고 세상이 추구하고 있는 모든 가치에 대해 무관심하다. 그런 점에서 그는 반사회적인 위험한 인물이다. 왜냐하면 사회가 모든 사람에게 모방하게 하는 중개자를 제시해도 그것을 외면하고, 모든 사람에게 추구하게 하는 가치에 대해서도 관심이 없기 때문이다. 그는 매 순간 현재의 삶을 그대로 살아가는 것에 만족한다. 그는 좋은 친구를 사귀고 싶은 마음도 없고 누구를 사랑하고 싶은 마음도 없고 출세하고 싶은 생각도 없고 부자가 되고 싶은 욕망도 없고 유명 인사가 되고 싶은 생각도 없다. 그는 자신의 현재의 삶을 벗어나고자 하는 초월의 의지도 없지만 그 사회가 그에게 암시하거나 제시하는 욕망에 대해서도 관심이 없다. 요컨대 그는 사회가 그에게 가담하기를 요구하는 어떤 게임에도 참여하지 않는다. 그는 그 사회가 그에게 제시하는 삼각형의 욕망을 철저히 거부한다.

그러한 점에서 르네 지라르의 욕망 이론은 한편으로 우리 자신이 살고 있는 사회에 있어서 욕망의 성질과 그 구조를 드러내주고 있는 것이며 다른 한편으로 그의 욕망의 이론으로 과거의 소설을 다시 분석해볼 수 있는 가능성을 제시하고 있다. 우리 자신이 아직도 인간적인 사회에 살고 있다는 환상을 갖고 있는 사이에 우리의 욕망조차 이처럼 간접화되고 사물화되어버린 현실에서 거기에 대한 올바른 인식에 도달하는 길은 따라서 이와 같이 문학 작품을 새로 분석하고 해석하려는 우리의 노력 속에서 가능한 것이다. 또한 앞에서 전제로 했던 것처럼 문학 작품의 총체성에서 우리가 이미 알고 있는 것이란 극히 한정되어 있는 것이기 때문에 그 총체성을 밝히는 작업은 문학 연구의 영원한 과제가 아닐 수 없다. 아마도 바로 그러한 이유 때문에 골드만은 루카치와 르네 지라르의 이론에서 출발하여 발생구조주의라는 새로운 문학사회학을 시도하였을 것이다. 그리고 이러한 의도를 인정한다면 우리에게 중요한 것이 우리의 문학 현상에 대한 보다 많은 분석이며, 그 분석을 통해 이루어지는 우리 문학과 우리 사회의 관계에 대한 보다 과학적인 해석일 것이다.

이와 같은 분석과 해석에 있어서 중요한 것은 어떤 특정의 주제나 현상을 파악하는 것에 있는 것이 아니라 그 주제와 현상의 보편적인 의미를 깨닫는 것에 있다. 가령 1970년대에 한때 창녀소설이 상당히 많이 나왔다고 했을 때, 우선은 주인공 대부분이 창녀라는 사실을 아는 것도 필요하지만 그것은 기본적인 것에 지나지 않는다. 다시 말하면 그러한 창녀의 신분이 왜 갑자기 소설 주인공의 신분으로 대두되었는가, 그러한 주인공들의 신분이 독자들에게 어떻게 읽혔는가를 아는 것도 중요하지만, 그 소설의 주제가 과연 창녀라는 소재였는가 생각해 보고, 그러한 소재와는 전혀 다른 어떤 패러다임을 발견할 수 없었는가, 그리하여 그 구조적 특성에서 보편적인 어떤 의미를 발견할 수 없는가 찾아보는 것이 보다 중요하고, 보다 필요한 것이다. 그리고 그것만이 문학비평이나 문학 연구가 1차 독서가 아니라 2차, 3차 독서가 되는 길이며, 그럴 경우에만 문학비평과 문학 연구는 문학과 삶과 세계에 대한 질문을 던지는 것이고 그 질문을 통해서 그것들의 어느 일면을 밝힐 수 있다. 그것은 문학과 사회의 관계도 이처럼 문학의 소재에 의해서만 밝혀지는 것이 아니라 그것을 지배하고 있는 욕망의 구조나 폭력의 존재 양태를 통해서, 혹은 소외의 구조를 통해서 밝혀질 수 있음을 의미한다. 오히려 문학의 소재에 의해서 밝혀지는 것이 극히 평면적인 것에 지나지 않는 반면에 문학 작품의 총체적인 구조에 의해 밝혀지는 것은 문학과 사회, 문학과 삶의 보다 깊은 관계를, 보다 핵심적인 주제를 드러낼 수 있다.

오늘의 한국 문학과 세계화의 전망

1

1995년 11월 28일부터 열흘 동안 프랑스 정부가 우리 작가 13명을 초청해 한국 문학에 관한 소개와 토론회를 가졌을 때 프랑스 비평가들이 일본 문학이나 중국 문학과 비교해서 한국 문학에 관한 평가를 내린 적이 있다. 물론 평가의 대상이 '아름다운 외국 문학les belles étrangères'이라는 프로그램에 초청된 작가 시인으로 제한하고 있었기 때문에 그것을 한국 문학 전체에 대한 평가라고 말할 수 없겠지만, 거기에 초청된 작가, 시인 들의 면모를 보면 그들이 한국 문학을 대표한다고 해서 지나치지 않다. '아름다운 외국 문학' 프로그램은 프랑스어로 번역된 외국 작가, 시인 들 가운데 그들이 문학성이 높다고 평가한 사람들을 초청해서 그들의 말을 직접 듣고 그들의 작품을 낭독하고 토론하는 프로그램이다. 거기에서 한국 문학에 대한 평가는 대단히 좋은 편이었다. "중국 문학은 검열로부터 자유롭지 못하기 때문에 객관적인 평가를 내리기 힘든 측면이 있고 일본 문학은 사적인 내면을 응시하는 독창적인 미학을 구축하는 데 성공한 세련된 문학으로서 조형성이 강하지만 자연스럽지 못하고 인위적이다"라는 평가를 받은 반면에 한국 문학은 "동양 3국의 문학 가운데 가장 자유롭고 건강하고 역동적이어서 감동의 깊이나 양에서 다른 나라 작품을 압도한다"는 것이다. 여기에 초청받지 못한 작가나 시인은 자신의 작품이 프랑스어로 번역되지 않았기 때문이다. 따라서 이 프로그램에 참여하지 못한 작가나 시인 가운데도 한국을 대표할 만한 사람들이 많다는 것을 감안하면 한국 문학의 양적 풍요로움과 질적 깊이를 정당하게 평가받은 셈이다.

2

한국의 현대 문학을 말할 때 흔히 해방 후의 문학을 든다. 시기적으로는 이처럼 해방 후를 이야기하면서도 문학적인 소재를 고려한다면 한국전쟁이 가장 큰 영향을 미쳤다고 할 수 있다. 한국전쟁은 일제에서의 해방과 마찬가지로 현대사의 가장 큰 사건임에 틀림없지만 문학의 소재로서는 해방보다 더 자주 등장하고 있기 때문이다. 실제로 해방 후의 소설에서 해방을 다룬 작품은 많지 않은 반면에 한국전쟁 후의 소설에서 전쟁을 다룬 소설은 압도적이며 최근에까지 그 현상은 지배적이다. 그것은 해방이 한국전쟁보다 의미가 작다는 것을 말하고자 하는 것이 아니다. 그것은 전쟁이 그 자체로서 훨씬 충격적이어서 그보다 5년 전에 있었던 해방의 감격을 잊게 만들었고 오늘날까지도 그 상처가 아물지 않았음을 말하고자 하는 것이다. 전쟁의 충격과 상처는 해방의 감격을 누릴 수 없게 만들었고, 분단의 현실을 극복하고자 노력도 하기 전에 그 혹독한 대가를 치르게 하였다. 전쟁은 한국인의 일상생활과 풍속을 송두리째 바꾸어놓았다. 전쟁에서 기인한 이런 변화는 전쟁을 체험한 제1세대뿐만 아니라 그 후의 세대들에게도 일어난다. 삶과 죽음, 사랑과 증오, 성공과 실패, 건설과 파괴 등 전쟁 동안에 이루어진 이 모든 경험들은 한국인의 전통과 정신적·물질적 생활을 철저하게 파괴한다. 피란민에게 있어서 생활 양식의 변화는 물론 가족들의 이산은 사회체제와 가치 체계를 철저하게 변화시킨다.

게다가 전쟁은 지금까지 가난하지만 서로 사랑하며 살아온 농촌 공동체를 파괴하였고, 외부와의 접촉 없이도 행복할 수 있었던 전원생활을 파괴하였다. 그런 관점에서 전쟁은 새로운 시대를 향하여, 인간의 본성과 그들이 살고 있는 체제에 관한 의심과 질문의 시대를 향하여 문을 연 것이다. 이 시대의 작중인물은 때로는 어린아이들로서 가족과 헤어져 누구의 보호도 받지 못한 채 혼자서 살아가는 고통과 비참을 체험하거나, 때로는 체제의 뒤바뀜에 의해 가난하지만 평화롭게 살던 시골 사람들이 서로 증오하고 타인의 재산을 빼앗고 죽이는 경험을 갖거나, 때로는 부조리한 현실의 자각을 통해 자기 존재의 무상성을 깨닫고 자아를 우연에 맡기기도 하고, 때로는 정의는 승리한다는 신념으로 자기 체제를 방어하기 위해 끝까지 싸운다. 그러나 이 인물들은 전쟁의 잔혹성을 규탄하면서도 분단과 전쟁의 원인이 된 이데올로기에 관한 질문은 제기하지 않는다. 당시만 해도 전쟁이 두 진영 사이에 극도로 긴장을 조성하고 있었기 때문에 남쪽이나 북쪽의 체제에 관해 깊이 있는 반성을 할 만한 여유가 없었던 것이다. 그래서 언제나 문제되는 것은 이쪽을 선택했느냐 저쪽을 선택했느냐 하는 것이고, 일단 선택한 다음에는 서로 싸우고 서로 죽인다. 그렇지만 그들은 왜 싸우고 왜 죽이는지 알지 못하고 질문을 제기하지 않는다. 그렇기 때문에 이들 소설 속에서는 삶에 대한 어떤 신뢰가 엿보이고, 인간의 순박한 마음이 발견된다. 예를 들면 외국 군인에게 몸을 파는 창녀가 그녀 주변에서 발견되는 전쟁고아들과 인간적인 관계를 갖는다거나 전쟁터의 병사들이 자신의 총에 맞아 죽어가는 적군에게 연민과 동정을 느낀다. 이것은 그들이 전쟁의 비극을 체험하면서도 삶의 무자비한 현실을 냉혹하게 받아들이는 현대인의 속성을 갖기 이전의 상태에 있다는 것을 의미한다.

그러나 여기에서 짚고 넘어가야 할 보다 중요한 것이 있다. 그것은 그 인물들이 전쟁 전에는 교통수단이 발달하지 않아서 외부와 고립된 채 살아왔지만 이젠 전쟁으로 인해 불가피하게 공간적인 이동을 할 수밖에 없고 그래서 결국 그들의 고향을 떠난다는 사실이다. 이러한 현상은 지금까지 정태적이었던 이 사회를 극단적으로 뒤집어놓는다. 땅을 갈아먹고 살던 이들은 피란민이 되어 전국을 누비며 떠돌아다니고, 살아남을 길을 찾아 헤맨다. 마침내 상인이 된 그들은 이제 돈만이 지배하는 전혀 다른 인생을 살아간다. 이것은 한국 사회가 농경 사회에서 상공 사회로 이행하는 직접적인 전환점을 나타낸다.

이 시대의 작가들은 이런 현상들을 인간 본성의 타락으로 생각하고, 옛날에 살기 좋았던 조용한 농촌 공동체에 관한 향수를 가지고 있다. 그러나 그들의 작중인물들은 인간성의 변화에 대한 의식을 갖는 데 이르지 못하고, 서로 싸우고 있는 남과 북이라는 두 체제에 대해서도 의식을 갖는 데 이르지 못한다.

3

그런 점에서 1960년 말에 나온 최인훈의 「광장」은 전쟁과 분단된 현실
에 대한 새로운 관점을 우리에게 제시한 작품이다. 이 소설의 주인공
은 해방 후 가족과 함께 북쪽에서 남쪽으로 넘어온 지식인이다. 그러
나 일제강점기 때 돈을 번 사람들과 손을 잡은 남쪽 체제에 실망한 그
는 또다시 북쪽으로 넘어간다. 그러나 북쪽에서 그가 발견한 것은 개
인에 대한 억압이고 이념적 교화이고 모든 것의 획일화였다. 이 모든
삶의 양상은 당의 원칙에 따른 것이었다. 전쟁이 발발하자 주인공은
전쟁에 끌려가서 유엔군의 포로가 된다. 그는 포로수용소에 갇혀 있
다가 휴전과 함께 자유롭게 체제를 선택할 수 있게 된다. 그 순간 그
는 남쪽과 북쪽이라는 두 체제 사이에서 선택하는 것이 아니라 제3세
계를 선택해 가기로 결심한다. 이 작가는 처음으로 분단된 현실에 대
해 객관적으로 관찰할 수 있도록 중립적인 입장을 취하고자 시도한다.
결국 그는 분단된 한국이 한국인의 선택에 의해 이루어진 것이 아니라
미국과 소련 사이의 이해관계의 대립에 의해 이루어진 것이라는 사실
을 드러낸다. 그런 점에서 이 작품은 한국의 분단 현실을 객관적으로
다룬, 그리고 분단 현실을 이념적으로 다룬 최초의 지식인소설이라고
말할 수 있다.

그렇다면 어떻게 해서 그 이전에는 이야기되지 않았던 것을 이야기
한 이 '대담한' 소설이 나올 수 있었는가, 그리고 왜 이 소설의 출판
이후에는 상당 기간 동안 동일한 문제를 제기한 소설가가 없었는가 하
는 질문을 제기할 수 있다. 첫번째 질문에 대한 대답은 아마도 1960년
4월 혁명에서 찾을 수 있을 것이다. 1960년 4월 19일에 있었던 이 혁
명의 덕택으로 독재화되어가던 제1공화국이 무너지고 진정한 민주주

의에 입각한 제2공화국이 들어설 수 있었다. 그리하여 언론 자유를 누리게 되고 누구나 자기의 생각을 표현할 자유를 갖게 된 것이다. 바로 이러한 역사적 상황 속에서 최인훈의 「광장」이 나올 수 있었다. 그러나 혁명이 일어난 지 10개월 만에 군사 쿠데타가 일어났다. 이 사건의 영향 때문에 작가들은 이념적인 문제에 대한 언급을 삼가게 된다. 사실 남한은 격류처럼 급작스럽게 찾아온 자유에 의해 야기된 여러 가지 현상들을 소화하고 다스릴 만한 준비가 되어 있지 않았다. 억눌렸던 다양한 요구가 폭발적으로 터져나와 거의 무정부 상태에 빠져버린 현실은 새로운 군사 체제로 하여금 자유를 억압하는 구실을 찾게 만들었다. 그들은 정치적 이념에서 그들의 체제에 반항적인 사람들을 제일 먼저 투옥시키고 "빈곤과 무질서를 극복하고 국가 재건의 새 역사를 창조하기 위하여"라는 슬로건 아래 군대식 질서를 강요하였다. 그러한 상황에서는 자유가 설 자리를 잃는 것은 당연하다. 다른 한편으로 '국가재건운동'이라는 이름 아래 군사정부는 국가 전체를 조직화하고 국제적인 차관을 얻어 공장을 건설함으로써 산업사회의 토대를 준비하였다. 이러한 군대식 질서 아래서는 어떠한 이념적 비판도 허용되지 않았다.

바로 그 때문에 군사 쿠데타 이후의 소설에서는 극도의 비관주의가 발견된다. 그 작가들은 개인의 패배와 슬픔을 표현하고 있다. 「광장」을 썼던 최인훈 자신도 그 후에 발표된 「총독의 소리」 「구운몽」 「놀부전」 등에서 극단적인 알레고리의 세계로 빠져들거나 『회색인』처럼 군사 체제의 억압적인 상황에서 길을 잃지 않기 위해 관념의 세계 속으로 도피하거나 「소설가 구보씨의 일일」처럼 일상적 자아에 대한 반성적 성찰을 시도함으로써 개인의 패배와 슬픔을 표현한다. 그와 동시대의 한말숙은 부조리한 현실 속에서 자기 존재의 우연성과 유한성을 자각한 주인공을 통해 전후파의 실존적 삶의 모습을 제시한다. 1968년 「완구점 여인」으로 작품 활동을 시작한 오정희는 유년 시절의 전쟁 체험이 2, 30여 년 후의 여성의 삶에 어떤 흔적으로 남아 있다는 사실을 확인시키면서 하나의 성장한 인물이 자신의 일상적 삶에 근원으로 작용하고 있는 늪의 정체를 밝히는 데 천착하고, 그리하여 여성의 조건이 가지고 있는 슬픔과 허무의 정체를 파악함으로써 일상성 속에 빠져 있는 의식의 몽롱한 가사 상태에서 의식의 잠을 깨게 한다. 치밀한 문체와 완벽한 구성은 작가적 명성보다 더 그의 문학적 가치를 인정하게 한다. 그의 주된 테마는 가정 안에서의 중년 여성의 자아 발견이라고 할 수 있지만 그것이 적극적인 페미니즘의 형태로 나타나는 것이 아니라 인간으로서의 개인이 삶과 세계에서 발견한 슬프고도 아름다운 자아의 운명의 형태로 나타나고 있다. 그와 거의 비슷한 시기에 문학을 시작한 박완서는 전쟁의 상처에 보다 적극적인 문제의식을 갖고 있다. 그것은 전쟁의 결과 전통적인 가족 사회의 붕괴와, 아버지 부재 시대의 여성 삶의 질곡, 그리고 그 과정에서 눈떠가는 여성의 자아의식으로 요약될 수 있다. 전쟁으로 피해자가 된 여성이 남성 부재의 설움 속에서 고통의 나날을 보내다가 어느 날 독자적인 자아의 존재를 발견하면서 남성 의존의 가족 구조의 모순을 깨닫게 되는 과정은 유교적 가족 제도 속에 억눌려 있던 한국 여성의 자아 발견의 과정과 거의 일치하고 있다.

이처럼 전쟁이 개인의 삶에 상처로서 남아 있고 가족제도의 붕괴와 관련되어 있는 양상은 김원일, 윤흥길, 이문열과 같은 남성 작가에게도 나타나고 있는 현상이다. 『노을』이나 『어둠의 혼』이나 『마당깊은 집』에서의 김원일은 전쟁으로 아버지를 잃어버린 가정에서의 삶이 가지고 있는 비극성을 형상화하는 데 성공하고 있다. 유년 시절에 아버지를 잃은 소년은 어린 나이에 아버지의 역할을 해야 하고 그로 인해 배고픔의 참담한 현실을 이겨내야 한다. 개인으로서 성장의 과정을 밟아야 하고 가족 구성원들의 생계를 책임져야 하고 또 부재한 아버지의 이념적인 성향 때문에 불이익을 당해야 하는 주인공들의 고통스러운 현실은 김원일 소설의 중심적인 테마가 되어왔다. 또 『황혼의 집』 「장마」 『에미』 등에서 볼 수 있는 윤흥길의 소설 세계도 전쟁의 와중에 실종된 인물을 중심으로 가족의 비극적 삶을 그리고 있다. 소년기의 주인공은 왜 자신이 가정의 불화 속에서 살아야 하는가 알지 못하고 어른들의 아이 사랑의 방식을 이해하지 못한 채 집안을 감싸고 있는 죽음의 그림자를 이기며 살아야 한다. 어머니와 아버지가 남북으로 나뉜 상황을 그리고 있는 이문열의 『영웅시대』는 공산주의 이데올로기에 충실한 한 지식인이 이북을 자신의 이상을 실현시킬 수 있는 곳으로 생각해 월북하고 전쟁에 가담하고 그리고 숙청당하는 좌절과 환멸의 이야기이다. 아마도 최인훈의 「광장」 이후 처음으로 이데올로기를 정면으로 다룬 이 작품은 남쪽에 남아 있는 가족들의 삶이 고통스러운 것임에도 불구하고 북쪽보다 남쪽에서의 삶이 더 나은 것임을 보여주고 있다. 이 세 작가의 작품들은 작가의 자전적 요소가 가미되어 있는 것으로, 아버지 부재와 아버지에 대한 애증을 동시에 가지고 있는 복합 심리를 섬세하게 그리고 있다.

이처럼 조국의 현실이나 이데올로기를 비판하는 사람들을 다루는 것이 아니라, 상처받고 방황하는 인물을 보여주는 이 시대의 소설은 분명히 군사정부의 통치 영향을 받은 것으로 보인다. 그러나 이 1960년대의 문학이 가지고 있는 자유의 체험은 그 후 10년 동안의 산업사회를 설명하기 위해 좋은 출발점을 제공한다.

4

1971년에 나온 황석영의 『객지』는 제2차 경제 개발 5개년 계획의 성공 후에 온 산업사회의 도래를 알리는 신호와 같은 작품이다. 여기에서 중요한 것은 이 소설이 처음으로 노동자들의 저항을 다루고 있다는 사실이다. 작품 속에서 노동운동이 실패하고 있음에도 불구하고 여기에서 주목해야 하는 것은 작가가 이 주제를 다룬 것 자체가 그로 인한 사회적 불편이 존재한다는 사실을 인정한 점이다. 이 작품은 산업화되면서 겉으로 경제 발전을 이룩한 반면에 그 이면에 수많은 모순과 병폐가 도사리고 있음을 입증하고 있다. 이 시대의 소설 가운데 두 번째로 나타난 주목할 만한 작품은 조세희의 『난장이가 쏘아올린 작은 공』으로서 1970년대 중반에 시작해 1970년대 말에 완성된 작품이다. 이 소설에서 난쟁이는 산업화되고 있는 사회에서 소외된 사람들을 상징한다. 난쟁이의 가족은 도시의 변두리에서 무허가 판잣집을 짓고 산다. 난쟁이는 연장 도구 가방을 짊어지고 온 동네를 돌아다니며 땜질을 한다. 그의 아들은 자동차 공장에서 일하고 그의 딸은 방직 공장에서 일한다. 이처럼 아버지 세대가 수공업 시대를 살고 있다면 그의 아들 세대는 기계공업 시대를 산다. 그들은 모두 가난에서 벗어나기를 꿈꾸며 열심히 일하지만 그들의 꿈은 실현되지 않는다. 왜냐하면 그들이 가난을 벗어나기도 전에 그들의 판잣집은 철거되고 난쟁이는 자살하기 때문이다. 뿐만 아니라 그의 아이들은 노동운동의 희생자가 되어 공장에서 쫓겨난다. 이 참담한 이야기를 조세희는 너무나 서정적으로 아름답게 그려서 당대의 베스트셀러 작가가 되고 지금도 많은 독자를 확보하고 있다. 여기에서 볼 수 있는 지배자와 피지배자의 대립은 윤흥길의 「아홉 켤레의 구두로 남은 사나이」에서도 볼 수 있다. 권기용이라고 하는 이 소설의 주인공은 대학을 나온 뒤 한 출판사에서 일한다. 그는 서울 교외의 신도시에 자리를 잡는다. 왜냐하면 박봉의 월급으로는 서울에서 살 수 없기 때문이다. 그에게 남아 있는 자존심의 표지는 매일 구두를 바꿔 신는 것으로 나타난다. 그는 아홉 켤레의 구두를 가지고 있다. 그는 그것을 매일 닦는다. 출판사에서 해고된 뒤에 공사장의 날품팔이 일꾼으로 있을 때도 그는 매일 구두를 바꿔 신는다. 그것만이 '안동 권씨'라는 자기 출신을 지탱해주는 끈이었으나 어느 날 그는 그 신발을 모두 불태우고 자신의 처지에 맞는 일터를 찾아 나선다. 그는 방직 공장에 취직을 했다가 노동자들의 권익을 보호하기 위해 노동운동에 뛰어든다. 그러나 그는 출신 성분이 다르다는 이유로 노동자들에게 배척당하고 또 고용주에게도 배척당한다. 그는 그럼에도 불구하고 외로운 싸움을 계속한다.

1972년 '유신'을 표방한 군사정권은 사회적 검열을 강화하고 경제 발전에 박차를 가한다. 이 과정에서 군사정권은 노동자들의 조합 운동을 받아들이지 않고 그들의 집단행동을 막기 위해 수단과 방법을 가리지 않는다. 이때 작가들은 소외 계층의 이야기를 쓰고 산업화의 가려진 응달을 그리고자 한 것이다. 그러나 이 시대의 고용주와 노동자의 적대 관계는 계급투쟁이나 노동조합 운동으로 발전하지 않고 언제나 고용주의 관용과 자비심에 호소하는 단계에 머물고 있다.

5

1980년 신군부는 무시무시한 폭압 정치로 제5공화국을 출범시킨다. 이 체제의 공포 정치 아래에서 작가들은 처음에는 침묵을 지키는 듯했으나 4년의 침묵 다음에는 그동안 쌓였던 분노를 폭발시키는 듯 그 체제의 부당성, 광주에서의 불법적 군사 작전, 노동자와 학생 들의 저항 운동을 이야기하기 위해 마치 게릴라 문학처럼 '무크mook'지의 형태로, 동인지의 형태로 작품을 발표하기 시작한다. 이 시대의 문학은 때로는 슬로건 같고, 때로는 욕설 같고, 때로는 폭로의 기록물 같다. 그래서 당시의 상황으로서는 절박하고 많은 독자를 가졌음에도 불구하고, 또 그것이 그 후에 온 포스트모던한 문학적 실험을 하는 데 큰 역할을 했음에도 불구하고 문학적으로 평가하기에는 여러 가지로 망설여진다. 그러나 이 시대에 이성복, 황지우, 김정환 같은 젊은 시인들이 출현하여 무시무시한 군사 통치 밑에서도 새로운 시로 맞설 수 있었던 것은 1970년대에 이미 고은, 황동규, 신경림, 정현종, 오규원, 김지하와 같은 탁월한 시인의 시적 전통이 축적되어 있었기 때문일 것이다. 이들이 유신 시절의 온갖 탄압에도 불구하고 단순한 저항시에만 매달리지 않고 한국인의 보편적인 정서를 아름답고 날카로운 언어로 노래한 것은 한국 시를 천박한 구호시로 떨어지지 않게 하고 깊은 울림을 일으키는 시적 전통을 확립하는 데 커다란 업적으로 평가될 수 있다. 이러한 시의 세계는 소설의 세계에도 뛰어난 작가들의 출현을 가능하게 하였다. 『어두운 기억의 저편』을 쓴 이균영과 『저기 소리 없이 한 점 꽃잎이 지고』와 『속삭임, 속삭임』을 쓴 최윤, 『아버지의 땅』을 쓴 임철우 등은 1980년의 비극적인 사건을 내면의 울음소리로 전환하고 새로운 시대의 고통을 자각하는 인물들을 문학적으로 형상화시킨 새로운 감각과 새로운 윤리관을 지닌 작가이다. 이들은 전혀 다른 감수성으로 한국 소설이 빠져 있던 사실주의와 역사주의의 늪을 벗어나 모더니즘의 콤플렉스를 떨쳐버리고 독특한 세계를 확립해가고 있다.

프랑스에 초청된 작가, 시인 들은 1960년대에서 1990년대에 이르는 기간 동안 중요한 작품 활동을 한 이들이다. 그 시기는 정치적으로 군사독재가 개인의 자유를 억압하던 때이고 경제적으로는 산업화의 달성으로 국민의 개인소득이 최빈국에서 선진국 수준으로 육박하게 된 시기이며, 사회적으로는 빈부 격차가 확대되어 사회적 갈등이 증폭된 시기이다. 역사적으로 가장 심한 격동기에 해당하는 이 시대를 산 한국의 문학인들은 앞에서 언급한 작가, 시인 들뿐만 아니라 중요한 작품을 쓴 사람은 누구나 이 역사의 격랑 속에서 문학을 한다는 것이 무엇인지 고통스러운 질문을 끊임없이 던지지 않을 수 없었다. 문학은 무엇을 할 수 있으며 어떻게 함으로써 살아남을 수 있는가 하는 위기의식이 모든 문학인에게 인식되고 있었다. 그 결과 문학인들은 엄격하고도 처절한 장인 정신으로 문학을 지키고자 했다. 바로 그러한 장인 정신 때문에 동시대에 사는 나도 한국 문학에 대해 자부심을 가졌고 같은 시대의 일본 문학보다 한국 문학이 보다 깊고 큰 감동을 준다고 생각했다. 사실 이 시기에 중요한 작품을 생산한 작가, 시인 들은 자기 시대의 현실과 문명에 대한 치열한 탐구 정신과 그것의 문학적 형상화에 집념을 가지고 있었다. 그들은 억압적인 현실에서 어떻게 쓰는 것이 대상을 왜곡시키지 않고 탄압에서 자유로울 수 있는지 탐구하고 문학으로서 자기 작품의 성공이 어떤 것이어야 하는지 질문하면서 고통스럽게 자신과 싸우고 작품을 완성하였다. 그들의 문학은 자신이 살고 있는 현실에 대한 깊이 있는 반성과 그것에서 비롯된 풍부한 상상력, 그리고 그 모든 것을 완성된 형태로 보여줄 수 있는 조형성과 독창적인 문체 등으로 세계의 독자들에게 공감을 불러일으킬 수 있었다. 그것은 한편으로 한국적인 삶과 현실, 한국인의 정서와 상상력, 인간과 세계에 대한 한국인의 관점이라는 독창성과, 다른 한편으로 세계적 전망에 동참할 수 있는 보편성을 동시에 보여주는 것으로서 한국 문학이면서 동시에 세계 문학이었다.

이러한 한국 문학은 대부분 자유롭지 못한 통제된 언론의 역할까지도 대신하기 위하여 리얼리즘과 현실주의의 깊은 늪을 헤쳐오면서 모더니즘의 콤플렉스에 사로잡혀 있다. 또 이 시대만 해도 활자 문화가 전성기를 구가하던 시대였다. 그 후 최근 10년 동안은 한국 사회뿐만 아니라 세계 전체가 문명사적인 전환점에 들어감으로써 문학의 환경도 그 어느 시대에 비교할 수 없는 변화를 겪게 된다. 문민정부와 국민의 정부가 언론의 자유를 허용함으로써 한국 문학은 한편으로 지난 30년 동안 짊어지고 온 짐에서 자유로워질 수 있었지만 다른 한편으로 새로운 길을 모색하지 않을 수 없었다. 군사정권 아래에서는 언론이 말하지 못하는 것을 상징과 비유, 생략과 부연, 상황과 분위기를 통해 전달해야 하는 짐을 졌기 때문에 한국 문학은 긴장을 유지하며 풍요로워질 수 있었고 그 덕택에 많은 독자를 확보할 수 있었다.

6

문민정부가 들어선 이후 언론의 자유가 보장되면서 한국 문학은 하나의 큰 짐을 벗었다. 그 짐은 공개적으로 언급되는 것이 금지된 것을 이야기해야 한다는 것으로서, 지난 30여 년 동안 한국 문학을 짓눌러

온 짐이다. 그러나 한편으로 생각하면 그 짐 덕택에 한국 문학은 많은 독자를 확보할 수 있었다. 또 그러한 압박 때문에 한국 문학은 끊임없는 긴장 속에서 스스로의 깊이를 획득할 수 있었다. 법에 걸리거나 검열에 걸리는 일 없이 이야기를 한다는 것은 한국 문학을 세련시키는 데 어느 정도 기여했을 것이다. 그 때문에 상징과 비유, 상황과 분위기 전달의 기법이 개발되었으리라는 유추를 가능하게 한다. 이제 모든 이야기가 허용되고 금지된 이야기가 사라진 현실에서 문학은 자기 정체성을 확인하기 위해 전과는 다른 노력을 기울여야 할 것이다. 더구나 새로운 대중매체의 시대와 함께 한국 문학은 새로운 도전을 받고 있다. 인간과 세계의 개념이 달라지고 그 관계가 새롭게 정립되어야 하는 후기 산업사회에 있어서 문학은 무엇이고 무엇이 될 수 있는가를 오늘의 한국 문학은 질문하고 있다. 그 질문의 양상으로 여러 가지 경향의 문학이 실험적으로 등장하고 있다. 그 가운데는 새로운 시대에 맞는 가볍고 감각적이고 즉물적인 것도 있고 고전적인 휴머니티를 그리워하는 전통적인 움직임도 있다. 그러나 아직 한국 문학의 주류는 위에서 언급한 작가와 시인 들로 형성되어 있다. 이들 문학이 가지고 있는 진지하고 힘찬 공감대는 한국의 현실이라는 구체성에 뿌리를 박고 있을 뿐만 아니라 세계의 보편적인 문제와 연결되어 있기 때문에 한국의 독자뿐만 아니라 세계 어느 나라의 독자에게나 공감을 불러일으킬 것으로 보인다.

그 결과 1990년대 이후의 한국 문학은 일부 예외적인 경우를 제외하고는 그 이전의 문학에서 볼 수 있었던 서사적인 요소를 상실한 채 즉흥적이고 감각적인 현상들의 묘사나 사적이고 말초적인 사소한 일상의 묘사에 주력한다. 이들 세대의 문학은 그들이 살고 있는 세계가 어떤 세계인지 알고자 하지 않고 그들의 현재가 어떤 역사에 뿌리를 두고 있는지 관심이 없다. 그들의 주인공들은 삶을 영위하기 위해서는 노동을 해야 하고, 산다는 것이 빵을 버는 고통을 동반한다는 생각을 하지 않고 내일매일 기분 니는 대로 살아간다. 때로 그들의 생활은 가족제도나 종교적 의식을 거부하고 있지만 그것이 인간 존재의 부조리나 일상적 관습의 희극성을 근원적으로 보여주고자 하기 위한 것이 아니라, 삶에 대한 진지성이 결여된 데 기인하고 있음을 드러내고 있다. 따라서 이야기를 인과관계나 연대순으로 제시하지 않을 뿐만 아니라 앞뒤가 이어지는 서사적 구조를 거의 갖추지 못하고 있다. 거기에서 확인할 수 있는 것은 매 장면의 뚜렷한 제시일 뿐 그것이 어떤 구성 원리에 의해 구조화되지 않고 있다. 마치 카메라의 작용처럼 매 장면이 뚜렷한 이미지를 제시하고는 있지만 하나의 이야기라는 전체의 구조화에 참여하지 않고 있다. 그것은 영상이나 PC 통신에서 볼 수 있는 현상을 그대로 문학에 옮겨놓은 듯한 인상을 준다. 만일 그러한 작중인물이 소외된 인간 조건이나 사물화된 인간의 모습을 재현하고 있다면, 그들은 모든 일에 무관심하고 수동적이어야 한다. 그런데 이따금 그들이 보여주고 있는 사소한 것에의 집착이나 쓸모없는 열정은 현대의 인간 조건을 표상하기에는 너무나 동떨어져 보인다. 문학에서 서사 구조를 거부한 것이 그것을 위해서라면 대가치고는 빈약하기 짝이 없다. 더 심하게 말하면 영상 문화나 멀티미디어 문화에서 가장 나쁜 것만 받아들이고 있다고 할 수 있다. 그런 점에서 몇몇 예외적인 경우를 제외하면 1990년대 문학은 한국 문학에 대한 우리의 자부심을 상당 부분 훼손하고 있다고 해도 지나치지 않다.

7

한때 우리 사회에는 한국 문학이 노벨상을 수상하지 못한 것이 좋은 번역이 없기 때문이라는 의견이 많았다. 우리가 내세울 만한 일부 작가들의 경우 그런 의견이 옳다고 할 수 있겠지만, 앞으로 후보가 될 젊은 작가들의 경우를 생각한다면 노벨상의 수상 여부가 번역의 문제만은 아니라고 할 수 있다. 한국 문학의 세계화를 위해서는 우선 젊은 작가들이 자신의 문학에 대해서 보다 큰 야심을 가져야 한다. 자신이 안고 싸우는 문제가 개인적 사유에서 제기된 것이면서도 현대 사회의 인간 조건에 대한 근원적인 문제 제기여야 한다. 그리고 그러한 문제의식이 자기 문학의 문제로 환원되어 깊이 있게, 지속적으로 그리고 일관되게 추구되고 있음을 그의 작품을 읽음으로써 알 수 있게 해야 한다. 작가는 한국인 고유의 정서와 감정을 양식화시킬 수 있는 조형성을 획득한 작품을 써야 한다. 작가들은 자부심을 갖고 자신의 문학을 완성하고자 가난과 외로움을 견딜 수 있어야 한다. 쉽게 유명해지거나 돈을 벌고자 하는 경우에는 상업주의의 함정에 빠지고 자신의 작품을 정확하게 보려는 노력 대신 대중매체의 광고나 신문 기사에 의해, 그리고 작품의 판매 부수나 수입에 의해 자신의 문학의 가치를 강변하고 독자에게 강요하기에 이른다. 때로는 독자들의 요구에 맞추어 작품을 쓰기도 하고 때로는 유행에 따라 문제의식을 갖는 경우 일시적인 상업적 성공을 거둘 수 있을지 몰라도 그것이 진정한 작가의 길은 아니다. 소설이 타락한 사회에서 타락한 방법으로 진정한 가치를 추구하는 것이라는 골드만의 명제는 작가가 진정한 가치의 추구에 어떤 비중을 두어야 하는지 지금도 유효한 교훈이다. 그것이 곧 한국 문학의 세계화에 대한 가장 중요한 전망이다.

삶의 허상과 소설의 진실

1

몇 년 전 평생을 전문 경영인으로서 성공한 삶을 살아온 친구가 인생의 허무를 느낀다며 "자네 같은 교수와 문인들이 부럽다"고 이야기하는 것을 듣고 깜짝 놀란 적이 있다. 내가 보기에 그는 일류 대학을 나오고 취직이 어려웠던 젊은 나이에 우리나라 제일의 기업체에 들어가 능력을 발휘하여 과장, 부장, 상무, 전무, 사장 등 승진을 거듭하며 그 기업체가 세계적인 재벌 기업체로 성장하는 데 기여함으로써 우리나라 경제 발전에 큰 공헌을 한 인물이다. 나는 평소에 그가 남긴 업적이 나 같은 글쟁이의 그것과는 비교할 수 없이 크고 사회적 기여도에 있어서 말로 할 수 없을 정도로 높다고 생각해왔기 때문에 그의 말에 놀라지 않을 수 없었다. 그가 평소에 보여준 경영 철학은 늘 새로움을 추구하고 모든 일에 정도를 걷는 것이며 일에 있어서 지칠 줄 모르는 정열의 화신처럼 몰두하는 것이었기 때문에 주변의 친구들에게 존경의 대상이 되었고, 자신의 분야와 기업체에서 성공의 신화를 만들어갔기 때문에 부러움의 대상이 되었다. 그는 주변에 어려운 친구가 있으면 말없이 도와주었고 한 경기 단체의 장을 맡아 그 운영을 책임지기도 했다.

그런데 그가 왜 인생의 허무를 느꼈는지 알 수 없었다. 나는 그와 오랜 시간 이야기를 나누었다. 그 가운데 나는 그가 인생의 허무를 느끼게 된 직접적인 계기로 세 가지 사건이 깔려 있음을 짐작할 수 있었다. 하나는 자신이 존경해온 한 경제인이 암으로 세상을 떠난 사건이었고, 다른 하나는 자신과 가까이 지낸 경영인이 공금 횡령 혐의로 재판을 받게 된 사건이었으며, 또 하나는 그 자신이 이제 경영 일선에서 물러나 자신을 돌아볼 시간적 여유가 생긴 현실이었다. 이 세 가지 사건 이외에도 여러 가지 이야기를 들었지만 내가 가장 주의 깊게 들은 사건은 그 셋으로 요약될 수 있었다. 하나는 지금까지 살아온 삶이 죽음 앞에서는 아무것도 아니어서 그의 인생 전체가 무화될 수 있다는 두려움을 느끼게 했고, 다른 하나는 자신이 회사와 국가 경제를 위해 온몸을 바쳐 헌신했음에도 불구하고 자기 의지와 상관없이 정치적인 사건에 휘말리거나 IMF 관리 체제와 같은 난관에 휘말리면 언제든지 희생양이 되어 평생 쌓아온 공든 탑이 하루아침에 무너질 수 있다는 허망함을 느끼게 했고, 또 하나는 자신이 경영 일선을 떠났음에도 불구하고 회사나 사회는 자신의 부재를 아쉬워하지 않고 변함없이 잘 굴러가는 것을 보며 자기의 존재가 한없이 작아지는 것을 느낄 수밖에 없었던 것이다.

그러나 그 이야기를 듣게 된 나는 그를 더욱 좋아하게 되었고 존경하게 되었다. 일반적으로 인생에서 그 정도의 성공을 거둔 대부분의 사람들은 자신이 살아온 삶에 대해 되돌아보고 반성하기보다는 그것에 자부심을 갖고 그것을 자랑할 줄만 알아서 독선에 빠지는 경향을 갖는다. 반면에 그는 자신의 삶을 되돌아보고 그것을 객관적으로 평가하여 자기 인생의 결산을 해보려고 하는 것이다. 일반적으로 인생을 성공적으로 산 사람들은 그 분야에서 남다른 역경과 싸우고 그것을 이겨낸 그 나름의 지식과 경험을 가진 사람이다. 그의 일생은 겉으로 보기에 단순한 성공 사례로 보일 수 있지만 그 안은 고통과 고뇌, 갈등과 망설임, 선택과 배제, 우연과 필연, 환희와 회한의 드라마로 가득 차 있다. 그 드라마에 대한 이해가 없다면 그의 일생을 안다는 것은 거짓이다. 그러한 드라마의 솔직한 고백을 통해서 그는 자신의 삶의 지혜와 사업의 노하우를 후배들에게 큰 재산으로 물려줄 수 있다. 성공한 사람의 공적과 자부심은 이미 알려진 것이지만, 그것의 솔직한 결산은 자신을 되돌아보는 마지막 순간부터 이루어질 수 있고 그때에 자신의 삶과 세상에 대해 허무를 느끼는 것은 당연한 것처럼 보인다. 앞만 보고 달려온 사람이 어느 순간 자기 앞에 인생의 종착역이 다가온다고 느낀다는 것은 죽음의 그림자를 본다는 것이다. 그 순간 자신의 삶을 되돌아본다는 것은 적어도 자기가 살아온 삶의 의미에 대해 질문하는 것이며 자기 자신에게 솔직해지는 순간을 체험하는 것이다. 자신이 살아온 인생을 반성하며 인생이 무상하다고 느끼는 사람은 대개의 경우 마지막 순간에 개종을 하거나 개심을 한다. 그것은 인생의 허무감을 극복하고자 하는 마지막 몸부림에 해당한다. 때로 어떤 사람은 그 허무감을 정면으로 응시하고 그것과 대결하기 위해서 마지막 남은 정열을 쏟아붓기도 한다.

2

나는 그에게 그 허무감을 회고록으로 기록할 것을 권했다. 그것이 그가 허무감과 정면으로 대결하는 것이고, 그것으로 그 허무감을 극복할 수 있다고 생각되었기 때문이다.

일반적으로 우리나라에서 회고록은 자신을 미화시키는 거짓말을 쓰는 것으로 되어 있다. 사실 그러한 측면이 있기도 하고 또 다른 사람이 회고록을 대필해주는 경우도 허다하다. 그래서 이청준 같은 소설가는 「자서전들 쓰십시다」 같은 연작소설을 써서 그런 현상을 비판적으로 그린 적이 있다. 그러나 내가 그에게 쓰라고 권한 회고록은 그런 가짜 회고록이 아니라 진짜 회고록이다. 자신이 삶의 어느 순간에 솔직하게 자신을 되돌아보면서 쓰는 회고록은 자신을 미화하고 거짓말을 하는 가짜 회고록과는 다르다. 진정한 회고록은 그가 거둔 성공의 비결을 후세에 전해주는 것이며 그가 겪은 쓰라린 실패는 후세에 훌륭한 교훈이 될 것이다. 그러나 회고록에서조차 거짓말을 한다면 그가 느낀 허무감은 그 자신의 당대로 끝나는 것이 아니라 다음 세대에도 그대로 전해지는 것이다. 그것은 그의 인생 전체가 거짓이었음을 말한다. 정직하지 못한 회고록을 읽은 다음 세대는 그것을 통해 허무감을 극복하는 것이 아니라 더욱 허무감 속에 빠지게 된다. 회고록 가운데 많은 독자를 감동시키고 그 가치를 인정받은 것은 글 쓴 사람의 솔직한 일생과 그가 겪은 사건의 진실과 삶과 세계에 대한 깊이 있는 통찰력을 드러내는 그의 사상의 결정체가 된 경우이다. 드골의 회고록, 앙드레 말로의 회고록, 처칠의 회고록, 루소의 회고록, 아우구스티누스의 회고록, 사르트르의 회고록 등은 삶의 허상을 드러내고 그 진실을 추구하는 회고록이다. 그 경우 회고록은 과거의 단순한 기록이 아니라 문학이며 철학이며 삶과 세계에 대한 비전이다. 거기에는 자기의 거짓을 고백하고 실패를 인정하는 용기가 있으며 새로운 선택에 대한 비전이 있다. 20세기에 처칠과 사르트르가 노벨문학상을 받은 것도 그들의 회고록에 대한 문학적 가치를 인정받았기 때문이다.

내가 그에게 회고록을 쓰라고 권한 것도 우리가 사는 인생이 허무하고 덧없는 것이기 때문이다. 자신이 살아온 삶을 글로 남기는 것은 인생의 유한성을 극복하는 하나의 방법이다. 우리의 삶은 매 순간 여러 가지 선택의 가능성 앞에 놓여 있다. 그러나 우리가 선택할 수 있는 것은 하나밖에 없다. 우리가 산다는 것은 여러 가지 개연성 가운데서 하나를 선택하는 것이고, 일단 선택이 이루어지면 나머지는 모두 버려야 하는 시간적 선택의 운명을 지니고 있다. 그리고 여기에서 이루어진 선택에 대해 우리는 책임을 져야 한다. 왜냐하면 우리의 삶은 그 선택들의 집합이기 때문이다. 한번 선택하면 무를 수 없고 한번 지나가면 다시 오지 않는 것이 지금 이 순간의 삶이다. 자신의 일생이 덧없고 허무하게 느껴지는 것은 평생 쌓아온 것들이 하루아침에 무너질 수 있다는 것을 알았기 때문이다. 하지만 그것을 기록으로 남기는 것은, 일회적이고 무상한 삶을 기록해놓음으로써 자신의 삶을 덧없이 사라지지 않게 하는 것이다. 그것은, 그처럼 일회적이고 무상한 삶을 살 수밖에 없는 다른 사람들로 하여금 그것을 읽음으로써, 자신이 살아보지 않은 삶을 미리 살게 하고, 그렇게 함으로써 한 번의 선택에서 여러 경우를 고려하게 하여 그들로 하여금 여러 번 살게 하는 결과를 가져올 수 있다.

3

현대 소설에는 많은 작가들이 인생의 마지막 순간에 자신의 삶을 기록하는 주인공을 그리고 있다. 그 대표적인 작가로 마르셀 프루스트M. Proust와 미셸 뷔토르M. Butor를 들 수 있다.

20세기 전반기에 프랑스에서 가장 위대한 소설가로 꼽히는 프루스트는 젊은 시절을 사교계에서 방탕한 생활을 보내다가 40세에 삶의 허무감을 극복하기 위해 소설을 쓰기 시작한다. '잃어버린 시간을 찾아서'라는 제목에 모두 13권으로 된 이 소설은 프루스트가 죽을 때까지 10년 동안 쓴 것으로, 작가가 젊은 날에 겪었던 사교계의 삶을 소재로 삼아 쓴, 인생과 예술에 대한 깊고 풍부한 성찰로 가득 찬 작품이라고 평가된다. 그는 사교계를 지배하고 있는 것이 속물근성임을 밝혀내고 그 안에서 가짜 예술과 진정한 예술을 어떻게 구분할 수 있고 진정한 예술 작품의 창조에 이르는 길이 어떻게 가능한가를 모색한다. 이 작품을 통해서 프루스트는 사교계를 드나드는 속물에서 위대한 작가로 탈바꿈하고 영원히 살아 있는 작가가 되었다.

20세기 후반기의 대표적인 작가 가운데 한 사람으로 꼽히는 미셸 뷔토르는 『변경』이라는 작품에서 45세의 주인공을 내세운다. 이탈리아의 타이프라이터 회사 파리 지점장을 맡고 있는 그는 자신의 일상적 삶이 소모적이고 거짓으로 가득 차 있다고 느끼며 자신이 그렇게 늙어가는 것이 자신의 내부에 이미 죽음의 그림자가 드리워져 있다고 생각한다. 그는 파리의 집에 부인 앙리에트와 네 자녀를 두고 있으면서 로마에 사는 젊은 여자 세실을 애인으로 두고 있다. 그는 로마에 출장을 갈 때마다 세실을 만나 자신의 젊음을 되찾았다고 생각하고, 파리에 돌아오면 늙은 아내 앙리에트를 통해 자신의 늙음을 확인한다. 소설은 주인공 레옹 델몽이 자신의 애인 세실에게 파리의 직장을 마련하고 그녀를 파리로 데려오기 위해 로마로 기차 여행을 하는 이야기이다. 그는 세실을 파리에 데려옴으로써 위선적이고 소모적인 일상적 거짓 생활을 청산하고자 한다. 그는 늙은 아내와 헤어지고 젊은 세실과 삶으로써 거짓 없이 젊게 살고자 계획하고 로마행 기차를 타고 간다. 21시간 30분 동안 달리는 기차 여행 가운데 그는 자신이 타고 있는 객차 안에 여러 세대의 승객이 타고 내리는 것을 보면서 그들을 통해 자신의 과거와 현재 모습, 그리고 미래의 모습을 발견하게 된다. 그는 인생을 되돌릴 수 없다는 것을 차츰 깨닫게 되고, 지금은 늙어버린 아내 앙리에트에게도 세실보다 더 젊은 시절이 있었음을 상기하면서 세실을 파리로 데려다 놓는다고 해서 그녀의 젊음이 유지되지 않을뿐더러 자신도 젊어질 수 없다는 것을 알게 된다. 출발 당시에 확고했던 그의 계획은 21시간 30분 동안 기차를 타고 가면서 흔들리고, 로마에 도착할 즈음에 이르러 완전히 변경된다. 그는 더 이상 세실을 만나지 않고 세실을 파리로 데려오는 것을 포기한다. 그는 세실을 파리로 데려오는 것이 거짓과 위선으로 가득 찬 일상적 삶의 불모성이나 소모성을 극복하는 길이 아님을 알고 그 계획을 포기한다. 대신 그는 그러한 자신의 삶을 기록하는 것이 그것들과 정면으로 대결하는 방법이며 그것을 통해 자신이 영원히 살 수 있다고 생각한다. 그 결과 그는 늙은 아내 앙리에트와 함께 자신들의 신혼여행지였던 로마에 다시 오겠다고 결심하고 『변경』이라는 책을 쓰고자 계획한다. 그 책은 사람들이 각자의 내면에 지니고 사는 죽음의 그림자를 드러내며, 삶에서 시간의 불가역성이 지닌 가혹성을 깨닫게 한다.

이 두 작품은 모두 앞에서 든 기업의 전문 경영인 친구가 느낀 삶의 허무를 작품의 주인공도 똑같이 느끼고 그것을 극복하기 위해 글을 쓰는 것을 주제로 삼고 있다. 그것은 일상적 삶이 대부분 순간적인 선택에 의해 이루어지기 때문에 헛되고 과장된 욕망의 지배를 받을 수 있고 따라서 그러한 삶의 허상을 드러냄으로써 자기 존재가 지닐 수 있는 허구성과, 그로 인한 허무감을 극복하게 한다.

그러나 이러한 사실이 누구나 글을 써야 한다든가 글을 쓰지 않는 사람은 삶에 대한 반성이 없다고 주장하려는 것은 아니다. 우리는 글을 쓸 수도 있고 읽을 수도 있다. 우리가 책을 읽는다는 것은 다른 사람이 한 삶에 대한 반성을 읽는다는 것일 수 있다.

4

어렸을 때 어른들에게서 옛날이야기를 좋아하면 가난하게 산다는 이야기를 들으며 성장해왔다. 어른들은 또한 아이들에게 소설책 읽는 것을 금지하였다.

그러나 옛날이야기의 제한이나 소설의 금지가 단순히 공부를 더 열심히 하라는 이야기가 아니라는 것을 알게 된 것은 문학을 공부하기 시작한 다음 한참 후의 일이다. 그것은 옛날이야기나 소설이 본질적으로 남의 이야기라는 사실에서 비롯되었다. 일회적인 인생을 사는 동안 매 순간 하나만을 선택할 수밖에 없는 운명을 타고난 우리에게 타인의 이야기를 듣거나 소설을 읽는다는 것은 선택 이전에 여러 가지 경우를 미리 살아보는 것이고 여러 가지 선택을 해보는 것이다. 우리의 삶은 일회적이지만 이야기를 통해서, 그리고 소설을 통해서 타인의 선택을 미리 알고 그 결과를 살펴볼 수 있다는 것은 여러 번 사는 것과 다를 바 없다. 그런 점에서 옛날이야기나 소설은 우리에게 유익한 것이고 따라서 듣기나 읽기를 권장해야 마땅하다.

하지만 옛날의 부모들이 옛날이야기를 절제해서 듣게 하고 소설 읽기를 금지한 것은 그것이 곧 다른 사람의 사정과 형편을 알게 한다는 데 이유가 있었던 것 같다. 내가 사는 삶이 아니라 다른 사람의 선택과 삶은 나의 삶과 함께 사는 삶이다. 그것은 남의 형편, 남의 사정을 알게 하여 남에게 모질게 굴지 못하도록 만든다. 자신의 이익, 자기만의 삶을 기도하는 이기주의를 벗어나 다른 사람의 이익, 다른 사람의 삶도 고려해야 하는 관용은 필연적으로 자기 이익의 일부를 포기해야 하고 때로는 자신을 희생해야 하는 경우도 생긴다. 그래서 '옛날이야기를 좋아하면 가난하게 산다'는 논리가 성립된다. 남의 사정을 감안하면 자신의 몫을 양보해야 하고 남의 형편을 고려하면 자기 이익을 챙길 수 없게 된다. 가난하게 산다는 논리는 여기에서 기인한다. 옛날이야기의 절제나 소설의 금지를 이기적 개인의 성공을 전제한 것으로 설명할 수 있는 근거가 여기에 있다.

더구나 근대 이후 소설의 주인공들은 한결같이 범죄자이거나 파렴치범이거나 도박꾼이거나 간통 사건의 연루자이다. 예를 들면 위고V. Hugo의 『레미제라블』의 주인공 장발장은 배가 고파서 빵을 훔쳤다가 감옥살이를 하고 출옥 후에는 사제의 따뜻한 배려를 망각하고 은촛대를 다시 훔친다. 그는 당시 사회가 요구하는 도덕이나 법률에 위배되는 행위를 한 사람이지만 우리는 그를 동정하고 그를 범죄에 빠지게 한 당시 사회의 여러 가지 모순을 생각하게 된다. 플로베르G. Flaubert의 『보바리 부인』에서 주인공은 자신이 사교계의 여왕이 되는 헛된 꿈 때문에 착하고 열심히 환자를 돌보는 의사 남편을 지겹게 생각하고 남편 몰래 다른 남자와 간통을 하다가 빚에 쪼들려 자살하고 만다. 도스토옙스키F. M. Dostoevskii의 『죄와 벌』의 주인공은 고리대금업을 하는 노파를 살해하는 살인자이고, 『카라마조프가의 형제』의 주인공들은 형제 사이의 반목과 부친 살해의 범죄를 저지른다. 스탕달H. B. Stendhal의 『적과 흑』의 주인공 쥘리앵 소렐은 자신의 출세와 성공을 위해 귀족 여자들을 유혹한다. 이들은 모두 도덕적으로, 윤리적으로, 법률적으로 문제가 있는 사람들이다. 그런 점에서는 우리나라의 『춘향전』의 주인공도 마찬가지이다. 기생의 딸로서 기적에 올라 있는 춘향은 당시의 사회적 관행이나 법률적 의무에 의하면 신관 사또가 수청을 들라고 할 때 거절할 권리가 없다. 바로 이러한 자신의 신분을 망각하고 수청 드는 것을 거부했기 때문에 춘향은 감옥에 갇혀 온갖 고통을 겪는다.

이러한 작품들은 사회에서 윤리적, 법률적, 제도적으로 금지된 행위를 하는 작중인물들을 우리에게 제시하여 그들을 비난하고 규탄하기 위한 것이 아니라 그들의 형편과 처지를 이해하게 하고 그들과 함께 살아야 하는 삶의 모순을 깨닫게 함으로써, 세상은 자신이 좋아하는 사람만 함께 사는 것이 아니라 싫어하고 미워하는 사람과도 함께 살아야 한다는 지혜를 터득하게 한다. 사람은 동일한 인물도 사랑할 때가 있고 미워할 때가 있다. 하물며 다른 인물들도 절대적으로 미워하고 절대적으로 사랑할 수만 있는 것은 아니고 경우에 따라서 미워질 수 있고 사랑스러울 수도 있다. 자신의 이해관계에 따라서, 혹은 자신의 감정 상태에 따라서, 혹은 자신이 처한 정황에 따라서 사랑과 미움이 달라질 수 있는 것이 삶의 특성이다. 그렇기 때문에 사회에서는 매도의 대상이 된 인물들을 소설 속에서 다시 만났을 때 단순히 미워하고 규탄할 수만은 없는 것이다. 플로베르는 "마담 보바리, 그것은 나 자신이다"라고 말했다. 행복한 가정을 버리고 외간 남자와 놀아난 에마 보바리를 그렇게 말할 수 있는 근거가 무엇인가 생각해볼 필요가 있다.

소설은 이처럼 도덕적으로 금지된 것, 법률적으로 금지된 것, 제도적으로 금지된 것을 어기는 인물들을 그린다. 현실에서 어떤 사람이 그 금지를 깨뜨릴 때 그는 윤리적·제도적 불이익을 당한다. 때로는 주위 사람들에게 부도덕하다고 손가락질을 당하고 때로는 감옥에 가서 옥살이를 하고 심지어는 사형을 당하기도 한다. 그러나 소설 속에서는 그런 인물이 있다 하더라도 현실에 아무런 영향을 미치지 않는다. 소설이 허구의 세계라는 것을 인정하는 한 소설 속의 인물은 모든 것이 허용된 인물이다. 주인공이 살인을 했다고 하더라도 현실 속에 어떤 인물이 죽은 것은 아니다. 그것은 언어의 차원에서만 살인이 이루어진 것이지 현실의 차원에서 이루어진 것이 아니다. 소설과 현실을 구분하지 못했을 때 필화 사건 같은 것이 일어난다.

소설에서 모든 금지가 이루어질 수 있는 것은 삶에서는 그러한 실험을 해볼 수 없기 때문이다. 삶은 일회적이기 때문에 한번 저지른 것은 무를 수 없다. 반면에 소설은 말로 된 것이기 때문에 그 안에서는 무엇이든지 해볼 수 있다. 그 결과 그것이 긍정적인지 부정적인지 미리 살아보고 체험해볼 수 있다. 여기에 덧붙일 것은 도덕이나 법률이나 제도는 모두 인간이 다른 사람과 함께 살기 위해 만든 것이다. 그것은 절대적인 가치를 지닌 것이 아니라 상대적인 가치를 지닌 것이다. 그것은 시대와 장소에 따라, 다시 말하면, 상황에 따라 달라질 수 있는 것이다. 아프리카에서 도덕적인 것이 한국에서도 도덕적인 것은 아닌 것처럼, 19세기적인 도덕이 20세기에 가치 있는 도덕이 아닐 수 있다.

20세기의 제도를 가지고 21세기의 사회를 운영할 수 있는 것은 아니다. 그렇다면 모든 도덕이나 법률이나 제도는 그 자체가 인간이 만든 것이기 때문에 완전한 것이 아니라 끊임없는 수정을 거쳐야 한다. 그것을 현실에서 실현하려고 할 경우에는 피해를 보는 사람도 있고 불이익을 당하는 사람도 있게 마련이다. 따라서 도덕이나 법률이나 제도의 희생자를 소설에서 다루는 것은 그 자체의 정당성 여부와 수정 여부를 알아보는 가장 적절한 방법이다. 소설에서 그것의 수정을 시험해보는 것은 현실의 누구에게도 손해나 피해를 입히지 않는 것이다. 소설에서 범법자나 패륜아, 살인자나 도박꾼, 강도나 간통 행위를 다루는 것은 그것을 금지하고 있는 법률이나 도덕이나 제도가 얼마나 정당한가 알아보고 그것의 부당성이 있는지 생각해보는 데 중요한 계기를 제공한다. 뿐만 아니라 그러한 인물이나 사건을 낳게 한 사회에는 어떤 구조적인 문제가 있으며 그런 기준으로 선악을 구분하는 것이 과연 옳은지 반성하게 한다. 그것은 현실에서의 도덕이나 법률, 그리고 제도가 시대에 뒤떨어진 것은 아닌지, 앞으로 어떤 방향으로 개선되어야 할지 반성하고 전망하게 하는 역할을 한다. 그런 점에서 본다면, 앞에서 우리 부모 세대가 옛날이야기를 절제해서 즐기게 하고 소설을 읽는 것을 금지시킨 것은 이러한 기존의 도덕, 법률, 제도에 대한 비판적 시각을 갖지 않게 하기 위한 것이 아닐까 하는 생각도 갖게 한다.

이러한 맥락에서 본다면 앞에서 언급한 자서전을 솔직하게 쓴다는 것의 의미를 알아차리기가 어렵지 않다. 소설은 허구이기 때문에 거짓말을 토대로 삼고 있다. 자서전은 사실이기 때문에 진실을 토대로 삼아야 한다. 사람은 누구나 실수할 수도 있고 잘못을 저지를 수도 있다. 실수나 잘못을 저지르지 않는 '인간'이 없다는 것을 아는 것은 중요하다. 그러나 그것을 저지른 다음에 어떤 태도를 취할 것인지 아는 것은 더욱 중요하다. 그 실수나 잘못은 자신의 성장뿐만 아니라 그것을 읽는 사람의 성장에 도움을 준다. 그것을 아는 것은 진정한 의미에서 자신의 잘못을 통해, 또 다른 사람의 잘못을 통해 어떻게 살아야 하는지 배움의 길을 열어준다. 글을 쓴다는 것의 중요성은 바로 여기에 있다.

5

그렇다면 사람들은 왜 소설을 쓰고 읽는 것인가 질문을 던질 수밖에 없다. 여기에 대한 해답 가운데 가장 흥미로운 것 가운데 하나는 프로이트가 한 해답이다. 프로이트는 『신경증 환자의 가족 소설』이라는 책에서 일반적으로 신경증 환자들은 끊임없이 거짓말을 지어낸다고 말한다. 그 거짓말은, 프로이트에 의하면 제일 먼저 자기 가족의 관찰에서부터 시작된다는 것이다. 어린아이가 세상에 태어나면 가장 먼저 만나는 것이 자신의 부모이다. 어린아이는 자신의 부모를 전지전능한 사람들로 생각한다. 왜냐하면 자기 부모는 어린아이가 원하는 것을 모두 들어주기 때문이다. 그러나 그 단계가 지나가면 어린아이는 자기만 부모를 갖고 있는 것이 아니라 다른 아이도 부모를 갖고 있다는 것을 알게 되고 그리하여 자기 부모와 다른 아이의 부모를 비교해본 결과, 자신의 부모가 다른 아이의 부모보다 열등하다는 것을 알게 된다. 그 순간부터 어린아이는 자신의 부모가 진짜 부모인가 의심하기 시작하고 자신은 어쩌면 길에서 혹은 강에서 주워온 업둥이가 아닐까 생각하게 된다. 어린아이는 내 부모가 저렇게 무능하고 무력할 수 없다고 생각하며 자신의 진짜 부모는 왕족이었는데 말 못할 사정이 있어 아이인 자신을 강이나 길에 내버려 지금의 부모가 주워온 것이라는 상상을 하게 된다. 그 순간부터 어린아이는 자신의 신분에 관한 거짓말을 지어내서 자기 마음대로 꾸며낸다. 이 단계를 프로이트는 '업둥이' 시절이라 부른다. 이 단계를 벗어난 어린아이는 남녀의 성을 구분하기에 이른다. 어린아이는 아버지와 어머니의 성 역할이 다르다는 것을 아는 순간, 또 다른 거짓말을 꾸미기 시작한다. 그것은 어머니가 자신의 진짜 어머니인 반면에 아버지는 가짜 아버지라는 거짓말이다. 왕족이나 귀족 출신의 어머니는 집안의 금지를 어긴 채 사랑에 빠져 실수로 아이를 갖게 되는데 집안에서 쫓겨나 지금의 평민 아버지와 만나게 된 것이다. 어린아이는 현실의 아버지를 부인하고 상상의 아버지를 자신의 진짜 아버지로 생각하기에 이른다. 이때 어린아이를 '사생아' 단계에 있다고 한다. 아버지를 부인하고 어머니를 받아들이는 이 단계는 오이디푸스 콤플렉스가 작용하는 시기이다. 프로이트의 이 이론을 근거로 해서 마르트 로베르M. Robert는 『기원의 소설, 소설의 기원』에서 대부분의 낭만주의 작가들이 쓴 작품을 업둥이 단계의 작품이라 하고 사실주의 작가들이 쓴 작품을 사생아 단계의 작품이라 부른다.

  여기에서 확인할 수 있는 것은 왜 소설을 쓰는가 하는 문제에 대한 하나의 해답이다. 그것은 자신이 살고 있는 삶에 대해서, 자신이 처해 있는 현실에 대해서 만족하지 못할 때 사람들이 소설을 쓴다는 것이다. 그것은 현실에서 자신의 한계를 느낀 사람이 그 한계를 극복하고자 하는 하나의 방법이다. 자신의 욕망과 희망을 표현하고자 사람들은 소설을 쓴다. 그것은 있는 그대로의 자신이 아니라 되고자 하는 자신이다. 그것은 자신의 욕망의 표현이며 희망의 그림이다. 춘원의 장편 『무정』의 주인공 이형식은 아버지 친구의 딸 영채에게서 사랑의 고백을 듣지만 김장로의 딸 선형과 사랑에 빠져 약혼을 하고 미국 유학을 떠난다. 그는 유학을 마치고 돌아오면 훌륭한 교육자가 되어 이 땅의 어린이들을 훌륭한 인재로 키우겠다는 다짐을 한다. 김승옥의 「무진 기행」의 주인공은 자신이 서울의 제약 회사 사장의 사위가 됨으로써 성공을 거둔 것 같지만 스스로 이룩한 안정된 생활이 아니라는 데서 내면의 허무를 느낀다. 그렇다고 해서 고향의 옛 친구들이 즐겁고 만족할 만한 삶을 사는 것도 아니다. 그는 무진의 안개처럼 자신의 삶을 불투명하게 덮어버리는 정체 모를 허무 의식의 침범을 받고 삶의 의미를 모른 채 무의미한 서울 생활로 돌아온다. 그의 고향 친구들은 부잣집 사위가 된 그의 성공을 축하하고 부러워하지만 그것은 그에게는 성공에 속하지 않는다. 그는 결혼으로 인해 서울 생활에 정착하지만 그것으로 만족할 수는 없다. 그는 무엇이 자신을 만족시킬 수 있는지 알지 못하고 여전히 정신적인 방황을 계속할 수밖에 없다. 이들 주인공들은 그 작가가 자신의 현실에 만족하지 못하고 소설을 씀으로써 현실을 극복하고자 한 것처럼 그들의 삶에 만족하지 못하고 그들의 현실과 불화 관계를 극복하는 길을 모색하거나 그것을 찾지 못하여 방황한다.

마르트 로베르는 업둥이 유형의 전형을 세르반테스Cervantes의 주인공 돈키호테에서 찾고 사생아의 전형을 대니엘 디포D. Defoe의 주인공 로빈슨 크루소에서 찾는다. 돈키호테는 스스로 중세의 편력 기사가 되어 세상의 부정과 비리를 척결한 뒤 이상의 나라를 건설하고자 한 점에서 이상주의적 성격을 띠고 있어서 업둥이의 유형에 속한다. 반면에 로빈슨 크루소는 난파선의 위기로 무인도에 상륙하여 오랜 연구와 노력 끝에 그곳을 살 만한 곳으로 만든다는 점에서 현실주의적 성격을 띠고 있어서 사생아의 유형에 속한다. 이러한 주인공들의 욕망의 근원에는 작가 자신의 욕망이 자리 잡고 있다. 그것은 만족할 수 없는 현실을 바꿔보고 싶은 욕망이다. 그렇기 때문에 그 욕망은 불온한 것이다. 이제 자신에게 주어진 의무를 이행하지 않고 사랑을 선택한 춘향이 왜 신임 사또에게 그토록 혹독한 고문을 당했는지 우리는 이해할수 있다. 춘향은 불온한 행동을 한 것이다. 그런데 『춘향전』의 작가는 그러한 춘향을 만고 열녀라고 치켜세운다. 그런 점에서는 작자도 불온한 인물이다. 그렇다면 그러한 『춘향전』을 읽고 좋아하는 독자는 어떤 사람들인가 이제 분명해진다. 독자들도 현실의 변화를 내면에서 요구하고 있고 그런 점에서 불온한 생각을 가지고 있다. 불온한 생각은 감춤의 대상이다. 문학은 우리 모두가 감추고 있는 욕망의 표현이다. 그것은 침묵의 언어이다. 따라서 그것을 읽는다는 것은 겉으로 드러내지 않은 것을 겉으로 드러나게 하는 것이다. 언어의 침묵을 밝혀냄으로써 침묵을 언어화하는 것이 문학이다.

6

내가 앞에서 말한, 친구에게 회고록을 써보라고 한 것은 삶을 허무하게 느끼는 사람에게 자신이 살아온 삶에서 거짓이거나 허위에 속한 것이 무엇인지 발견하기를 바랐기 때문이다. 소설이 실제로 있는 이야기라기보다는 있을 수 있는 이야기, 있기를 바라는 이야기라는 것은 그것이 우리 안에 있는 거짓말의 욕망을 드러내준다는 것이다. 소설을 읽는다는 것은 우리의 삶이 가지고 있는 거짓의 정체를 알아본다는 것이다. 그런 점에서 자신의 회고록을 쓴다는 것은 소설을 읽는 행위와 비견될 만한 것이다. 회고록을 쓴다는 것은 자신의 삶을 다시 읽는 행위이다. 누구나 자신은 열심히 살았는데 그 결과가 실망을 줄 때 허무감을 느낀다. 거기에는 어느 순간이든 거짓이나 허위가 들어 있게 마련이다. 그것은 그 개인이 부도덕해서가 아니라 우리가 사는 사회구조가 그렇기 때문이다. 무의식적으로 그 사회구조의 영향을 받고 있다는 자신을 정직하게 볼 수 있는 길은 순간적으로 지나가는 삶을 글로 붙들어놓을 때 비로소 가능하다. 그것은 자신의 허무의 근원을 파악하는 방법이며 동시에 그 글을 읽는 독자로 하여금 그런 삶을 살아보지 않고도 파악할 수 있게 하는 방법이다. 자신이 평생 이루어놓은 것이 어떤 욕망에 근거를 두고 있으며, 그 결과 그것이 우리의 공동체에 어떤 기여를 했는지 정확하게 평가할 수 있는 것은 자신의 삶에 대한 정직한 고찰을 글로 남기는 길을 통해서다. 문학의 위대함은 자신의 삶에 대한 허무감마저 그것을 읽는 독자의 재산으로 만들 수 있다는 데 있다. 개인의 모든 실패마저 긍정적 요소로 포용하는 문학이 있기 때문에 세상은 어떤 경우에도 살 만한 가치가 있는 것처럼 보인다.

한국 소설의 당면 과제

1

21세기가 시작된 지 3년이 된다. 20세기와 21세기는 인간이 만든 시간적 구분에 지나지 않지만, 백 년을 단위로 문화와 역사를 검토하고 반성하고 전망하고자 하는 것은 인류와 문명의 발전을 위해 필요한 것처럼 보인다. 다른 나라도 그렇겠지만 20세기 한국은 역사적으로 가장 심한 부침과 영욕으로 점철되어 있다. 19세기 말에 개항한 결과 20세기 초 한국은 열강의 각축장이 되었고 급기야 일본의 식민지로 전락해 40년 동안 식민 통치를 받는다. 1945년 일본 식민 통치에서 해방된 한국은 남북으로 분단되고 그 결과 1950년 한국전쟁으로 동서 냉

---

* 이 글은 2003년 10월 22일 일본 도쿄대의 한국 조선 문화 전공 초청으로 행한 강연을 약간 수정·보완한 것이다.

전의 시험장이 된다. 1953년 정전과 더불어 남북 분단 상황은 고착 상태에 들어가고 북한은 폐쇄된 사회로 고립된 반면에 남한은 개방된 민주 사회로 발전을 거듭한다. 1960년 4·19 학생 혁명은 한국인의 자유와 권리에 대한 의식을 깨워주고, 1961년 군사혁명은 근대화의 기치 아래 한국의 산업화를 주도한다. 경제적 성장에 토대를 둔 군사정권은 1972년 유신 헌법을 제정하여 간접 선거로 장기 집권을 꾀하지만, 1979년 10·26 사건으로 민주화의 요구에 직면한다. 1980년 광주 민주화운동을 불러일으킨 신군부는 정권을 장악하고 군사독재를 연장한다. 그러나 민주화를 요구하는 한국인의 열망을 견디지 못한 신군부는 1987년 6·29 선언을 계기로 대통령 직선제를 받아들인다. 1993년 문민정부가 탄생하고 1998년 국민의 정부가 들어서고 2003년 참여 정부가 정권을 잡음으로써 한국은 자유로운 민주주의를 실현하고 있다. 그동안 한국은 경제 발전에 성공해서 농업 국가에서 공업 국가로 변신하고 세계 12위의 무역 거래 국가가 되고, 동유럽의 공산 체제 붕괴와 함께 남북한의 교류가 이루어져 군사적 긴장이 완화된 상태이다. 여러분도 다 알고 있는 이러한 한국의 간략한 역사를 언급한 것은 한국 소설의 변화가 그러한 역사와 관련이 있다고 생각하기 때문이다.

내가 오늘 지난 반세기 동안 한국 소설이 걸어온 길을 간략하게 되돌아보고 거기에서 몇 가지 문제점을 짚어보고자 하는 것은 1인당 GNP가 1백 달러에서 1만 달러로 성장한 변화 속에서 한국인의 삶과 세계에 대한 의식과 태도에 어떤 변화가 있었는지 알아보기 위해서다. 그것은 오늘의 한국 문학의 상황을 점검하고 새로운 세기의 한국 문학을 전망해보는 데 거쳐야 할 과제이다. 지난 반세기의 역사가 격동과 변화의 역사이고 오늘의 문명이 교통과 통신, 지식과 표현에서 혁명적 전환을 가져온 문명이라면, 문학은 그 가운데서 일어나고 있는 정신의 느린 변화를 읽게 만들기 때문이다. 특히 개인용 컴퓨터와 휴대전화, 위성방송과 DVD의 일반화가 모든 가치를 속도에 부여함에 따라서 깊이 있는 반성과 광범한 사유를 필요로 하는 문학은 대중에게 외면당할 위기에 처하여 그 위상이 흔들리고 있다. 모든 것이 속도 경쟁을 벌이는 현실에서 속도의 진정한 의미가 무엇인지 질문하고 반성하는 문학은 어쩌면 시대착오적이고 반문명적인 존재로 취급될지도 모른다. 그러나 문학은 인류의 역사에서 질문과 비판의 역할을 통해 역사에 참여해왔다. 지난 반세기 동안 한국 사회가 변화한 것과 마찬가지로 한국 소설도 여러 가지 변화를 겪었다. 소설의 소재가 달라졌고 기법이 다양해졌으며 언어가 달라졌다. 거기에 따라 작가의 감각과 상상력 또한 달라졌다. 그런 점에서 소설은 그것을 태어나게 한 사회의 변화에 상응하는 변화를 겪는다.

2

해방 직후 대부분의 한국 소설은 아직 남북 분단의 심각성과 전쟁의 위협을 의식하지 못하고, 오히려 일제강점기의 고통스러운 기억을 상기시키고 해방의 감격을 노래하는 것으로 끝나고 있다. 그것은 해방의 감격에서 벗어나지 못한 소설이 역사와 현실에 대한 깊이 있는 반성을 외면하고 있음을 의미한다.

한국의 해방이 진정한 해방이 되기 위해서는 시간이 필요하다는 시각을 보여준 소설은 1947년에 발표된 채만식의 「소년은 자란다」 정도다. 이 작품은 식민지 한국에서 살 수 없어 간도로 이민을 갔던 한 가족이 가난과 인종차별이라는 어려운 조건 속에서 살다가 해방을 맞아 귀국하는 이야기다. 주인공 오윤서 일가를 비롯한 간도 이민자들은 해방이 그들에게 궁핍에서의 해방을 의미할 것으로 기대한다. 그러나 그들의 기대는 치안 부재 상태에서 만주 사람들의 약탈에서부터 꺾이기 시작한다. 아내와 아이 하나를 잃고 남은 가족과도 생이별을 하게 된 오윤서는 가정의 파탄을 겪는다. 두번째로 그가 체험한 비극은 한국이 남과 북으로 갈라져서 남쪽은 민주주의를, 북쪽은 공산주의를 표방한 두 개의 한국이라는 분단의 아픔이다. 그것은 외세를 등에 업은 두 개의 정부가 머지않아 전쟁을 치르고 동서 냉전의 소용돌이에 휘말릴 것을 예견한다. 세번째로 제기된 문제는 일제강점기 때 친일한 사람들이 그들의 기득권을 누리며 새로운 사회의 지배층을 형성한 반면에 간도에서 귀국한 사람들은 멸시와 감시의 대상이 된다는 사실이다. 네번째로 제기된 문제는 1945년의 해방을 독립에 이르지 못한 불완전한 해방으로 평가하고 있다는 점이다. 이 작품은 당시의 한국이 일제의 식민지 상태에서 해방되었지만 외세의 간섭을 받지 않는 진정한 독립을 성취하기까지는 많은 시간과 노력이 필요할 것으로 예견하고 있다. 이러한 관찰은 작가 채만식의 깊이 있고 폭넓은 세계관을 엿보게 한다. 그는 역사에서 하나의 문제의 해결을 또 다른 문제의 시작으로 보는 비관적 세계관의 소유자이다. 그 후의 한국 역사는 불행하게도 그의 진단대로 진행된다.

1950년 한국전쟁은 해방이 가져온 분단이 또 다른 분열과 비극의 시작임을 입증한다. 북한의 남침으로 시작된 동족상잔의 한국전쟁은 3년 동안 3백여 만 명의 희생자를 만들고 한국인의 삶을 뿌리부터 흔들어놓는다. 한국전쟁은 한국인에게 고향의 상실, 가족의 해체, 참혹한 살육의 체험이라는 미증유의 변화를 겪게 하고 인간에 대한 신뢰를 상실하게 하며, 전통적인 농경 사회의 붕괴를 가져온다. 전쟁은 가족, 계층, 사회, 풍속 등을 뒤흔들고 농경 사회의 인간관계들을 파탄에 빠지게 한다. 개인적으로는 이념의 선택에 따라 생사의 갈림길을 헤매게 되고 사회적으로는 계층 간의 이동이 일어나며 국가적으로 국토가 폐허 상태에 빠진다. 이러한 참담한 현실 속에서 1950년대 문학은 분단과 전쟁으로 야기된 문제와 현실을 소재로 삼는다. 김동리, 황순원, 김성한, 장용학, 손창섭, 서기원, 오상원, 이호철로 대표되는 1950년대 문학은 6·25 전쟁을 소재로 하여 전통적 가치의 파괴, 토속적인 사회의 붕괴, 실존적 자아의 발견을 다룬다. 그들은 작중인물들이 처해 있는 극한 상황 속에서 인간으로서 자신의 생존과 존엄을 지키기 위해 그 대가를 철저하게 지불하는 현장을 제시하고, 그것을 통해 전쟁의 잔인성을 고발하고, 자기 시대의 아픔이 그 어느 시대의 그것보다 심하다고 증언한다. 그들은 전쟁의 현장을 생생한 모습으로 제시하는 것, 그 가운데서 고통받고 있는 개인의 모습을 적나라하게 보여주는 것을 문학의 역할로 생각한다. 하지만 그들은 그들 사회가 지향하고 있는 이데올로기를 검토하거나, 전쟁의 의미를 질문하지도 못하며, 미래 사회를 구상할 여유도 갖지 못하고 역사와 현실의 피해자로서 증언할 뿐이다.

그런 점에서 그들이 생각한 소설이란 현실을 재현하고, 그 현실의 부조리를 고발하는 사실주의적 성질을 띨 수밖에 없다. 그러나 그들 작가들은 그들의 문학 자체를 사실주의로 부르기보다는 휴머니즘으로 부르기를 선택했고, 그중 일부는 실존주의라는 명칭을 선택하기도 한다. 그들이 휴머니즘을 주창한 것은 인간의 본성이 땅에 떨어진 상황에서 인간의 존엄성을 지키고자 하는 그들의 문학적 노력을 표현하기 위한 것이다. 그들이 실존주의 문학을 이야기한 것은 그들의 주인공들이 처해 있는 상황이 극한적인 것이고, 그 선택이 그들의 운명을 좌우하며 그들 존재의 유한성에 대한 비극적 인식이 그들의 문학을 가능하게 했기 때문이다. 전쟁이라고 하는 부조리한 현실 속에서 살아남는다는 것은 어떻게 보면 우연이고 어떻게 보면 선택의 결과이지만, 두 경우 모두 삶의 가치를 긍정적으로 인식하게 하는 것이 아니라 의미 없는 부정적인 것으로 파악하게 한다. 그들이 살고 있는 세계가 굶주림과 공포의 지배를 받는 것은 전쟁 때문이고, 그들 가운데 일부가 돈과 권력을 쥐게 된 것은 전쟁의 혼란을 이용한 덕택이다. 주인공들의 삶은 그들의 선택에 의해 이루어진 것이 아니며, 따라서 자신의 삶에 대해 책임도 질 필요가 없다. 전쟁의 현장에서 삶과 죽음의 갈림길을 헤매는 급박한 현실을 살고 있는 1950년대의 작가들은 전쟁의 원인에 대한 질문을 제기할 여유도 없다. 또 전쟁으로 인해서 완전하게 양자선택이 강요된 상황 속에서는 그러한 질문을 제기하는 것 자체가 사치로 보였을 수 있다.

3

분단의 현실을 이데올로기의 대립으로 파악하기 시작한 것은 4·19 혁명 이후 최인훈의 「광장」부터라고 할 수 있다. 4·19 학생 혁명은 비록 그것이 5·16 군사혁명에 의해 좌절되기는 했지만, 4·19 세대는, 개인을 역사의 피해자로만 인식한 그 이전 세대와는 달리, 역사와 자유의 주체로 인식하기 시작한다. 4·19 학생 혁명은 그것이 주는 정치적 의미보다는 상징적 의미가 더 크다. 4·19 혁명은 당시의 젊은 세대에게, 식민지 시대에 교육을 받은 그 이전 세대에게서 볼 수 있는 전근대적 사유와 패배주의적 역사관을 극복하는 계기를 마련해준다. 4·19 혁명은 한국 역사에서 최초로 아래로부터의 변화를 성공시킴으로써 역사가 통치자나 외세에 의해 움직인다는 숙명론적 의타주의적 관점을 벗어나 한국의 역사가 한국인 자신의 의지에 의해 이루어질 수 있다는 자신감을 한국인에게 심어준다. 이 자신감이 그 후의 사회적, 경제적, 과학적, 문화적, 기술적 발전에서 심리적 기저를 제공한다. 4·19 세대는 해방 후 교육을 받기 시작하여 이민족의 정치적, 문화적 영향을 직접적으로 받지 않은 세대로서 한국의 근대사와 민주주의의 이념을 교육받고 자라온 세대다. 그들은 한국어로 책을 읽고 사유하며 글을 쓴 첫번째 세대로서 식민지 교육을 받지 않은 자부심과 민주주의 역사를 새롭게 창조했다는 자존심을 가진 한글세대이다.

1960년대 문학은 이들 4·19 세대에 의해 주도된 문학으로서 그들의 삶이 아직 가난의 질곡에서 벗어나지는 못했지만 세계 속에서 개인이 누려야 할 자유와 권리가 무엇인지 최초로 눈을 뜬 새로운 세대의 문학이다. 그들은 전쟁이 당대 세계를 지배하는 두 이념의 대립의 산물이며, 거기에서 체험한 개인의 비극적인 삶이 세계 안에서의 비극적 존재로서의 자아를 인식하게 한다. 개인과 그 개인을 지배하고 있는 사회 사이의 화해할 수 없는 대립과 갈등을 삶의 비극적 성질로 파악한 1960년대 문학은 인간다운 삶을 부르짖던 1950년대의 휴머니즘도, 삶의 의미를 질문하는 실존주의도 아닌 이른바 개인주의 문학을 성립시킨다. 개인의 의미와 자아의 정체성에 대한 자의식을 가짐으로써 산다는 것이 얼마나 참담한 것인지 비극적인 상황을 깨닫게 하는 김승옥·이청준·서정인·박태순 등의 문학, 한국전쟁의 의미에 대한 적극적인 파악과 이해를 통해서 전쟁의 비극적 상황에 대한 기억을 되살리며 생존을 위한 온갖 수모를 이겨내는 개인을 그린 김원일·김주영, 한국 민족사의 비극적 현장으로서 전쟁을 삶의 일반적인 상황으로 바꿔놓고 있는 홍성원의 소설 등은 거대한 상황 속에서 왜소화된 개인의 발견을 중심으로 전개된다. 그들은 문학에 대한 자의식이 강해서 문학적 기법의 새로운 추구를 통해 그들의 정신세계를 문학적으로 형상화에 도달했다는 자부심을 가진 세대이다. 그들은 당시의 한국사를 재정립하고자 하는 역사학의 결실과 한국학의 연구열에 힘입어 한국인의 정체성에 대한 의식을 갖기 시작한 세대이다. 그들은 해방 후에 학교 교육을 받은 최초의 한글세대로서 한국어가 문화어로 발전할 수 있다는 전망 속에서 그 이전 세대와 다른 감수성으로 표현하여 한국 소설에 이른바 '감수성의 혁명'을 가져온 세대이다. 그들의 문체는 신선한 개성을 띠고, 그들의 어법은 사려 깊고, 그들의 구성력은 탁월하여, 그들의 문학적 특징은 한마디로 요약할 수 없다. 그들은 그 이전의 세대에 비해서 훨씬 작은 문제를 관찰하기 시작하였고, 그들의 기법은 모더니즘에 가까워지고 있다. 이들의 문학이 지니고 있는 주제의 왜소성 때문에 1960년대 후반의 한 평론가는 이들의 문학을 소시민의 문학으로 규정하면서 새로운 시민문학론을 제창하기에 이른다.

4

시민문학론의 제창은 한편으로는 개인주의 문학에 대항하는 방식의 모색이면서 다른 한편으로는 5·16 군사 쿠데타에 의해 지배권이 강화된 군사 문화에 대항하는 새로운 문화의 주창이다. 시민문학론은 1970년대에 민중문학론, 민족문학론으로 발전하면서 문학의 사회적·역사적 역할을 강조하고 문학인의 저항 정신을 고취하여 한국 사회의 민주화에 큰 기여를 한다. 한국 사회의 민주화는 이들 참여론자뿐만 아니라 많은 자유주의 문학론자들의 지원을 받는다. 자유주의 문학론자들은 문학의 현실 참여적인 성질을 인정하면서도 문학의 자율성을 지키지 않으면 문학도 결국은 어떤 이데올로기의 도구로 전락해서 문학의 파멸을 가져온다고 주장한다. 사실 한국 소설은 여기에서부터 두 개의 무거운 짐을 떠맡게 된다. 한국 문학은 한편으로 군사정권의 정치적 탄압에 대항하고 산업화 과정에서 야기되는 소외와 양심의 문제를 제기함으로써, 군사정권의 통제 아래 들어간 언론 대신에 현실 인식과 대중 전달의 임무를 수행한다. 다른 한편으로 한국 문학은 문학의 시사화와 당대화, 그리고 도구화가 문학의 자율성을 해치는 것을 경계하여 문학의 본질과 역할에 대한 근원적인 질문을 제기하고, 변화하는 현실에 대응하는 문학적 양식을 개발하여 문학 본래의 모습을 잃지 않고자 한다. 참여문학론과 자유주의문학론이 맡아온 이 두 가지 역할은 오늘의 한국 문학이 30년의 군사 통치 밑에서 존속할 수 있었던 원동력이 되었고, 이로 인해 독자들에게서 외면당하지 않는 매력을 지닐 수 있었다.

1970년대의 한국 사회는 정치적으로 3선 개헌과 유신의 선포를 거쳐 강화된 군사정권의 통제를 받고, 경제적으로 산업화의 새로운 단계에 들어선다. 이 시대의 문학은 그러한 상황에 대처해야 할 방법을 모색한다. 그 첫번째 대응 방법은 권력의 부패와 현실의 부조리를 고발한 문학으로서 김지하, 황석영 등의 작품으로 대표되고, 두번째 대응 방법은 농촌의 피폐와 도시 변두리의 빈곤을 다룬 이문구, 박태순의 작품으로 나타나며, 세번째 대응 방법으로 산업화의 와중에서 소외되고 희생된 삶을 다룬 윤흥길, 조세희, 조선작의 작품을 들 수 있고, 네번째로는 근대화되어가는 과정에서 도시 중산층의 삶이 가지고 있는 허위의식과 위선적인 세계를 다룬 최인호, 조해일, 송영, 박완서, 오정희, 이청준, 서정인의 작품을 들 수 있다. 1970년대 문학의 특징은 정치적인 억압이 강화되면 될수록 한편으로는 이에 직접적으로 저항하는 문학의 목소리가 커지고, 다른 한편으로는 정치적인 패배 의식에도 불구하고 문학은 무엇이어야 하는가 하는 문학의 내면적 성찰이 깊어지는 것으로 나타난다.

이러한 변화에서 시작된 것이 대하 역사소설의 탄생이다. 박경리의 『토지』, 김주영의 『객주』, 홍성원의 『남과 북』, 황석영의 『장길산』으로 대표되는 1970년대 대하소설은 당대의 역사적 조건이나 현실이 조선왕조 시대에서 한말을 거쳐 일제강점기에 이르는 민족사의 한 흐름이라는 인식을 가질 수 있도록 민중적인 삶을 파헤친다. 1970년대의 대하역사소설이 종래의 역사소설과 다른 점은 그것이 피지배 계층인 서민들의 삶의 모습을 중심으로 전개된다는 데 있다. 왕조 중심의 지배계층의 영웅들을 주인공으로 내세우던 전통적인 역사소설과 달리 이들 1970년대 대하소설은 역사 속에 이름 없이 살다 간 민중들을 주인공으로 내세우며 그들의 이야기를 소재로 삼는다. 그러므로 1970년대 문학은 군사정권의 폭압이나 산업사회의 소외가 단순히 당대의 문제로 파악되고 있는 것이 아니라 몇백 년의 역사적 맥락에서 파악될 수 있음을 보여준다. 역사적으로 지배 계층과 피지배 계층 사이의 갈등이 서민들의 비극적 삶의 근원으로 작용하고, 오늘의 참담한 역사의 원류로 작용한다. 이들의 문학은 군사정권의 강화에 대한 민중적 저항을 역사적 근거로서 제시하여 당대 사회의 참담한 현실에도 불구하고 민중들이 잡초처럼 그 생명력을 잃지 않음을 제시한다. 그것은 이들의 문학이 민중적 삶을 대변함으로써 암담한 현실에도 불구하고 희망을 갖게 하는 역할을 하였음을 입증한다.

1970년대 문학의 또 하나의 특징인 농촌소설과 도시빈민소설은 따라서 민중의 고통스러운 삶의 역사적 근원을 밝힌 대하역사소설과 같은 맥락에 놓여 있다. 이문구의 작품처럼 농촌을 다룬 소설들은 산업화 속에서 피폐해져가는 농민의 삶과 농경 사회의 전통적인 가치가 무너져가는 농촌의 모습을 그리고 있고, 박태순과 같은 도시빈민소설은 농촌에서 일터를 찾아 도시로 진출한 서민들이 도시에 뿌리내리지 못하고 그 변두리를 배회하는 비극적인 생활을 하고 있는 현실을 그린다. 이들 소설은 산업화의 와중에서 소외되고 뿌리 뽑힌 사람들의 힘든 삶의 모습을 통해 유년기의 절망적인 체험, 선택의 문제가 아니라 삶의 의미의 문제, 한국의 농촌과 전통사회의 붕괴 모습 등을 보여주는 동시에 근대화의 결과로 팽창해가는 도시의 모습을 드러내준다. 이들의 주인공들은 도시, 특히 서울의 변두리 삶을 형성함으로써, 근대화된 사회 속에서 또 다른 소외 계층을 형성한다. 바로 이들 소외 계층들이 집 없는 설움을 맛보면서 공장에서 저임금 노동자의 삶을 살아갈 때 한국 사회는 새로운 문제에 부딪히게 된다. 그것은 조세희에 의해 '난장이'로 상징화된 또 다른 왜소한 개인들이 부당한 대우에 항거하지만 모두 실패하여, 근대화에도 불구하고 한국 사회가 살 만한 사회로 인식되지 못하는 불만의 축적 현상을 가져온다. 주인공들이 변두리에서 뿌리 뽑힌 채 살 수밖에 없는 이유를 분단과 전쟁의 피해자로 묘사한 조선작이나 조해일, 가진 자들의 오만과 사용자의 무례로 끊임없이 착취당하는 근대화의 허구성을 그리고 있는 조세희, 그리고 그러한 허구성에 반항하고 저항하는 것이 무모한 도전에 지나지 않는다는 참담한 삶의 모습을 제시한 윤흥길 등의 작품 등은 문학이 지배당하고 소외되고 억울한 삶을 사는 사람들을 존재화시키고 표현화시킬 수 있음을 입증하고 있다. 이처럼 부당하고 부조리한 삶에도 불구하고 정치적으로 유신이 선포되고 군사정권의 탄압이 강화되자 김지하는 민중 문학을 주장하면서 그 생명력을 저항의 힘으로 표명하기에 이른다.

5

1970년대 말 독재자의 몰락과 함께 서울의 봄을 노래할 즈음 한국 사회는 20년 전의 좌절을 다시 체험하게 된다. 이른바 '광주 항쟁'으로 표현되는 새로운 군사정권의 등장은 정치적 압력에서 겨우 자유로워지게 된 한국 소설에 새로운 암흑의 장막을 드리운다. 여기에서 특징으로 찾을 수 있는 것은 1980년대 초의 불모 상태를 넘어선 소설에 새로운 기운이 싹튼다는 사실이다. 그것은 이청준·김원일·박완서·김주영·현길언·조정래·이문열·임철우 등의 소설에서 나타나는 비극의 원인 찾기와 김원우·이인성·최수철·최윤 등의 소설에서 나타나는 새로운 형식 찾기, 그리고 유순하·김영현·김향숙·정도상·김인숙 등의 소설에서 볼 수 있는 민주화 운동의 권리 찾기 등이다. 1960년대에는, 아버지 세대가 빨치산이라든가 좌익이었다는 사실은 겉으로 드러내지 못하고 앓아왔던 상처였었다. 바로 그러한 감춤이 1980년대의 폭력적인 상황을 가능하게 한 것임을 밝혀내는 이들 소설은, 한편으로 리얼리즘 기법의 확대로 1970년대에 시작된 대하소설을 더욱 번창하게 하였고, 다른 한편으로는 이러한 폭력의 시대에 문학이 무엇일 수 있는가 하는 문학의 위상에 관한 깊은 회의와 함께 보다 모더니즘에 가까운 실험소설을 시도하게 하였으며, 또 다른 한편으로는 산업화의 부조리를 고발하던 소극적인 노동소설에서 민주화를 위해 투쟁하고 악덕 기업주에 대해 권리를 주장하는 새로운 형식의 노동소설을 유행하게 한다. 1980년대 초 광주의 비극을 겪었음에도 불구하고 세계적인 3저 현상의 도움을 받아 급속도의 경제 발전을 이룩한 한국 사회는 노동자들이 노동 인구의 8할을 점유하면서 선진국형 노조 운동의 자유를 요구하게 된다. 광주민주화운동의 진상을 밝히고 민주화로 나가야 한다는 주장과 노동운동을 통해서 노동자의 권익을 확보함으로써 평등 사회를 구축해야 한다는 주장을 의식화시킨 문학은 노동자, 농민을 사회 개혁의 주체로 인정하고 그들을 위해 복무해야 한다는 노동자주의의 입장을 취하는가 하면, 문학의 자율성과 전문성을 옹호하지 않고는 문학이 도구화되어버림으로써 문학의 죽음을 가져온다는 문학주의자의 입장을 취하기도 한다.

여기에서 짚고 넘어가야 할 것은 정치적으로 억압 구조에 있으면서 경제적으로 자유 구조에 있다는 것은 여러 가지 예기치 않은 문화를 탄생시킨다는 사실이다. 두 개의 중요한 문학 계간지를 비롯하여 많은 문학지가 폐간되는 무시무시한 상황 속에서 이른바 무크지 문화가 탄생한 것은 어쩌면 당연한 결과일 수 있다. 이 무크지의 탄생은 공식 기구로 등장하던 작가들을 비공식적으로 양산함으로써 누구나 작가가 될 수 있게 만들었고, 마치 게릴라 작전처럼 문학을 반정부 운동의 첨병으로 삼을 수 있게 만든다. 이 시기는 어쩌면 한국 문학의 위기로 표현될 수 있다. 문학이 재능 있는 개인의 영역이 아니라 모든 민중의 영역이라고 주장하면서, 문학의 장르를 해체하고 집단 창작을 표방하며, 문학이 사회 변혁의 주체가 되어야 한다는 움직임이 강력하게 대두되고 있기 때문이다. 광주 항쟁과 군사정권의 강권으로 언론이 제대로 구실을 하지 못할 때 무크지와 그것을 통한 문학이 군사정권에 강력하게 맞서서 민주화 운동의 불꽃을 댕길 때 아무도 문학의 위기와 같은 '한가로운' 생각을 말할 수 없었다. 그러나 노동자주의가 노동자에 편승하여 자신의 소시민성을 은폐하려는 사람의 사유 체계라고 생각하며, 묵묵히 문학을 지키고 문학의 위치를 확립시키고자 하는 작가들은, 광주민주화운동이나 신군부의 등장이 모두 분단의 상처에서 가능했다는 사실을 파헤친다. 그것은 한편으로는 분단 현실의 극복을 위해 아픈 과거를 드러내고 지식인들이 억압받는 상황이 한말부터 이루어졌음에 천착하는 문학적 노력이 『먼동』 『미망』 『늘푸른 소나무』 『영웅시대』 『아버지의 땅』 『태백산맥』 등의 작가들에 의해 이루어지고, 다른 한편으로 절망적인 상황에 희망적인 언어가 아니라 절망적인 언어로 비극적 삶의 모습을 제시하는 지식인소설이 『낯선 시간 속으로』 『화두, 기록, 화석』 『저기 소리 없이 한 점 꽃잎이 지고』의 작가들에 의해 이루어진다.

1980년대 이전의 문학에서 주어진 여건으로 생각했던 분단의 문제, 군부독재의 문제, 산업화의 문제가 1980년대에는 한국인의 삶 전체를 규제하고 억압하는 조건으로 작용하고 있음을 논리적으로 깨닫고 현실적으로 그것을 타파하고자 하는 것이 1980년대 문학의 특징으로 기록될 만하다. 그것은 지금까지는 비극적 운명으로 받아들였던 현실을 극복의 대상으로 삼고자 하는 태도이며, 따라서 분단을 모든 문제의 근원으로 보고 통일을 모든 문제의 해결로 보는 태도이다. 그리하여 군사정권이 표방하고 있는 친미 반공 정책에 역행하는 것이 분단 현실을 극복하는 길로 생각하고 모든 실천적인 문학은 그러한 방향으로 진행된다. 오직 투쟁을 앞세운 이들 실천적인 문학은 사실 문학이라기보다는 구호에 가까운 것이었지만, 그것이 투쟁의 대상으로 삼고 있는 군사독재의 부당성 때문에 그들의 문학에 이의를 제기하는 어려운 상황이었다. 아우슈비츠 이후 문학이 존재할 수 있는가 하는 회의가 문학인 스스로의 마음속에 자리 잡고 있는 것 이상으로 문학의 위기가 있을 수 있을까?

6

다행히도 6월 항쟁과 함께 군사독재가 무너지고 문민정부가 들어서는 과정에서 동구권까지 몰락함으로써, 지난 30년 동안 외적 현실과 싸워 온 문학은 스스로의 위상을 되돌아볼 수 있는 기회를 갖게 된다. 그것은 분단의 극복을 사회주의적 전망에 기대할 수 없다는 사실을 확인하게 됨으로써 사회주의가 군사독재를 타파할 수 있는 유일한 방법으로 생각한 이론적 근거를 상실한다. 1990년대 문학은 그런 점에서 문학의 새로운 전기를, 그보다 1세대 전의 1960년대 문학이 체험한 것과 비슷한 변혁 의식을 가질 수밖에 없다. 독재정권이 민중의 힘에 의해 밀려가고 새로운 문민정부가 들어섬으로써 자유와 권리를 싸워서 얻은 경험과, 그동안의 경제 발전으로 인해 급속도로 산업화된 현실이 가능케한 새로운 대중매체의 활용은 한국 문학의 상황을 완전히 바꿔놓는다. 그것은 한편으로는 문학 외적 현실과 그 현실이 감추고 있는 보이지 않는 의도를 드러내고 그것을 비판적으로 극복하려는 문학을 낳게 한다. 다른 한편으로는 후기 산업사회가 가지고 있는 문명의 이기에 자신을 맡김으로써 그것이 가져올 수 있는 온갖 가벼움을 누리는 문학을 낳게 한다. 전자의 경우 어려웠던 시절 사회적인 변화와 정치적인 억압에도 불구하고 우리가 살고 있는 삶의 공간이 살 만한 곳인가 하는 문제와 그 문제를 문학적으로 제기하는 방법론적인 고찰을 통해 문학의 반성을 이끌어온 1960년대 문학의 전통을 창조적으로 계승한 것이다. 후자의 경우 지금까지의 문학적인 방법으로는 오늘의 변화를 수용하지 못하고 그 속에서 달라진 문학의 위상을 정립하지 못한다는 자각아래 영상 매체를 이용할 줄 아는 전혀 다른 문학적 전통을 창조한 것이다. 한 세대 전의 선배들은 자신들의 육친이 연루된 6·25라는 역사적 상처를 '어두운 실존적 체험'으로 안고 그것을 의식화하기 위해 힘든 싸움을 벌인다. 여기에 속하는 작가들로 1980년대에 입었던 상처의 아픈 기억을 달라진 현실 속에 거리를 두고 의식화시킨 최윤·임철우·이창동·구효서, 실천적인 삶에 뛰어들었다가 젊은 날의 열정이 황량한 슬픔으로 변해버린 좌절당한 삶의 비극적인 현실을 그리고 있는 김영현·공지영·송기원·박일문, 후기 산업사회의 소비성과 감각성 그리고 즉물성을 그리고 있는 하일지·이순원·이인화·장정일·하재봉·신경숙의 소설 등은 한국 소설의 현 단계를 알아보게 하는 중요한 작가들이다. 이들의 소설은 이미 1960년대부터 작품을 써온 선배 작가들의 여러 가지 경향에 비추어볼 때 그들 세대의 문제를 수용하면서 그들 세대의 개성을 드러내는 작품 경향을 띠고 있다. 가령 1960년대 작가들은 6·25라는 유년 시절의 상처를 의식화시키면서도 5·16이라는 당대의 상처를 직접적으로 의식화시키지 못한다. 이에 비하면 이들은 1980년대의 광주 항쟁을 자신들의 어두운 실존으로 의식화시키고 이를 타파하기 위해 정면으로 대응한다. 그것은, 그들이 자기 세대의 문제를 제대로 수용하는 용기와 능력을 가졌음을 의미한다. 또 1960년대 작가들이 영상 매체의 등장에도 불구하고 그것을 이용할 줄 몰랐던 것에 비하면 이들의 문학은 후기 산업사회의 풍요 속에서 영상 매체의 활용을 성공적으로 이룩한다. 이러한 현실은 1990년대의 문학이 변화하는 시대에 대처하는 능력을 갖고 여러 가지 경향으로 발전하고 있음을 알게 한다. 그것은 1960년대 소설이 가지고 있던 모더니즘적 전통과, 1970년대 소설이 발전시킨 리얼리즘적 전통, 그리고 1980년대 소설이 개발한 지식인소설과 노동자소설의 전통을 발전적으로, 그리고 창조적으로 계승하고 있음을 의미한다. 특히 1990년대 말부터 2000년대 초에 이르는 사이에 급속도로 발달한 영상 매체의 대중화는 오늘의 젊은이들의 삶의 양식과 감각을 바꾸어놓고 있다. 디지털 세대의 냉혹한 감수성과 그것으로써 포착한 메마른 정신의 풍경을 간결하면서도 음미할 만한 깊이의 문체로 형상화한 김경욱의 소설이나, 자신의 여성성을 위악적인 방식으로 연기(演技)함으로써 남성 중심의 세계와 이데올로기에 도전하는 놀라운 정신의 모험을 감행하는 정이현의 소설은 2000년대 한국 소설의 새로운 가능성을 보여주고 있다. 그들의 작품들은 컴퓨터 게임에서나 볼 수 있는 승패의 결과와 호오의 즉각적 감정에 따라 모든 것을 수용하기도 하고 거부하기도 하는 또 하나의 '이방인'의 세계다. 그들의 주인공들은 사랑과 미움, 만남과 헤어짐, 삶과 죽음, 소유와 소비 등 사회적 존재로 부딪치게 되는 모든 문제에 대해서 엄숙하거나 진지한 태도를 취하지 않는다. 사랑하는 사람을 이유없이 죽게 하고, 사소한 일로 부모를 기만하고, 가까운 사람들을 끊임없이 배반하는 그들은 우리의 일상적 삶에서 만나는 사람들과 다른 것같지만 그 주인공들이 매일 즐기는 할리우드 영화에서나 컴퓨터 게임에서 볼 수 있는 사람들이다. 그들은 그들의 사회가 존중하는 가치와 제도적 이데올로기를 거부하는 '이방인들'이다. 그들은 오늘의 삶에서 우리가 의식하지 못하고 있는 현실을 가장 절망적으로 패러디화하고 있다. 여기에는 수많은 죽음이 나타난다. 그것을 생명에 대한 외경심의 결핍으로 비난하기 쉽지만, 1980년 이후 우리가 국내에서 혹은 국외에서 보아온 잔혹하고 무의미한 죽음을 상기한다면, 우리가 살고 있는 현실의 한 모습이라는 것을 인정하게 된다. 그러나 이러한 현실의 재현이 삶과 소설의 관계를 충분히 대변하는 것만은 아니라는 데 오늘의 한국 소설이 당면한 과제가 있다. 그것이 오늘의 인간 조건의 근원적인 문제를 제기하고 생각하게 할 때 온갖 어려움에도 불구하고 소설의 존재 이유는 무게를 얻게 된다.

이러한 변화는 이미 위성방송의 보급으로 문화적 국경의 의미가 거의 제거됨으로써 가속화되고 있다. 급변하는 현실 속에서 전통적인 문학 양식만을 고집하는 것은, 독자에게 외면당하고 시대에 뒤떨어지게 되어 '문학의 죽음'을 가져올 수도 있다. 그런 점에서 이른바 포스트모더니즘을 주장하는 문학적 경향은 달라진 세계에 상응하는 문학적 변화의 한 방법이라고 할 수 있다. 암흑의 1980년대의 체험을 가진 사람들이 1960년대 리얼리즘 문학의 주창자들처럼 그 참담한 기억을 망각 속에 묻으면 안 된다고 이들의 문학을 비판하는 것은 정당하지 못한 것 같다. 정치적인 투쟁을 위해 당대의 문학을 불태워버린 과거의 기억에서 자유롭지 못한 것은 오늘처럼 급박하게 돌아가는 사회적 변화 속에서 자기 정체성을 발견하지 못하게 한다. 한국인에게 분단되어 있는 현실은 분명히 19세기적인 유물이거나 아니면 냉전 시대의 유물이지만, 한국인이 살고 있는 삶은 자동화되고 무선화된 위성통신과 영상 매체가 지배하는 후기 산업사회의 삶이다. 이처럼 변화된 세계 속에서의 삶을 받아들이고 인정하는 것이 리얼리스트적인 태도이지 과거의 어둡고 힘들었던 기억에 얽매여 있는 것이 리얼리스트적인 태도인 것은 아니다.

7

이른바 새로운 '감각의 혁명'이라고 할 수 있는 1990년대의 문학이 가지고 있는 이러한 특성은 그러나 많은 사람들의 우려의 대상이 되고 있다. 그것은 모든 가치가 속도에 의해 결정되는 영상 매체 시대에 문학이 지나치게 영합한다는 인식에서 출발한다. 사실 최근에 나타나고 있는 PC소설은 인쇄 매체의 문학을 영상 매체의 문학으로 바꿔놓으면서 문학의 위상과 역할을 흔들어놓고 있다. 문학이 마치 유희의 대상처럼 마음대로 변형시킬 수 있는 가벼운 게임으로 인식되고 있다. 그것은 지금까지 문학이 맡아온 비판과 반성의 역할을 벗어나는 것으로서 어쩌면 새로운 시대의 요구에 부응하는 자유롭고 개성 있는 변화일 수 있다. 하지만 그렇게 함으로써 문학이 일회용 상품처럼 하나의 소비재로 전락하게 될 때 문학은 후기 산업사회의 문명 속에 함몰하고 만다. 그것은 이상과 현실 사이의 갈등과 괴리를 파악하고 그 극복의 길을 모색하는 지금까지의 문학적 역할을, 다시 말하면 그 생산적 역할을 포기하는 것으로서 '문학의 죽음'을 가져올 수 있다.

더구나 풍부한 상상력을 소유한 젊은 작가들이, 그 상상력으로 새로운 '문학의 탄생'을 가져오기 위해 고통스러운 노력을 기울이는 것이 아니라, 패스티시다, 패러디다라고 하며 기존의 작품을 오려내고 덧칠하고 짜깁기하고, 그것으로 포스트모던한 작품을 만들었다고 주장하는 경우, 그들의 풍부한 상상력은 독창적인 세계를 독자적으로 만들어내기도 전에 과거의 상상력에 기생하는 결과로 전락하고 만다. 이러한 현상은 새로운 상상력을 창조적으로 사용하는 것이 아니라 소비해버리는 것이다. 작가가 나이 들어 역사소설을 쓰는 것은 젊은 날의 독자적 상상력의 쇠퇴를 극복하기 위하여 역사적 상상력을 빌려 문학적 상상력으로 바꾸어놓는 것이다. 따라서 젊은 작가들이 패스티시와 패러디라는 이름으로 타인의 상상력을 변형시켜 자신의 것으로 삼는 것은, 자기 안에서 넘쳐나는 독자적 상상력을 제대로 사용하지도 않고 버리는 것이며, 이미 존재하는 상상력에 의존하는 게으른, 기계화된 모방에 지나지 않는다. 그들 작품이 섹스를 남용하는 것도 바로 그러한 게으른 정신에서 유래한다.

이러한 점을 극복하는 것만이 21세기 한국 문학이 살아남는 길이다. 그렇지 않으면 문학이 여느 소비재와 다를 바 없어서, 굳이 문학을 찾을 필요도 없어지고, 그 결과 문학의 죽음을 가져올 수밖에 없다. 영상 매체의 창조적 이용이 문학에서 더욱 진지하게 검토되고, 이루어져야 하는 이유도 여기에 있다. 삶의 순간들을 반영하고 질문하고 사유하여 보다 나은 삶에 대한 꿈을 꾸게 하는 문학은 살아남을 수 있지만 가볍고 감각적이고 즉각적이며 유희적인 성질에만 머무는 소설은 문학을 소비재로 전락시켜버린다. 이들의 소설은 1960년대의 문학에서 볼 수 있는 철학적 사유가 부족하고 1970년대의 문학에서 확인할 수 있는 사회학적 상상력이 미흡하며 1980년대의 문학에서 볼 수 있는 도전적 서사성이 결여되어 있다. 그러한 문학은 오늘의 독자들 감각에 맞겠지만 문학이 맡아온 정신사적 역할을 소홀히 하는 결과를 초래한다. 그것은 오늘의 한국 소설이 가장 경계해야 할 과제이다.

새로운 가능성을 발견하게 하는
한국 소설의 얼굴

1

올해로 다섯번째 맞이하는 황순원문학상 후보작으로 올라온 열 편의
소설은 모두 예년에 비해 그 수준이 상당히 높다는 평을 받았다. 그것
은 이 상의 제정 취지나 한국 소설의 미래를 위해 대단히 고무적인 일
이다. 황순원 문학의 특성이 삶의 중요한 순간을 예리하게 포착하여
완벽한 구성과 정밀한 묘사로 형상화함으로써 절제의 아름다움의 어
떤 극치를 보여주고 깊은 감동을 경험하게 하는 것이라면 수상 후보로
오른 작품 모두가 거기에 손색이 없는 작품이라는 데 의견의 일치를
보았다. 그러나 원래 상이란 어느 한 작품이 선택되면 나머지 작품은
모두 배제되는 냉혹한 운명을 지니고 있기 때문에 열 편의 작품을 하
나하나 검토하면서 각 작품이 지니고 있는 장단점을 자유롭게 거론함

으로써 논의를 좁혀가는 형식을 갖출 수밖에 없다. 다섯 명의 심사위원들은 모두 각자의 의견을 발표하는 과정에서 각 작품이 가지고 있는 특성이나 완성도에 대해 다소간 견해의 차이를 보이기는 했지만, 그러나 열 편의 작품 모두를 논의의 대상으로 삼았다. 그것은 일찍이 볼 수 없는 현상으로 열 편의 작품이 마치 황순원문학상을 목표로 씌어진 것들이 아닌가 하는 의구심마저 갖게 만들었다. 그러나 이러한 추측은 자신의 작품에 전력을 쏟으며 한 편의 작품을 완성하고자 한 작가들의 치열한 작가 정신과 각고의 노력을 모독하는 것일 수도 있다. 후보에 오르지 못한 작품 가운데도 뛰어난 작품이 많겠지만 여기에 수록된 작품들은 그것들이 한국 소설의 수준을 대변한다고 해도 지나치지 않을 만큼 혼신의 힘을 기울여 쓴 완성도가 높은 작품들이다. 1990년대의 문학에 대하여 그 참을 수 없는 가벼움을 비판적으로 지적한 바 있는 나는 이들 작품들로 인해서 한국 소설에 대한 낙관적 전망을 갖게 되었다.

2

하성란의 「웨하스로 만든 집」은 가난한 집에서 태어나 외국으로 시집간 주인공이 10년 만에 귀국해 자신이 살던 집으로 돌아와서 그 집이 무너지는 과정을 목격하는 이야기다. 자기가 살던 동네는 원래 주택 개량 사업의 일환으로 지어진 10여 채의 2층 양옥으로 구성되어 있었다. 입식 부엌과 마루에 샹들리에를 갖춘 똑같은 형태의 그 집들은 당시에는 '대한 뉴스'에 소개될 만큼 주거 환경 개선의 모델처럼 되었으나 이제 재개발 공사로 인해 하나 둘 무너져가고 있다. 블록으로 조립한 것 같은 그 집들이 이제 그 수명을 다해 여기저기 부서지고 무너지고 있음을 주인공은 확인한다. 그것은 마치 입에 넣으면 쉽게 부서지는 '웨하스' 과자로 만든 집처럼 30년의 세월을 견디지 못하고 부서진다. 그것은 한국의 경제 발전이 마치 전시 행정의 한 양상에 지나지 않을 뿐 실제로는 그 부실 건물과 같다는 것을 상징적으로 보여준다. 그러나 작품은 그러한 현실을 고발하기 위해 목소리를 높이고 있는 것도 아니고 가난과 모순으로 가득 찬 현실의 질곡을 보여주고 있는 것도 아니다. 외국으로 시집간 주인공이 행복한 삶을 구축하지 못하고 10년 만에 다시 원점으로 돌아온 것이나 헐리고 있는 폐허에서 고물들을 수집하는 어머니가 조금도 나아지지 않은 생활을 하는 것에서 볼 수 있는 것처럼 이제 그 마을에서도 쫓겨가는 그들의 운명과 그 집의 운명은 대비되고 있다. 그러한 비극적 상황을 치밀하고 정감 있게 묘사한 작가의 능력은 탁월하다. 특히 심각한 하자에도 불구하고 마루가 꺼질까 발뒤꿈치를 들고 걸어다니는 것처럼 경쾌하고 '만화적'으로 설정된 것은 낯설지만 요즘 젊은이들의 삶에 대한 태도 같은 것을 느끼게 한다. 굳이 이 작품에서 문제로 지적한다면 철거 과정이 너무 장황한 것과 화자가 거론하고 있는 S, H라는 이니셜로 표현된 인물들의 성격이 잘 잡히지 않는다는 것이다.

　새로운 세대의 감각이 훨씬 더 특성 있게 드러난 작품으로 박성원의 「인타라망 — 우리는 달려간다 이상한 나라로 5」와 박민규의 「그렇습니까? 기린입니다」를 들 수 있다. 사물에 대한 이들의 감수성은 기성세대에게 거의 충격적으로 받아들여질 만큼 엉뚱하고 신선하다.

　"세상살이라는 게 어망과 같아서 한 사람이 웃으면 반드시 다른 사람의 눈에는 피눈물이 흐르는 법"이라는 불교적인 용어에 근거하고 있는 박성원의 작품은 69일 동안 의식불명 상태에 있던 주인공이 의식을 되찾는 이야기다. 주인공인 '나'는 눈을 뜨고 의식을 회복하는 순간 옆 침대의 환자를 돌보는 보호자에게 간호를 받고 있음을 알게 된다. '나'의 대소변을 받아내고 있는 '그'와 가물가물하는 의식을 되찾고자 노력하는 '나' 사이의 관계는 내가 기억을 되찾아가는 과정에서 조금씩 밝혀진다. 눈 오는 날 아내의 진통 소식을 듣고 달려가다가 교통사고를 당한 '나'는 낯모르는 사내에 의해 구조되지만 그로 인해 자신의 피와 타액과 지문이 현장에 남게 된 것을 인식한다. 그리고 '나'는 살인 사건의 누명을 쓸 수밖에 없는 상황에서 누명을 쓰지 않기 위해 '긴급피난'이라는 명목으로 그 집의 유일한 생존자인 '아주머니'를 죽이고 집에 불을 지른 것을 알게 된다. '나'는 차라리 기억하지도 말고 깨어나지도 말기를 바랐지만 '그'는 '나'를 기억의 현장으로 데려간다. 그는 소설 속의 소설 「인타라망」의 주인공들이 나누는 대화에서 흑인 폭동을 피해 방위군 초소로 달려온 백인들이 소등 스위치를 돌려도 12초 후에야 꺼지는 캐딜락의 헤드라이트 때문에 10초 안에 끄라는 명령을 어긴 것이 되어 방위군의 총에 사살되는 이야기를 읽는다. 여기에서 주인공은 "이성적인 최선의 선택이란 게 결국 이기적으로 합리화하는 것"이라는 삶의 아이러니만 발견하게 된다. 인간 본성에 대한 근원적인 질문을 던지는 이 작품은 전율 없이는 읽을 수 없다. 그러나 복잡하게 얽혀 있는 작품의 너무나 완벽한 구성이 설득력을 갖기에는 지나치게 인위적이라는 인상을 떨쳐버리지 못하게 한다.

상업고등학교에 다니는 가난한 학생을 주인공으로 삼고 있는 「그렇습니까? 기린입니다」는 세상에서 소외된 인물이 자기에게 주어진 삶을 아무런 불평이나 원한 없이 살아가는 이야기다. 그는 낮에는 시간당 천 원을 주는 주유소에서, 밤에는 편의점에서 일하는 아르바이트

학생이다. 아버지에게 도시락 심부름을 가서 아버지의 직장을 처음 본 그는 그 순간부터 아버지에게 용돈을 달라고 말하지 못한다. 그는 시간당 3천 원을 주는 '푸시맨'이 되어 출근 시간에 만원인 지하철에 매달리는 사람을 밀어 넣는 아르바이트까지 한다. 새벽부터 밤까지 쉬지 않고 일하는 그는 '이집트의 피라미드도 노예들의 억울함으로 이루어졌다'고 생각한다. 그의 산술과 상상력은 엉뚱해서 편의점 사장이 아르바이트 여학생의 허벅지를 만질 때 '만지는 게 나쁜 것이 아니다. 그러고 고작, 천 원을 주는 게 나쁜 짓이다'라고 생각한다. 그의 상상력은 교육받은 상상력이 아니라 자신의 지적 수준에서 자연 발생적으로 나올 수 있는 상상력이다. 자신의 처지에 맞는 산술을 하는 그는 사물을 자신의 눈에 보이는 그대로 받아들인다. 그렇기 때문에 삶에 대한 그의 태도는 겉으로 보기에 순응주의적으로 보이지만 거기에 감추어진 절망은 가슴을 후비는 아픔을 동반한다. 여기에서 사용되는 일상 언어는 예리한 칼날을 감춘 시적 언어로 환치된다. 그러한 작가의 언어 감각은 새로운 세대의 감수성이라는 이름에 값하고 있다. 마지막에 아버지를 연상시키는 기린에게 집안 이야기를 하는 장면에서 "그렇습니까? 기린입니다"는 작품 전체를 함축시킨 빛나는 재기이며 놀라운 반전이다. 신세대의 어법과 문체가 절묘한 조화를 이루고 있다. 박성원과 박민규라는 새로운 작가들의 작품은 한국 소설의 영토를 확장하는 데 기여할 것으로 보인다.

반면에 구효서의 「소금 가마니」, 윤대녕의 「탱자」, 성석제의 「잃어버린 인간」 등은 전통적인 방법으로 화자보다 한 세대 앞선 주인공들의 삶을 재구성하는 서사적 이야기다. 그렇기 때문에 이들 소설은 화자의 현재적 삶과 분리되어 있는 주인공의 과거로 돌아가는 모티프에서부터 시작된다.

「잃어버린 인간」은 소설가인 화자가 재종형에게 재당숙모의 부음을 전하는 전화를 받는 이야기로 시작된다. 고향을 찾아간 '나'는 재당숙모가 재당숙인 이한봉의 부인이지만, 그에 대한 기억이 없다. 기억에 남아 있는 것은 그의 아들인 쌍둥이 형제가 '나'의 집에 기숙하다가 '나'의 행패를 견디지 못하고 고향을 떠난 사실이다. 상가에 가서 '나'는 집안 어른들에게서 재당숙 이한봉에 관한 이야기를 듣는다. 일제강점기 때 그는 일본 유학 중에 사회주의에 심취해서 일제의 감시를 받게 되자, 이를 피해 중국으로 건너가 살다가 해방과 함께 '까막골'에 묻혀 산다. 남북이 분단된 뒤에 그는 사상운동에 가담하지 않고 살았으나 전쟁 중에 보도연맹 사건으로 총살의 위기를 맞는다. 배에 총상을 입고도 기적적으로 살아난 그는 시골에 묻혀서 죽은 듯이 살아간다. 4·19 학생 혁명 때 그는 보도연맹 사건의 억울함을 풀고자 일제강점기의 독립운동을 내세웠으나 5·16 군사 쿠데타로 실패하고 1963년 53세로 세상을 뜬다. 그 후 일제강점기 때 찍은 사진 한 장으로 독립유공자로 인정받아 유족이 연금을 받게 되어 재당숙의 명예는 회복된다. 역사에 기록될 만큼 큰 인물은 아니지만 주인공 이한봉의 생애는 독자의 관심을 붙들어둘 수 있을 정도로 한국의 근대사와 거의 일치한다. 그러나 그보다 훨씬 큰 역사적인 인물들을 다룬 소설에서 보다 극적인 삶을 보아온 독자는 무명의 인물들의 삶도 마찬가지라는 사실을 확인하는 정도로 만족할 수는 없다. 작가 성석제는 여기에서 자신의 분신이나 다름없는 화자를 통해서 쫓아 보낸 '쌍둥이'의 행방을 찾는다. 그들은 이미 세상을 떠난 사람들이어서 화자는 옛날의 과오를 사과할 수 없다. 작가의 소설적 재능은 이야기꾼으로 끝나는 것이 아니라 굶어 죽은 쌍둥이의 보상받을 수 없는 삶의 존재를 암암리에 일깨워주는 것으로 드러난다. 그러나 이 작품은 성석제의 작가적 재능을 확인하게 하는 작품임에 틀림없지만 다른 작품을 뛰어넘는다고 말하기에는 미흡한 감이 있다.

구효서의 「소금 가마니」에서 '나'는 97세로 세상을 떠난 어머니의 유품에서 물려받은 키르케고르의 일어판 『공포와 전율』을 보고 평생을 두부만 만들어 판 어머니가 자신과 비슷한 지적인 관심을 갖고 있었다는 것을 알게 된다. 화자가 알고 있는 어머니는 경제적으로 무능한 아버지에게 무수한 폭력을 당하면서도 꿋꿋하게 견뎌내며 두부를 만들어 아홉 식구의 생계를 이어가는 인고의 여인상이다. 두부를 만들기 위해 헛간에는 언제나 소금 가마니가 쌓여 있는데 거기에서 나오는 갱수는 어머니의 피와 땀의 상징이다. 어머니의 초인적인 모습은 대추나무에서 떨어진 딸을 살리기 위해 주변의 만류에도 불구하고 빗속의 냇물을 건너간 집념에서 드러나며, 6·25 전쟁 때 인민군과 국군에게 두부를 만들어주었다가 온갖 고초와 죽을 고비를 넘긴 것으로 나타나고, 실족하여 죽어가는 아버지를 자신의 무릎에서 운명하게 하는 모습으로 형상화되고 있다. 그러한 어머니에게 하나의 비밀이 있다면 그것은 '나'의 출생에 관한 것이다. 일본 유학생 출신의 박성현이라는 인물과의 관계가 소문으로 퍼짐으로써 '나'의 친부의 정체가 의심받고 있음에도 불구하고 그것에 관해 침묵을 지킨 어머니에 대해 화자는 "당신의 생은 위대했습니다" 하고 감탄한다. 그것은 격동의 역사 속에서도 30여 명의 자손을 지킨 어머니의 끈질긴 생명력에 대한 외경심의 표현이다. 소금의 용해 작용과 결정 작용이 두부를 만들어내는 상징성에 착안해서 어머니의 삶을 형상화한 이 작품은 구효서의 역작임에 틀림없지만 일본어판 키르케고르를 읽으면서 아버지의 구타를 맹목적으로 받아들인다거나, 전근대적 부덕을 강조하며 박성현의 존재를 모호하게 설정한 점에서 사실주의적 설득력에 약점을 드러내고 있다.

윤대녕의 「탱자」는 제주도에 사는 '나'에게 고모로부터 30년 만에 연락이 오는 이야기로 시작된다. 제주도에서 한 달여 머물 수 있는 방을 찾아보라는 고모의 부탁이다. 중학생 때 16세의 나이로 절름발이 담임 선생과 야반도주했다가 몇 달 만에 남자의 고향인 한산에서 남자의 어머니에게 쫓겨나 집으로 돌아온 고모는 시집갈 때까지 하녀처럼 온갖 천대를 받으며 살다가 28세에 출가한다. 그 후 30년 전 조부상을 당했을 때 잠깐 얼굴을 비쳤다가 연락을 끊고 살아온 고모는 제주에 와서 조카인 '나'에게 자신이 살아온 삶을 이야기한다. 고모부는 충청도 진죽에서 역부로 근무하다가 나병에 걸려 자살한다. 고모는 생계를 유지하기 위해 서울로 올라와 시장에 좌판을 놓고 생선 장사를 시작하여 아들 하나를 키워 대학까지 보내 일류 회사 회사원을 만든다. 그동안 아들이 중학교에 다닐 무렵 분식집을 차리고 청과상을 하는 이웃 가게의 홀아비와 정분을 맺었다가 곗돈까지 떼이고 시장에서 도주한다. 영등포에서 포목점을 하며 경제적인 안정을 얻은 고모는 아들을 결혼까지 시켰으나 그 아들 내외가 미국에서 영주권을 얻고 살게 되자 혼자 사는 삶의 어려움을 느낀다. 인생의 황혼기에 누구나 느끼는 외로움과 허무감을 달래기 위해 고모는 옛날에 살았던 곳과 가보고 싶었던 곳을 찾아 길을 떠난다. 고모는 자신의 고향과 진죽, 한산을 다녀온 다음 설악산, 경주를 거쳐 제주에까지 이른다. '여행은 끝났는데 길은 시작되었다'는 소설의 명제를 작가는 철저하게 구현하고 있다. 고모는 자신의 과거를 누군가에게 털어놓음으로써 자기가 평생 혼자 견뎌온 삶의 질곡에서 자유로워지고자 한다. 폐암 진단을 받고 아무에게도 이야기하지 않은 채 자신의 삶을 정리하는 고모의 모습에는 처연한 황혼의 풍경이 살아 있다. 그것은 삶의 마지막 순간에 과거를 되돌아보는 회고담 소설의 한 전형을 보여준다. 존재론적 자아 탐구로 관념적인 소설을 써온 윤대녕으로서 이러한 서사적 이야기의 사실주의적 소설을 시도한 것은 주목할 만한 변화이다. 그리고 그 변화는 윤대녕의 목소리가 하나가 아니라는 것을 입증하기에 충분할 만큼 성공적이다.

이 세 편의 소설은 한국 소설을 지탱해온 전형적인 회고담소설의 전통을 군건하게 계승하고 있다. 그것은 전 세대의 삶을 환기시키고 반성하는 이야기로서 충분한 역할을 하고 있지만 오늘날 젊은 세대의 삶과 구체적인 연결점을 보여주는 이야기의 현재성에서 아쉬움을 남기고 있다.

3

은희경의 「유리 가가린의 푸른 별」은 출판사를 경영하는 중년의 주인공의 하루를 기록하고 있지만 그의 머리 속은 15년의 시간을 왕래한다. 아이들 교육을 위해 아내가 두 아들과 함께 미국에 살기 때문에 혼자서 생활하는 '나'는 건강을 위해 규칙적인 생활을 하며 술자리도 피해가며 생활을 하는데 중년의 나이에 들어 일에 대해서는 갈수록 의욕이 떨어진다. 젊은 날에는 누구보다 바쁘고 열심히 살아왔다고 자부하지만, 자신이 경영하는 출판사의 J국장이 가족을 비롯하여 직장까지 모든 것을 벗어나 외국으로 떠나버린 날, 인터넷에서 약속을 환기시키는 '은숙'의 메일과 책상 위에서 원고를 발견한다. 젊은 날의 사랑을 환기시키는 '은숙'의 메일은 과거에 함께 고민하고 싸우던 잊힌 친구들을 환기시킨다. J가 남겨놓고 간 그 원고의 제목은 '1991년의 코스모나츠'로서 옛 소련의 우주 비행사 유리 가가린에 관한 이야기이다. 15년 전 그 시대를 까맣게 잊고 살아온 '나'는 그 소설을 읽으며 젊은 날의 낭만과 절망과 좌절을 되돌아보게 되고 그 시절의 상상력과 열정과 의욕으로 몸부림치던 자신의 모습과, 세상일에 놀라지 않고 모든 것이 정해진 틀대로 이루어지기를 기다리고 모험심이나 열정을 필요로 하지 않는 현재의 '나'를 비교하게 된다. 여기에는 J가 떠난 것도 하나의 요인으로 작용한다. '나'가 회사의 규모를 키웠다면 J는 회사를 질적으로 성장시킨 사람이다. 출판사 말단 사원으로 출발해 연간 매출액 3백억의 출판사 사장이 된 '나'는 소설을 읽으며 "소비에트연방이 붕괴된 이후에 우주에서 돌아올 코스모나츠의 패닉 상태"를 상상한다. 유리 가가린은 '인류 최초로 우주를 비행한 사람'이며 동시에 '우주로부터 귀환한 최초의 인간'이다. 그의 성공은 수많은 동료들이 알게 모르게 우주 비행에서 실종되거나 효사하거나 미아가 된 것을 희생으로 이루어진 것이지만 그러한 희생이 조국인 소련을 위한 것이었음에도 불구하고 소련은 1991년 붕괴된다. "코스모나츠들은 영웅이었다. 그러나 이제 그들의 영예로운 조국 소비에트연방은 사라지고 없는 것이다. 1991년 이후에 귀환하는 코스모나츠에게는 혼란에 휩싸인 러시아야말로 우주보다 더한 미지의 두려운 세상이 될 것이다." 그러나 그 우주에서 유리 가가린은 "지구는 푸른빛이다"라고 시를 썼다. 그는 지구로의 귀환 후의 자신을 생각하는 것이 아니라 최초의 우주 유영에 성공하고 귀환하는 자신의 행위 속에 자신의 몸 전체를 걸었던 것이다. "유리 가가린의 아름답고 불안한 청춘도 거기 함께 있"었던 것처럼 'J'와 단절된 '나'는 나의 아름답고 불안한 청춘을 회고하며 시로 노래한다. 그 순간 '나'는 현재 "내 인생의 어디에도 속하지 않는 예외적인 미지의 시간"을 갖게 됨으로써 "봄밤이 신비로운 빛으로 거리를 감싼다"는 행복을 발견한다. 냉정하고 치밀한 문체와 정확한 직관은 은희경 소설의 진수를 보게 한다. 이 작품은 1990년대의 회고담에 속하지만 그것이 과거의 이야기가 아니라 현재의 삶과 직접적으로 연결되어 현재화되고 완벽한 구성을 갖춘 점에서 이 작가가 얼마나 뛰어난 작가인지 알게 한다.

임철우의 「나비길」은 황천읍이라는 산간 마을의 중학교에 부임한 생물 선생 '기병대'와 '황천이발소' 주인 양씨의 이야기다. 총각으로서 황천에 흰옷을 입고 처음 부임할 때부터 '기병대'는 겨울이었음에도 불구하고 나비를 몰고 다니는 특이한 존재다. 그는 어렸을 때 어머니마저 자동차 사고로 세상을 뜬 뒤부터 말을 하지 않는 자폐의 증세를 보인다. 그런데 어느 날부터 나비가 몰려오자 나비와 대화를 하며 친해진다. 마치 어머니의 영혼이 나비가 되어 그의 주위를 맴도는 것처럼 그는 나비와 함께 있을 때 행복해졌고 나비의 생태에 대해 특별히 공부를 계속하여 '나비길'도 알기에 이른다. 그는 수업 시간에 나비의 변태 과정을 설명하고 학생들에게서 '변태 선생'이라는 별명을 얻는다. 그는 학생들에게 시를 읽어주고 학생들과 농구나 축구도 하며 가깝게 지내지만 좁은 동네에서 온갖 소문의 주인공이 된다. 특별활동 시간에 야외에 나갔다가 학생의 몸을 씻어준 것으로 '변태 선생'이라는 별명이 사실처럼 전해지고 여러 가지 사건으로 동성애자로 몰린다. 그는 황천이발소 주인인 양씨와 이야기를 나누며 인간의 말을 이해하기 어려워한다는 점에서 친밀감을 느끼고 유일하게 가깝게 지내지만 그것도 추문으로 발전하는 불행을 맞는다. 그리고 운동회 날 운동장에서 달리기를 하던 그는 나수칠이라는 '방범대장'에게 폭행을 당한다. 자기에게 남아 있는 유일한 생명인 아이들 앞에서 폭행을 당한 다음 그는 절벽에서 자살하고 만다. 이 작품은 『봄날』「붉은 방」으로 대표되던 임철우의 소설 세계가 사실주의적 요소를 뛰어넘는 새로운 양상을 보여주고 있다는 점에서 주목받을 수 있다. 이발관을 중심으로 한 광장의 풍경 묘사의 탁월성도 주목받아야 하지만 총각 선생, 이발사 양씨, 방범대장 나씨 등 인물의 성격이 어느 소설보다 잘 형상화된 점, 이상 성격, 이상 심리 등이 이야기의 전개 과정에 긴장을 늦추지 않은 점에서 이 작품은 「아버지의 땅」을 능가한다는 평가를 받을 수 있다.

김연수의 「다시 한 달을 가서 설산을 넘으면」은 최근 그의 소설적 실험의 절정을 보여주는 작품이다. 이 소설은 두 겹의 이야기가 겹쳐진 복합적 구성으로 되어 있다. 그 한 겹은 혜초의 『왕오천축국전』에 주석을 붙이는 '나'의 이야기이고, 다른 한 겹의 이야기는 1988년 서울 올림픽의 성공적인 개최를 기원하고자 구성된 '낭가파르바트' 원정대에 참가한 '그'의 이야기다. '그'는 『왕오천축국전』의 주석본을 읽고 "풍속이 지독히 고약하여 혼인을 막 뒤섞어서 하는바, 어머니와 자매를 아내로 삼기까지 한다"는 나라에 가보고 싶다는 생각을 한다. 그러나 또 하나의 참가 동기는 많은 젊은이들이 군사정권에 대항하여 민주화를 외칠 때 자신은 소설을 읽고 있었다는 자괴감에 있다. "규범에서 벗어나고자 하는 젊은 욕망들"이 "캠퍼스를 진동시키는 구호와 함성으로 터져" 나올 때 책을 읽고 있는 자신의 무기력을 이기지 못해 "회색인이나 방관자로" 살아갈 수 없어서 자살을 선택한 여자 친구의 이야기를 소설로 써서 출판사에 보낸다. 『왕오천축국전』의 주석을 단 '나'는 출판사의 기획위원으로서 '그'가 쓴 소설을 읽고 그를 사랑하게 된다. 그는 낭가파르바트 원정대의 일원으로서 온갖 고초를 겪으며 산행을 감행하고 이를 기록한 산행 일지를 '나'에게 보낸다. 따라서 이 작품은 '그'가 읽고 외우는 『왕오천축국전』과 그의 산행 일기로 구성되어 있는데 주석본의 해석과 등반 과정이 정교하게 대비를 이룬다. 불가해한 설산에 대한 인간의 도전 의지와 용기가 절제되고 응축된 문체를 통해서 인문학적 상상력과 결합한 이 작품은 김연수 소설의 백미를 보여준다.

　김훈의 「언니의 폐경」은 노년에 접어든 오십대에 혼자 살게 된 두 자매의 이야기로서 인생의 황혼기를 여성적 감각으로 섬세하고 정교하게 서술한 뛰어난 작품이다. 언니는 2년 전 추석 휴가를 마치고 회사로 돌아가다가 비행기 추락 사고로 남편을 잃은 뒤 혼자 살고 있다. '나'는 시어머니가 세상을 뜨고 딸 연주가 미국 유학을 떠난 뒤 남편에게서 이혼하자는 제안을 받고 혼자 산다. 남편에게 젊은 여자가 있다는 것을 남편의 옷에 묻어온 머리카락을 보고 알았다. '나'는 연주의 부탁을 받고 남편의 서류를 준비하는 과정에서 남편과 입사 동기인 인사부장의 도움을 받는다. 남편은 전무에서 대표이사 사장이 되자 제일 먼저 인사부장을 정리 해고한다. '나'는 그 인사부장과 사랑을 하게 된다. 이 두 자매에게는 삶의 모든 사건들이 담담하게 지나간다. 남편을 잃은 언니는 결혼 부조금과 회사 보상금을 자식들과 시댁 식구들에게 뺏기고도 남은 돈으로 동생의 살림을 장만해주고 '나'는 남편에게서 헤어지자는 제안을 받았을 때 함께 살아야 할 이유가 없는 것처럼 갈라지지 못할 이유도 없다며 선선히 이혼에 응한다. 그렇다고 해서 그들의 신경이 무뎌서 느낌이 없는 것이 아니다. '나'는 남편의 옷에 묻어온 머리카락을 보고도 젊은 여자의 생김새를 알고 있고, 언니는 '나'가 남자의 흔적을 아무리 감추어도 '나'에게 남자가 있다는 것을 알고 남자 옷에 털이 묻는다고 앙고라 옷을 입지 말라고 한다. 그렇다고 해서 그들이 언제나 조용히 관조만 하는 인물들은 아니다. 언니는 손자가 가이바시라에 목이 막혔을 때 한 손으로 아기를 거꾸로 쳐들고 등을 세게 쳐서 토해내게 만드는 민첩한 행동을 한다. 그들은 오십대 여성으로서 인생의 황혼기를 예민하지만 조용하게 받아들이는 교양과 지혜를 갖추고 있다. 작가는 이 작품에서 사물과 인간의 심정을 교묘하게 결합시켜 사물을 바라보는 오십대 여성의 내면세계를 잔잔하고도 치밀하게 묘사하는 데 성공하고 있다. 밀물과 썰물이 교차하는 한강 하구의 묘사가 생성과 소멸의 보이지 않는 운동을 연상시키는 것처럼 모든 사물들이 그들의 내면 풍경과 연관되고 있는 점은 이 작품의 탁월한 문학성을 입증하고도 남는다. 아마도 오십대 여성의 몸의 변화와 내면을 이처럼 과장 없이 설득력 있게 서술한 작가는 남녀를 불문하고 처음이 아닐까 생각된다.

자신의 작품 가운데 가장 탁월한 작품으로 상을 받는 것은 작가의 행복이다. 그 행복이 한 작품에만 주어진다는 것은 다른 작품을 배제한다는 것이기 때문에 괴로운 일이다. 심사는 그 괴로움을 떠안는 일이지만, 더 좋은 작품을 쓰도록 작가를 격려하는 일이기 때문에 즐겁게 받아들일 수밖에 없다.

III

젊음과 늙음의 아름다운 의식

— 박완서의 『저문 날의 삽화』

1

우리가 매일매일 살아가는 삶은 대부분의 경우 반복적인 것처럼 보인다. 아침에 일어나서 신문을 보고 아침 식사를 하면 일터로 나가 일을 하고 저녁이면 집에 와서 가족들과 저녁 식사를 하고 텔레비전을 보고 자리에 눕는다. 그사이 일이 생기면 친구들과 만나 의논하고 주변에서 일어나는 자질구레한 일들을 해결하다 보면 일주일이 흘러간다. 이렇게 일상적 삶을 요약하면 사람 사는 것이 거의 비슷하다는 것을 알 수 있다. 그래서 반세기도 훨씬 전에 어떤 작가는 "기상, 전차, 사무실이나 공장에서의 네 시간의 일, 점심, 전차, 네 시간의 일, 저녁 식사, 취침, 그리고 월화수목금토 똑같은 리듬으로"라는 말로 우리의 일상생활을 절망적으로 표현한 바 있다. 그것은 산업화되어가는 사회에서 개인의 삶이 얼마나 기계화되고 개성을 잃어버리고 자동화되어가고 있는지 낮지만 뚜렷한 목소리로 상기시킨다.

그러나 개개인이 살고 있는 삶을 보다 면밀하게 관찰해보면 마치 사람의 얼굴 모습 하나하나가 전혀 다른 것처럼, 그리고 그들의 지문 하나하나가 다른 것처럼 각자가 살고 있는 삶의 모습도 이처럼 단순하게 요약되는 것이 아니라는 것을 알 수 있다. 소설 작품은 개인이 살고 있는 삶의 모습 하나하나가 어떻게 다르고 얼마나 다른지 보여준다. 소설은 동일한 시대나 사건을 체험한 집단적 사회에서 사람들이 서로 다른 삶을 살 수 있다는 것을 입증한다. 개인은 자신의 출신 성분이나 성장 과정이나 타고난 성격에 의해 하나의 자아를 형성하고 자신의 삶을 만들어간다. 그렇기 때문에 개인의 경험은 절대적인 것이 아니라 상대적인 것이다. 일상생활에서 '……한 것을 내 눈으로 보았다'고 하는 주장은 자신이 잘못 볼 수도 있다는 개연성을 인정하지 않는 독단적이고 독재적인 관점이다. 그렇기 때문에 현실 속에서 그러한 주장을 하는 사람은 얼핏 보면 신념이 강한 사람 같지만 사실은 가장 경계해야 할 독선적인 사람이다.

그러나 소설에서 제시되는 개인의 삶은 그것이 수많은 삶 가운데 하나라는 것을 전제로 제시되는 것이기 때문에 그것만이 진실이라고 주장하는 것이 아니며 또 다른 삶도 있을 수 있음을 인정하는 것이다. 앙드레 지드 같은 작가가 자신의 소설이 "더 계속될 수도 있을 것이다"라고 쓴 것은 소설 속 삶의 성격을 규정하는 적절한 말이다. 소설은 '인생의 한 단면'이며 '사회의 한 단면'이다. 내가 본 바로는 이렇지만 다른 사람이 본 바로는 저럴 수도 있다는 것을 인정하는 것이 '한 단면'이다. 그 단면을 통해 내가 보지 못하고 경험하지 못한 삶을 보고 경험할 수 있게 되는 것이 소설이다. 박완서의 소설집 제목에 '삽화'라는 단어가 들어가 있는 것도 '단면'의 요소가 있다는 것을 의미한다. 박완서의 삽화는 수많은 인생의 단면들로 구성되어 있다. 그것은 일상적 삶의 단순한 스케치처럼 보이지만 그것을 읽어가는 동안 그것이 주는 감동은 어느 순간 작가의 소설적 장치가 일상의 늪에 감추어진 깊은 진실에 도달하게 하는 데서 연유하고 있다.

2

이 작품집에 수록된 거의 모든 소설은 대부분 가족 관계를 그 중심 모티프로 삼고 있다. 거의 모든 작품이 한 가정 안에서 일어나는 일상적인 사건과 그것을 중심으로 한 가족 관계를 다루고 있다. 첫번째 작품인 「로열 박스」는 젊은 며느리와 시아버지의 관계를, 「소묘」는 며느리와 시어머니의 관계를, 「초대」에는 사업하는 남편과 신혼의 상태를 벗어나지 못한 그 부인의 관계를, 「저문 날의 삽화 1」은 육십대에 접어든 어머니와 입양해서 기른 아들의 관계를, 「저문 날의 삽화 2」는 정신병원에 입원한 아들을 둔 어머니와 옛날의 제자로서 운동권 남편을 둔 가연의 관계를, 「저문 날의 삽화 3」은 육십대에 접어든 여자와 어렸을 때부터 가정부였던 '만수네'의 관계를, 「저문 날의 삽화 4」는 퇴직한 은행원과 그 조카들의 관계를, 「저문 날의 삽화 5」는 은퇴한 공직자와 그 아들의 관계를, 「가(家)」는 어머니와 외할머니의 관계를, 「우황청심환」은 은퇴한 은행원과 그 육촌 형제들의 관계를, 「엄마의 말뚝 3」은 소설가인 딸과 그 어머니의 관계를, 「여덟 개의 모자로 남은 당신」은 암으로 죽은 남편과 그 부인의 관계를 그리고 있는 점에서 모두 가족 관계를 토대로 하고 있음을 알 수 있다. 여기에서 제외된 두 편의 작품은 시골 출신의 가난한 젊은 여자가 생활비와 아파트를 제공하는 '아빠'와 기이한 동거 생활을 하는 「무중(霧中)」, 6·25 때 처형당한 소설가이며 스승인 '송사목' 선생의 진실을 밝히고자 하지만 성공하지 못하는 소설가와 그 가족 이야기인 「복원되지 못한 것을 위하여」이다. 그것은 작가의 관심이 적어도 이 작품집에서는 가족 관계 혹은 가정의 문제에 집중되고 있다는 것을 충분히 말해준다. 한 사람이 가정을 이루기까지는 여러 가지 우여곡절을 겪기 마련이고 그 결과 하나의 가정을 이룩했다고 해서 그의 삶이 완성된 것이 아니라 새로운 문제의 시작일 수밖에 없다. 그러니까 그의 소설은 작중인물들의 현재의 삶에서 시작하지만, 어느 순간에 그의 과거로 되돌아갔다가, 그것이 현재의 삶과 어떤 관계에 있는지 밝혀주는 것으로 끝난다. 그러한 점에서 그의 소설은 일상적 삶의 범주를 벗어나지 못하고 있는 것처럼 느껴지고 일상성의 끝없는 반복이라는 인상을 주지만, 그것은 일상성이 가지고 있는 소모적인 요소가 우리 삶의 내면을 끊임없이 갉아먹음으로써 우리 자신을 죽음의 위협 속에 빠뜨리고 있음을 보여준다.

그의 소설에는 젊은이가 화자로 되어 있는 작품이 몇 편 있지만, 대부분의 경우 나이 든 노인이 화자로 등장하거나 그 노인의 시점으로 서술되는 작품들이다. 그 노인들은 60 전후의 사람으로서 이 작품들이 처음 씌어졌을 때 작가의 나이와 비슷한 연령의 사람이다. 표제 작품 가운데 제일 먼저 발표된 작품은 공무원 생활을 하다가 은퇴한 남편을 둔 여성의 이야기이다. 이 작품의 시작은 그녀가 성당에서 고해성사를 하는데 구체적인 사례를 들지 못하고 '의심'과 '미움'과 '속임'이라는 추상적이고 일반론적인 표현만을 사용함으로써 자신이 무엇을 고해해야 하는지 모르고 있음을 고백하는 이야기다. 중산층의 가정주부로서 평생을 결벽증과 완벽주의로 일관해온 사람답게 모든 일을 깔끔하게 처리하고 자신의 분수를 착실하게 지켜온 그녀가 자신의 고해 내용을 모르고 있다는 것은 그녀답지 않은 일이다. 그녀는 자신이 누구를 의심하고 있는지 말하고 싶지 않으며, 누구를 미워하고 있는지 고백하지 않고, 누구를 왜 속이는지 말하지 못한다. 딸만 셋을 둔 그녀는 젊은 시절에 남편의 친구가 죽어서 고아가 된 아이들 가운데 막내인 영택을 양자로 삼아 길러오다가 그 아이가 성장하여 남편과 진짜 부자 사이처럼 잘 지내는 것을 보고 남편과 영택 사이를 의심하기에 이른다. 어쩌면 남편이 영택의 진짜 아버지일지도 모르고, 영택이 남편의 친자식일지도 모른다는 의심은 그녀로 하여금 두 사람을 미워하게 만들고 그 둘 사이를 이간질시키고자 한다. 그녀는 남편에게 "영택이는 당신 아들이죠"라고 윽박지르면서 영택에게는 어머니로서 다정하게 대하는 속임수를 쓴다. 교활하고 용의주도한 그녀의 행동은 영택이 친구들과 함께 지하실 방에서 불온서적을 읽고 불온 문서를 만든 사실을 알림으로써 남편으로 하여금 배은망덕한 놈이라는 소리와 함께 당장 나가라는 호통을 치게 하고 두 사람 사이가 파국으로 치닫게 만든다. 그 때문에 그녀는 손자들에게 TV에서 대학생들이 농성하는 장면과 연행되는 장면을 보지 못하게 한다.

그런데 바로 그 행동이 영천에 살던 어린 시절의 묻혀 있던 기억을 되살리게 한다. 어린 시절 용수를 씌워 서대문 형무소로 끌려가는 죄수들을 그녀의 부모가 보지 못하게 했지만, 그들 가운데 독립운동가도 있었다는 것을 나중에야 알게 된 것이다. 그녀는 일제강점기에 지배자들이 독립운동을 악으로 규정한 것을 그대로 받아들인 것처럼, 군사정권 아래서 불순한 것으로 규정한 것을 그대로 받아들인 자신의 과오를 깨닫는다. 그 순간 그녀는 자신이 신부님에게 고해하지 못한 것이 무엇인지 알게 된다. 그것은 영택에 관한 것이다. 그녀는 공무원 생활을 하는 자기 남편의 신분에 불이익을 가져올 수 있는 것은 어떤 것도 용납할 수 없고, 평온한 자신의 일상생활을 깨뜨릴 가능성이 있는 것은 비록 자신이 아들로 키워온 영택조차 버릴 수 있게 만든다. 그녀는 고아가 된 영택을 자신의 아들처럼 키웠지만, 자신의 진정한 가족으로 받아들이기를 거부하고 있다. 이러한 가족이기주의에서는 정의와 불의, 선과 악의 객관적 판단이 필요한 것이 아니라 자아와 타자라고 하는 배타적 선택과 혈연적 관계가 적극적으로 작용한다. 그녀는 그 사실을 고해하지 못한 것 때문에 신부님에게 질책을 받고 스스로를 수긍하지 못하고 괴로워하고 있다. 그것은 그녀의 일상적 삶이 진실을 가장한 위선의 구조로 이루어져 있다는 것과 그런 점에서 그녀 자신이 내면적 죽음의 그림자를 안고 있다는 것을 의미한다.

반면에 「저문 날의 삽화 2」에서는 운동권에 가담했다가 수사기관으로부터 모진 고통을 받아 정신 질환을 앓고 요양원에 입원한 아들을 찾아간 어머니가 나온다. 그녀는 30이 가까워진 아들이 하루빨리 완쾌하여 사회에 복귀할 수 있기를 바란다. "한때 아들은 내가 이해할 수 없는 이상에 목숨을 걸고 싶어 했고 그때 그의 젊음은 얼마나 아름답게 빛났던가" 감탄을 하고 "이상 대신 공포가 차지한 아들의 초라한 모습이 내 마음을 무두질했다"고 고백하고 있다. 물론 이 작품에 등장하는 화자가 앞의 작품에 등장하는 화자와 동일한 인물이라고 할 만한 증거는 없다. 그러나 이 작품의 '어머니'는 운동권에 가담한 아들의 젊음을 아름답게 보는 감탄사를 내뱉으면서 어떻게 해서든지 아들의 정신이 정상으로 돌아와 사회에 복귀하기를 바란다. 그것은 앞의 작품에서 운동권에 가담한 영택을 집에서 나가게 한 것과 비교하면 전혀 다른 태도이다.

이러한 차이를 혈연관계의 유무로 설명한다면, 그것은 혈연을 토대로 한 가족이기주의로 설명할 수도 있지만, '인생의 한 단면'이라는 관점에서 본다면 두 작품의 화자는 서로 다른 사람으로 각자의 삶의 태도를 지니고 있음을 의미한다고 할 수 있다. 실제로 두번째 작품에서 화자는 자신이 국어 교사로 있었던 과거의 제자 '가연'이 운동권 남편으로 인해 겪고 있는 고통을 알게 되자 그녀를 그것에서 벗어나게 해주고자 노력한다. 화자는 가연의 남편이 운동권에 가담하고 있는 이유를 충분히 납득하면서 자신의 아들도 가슴에 화염병을 품고 살고 있다고 이해하는 입장에 서 있다. 그래서 그녀는 "황폐를 처바르고 사는" 가연을 이해하고 동류의식을 느끼며 일상적 연대감마저 갖는다. 그 때문에 그녀는 옛 제자와 음식을 나누고 그녀가 자립할 수 있도록 교사 자리를 구해주고자 한다.

그렇다고 해서 그녀가 가연 남편의 여성관에 대해서도 동의하고 있는 것은 아니다. "판검사나 의사가 당연하게 받는 처가 덕을 왜 운동권 인사는 감지덕지 비굴하게 받느냐"고 항변하는 그의 남성우월주의는 비판의 대상이 되어 마땅하다. 더구나 담뱃불로 가연의 허벅지를 지지는 행위는 그의 운동 자체를 진정한 것으로 받아들일 수 없음을 이야기하고 있다. 권위주의 시대에 대항해 민주화 운동을 벌이는 사람이 가정 안에서는 남성우월주의에 의해 여성에 대한 억압과 폭력을 일삼는 것은 싸우면서 닮는다는 또 다른 권위주의의 지배를 의미한다. 마치 판검사나 의사가 처가의 덕을 받는 것이 자연스러운 것처럼 생각하는 버릇 때문에 운동권 인사도 자연스럽게 처가의 덕을 받는 것을 당연하게 생각하고자 한다. 그런데 문제는 억압의 대상이었던 여자가 억압의 주체에게 쏟아지는 비난을 견디지 못하고 억압을 당연한 것으로 생각하게 된다는 사실에 있다. 화자가 가연의 남편을 비난하자 가연은 오히려 자신의 남편을 비호한다. 그것은 투쟁의 대상이 너무나 크고 강해서 그것과 싸우다 지친 남편이 자학적인 행동으로 아내에게 폭력을 행사하는 심리적 측면을 이해하는 입장을 드러내고 있다고 할 수도 있지만, 부부 관계가 사제 관계를 비롯한 다른 어떤 관계보다 강하다는 일상적 삶의 단면을 보여주고 있다.

3

「저문 날의 삽화 3」은 30여 년을 은행원으로 살아온 남편이 은퇴한 이후 안락한 생활을 하고자 하는 주인공의 일상적 삶에 어린 시절부터 함께 살았던 '분녀'가 끼어든 이야기이다. 이 작품에서 화자인 '나'는 도자기를 하는 딸 하나를 제외하고는 자식들도 분가시켜 편안한 생활을 한다. 화자는 어린 시절 자기 집 안잠자기의 딸 분녀를 주종 관계로 생각하며 그의 가족으로 받아들이지 않는다. 분녀는 주인집에서 독립하여 살고자 하지만 성공하지 못하고 극빈자의 삶을 살아간다. 그녀는 6·25 때 남편도 비명에 잃고 어렵게 살았지만 아들 만수마저 감옥살이를 하고 있어서 혼자서 손자를 돌보며 생계 유지에 급급해하며 노점상을 한다. 화자는 우연히 만난 그녀를 친절하게 대하고 화자를 친정붙이처럼 생각하는 그녀를 동정하여 돈을 보내며 서울에 한번 오라는 인사 편지를 한다. 하지만 그녀가 정작 손자들을 이끌고 서울 집에 와서 번잡을 떨자 화자는 이를 귀찮게 여기고 빨리 떠나게 하고 싶어 한다. "그만큼 해주었으면 오늘쯤 떠나는 게 예절이었다"라고 느끼는 것은 화자가 성장기에 분녀의 도움을 받았음에도 불구하고 그녀를 가족의 일원으로 인정할 수 없는 한계 때문이다. 가족이란 제도적이고 관례적인 개념이기 때문에 그것이 운명처럼 혈연으로 묶이지 않는다면 성립되기 어려운 관계이다. 비록 혈연관계로 묶여 있다고 하더라도 함께 살아오지 않은 사람은 가족이라는 편안한 관계로 받아들이기 어렵기 마련이다. 은퇴하고 "남들이 말하는 소위 복 많은 부부"로서 평온한 말년을 보내고자 하는 주인공에게 삶의 간섭을 받는 일체의 사건이나 인물이 기피의 대상이 되는 것은 당연한 일이다. 그것은 단순한 소시민적 이기주의라고 말하기보다는 서로 다른 삶을 차별화할 수밖에 없는 노년기의 자기 정리의 방법이다. 지나온 삶에 대한 조용한 관찰을 통해 자신에게 닥쳐왔던 고난의 순간들을 어떻게 극복하며 살아왔는가, 또 내면에서부터 오고 있는 죽음의 끝없는 위협을 의식화시키고 그것과 정면으로 대결할 수 있는 길이 무엇이었는지 반성한다는 것이 바로 자신의 삶을 정리하는 방법이기 때문이다.

공직이나 직장에서 은퇴한 주인공들 부부의 삶을 다루고 있는 이 작품들은 "남들이 말하는 소위 복 많은 부부"의 이야기라는 점에서 큰 감동이 없을 것처럼 생각할 수 있다. '복 많은 부부'라는 것은 그들이 큰 어려움 없이 평탄한 삶을 살아왔으며 한을 남길 만큼 이루지 못한 것도 없이 모든 것을 갖추었다는 것을 의미한다. 현실 속에서 과거에 엄청난 사건을 겪었고 현재에도 끝없는 문제에 부딪쳐야 하는 드라마틱한 삶을 살고 있는 우리로서는 그처럼 평탄한 삶이 가지고 있는 진실을 이해하기가 쉽지 않다. 그러나 큰 뜻을 가지고 역사의 현장에 뛰어들거나 현실을 개혁하고자 하는 운동에 직접 가담하는 사람이 아니라면, 단순한 월급쟁이들은 대부분 주어진 현실을 받아들이고 자신에게 부과된 일에만 충실하고자 한다. 그들은 변화의 물결에 자신이 희생자가 될 수도 있고 간접적인 체험자가 될 수는 있지만, 그것과 적극적으로 부딪치고 대항하고자 하지 않는다. 그들은 그것에 대해서 깊은 절망에 빠지거나 그것을 표현하는 것이 아니라 그것을 삶의 보편적 현상 가운데 하나로 수용한다. 그렇기 때문에 그들은 그것을 피할 수 있으면 좋지만, 그렇지 못하더라도 그다음에 주어지는 상황에 충실함으로써 생존의 방법을 찾아간다.

4

그러나 그렇다고 해서 그들이 상처를 입지 않는 것은 아니다. 「저문 날의 삽화」 연작에는 공통적으로 드러나는 역사적 사건들이 있다. 그것은 독재적인 군사정권 아래서 거기에 저항하는 젊은이의 희생이 상처로서 나타나고 있다. 「저문 날의 삽화 1」에서는 양자로 키운 '영택이'가 대학생이 된 뒤에 운동권에 가담함으로써 화자의 남편에게서 "못된 놈 같으니라구, 이게 고작 너를 길러주고 공부시켜준 은인한테 할 짓이냐, 천하에 배은망덕한 놈, 썩 나가지 못할까, 꼴도 보기 싫다"라는 질책을 받는다. 공무원 신분인 남편이 운동권 아들을 둔 것으로 인해 피해를 입을까 두려운 것일까, 아니면 군사정권의 독재에 항거하는 것을 정말로 나쁘게 생각한 것일까 알 수 없지만, 그것이 작중인물에게 상처를 입힌 것은 사실이다. 「저문 날의 삽화 2」에서 화자의 아들은 운동권에 가담했다가 수사기관의 고문으로 정신 질환을 앓고 있고 그로 인해 요양원에 입원해 있다. 화자는 자신의 아들을 그렇게 만든 수사관을 원망하고 저주하는 것이 아니라, 아들이 완쾌하여 요양원을 벗어나기만 바라고 있다. '사회에 복귀'한다는 표현은 사회에서 쫓겨난 것을 전제로 한다. 화자는 그가 쫓겨나기 전에 행한 일이 정당한 일인지 아닌지 묻지 않고 그가 완치되어 사회에 복귀하는 것만을 관심으로 갖고 있다. 그것은 화자가 사회에 대한 의식을 거의 갖고 있지 않은 보편적인 '어머니'의 태도에 다름 아니다. 화자가 옛 제자 가연의 남편에게 보인 태도도 비슷하다. 가연의 살림을 도와주던 친정이 경제적 어려움으로 인해 더 이상 도와줄 수 없게 되자 화자는 가연에게 교사 자리를 마련해줌으로써 생계를 해결하게 한다. 화자가 가연에게 동류의식을 느끼는 것은 가연의 남편이나 마찬가지로 자신의 '아들도' 운동권에 가담했었다는 것을 밝히고 난 다음 음식도 나누어 먹고 가연의 취직자리도 마련해주는 것으로 입증된다.

「저문 날의 삽화 5」에서 공무원으로 은퇴한 주인공은 아내와 함께 서울을 벗어난 교외에서 조용한 생활을 보내는 것을 행복으로 생각한다. 아무런 탈 없이 건강한 몸으로 정년을 맞이하고, 자식들을 분가시키고, 조금 외롭지만 두 내외만 안빈낙도의 즐거움을 맛보며 살고 있다. 숲과 나무를 보며 자연 속에 살게 된 것을 다행으로 생각한 그들은 각자가 자신의 방을 갖는 행복도 누린다. 그렇기 때문에 그들은 자기네들이 사는 곳이 그린벨트에서 풀렸다는 이야기를 듣고 반가워하지 않고 오히려 그린벨트에 묶여 있는 곳으로 더 멀리 이사 갈 생각을 한다. 자식들이 자주 오지 못해도 마음에 거리끼지 않을 것이고 녹지에서 자연과 함께 살 수 있기 때문이다. 그런데 주인공은 어느 날 아내가 자기 방에서 하는 유일한 기도가 '태어난 순서대로 죽는 것'임을 알게 된다. 그의 아내에게는 평생 낫지 않는 상처가 있었던 것이다. 그것은 그녀가 친정에서 경험한 죽음의 아픔이었다. 그녀의 아버지는 일제강점기에 군속으로 근무하다가 폭격으로 죽었고, 그녀의 오빠는

6·25 때 국군으로 전사하였다. 그녀가 적어도 자기 가족들이 '태어난 순서대로 죽기'를 기도하고 있는 것은 가정을 행복하게 지키고자 하는 그녀의 마지막 염원이다. 그러나 운명은 그녀의 마지막 기도를 들어주지 않는다. 어느 날 사돈에게서 걸려온 전화는 아들 가족이 교통사고를 당했고 아들 내외 중 하나는 죽었다는 소식을 전한다. 그것은 아픔이나 상처가 없는 인생이란 없다고 하는 작가의 비극적 세계관을 보여주면서도 그것을 극복하는 길이 그것과 함께 사는 것이라는 달관의 경지를 보여주고 있다.

이 작품에서 아들 내외가 자동차를 사서 운전을 하고 다니는 사실을 부모인 자신들에게 이야기하지 않은 것을 그들은 섭섭하게 생각할 수 있다. 실제로 「저문 날의 삽화 4」에서 은퇴한 주인공은 아내와 함께 성묘를 가면서 택시를 타고 가서, 마이카족인 조카들이 아저씨인 자신을 배려하지 않는 데 섭섭한 생각을 하게 된다. 특히 사촌 동생이 죽은 뒤에 오촌 조카 관수의 등록금을 두 학기나 마련해준 사실에 대해서 감사할 줄 모르고 성묘 가는 길에도 저희끼리만 자동차를 타고 온 관수에 대해서 주인공은 섭섭함을 토로한다. 그리하여 주인공은 자신도 운전면허를 따고 중고차를 사서 몰고 다닌다. 그는 운전을 하면서 다른 운전자들에게 끊임없이 욕설을 퍼부으면서도 자신의 교통 위반 범칙금을 아내가 몰래 납부하는 것도 모른다. 주인공은 중고차로 고속도로에 나갔다가 고장이 나서 아내와 함께 밀고 가면서 젊은 시절 김장 배추를 실은 리어카를 밀고 가던 생각을 하게 된다. 가난한 시절에는 배추를 사서 리어카에 싣고 밀고 가는 것이 힘든 일이었지만 뿌듯한 행복감이 느껴진 반면에 지금은 고장 난 자동차를 밀고 가는 것이 대단히 초라하게 느껴진다.

5

이 작품집에 수록된 작품들이 작중인물들의 일상생활을 그리고 있다는 것은 사람들이 사는 나날의 모습을 보여주는 것이다. 그것은 산다는 것의 양상과 의미에 대한 성찰을 가능하게 한다. 그러나 삶과 죽음은 별개의 것이 아니라 동전의 양면처럼 붙어 있는 것이어서 삶을 이야기하기 위해서는 죽음을 이야기하지 않을 수 없다. 이들 작품 속에는 사람들의 일상적인 자질구레한 사건들과 그것을 중심으로 한 사람들의 관계와 심리적 추이가 정밀하게 그려져 있지만, 그들의 삶에 끊임없이 관계를 하고 있는 것이 죽음의 이야기이다. 이 작품집의 첫번째 작품인 「로열 박스」에서 아버지의 사업에 후계자가 되기로 한 형 준기가 교통사고로 죽은 후 새로운 후계자 수업을 받고 있는 동생 준형은 원래 사학을 전공하고 공부를 하기로 되어 있었으나 어쩔 수 없이 아버지의 후계자 수업을 열심히 하다가 정신 질환을 앓는다. 「저문 날의 삽화 1」에서 영택이 고아가 된 것은 여덟 살 때 일이며 그는 그의 어머니와 아버지가 2년에 걸쳐 병사함으로써 외할머니의 손에 맡겨진다. 6남매의 막내인 영택만 아버지 친구 집에 입양되지만, 나머지 5남매는 외할머니의 손에 길러질 수밖에 없다. 아이들로 보면 다행스러운 일이지만, 노인으로 보면 그녀의 욕된 장수가 징그럽지 않을 수 없다. 영택의 외할머니의 장수는 영택 부모의 죽음과 상관관계에 따라 행복과 불행의 결과로 평가된다. 「저문 날의 삽화 3」에서 분녀는 자기 어머니와 함께 구멍가게를 내고 독립하여 살 수 있었으나 어머니의 죽음과 함께 식모살이의 운명으로 떨어진다. 그녀는 농부에게 시집을 가서 만수를 낳고 다시 독립해서 살 수 있게 되었으나 남편이 파편을 맞아

과부가 됨으로써 다시 식모살이를 하게 된다. 어머니의 죽음과 남편의 죽음으로 운명이 달라진 만수네는 다시 만수와 함께 충청도에 집과 땅 뙈기를 마련해준 주인집의 배려로 한 번 더 독립할 기회를 갖지만, 만수가 공장에서 잘못되어 감옥살이를 하게 되자 며느리가 출분하여 만수네 혼자 옥바라지와 손자들 양육을 맡아 어려운 삶을 살아간다. 「저문 날의 삽화 5」에서 은퇴 후 교외에서 숲과 나무를 보며 안빈낙도의 생활을 하는 주인공은 태어난 순서대로 죽게 해달라는 기도를 하는 아내의 과거에서 많은 죽음을 보게 된다. 일제강점기 때 폭격으로 죽은 아버지, 6·25 때 국군으로 전사한 오라비를 가진 아내가 자신의 자식들과 손자들만이라도 자기들보다 나중까지 살기를 기원하지만, 아들 내외 가족이 교통사고를 당하는 사건을 겪는다. 「가(家)」의 화자 성구의 외할머니는 5남매를 낳았으나 일제강점기 때 전염병으로 3남매를 잃고 남매만 기른다. 그녀는 6·25 때 장남을 잃자 남편을 독려하여 45세의 나이에 아들을 하나 더 낳는다. 교하댁이라 불리는 그녀는 남편이 병들자 유산으로 남겨진 땅을 지키는 무한한 노력을 보이고 남편이 죽자 방을 달아내서 방세로 수입을 올린다. 그녀의 생명력은 그녀 주변의 무수한 죽음을 딛고 살아나며 진가를 발휘한다. 「엄마의 말뚝 3」에는 80 고령의 어머니가 골절상을 당하여 대퇴골과 골반을 쇠막대로 연결하는 수술을 받고 7년 동안 고요하고 참담하게 살다 간 이야기이다. 6·25 때 북쪽에서 피란 온 어머니는 죽으면 아버지처럼 화장해 뼛가루를 바다에 뿌리라고 했지만, 살아남은 조카들에 의해 묘지에 묻힌다. 장수하면 누구나 다른 사람들을 먼저 보내게 되어 있지만, 어머니는 늙어서 자신의 몸을 제대로 간수하지 못하고 노망이 들어 젊은 시절의 동네 반푼수의 이름을 불러 자손들을 놀라게 만든다. 「여덟 개의 모자로 남은 당신」에서는 결혼 후 35년 만에 암에 걸려 죽어가는 남편을 돌보는 여자의 이야기다. 그녀에게 젊은 시절의 가장 아픈 기억으로는 오빠가 결혼 3년 만에 아내와 연년생의 두 아이를 두고 6·25 때 비명으로 죽은 사건이다. 이러한 참척의 아픔을 겪고도 살아남은 어머니와 올케에 대한 기억을 가진 주인공은 폐암에 걸린 남편의 시한부 삶을 지켜보는 아픔이나 슬픔을 여덟 개의 모자로 상징화시키고 있다. 죽어가는 생명의 끈을 조금이라도 붙들고 싶은 안타까운 마음을 '모자'라고 하는 구체적인 사물로 표현하고 있는 소설적 장치는 사랑하는 사람이 죽음으로써 비존재화되는 것이 아니라 그것을 통해 존재하게 하고 생활 속에 살아 있게 만든다.

박완서의 소설은 이처럼 우리의 일상생활 속에 존재하는 무수한 죽음의 이야기를 하고 있지만 그것이 삶의 끝이 아니라 삶의 일부임을, 삶에서 그토록 동떨어져 있는 것이 아니라 삶의 한 양상임을 보여주고 있다. 그것은 죽음이 삶에 개입하고 죽은 사람이 살아 있는 사람의 삶에 영향을 미치고 때로는 그것을 결정하는 역할을 하고 있음을 보여준다.

6

남들이 보기에 '복 많은' 노인처럼 보이는 이들 주인공들의 삶은 그러나 겉으로 드러난 것처럼 완전히 행복한 것도 아니고 언제나 의기투합하는 것도 아니다. 겉으로 보이는 것과는 달리 그들은 각자 존재의 외로움도 느끼고 삶의 허무감도 지니며 산다. 그 외로움이나 허무감은 너무나 일상적이어서 문제로 삼기에는 하찮게 보이지만 나날의 생활이란 그 작은 것들의 지배를 받는 것이지 큰 사건의 지배를 받는 것이 아니다. 대머리를 감추기 위해 기울이는 남편의 노력을 보는 것 자체를 고통스러워하던 아내는 그것을 몰라주는 남편을 타인으로 느끼고 40여 년의 부부 생활에 무슨 의미가 있는지 질문한다(「저문 날의 삽화 3」). 운동권에 가담했다가 정신 치료를 받는 아들의 요양원 생활 4년 동안 "피를 말리게 가혹한 시간을 견디고" 있는 부부는 "쾌락이라 이름 붙인 걸 탐한다는 게 아들의 고난 앞에서 차마 못할 부끄러움이라"고 생각하고 잠자리를 같이하지 않는다(「저문 날의 삽화 2」). 낙엽 떨어지는 소리에 잠을 설친 남편이 사랑방에서 안방으로 스며들어 "아내의 시들고 따뜻한 가슴에 얼굴을 묻고 오래도록 그 온기를 탐"하기도 하고 "관능보다 진한 슬픔 때문에 발기하지 않는 노처(老妻)의 젖꼭지에 이빨 자국을 내기도" 한다(「저문 날의 삽화 5」). 뒤늦게 차를 산 남편이 밤늦도록 귀가하지 않으면 주인공은 최악의 상황을 향한 상상력으로 삭막하고 깔깔하고 비명도 지를 수 없는 고약한 기다림을 되풀이한다. 그 기다림은 "앙탈을 부리며 서로의 사랑을 자극할 감미로운 기대가 섞인 신혼의 기다림도, 바가지를 긁을 열정으로 지글지글하던 중년의 기다림도" 아니고 "기도처럼 화평한 노년의 기다림"도 아니다. 그러면서도 남편의 운전에 부담을 주기 싫어서 한마디 말도 못하는 그녀의 고통은 남편의 운전 이상으로 "못 볼 꼴을 볼까" 두려워한다(「저문 날의 삽화 4」). 팔순을 바라보는 친정어머니가 세상의 변화를 어린애처럼 즐거워하며 백 살을 살아도 죽을 때 억울할 것 같다고 한탄하는 것을 들은 주인공은 자신의 일상이 그렇지 않은 데 절망한다(「저문 날의 삽화 1」).

이러한 작중인물들의 삶을 보면, 그들이 비극적인 체험들을 하면서 끊임없이 희구하는 것은 '보통 때'의 삶이다. 폐암과의 투병 생활을 하는 주인공이 "하고 싶어 한 게 별게 아니라 보통 때처럼 구는 거였"고 "보통 때처럼 저녁 반찬이 뭐냐부터 묻고" 소주를 반주로 저녁 식사를 하는 것이다. 화자는 이러한 남편을 "보통 때처럼 바라볼 수" 있기를 바라지만 그럴 수 없는 자신을 발견한다. 화자는 그럼에도 불구하고 '보통 때처럼' 바라보는 척하고 자신의 마음이 '보통 때'와 다르다는 것을 내색하지 않는다. 아픔을 아픔으로 말하지 않고 고통을 고통으로 표현하지 않는 삶이 아름다운 늙음의 방법이다. 인생을 오래 살아온 경험에 의하면 사람이란 일생 동안 많은 험한 꼴을 보게 되지만, 그때마다 매 순간 격렬한 감정을 표현하며 몸부림치는 것이 아니라 그것을 내면화시킴으로써 견뎌내면 새로운 삶의 순간이 다가오고 그 모든 것이 결국 삶 전체라는 것을 알게 되는 그들의 모습은 지혜롭고 아름다운 늙음의 철학이다. 보통 때와 다른 것을 싫어하는 것을 보수적이라고 폄하할지 모르지만 누구나 혁명가가 될 필요는 없는 것이며, 보통 사람은 '보통 때'처럼 사는 것이 삶의 근본이기 때문이다. 그 근본을 무시하고 큰 감동만 추구하는 것은 모든 사람들을 혁명가로 인식시키고자 하는 일종의 선동 행위이며 속임수에 지나지 않는다. 모든 아픔이나 슬픔을 포용하며 죽음마저도 삶의 한 양상으로 보고자 하는 박완서의 소설들은 늙음의 과정을 작별의 아름다운 의식(儀式)으로 바꿔놓고자 하는 감동적인 노인 철학을 보여주고 있다. 작품집의 제목에 '저문 날'이 들어간 것은 그것이 인생의 황혼기를 의미하고 있음을 뚜렷하게 나타내고 있다.

21세기에 들어서 우리 사회가 노령 인구의 증가라는 새로운 문제에 직면하고 있다면 노인들을 주인공으로 다루고 있는 최근의 박완서의 소설들은 거기에 대한 응답 가능성을 모색하고 있다. 그것은 삶의 보편적인 문제의 새로운 제기이면서, 동시에 젊은 세대와 늙은 세대가 조화롭게 공존하는 방법의 모색이고, 아름다운 작별을 가능하게 하는 늙음의 철학적 수용이다. 거기에는 박완서의 주인공처럼 필연적으로 자신의 삶을 되돌아보며 「전도서」 첫 구절에서 말하고 있는 '헛되고 헛되다' '하늘 아래 새것이 없나'라는 깨달음에 도달해야 하고, 자신의 일생에서 "조금도 새롭지 않은 나날들, 예전에도 수없이 저질렀음직한 잘못과 어리석은 짓, 헛된 욕망의 되풀이는 사는 걸 쉽고 익숙하게도 했지만 때로는 비명을 지르고 싶도록 진부하고 무의미하게도 했다"라고 고백할 수 있는 반성이 있어야 한다는 것을 박완서의 작품은 보여주고 있다. 그의 작품을 읽으면 대부분의 서양 현대 소설에서 소설의 결말 부분에 주인공의 개심conversion이 이루어지고 있다고 주목한 바 있는 르네 지라르의 탁월한 분석을 떠올리게 된다. 그의 작품집을 다 읽고 난 다음까지 첫 작품 「로열 박스」의 마지막 부분에서 시아버지의 "아가, 외롭쟈" 하는, 처음으로 시아버지의 육성과 이를 듣는 젊은 며느리의 감동이 생생한 기억으로 살아 있다. 젊은 며느리의 모든 고통을 알고 있으면서도 늙은 시아버지는 겉으로 표현하지 않지만 며느리의 고통을 깊이 있게 이해하고 그것을 덜어줄 수 있는 길을 끊임없이 모색한다. 그는 자신의 노력이 며느리의 고통을 덜어주지 못한다는 것을 알지만, 자신이 할 수 있는 최선의 노력을 할 뿐이다. "아가, 외롭쟈"라는 말은 인간은 누구나 외로울 수밖에 없고 산다는 것은 각자가 그 나름의 외로움을 지니고 사는 것임을 느끼게 한다. 그는 그 진실을 알고 있으면서도 젊은 며느리의 고통을 위로하는 데 극도의 절제를 보이고 있다. 박완서의 소설이 주는 감동은 이러한 일상적 삶에 대한 깊이 있는 통찰과 따뜻한 이해를 구체성 띤 인물들을 통해 구현

하는 데 있다. 그들의 끝없는 일상적 이야기가 말의 실타래처럼 전개
되는 양상은 박완서 특유의 소설적 기법이다. 그는 그것을 통해 우리
의 삶 전체를 되돌아보게 한다. 그것은 우리에게 아픔을 주기도 하고
즐거움을 주기도 하며 삶의 살 만한 가치를 확인하게 해준다.

대립과 통합의 시학

— 이어령 교수의 시론을 중심으로

1

문학 작품을 어떻게 읽을 것인가 하는 문제는 문학비평을 하는 모든 사람이 한 편의 작품을 놓고 가장 먼저 제기하는 질문이다. 작품을 읽는다는 것은 비평의 출발점이지만, 그 작품 안으로 들어가는 문은 여러 개여서 어느 문으로 들어가느냐 하는 것은 선택의 문제이기 때문에 비평가가 어떤 비평을 하기로 했느냐에 따라 작품의 모습은 달라진다. 한국의 비평 역사에서 적어도 1950년대까지는 문학 작품으로 들어가는 문이 그렇게 많았던 것 같지 않다. 발표 지면도 많지 않고 읽는 사람도 많지 않은 문학비평은 1950년대까지만 해도 신문과 잡지의 월평 정도가 대부분을 차지했고, 좀더 나은 경우라고 해도 정기간행물의 구색 갖추기로 끼워넣어주는 범주를 벗어나지 못하고 있었다. 물론

1930년대의 카프 논쟁처럼 이념적인 논쟁이라든가, 그 후의 브나로드 운동과 같은 농민문학론이라든가 국민문학론, 그리고 민족문학론 등 우리 문학이 나아가야 할 길을 모색하는 이론적인 작업이 없었던 것도 아니고 김동인이 쓴 『춘원 연구』나 최재서의 『문학과 지성』과 같은 본격적인 비평서가 없었던 것도 아니다. 그러나 그것은 구체적인 작품의 분석에 근거한 비평적인 결과라기보다는 대부분 문학의 이론적인 공부에 토대를 둔 당위적 세계의 주장으로 끝나고 있다. 나라가 일제의 식민지 상태에 있었기 때문에 문학에 주어진 명제도 민족의 자주독립을 얻을 수 있는 길의 모색이었으며, 따라서 문학이란 어떤 것이어야 한다는 당위론을 벗어나지 못한다. 그렇기 때문에 이 경우 비평은 문학 작품을 토대로 하여 전개되는 것이 아니라 그것과는 별개로 문학 작품이 나아가야 할 길을 제시하고 문학 작품을 지도하는 입장을 취함으로써 문학 작품 위에 군림하고자 한다.

이러한 상황 속에서 이념적인 비평이 이론적인 비평의 주류를 형성하고 구체적 작품의 분석에 근거한 비평은 대부분 단평 중심이었다. 이처럼 단평일 경우 인상적인 평가가 주류를 이루고 분석적이거나 종합적인 평가는 있을 수 없다. 인상적인 평가는 작품의 경향이나 비평가 개인의 취향에 관련되기 쉽지만, 문학 작품의 의미나 평가를 따질 수 있는 여지를 가지고 있지 못하다. 단평 중심의 비평은 문학 작품으로 들어가는 문이 얼마나 다양한지 알지 못한다. 왜냐하면 그 경우 문은 개개의 문학 작품과는 별도로 이미 있다고 생각하는 기존의 것으로 한정되기 때문이다. 그러나 실제로 작품 속으로 들어가는 문은 개개의 작품을 두드리다 보면 나타나는 것으로 그 수는 한정되지 않고 매번 두드리는 사람에 따라서 얼마든지 열리기도 하고 열리지 않기도 한다.

그렇기 때문에 어떤 경우에는 하나의 문만 있는 것처럼 보일 수도 있지만 경우에 따라서는 그 수가 얼마나 많은지도 알 수 없을 만큼 무수히 많을 수도 있다. 그 많고 적음은 경우에 따라서는 작품 자체의 질적인 문제와 관련이 있을 수 있지만 좋은 작품, 풍요로운 작품의 경우 작품을 읽는 비평가 개인의 능력에 좌우될 수 있다.

비평에서 개인의 능력이 작용하는 것은 작품으로 들어가는 문의 많고 적음에만 관련 있는 것이 아니라 작품의 깊은 내면으로 들어가는 길의 발견 여부와도 관련이 있다. 작품의 내면이란 겉으로 보기와는 달리 그 깊이를 파기에 따라서 얼마든지 그 풍요성을 보여줄 수 있다. 문제는 거기에 이르는 길, 다시 말해서 그 통로를 발견할 만큼 깊이 있게 작품을 파헤쳐보았느냐 하는 데 있다. 비평이 단평 중심으로 이루어지고 있다는 것은 깊이 있는 작품론이 많지 않다는 것을 의미한다. 작품론이 많지 않다는 것은 우리의 문학 이론이나 비평이 우리의 작품을 근거로 이루어지지 않음을 의미한다. 그것은 외국의 이론을 우리 작품에 적용하거나 문학이 아닌 당위론을 문학에 강요하는 것으로 나타난다.

2

이어령의 문학비평은 유종호, 이철범의 비평과 함께 1950년대 비평을 대표한다. 1950년대 비평의 중요성은 그것이 한국 문학에 대한 거시적 성찰을 토대로 이루어지고 있다는 데서 논의될 수 있다. 문학이란 자신이 살고 있는 시대의 정신이나 제도의 단순한 반영이 아니라 그것에 대한 성찰을 통해 그것과 부딪치고 싸우는 '저항의 문학'이라고 주장한 이어령의 비평이나, 문학이 민족적인 정서나 감정의 순수한 표현

으로 끝나는 것이 아니라 사회적 변동의 주요한 힘으로 작용할 수 있
는 역할로 그 영역을 확대할 수 있다는 것을 선언한 '비순수의 선언'
에 이른 유종호의 비평이나, 문학의 순수주의를 배격하며 실존적 역사
의식을 갖고 앙가주망의 가능성을 주장한 이철범의 비평은 문학의 순
수주의라는 전통적 문학관에 충격적인 변화를 가져온 이론이다. 그 가
운데서도 이어령의 비평은 그 문체의 선동성과 관점의 새로움과 감각
의 예리함으로 인해 고답적이고 고식적인 문학비평에 새로운 바람을
일으켰으며 우리 문학사에서 최초로 읽히는 문학비평의 전범을 보여
주었다. 그의 저항의 문학은 김동리나 조연현으로 대표되던 휴머니즘
문학보다 훨씬 더 윤리적이고 실천적인 것으로서 6·25 전쟁으로 인한
분단 상황에서 인간의 본성과 조건에 대한 객관적인 인식에 기초하고
있다고 평가될 수 있다.

　　문학을 저항의 한 양식으로 본 이어령의 비평은 6·25라는 민족상잔
의 비극적 전쟁의 여파로 인한 철저한 반공 이데올로기가 지배하던 당
시 상황으로서는 획기적인 발상의 전환을 가져온다. 문학의 저항은 무
엇에 대한 저항인가. 그가 프랑스의 폴 엘뤼아르의 유명한 시 「어쩌란
말인가」를 인용하며 주장하는 저항은 비인간적으로 꽉 막혀 있는 상
황에 대한 저항이었으며 전쟁으로 인해 피폐해진 인간 정신에 대한 저
항이었다. 그의 저항은 요컨대 전쟁과 그 후유증으로 야기된 인간 조
건의 위기에서 인간의 본성을 지키기 위한 저항이었다. 그런 점에서
한국의 토속적인 전통 사회에서 인간적 미덕을 찾고자 한 그의 선배들
의 소박한 휴머니즘과 비교할 때 그의 저항의 문학은 문학에 대한 새
로운 지평을 열어준 획기적인 관점이다. 물론 그가 진단하고 있는 인
간 조건의 위기가 그 후에 이 땅에 도입된 아르놀트 하우저 같은 사회

학적 관점과는 다르다고 함으로써 그의 비평적 성과를 과소평가할 수 도 있지만, 경제적 조건에 의해 지배와 피지배의 관계로 사회 전체를 보고자 하는 진보주의적 관점이 분단의 상황으로 인해 거의 허용되지 않고 있던 당시의 현실로 볼 때 문학을 저항의 양상으로 보고자 한 관점 자체만으로도 높이 평가될 수 있다. 인간 본성에 대한 믿음과 문학의 순수주의에 대한 고정관념을 지니고 문학의 역사주의를 위험하게 생각하던 당시의 상황으로 볼 때 인간을 불안 속에 빠지게 한 현실에 대한 자각을 가능하게 한 저항 문학 이론은 억압적인 상황 속에서 불안한 삶을 살 수밖에 없는 인간의 조건을 일깨우며 그런 조건에서의 자유를 꿈꾸게 한다. 그것은 소박한 휴머니즘이 빠져 있던 당위론에서 벗어난 새로운 휴머니즘, 당대에 유행하던 실존적 휴머니즘으로서 문학을 문학으로 인식하게 만드는 가능성을 열어주고 있다.

『저항의 문학』의 당대적 한계를 지적한다면 한국 문학 작품에 대한 분석이 많지 않은 현실에 기인할지 모르겠지만, 거기에서 인용되고 전범으로 제시된 대부분의 작가와 작품이 외국 작가와 작품이라는 사실이다. 그것은 어쩌면 문학의 보편적인 성질을 드러내는 데 보탬이 될 수는 있겠지만, 한국 문학이 어디에 있는지, 한국 문학의 문제의식이 무엇인지 설명하는 데 도움이 되지 않는다. 그러나 그것을 통해서 그는 한국 문학에 대한 분석이 부족한 현실, 문학이 무엇인지 질문하는 방식이 없는 현실에 대한 철저한 의식을 갖게 만들었고 문학이 현실에 대응하는 저항의 양식일 수 있다는 것을 전후의 그 음산한 분위기 속에서 한줄기 시원한 바람처럼 불러일으켰다. 그가 그 후에 쓴 『시 다시 읽기』 『공간의 기호학』은 철저하게 한국의 문학 작품 분석에만 집중되어 있다. 그의 비평이 가지고 있는 비평 정신은 '문학 작품의 새롭게 읽기'가 아닐까 생각된다. 그는 모든 작품을 남이 읽는 방식으로 읽지 않고 철저하게 자기 식으로 읽으면서 그것이 왜 보다 문학적인지 설명하고자 한다. 그런 점에서 그는 독창적이고 탁월한 비평가이다. 왜냐하면 어떤 작품을 남이 읽는 방식으로 읽는다면 그 비평가는 존재 이유가 없어지기 때문이다. 다른 사람이 쓴 비평만을 읽으면 그 작품을 이해하고 설명할 수 있을 터이기 때문이다.

이어령 비평의 독창성은 단순히 그의 개인적인 상상력이나 문장력에서 비롯된 것이 아니다. 그는 서양의 문학 이론뿐만 아니라 동양의 문학, 특히 중국과 일본의 고전문학에도 조예가 깊어 한국 문학의 분석에서 세계적인 예를 들어 설명함으로써 문학 일반의 이론적인 참조를 가능하게 한다. 그는 희랍 시대의 시학 이론은 물론이거니와 1950년대의 실존주의 이론에서부터 1960년대의 구조주의 이론, 1970년대의 기호학 이론, 1980년대의 해체주의 이론에 이르기까지 다양하게 수용하고 이를 문학 작품의 분석에 적용할 수 있는 틀을 끊임없이 모색한다. 그는 문학 작품에 접근하는 문이 수없이 많다는 것을 알고 문학 작품에 들어가는 다양한 문을 만들기 위해 여러 가지 이론을 섭렵하고 그때마다 새로운 문을 만드는 놀라운 생산력을 보인다. 특히 그는 비유를 드는 데 천재적인 능력을 가지고 있어서 그의 글을 읽는 사람이 쉽고 재미있게 이해하고 수긍하게 만든다. 그의 모든 글이 은유와 환유 그리고 상징으로 가득 차 있는 것도 그의 그러한 천재성에서 기인한다.

3

1995년에 나온 『시 다시 읽기』는 「하여가」와 「단심가」의 분석에서부터 시작한다. 이 분석은 고려 말에 모반을 꿈꾸는 이방원과 고려 왕조에 충성을 맹세하는 정몽주의 대화로 해석하는 종래의 해석을, 시를 구성하고 있는 여러 층위에서의 이항 대립으로 설명하고 있다. 이미 이 분석에 앞서서 손가락으로 달을 가리킬 때 달을 보지 않고 손가락만 보는 어리석은 작품 읽기를 꼬집음으로써 놀라운 비유의 솜씨를 보인 저자는 우선 이 두 작품이 비유적 표현으로 되어 있음을 주목한다. '세상 되어가는 대로 살아가는 인간의 삶'을 '만수산 칡넝쿨'에 비유하고 있는 것이 「하여가」이고 '죽음'을 '백골'과 '진토'로 표현하고 있는 것이 「단심가」이다. 저자는 이 두 작품을 '삶과 죽음' '식물성과 광물성' '선적 신장 운동과 점적 분말 운동' '결합과 분리' 등의 이항 대립으로 설명한다. 그것은 시의 바깥에 있는 현실에서 두 사람의 시적 화자의 입장 대립에 상응하는 것으로서 전자는 은유의 구조로 이루어져 있고 후자는 환유의 구조로 이루어져 있음을 밝혀낸다. 그것은 의미론적 층위에서 포착된 이항 대립이다.

반면에 통사론적 층위에서 포착된 이항 대립은 선조적인 것과 병렬적인 것으로 분석되고 있다. 「단심가」에서 '몸이/죽다' '백골이/흙이 되다' '넋이/있다' '마음이/불변하다' 등의 기본 단위가 시간적 순서에 따른 계기적 관계를 유지하고 있을 뿐만 아니라 '죽음으로써 살 수 있다'는 생사관을 표현하고 있다. 「하여가」에서는 '이런들/저런들'(얽혀지지 않은들)/얽혀진들' '누리리라/누리리라' 등이 초장, 중장, 종장으로 나뉘어 등가 관계를 유지하면서 '어차피 한 인생 살기는 마찬가지다'라는 인생관을 나타내고 있다. 이 분석을 통해서 멸망의 위기에 처한 왕국을 죽음으로 지키고자 한 정몽주는 담론의 세계에서도 단일 기호적monosémique 체계를 유지하고 있고 새로운 왕국을 세우고자 모반을 꿈꾸는 이방원은 다의 기호적polysémique 체계를 시도하고 있음을 알게 한다.

이처럼 이어령 비평의 시 읽기는 텍스트 중심의 내적 분석에 토대를 두고 있으나 그것의 외연은 얼마든지 확대될 수 있는 가능성을 지니고 있다. 그의 분석 가운데 이항 대립의 또 한 예는 「처용가」 분석에서도 나타나고 있다. '왕/동해의 용' '처용/역신'이라는 이항 대립의 드라마를 분석해낸 그의 "우주적 언술로서의 「처용가」"는 『삼국유사』의 헌강왕 기사와 처용 이야기 사이의 구조적 동질성을 밝혀낸 분석이다. 그는 블라디미르 프로프의 『옛날이야기의 형태학』에서 제시된 이야기의 32개의 기능 단위 가운데 「처용가」에 나타난 기능 단위를 추출하고 그것의 움직임을 통해 「처용가」의 구조를 설명하고 있다.

① 밖으로 놀러 나가다 ② 놀이를 마치고 돌아오려고 하다 ③ 정체불명의 익명자로부터 방해를 받다 ④ 숨겨진 비밀을 문답 양식으로 풀다 ⑤ 덕을 베풀다 ─ 익명자가 정체를 드러내다 ⑦ 춤을 추다 ⑧ 새로운 공간을 만들다.

─ 『옛날이야기의 형태학』, p. 71

위의 단위 설정은 프로프의 32개 기능 단위에 의하면, ① 밖으로 나가다, ② 방해자를 만나다, ③ 수수께끼를 풀다, ④ 방해자를 물리치다, ⑤ 돌아오다 등 다섯 개로 축소될 수 있다. 그리고 이러한 기능 단위의 구성은 헌강왕 기사와 처용 이야기의 구조적 동질성을 설명할 수 있는 근거가 된다. 저자는 이러한 행위의 기능 단위들의 연쇄를 통해서 그레마스의 이항 대립을 이항 결합의 구조로 바꿔놓고 있다.

밖으로 나아가다 : 안으로 들어오다

놀다 : 일하다

정체를 숨기다 : 정체를 드러내다

방해자 : 조력자

덕을 주다 : 덕을 받다

세속적 공간 집 : 초월적 공간 절

—같은 책, p. 72

이러한 분석은 이어령 비평이 작품의 내적 구조의 분석을 통해 서사
구조의 일반 이론의 적용까지 시도하고 있음을 알게 한다. 그것은 문
학 작품의 이해를 보다 풍요롭게 하고 문학 작품을 읽는 문을 넓히면
서 다양하게 만드는 데 기여하고 있다. 그러나 그의 비평은 여기에서
끝나지 않고 음양오행이라는 동양의 우주론으로 풀어나감으로써, 서
양 이론의 수용으로 만족하지 않고 독창적이고 심오한 이해에 도달하
게 한다.

그의 시 분석 가운데 또 하나 괄목할 만한 것은 이항 대립을 공간
구조에서 찾아내고 있는 것들이다. 가령 정지용의 아름다운 시「춘설」
을 분석하면서 그는 '안'과 '바깥'의 공간이라는 이항 대립을 발견하고
이를 토대로 시의 정교한 구조를 드러나게 한다. "문 열자 선뜻/먼 산
이 이마에 차라"에서 문이 '안'과 '바깥'이라는 두 공간을 가르는 경계
임을 주목하고 그것을 기준으로 해서 '열다'와 '차다'가 동시적인 경험
이라면 그것이 '닫다'와 '따뜻하다'는 대립항을 전제로 하고 있다는 것
을 상기시킨다. 그것은 시인이 봄을 맞이하고자 문을 열었을 때 먼 산

의 춘설을 통해 바깥의 추위를 감지할 수 있고, 그 추위에도 불구하고 찾아온 봄을 막을 길이 없으며, 춘설의 남은 추위에도 살아 있는 것들을 보는 것이 경이롭기 때문에 봄맞이를 해야겠다는 시인의 마음을 드러내준다. 특히 "핫옷 벗고 도로 칩고 싶어라"라고 하는 구절은 춘설에도 불구하고 돋아난 새싹처럼 춥더라도 핫옷은 벗고 싶다는 봄을 향한 시인의 의지를 표현하고 있음을 주목한 것은 시를 기호학적으로 읽을 경우 시가 보다 풍부한 의미 작용을 일으킬 수 있음을 보여준다.

　문을 안과 바깥의 경계로 본 이어령 비평은 정지용의 절창인 「유리창」의 분석에서 보다 명쾌하게 이항 대립의 의미를 제시하고 있다. 모두 10행으로 되어 있는 「유리창 1」의 분석에서 그는 1행은 '바깥/차가운 공기', 2행은 '안/따스한 공기', 3행은 '바깥/차가운 것', 4행은 '안/따뜻한 것'으로 구성되어 있어서 '바깥'과 '안'의 대립과 '차가움'과 '따뜻함'의 대립이 교차로 이루어지고 있는 반면에 5행은 '바깥/어둠', 6행은 '바깥/어둠', 7행은 '안/밝음', 8행은 '안/밝음'으로 구성되어 있어서 '차가움'과 '따뜻함'의 대립이 '어둠'과 '밝음'으로 바뀌고 있음을 주목하게 한다. 그리고 9행과 10행은 "폐혈관이 찢어져 산새처럼 날아가버린 죽음"이 등장함으로써 바깥은 죽음, 안은 삶이라는 이항 대립으로 연결되고 결국 유리창이 삶과 죽음의 경계에 위치함으로써 죽음을 통해서 삶을, 삶을 통해서 죽음을 나타내는 매개 공간으로 해석되고 있는 것은 탁월한 해석이 아닐 수 없다.

　안과 바깥이라는 공간적 대립을 유리창이라는 매개항을 통해 삶과 죽음을 통합적으로 인식한 이러한 시 분석은 윤동주의 「서시」 분석에서도 하늘과 땅이라는 이항 대립에서 잎새라는 매개항을 통해 삶과 죽음이라는 대립을 통합적으로 인식하고 있는 것으로 나타난다. 그뿐만 아니라 이상화의 「빼앗긴 들에도 봄은 오는가」, 한용운의 「님의 침묵」, 김소월의 「산유화」, 서정주의 「자화상」, 유치환의 「깃발」 분석에서도 우리가 그 작품을 읽었을 때 느끼는 감동의 원천은 시적 화자가 시간적 계기성이 있는 과거와 현재 사이와 하늘과 땅이라는 공간적 대립 사이에서 상승과 하강이라는 대립적 운동의 주체로 제시된 데 있다. 시적 화자를 이처럼 역동적인 주체로 인식한 것은 그의 기호학적 분석이 이론을 위한 것이 아니라 문학적인 감동을 체험하게 한 것이다.

4

이러한 개별적 분석을 종합하고 새로운 시 분석 이론을 제시하면서 한 시인의 시 세계 전체를 규명한 것이 그의 『공간의 기호학』이다. 이 책은 우선 유치환의 시에서 나타나고 있는 공간에 관한 기호학적 분석이다. 모든 문학 작품은 시간과 공간의 드라마라고 할 수 있겠지만, 여기에서 사용되고 있는 공간은 드라마의 주체로서의 공간이라는 테마를 의미한다. 그런 점에서 이 책은 상당 부분 테마 비평적 성질을 띠고 있으며 실제로 '공간의 시학'이라고 할 수 있는 공간의 이미지에 관한 분석이 처음부터 끝까지 바탕에 깔려 있어 주제 비평이라 해도 손색이 없을 정도다. 그렇지만 여기에서의 공간의 이미지는 공간에 관한 기호학적 분석의 결과가 문학적 효과와 어떻게 연결되는지 확인하는 틀로서 제시되고 있을 뿐이고 저자의 주된 관심은 시적 공간이 기호학적 분석에 의해 얼마나 풍요롭고 역동적인 공간이 될 수 있는지 밝히는 데 집약되어 있다.

　이 정교한 분석을 위하여 저자는 소쉬르의 기본 개념인 '기표'와 '기의', '통합체'와 '계열체', '외시'와 '공시' 등의 언어학적 개념을 비롯하여 신화 이론, 기호 이론, 문학 이론 등의 서양 이론과, 주역과 태극으로 대표되는 동양 이론을 광범위하게 수용하고 적용하여 '공간'이 수행하고 있는 여러 가지 의미 작용을 추출해내고 있다. 그가 이미 『시 다시 읽기』에서 단편적으로 시도하였던 공간 분석이 여기에서 체계적이고 총체적으로 이루어지고 있음을 확인할 수 있다. 저자는 자신이 몇 편의 시 분석에서 시도했던 방법론이나 동서양의 우주론적 관점의 도입이 이 책에서 종합화되고 체계화될 수 있다는 것을 확신을 갖고 증명하고 있다.

저자는 제1장에서 「조춘」이라는 시를 분석하면서 문학적 공간이 하늘과 인간과 땅이라는 세 가지 요소에 의해 '상·중·하'라는 수직적 구조를 구축하고 있고, 방과 뜰과 마을이라는 세 가지 요소에 의해 '안·경계·바깥'이라는 수평적 구조를 구축하고 있음을 밝혀내고 있다. 그것은 서양의 사고방식을 동양적 사고방식과 접목시킴으로써 통합적인 관점을 제시했다는 점에서 획기적인 독창성을 획득하고 있다. 서양의 기호학적 분석이 문학적 공간의 수직적 구조와 수평적 구조의 동시적 작용이라는 동양적 사유와 접목함으로써 문학 작품의 역동적이고 총체적인 이해에 도달하게 한다는 것을 입증하고, 이러한 분석의 틀을 적용함으로써 유치환 시 전체를 그 변용으로 분석해낸다. 특히 이 책의 제4장에서 유치환의 대표작인 「깃발」을 분석하면서 이러한 방법론의 적용이 시 자체를 풍요롭게 느끼게 하고 즐겁게 읽게 만든다는 것을 보여주고 있다. 그의 분석은 「깃발」에 대한 종래의 이념적 해석을 넘어서 그것의 시적 위상학을 제시하기에 이른다. 그에 의하면, 깃발은 하늘과 땅의 중간 부분에 있는 공간적 위상을 가지고 있다. 그것은 하늘을 향한 '상승'과 땅을 향한 '하강'이라는 서로 모순되는 운동을 동시에 함으로써 땅에 있으면서도 하늘을 향해 솟아오르고, 하늘에 있으면서도 땅을 향해 내려오는 중간 지대에 존재하는 사물이다. 그런 점에서 유치환의 시가 한편으로는 수직적으로 '상-중-하'라는 3분 구조로 이룩된 건축물로서 '천-지-인'이라는 동양의 삼재 사상과 연결되고, 한국인의 정서와 근원적으로 통하게 되어 시적 감동의 근원이 되고 있다는 것을 그는 증명하고 있다. 다른 한편으로는 '섬과 배와 바다'는 '안-경계-바깥'이라는 3분 구조로 분절된 수평적 구조물을 형성하여 '떠남과 돌아옴'이라는 모순된 운동을 하고 있음을 그는 보여준다. 여기에서 확인할 수 있는 것처럼 '상-중-하'의 수직적 공간과 '안-경계-바깥'의 수평적 공간이라는 입체적 구조 속에서 유치환의 시를 역동적으로 읽어냄으로써 그는 유치환의 시적 정념과 그 의미 작용을 투명하게 분석해내고 그것이 시적 언어의 음운론적·통사론적 구조와 상응하고 있음을 밝혀낸다.

저자는 이 책을 통해서 문학에서의 공간이 얼마나 극적인 역동성을 지닐 수 있는지, 동시에 유치환 시의 독창성이 한국인의 정서와 얼마나 근원적으로 맞닿아 있는지를 규명하고 제시하고 있다.

5

이어령 비평의 역정은 '저항의 문학'이라는 문학 바깥을 향한 외침에서 출발해서 문학을 문학으로 만드는 문학성이라는 문학 내면을 향한 분석으로 돌아와 있다. 그는 한국 문학으로 들어가는 문을 다양하게 만듦으로써 한국 문학을 다채롭고 풍요롭게 만드는 데 기여했다. 이러한 결과가 어떤 과정과 의미를 거치게 되는지 알아보는 것은 그 후

학들에게 남겨진 과제이다. 그러나 문학을 문학으로 읽고자 하는 그의 작업이 기호학과 접목됨으로써 그는 한국 기호학의 선구적인 역할을 해왔다. 그는 서양의 기호학 이론을 그대로 수용한 것이 아니라 동양 사상과 접목시킴으로써 한국 기호학의 독자적인 세계를 여는 데 기여했다. 그의「주역의 기호학적 해석」이 세계기호학회에서 발표될 경우 한국 기호학은 세계적인 주목을 받을 것으로 보인다. 그의 많은 제자들이 한국 기호학의 세계화를 위해 기호학적 연구로 학위를 받고 대학에서 그의 작업을 계승하고 있지만, 그는 아직 너무나 생산적이고 독창적이다. 한국 문학의 풍요성을 위해 그가 하는 한국 문학의 '다시 읽기'가 아직도 요구되고 있다. 또한 한국 기호학의 세계화를 위해 그가 아니면 할 수 없는 기호학적 작업이 아직도 산적해 있다. 대학에서의 자유가 그에게 남은 작업을 완성할 수 있는 계기를 마련하게 되기를 기원한다.

자연과의 융합

─황동규의 『풍장』을 읽고

1

황동규의 『풍장』은 이 시인이 1982년 『현대문학』에 「풍장 1」을 발표하기 시작한 이래 1995년 『현대문학』 7월호에 「풍장 70」을 발표하기까지 14년 동안 동일한 제목에 번호를 붙여가며 발표한 시들의 모음집이다. 시인의 나이로 보면 44세에 쓰기 시작해서 57세에 완성을 본 시집이다. 풍장이 죽음의 한 완성된 형식이라는 것을 생각한다면 시인은 불혹의 나이 한가운데서 죽음에 관한 생각을 시작한 셈이지만 우리의 평균 수명을 고려할 때 한창 생명력이 왕성한 젊은 장년의 나이에 자신의 죽음에 관한 성찰을 했다는 점에서 조로했다는 평가를 받았음 직하다. 물론 시인은 「풍장」 연작을 쓰는 동안에도 『악어를 조심하라고?』 (1986), 『몰운대행』(1991), 『미시령 큰 바람』(1993) 등 세 권의 시집을 출간함으로써 왕성한 창작 활동이 『풍장』과 상관없이 진행되고 있음을 보여주었다. 이른바 여행 시집이라고 부를 수 있는 이 시집들에 수록된 작품들이 양적으로 『풍장』에 수록된 작품을 압도하고 있기 때문에 자칫하면 나그네로서의 시적 자아의 깨달음이 언제 올지도 모르는 죽음에 대한 성찰을 하나의 제스처로 만든다고 평가하고 『풍장』을 그의 시 세계에서 예외적인 것으로 생각할 수 있다. 젊은 날의 열정과 방황을 격정적으로 노래하던 시인은 1980년대의 여행시에서 인생이 하나의 여정임을 깨달아가는 과정을 보여주고 있다. 그 깨달음은 자연의 풍광 하나하나에서 삶의 깊은 진실과 만나는 것을 장중하고도 리듬 있는 문체로 노래함으로써 드러난다. 그 노래는 삶의 매 순간이 시인이 만나는 자연의 한 장면과 일치하며 그 가운데서 시인이 느끼는 경이와 즐거움이 시인의 노래가 될 수밖에 없을 것이라고 인정하게 만든다. 우리나라 산수화의 어떤 절경들을 만나게 하는 그의 여행 시편들은 단순한 풍경이 아니라 시인의 정신이 도달하고자 하는 삶의 절경들이다. 그래서 시인은 그 절경들 앞에서 자신이 끝없이 싸우고 있는 욕망과 좌절, 갈등과 절망이 마치 한 줄기 바람처럼, 새벽의 이슬처럼 덧없이 사라지는 놀라운 체험을 하게 된다. 그 체험 때문에 산수화의 절경들은 시인 바깥에 있는 풍경에서 시인 내면의 풍경이 되어 시인의 정신을 정화시켜준다. 그렇기 때문에 1980년대의 여행 시편들은 시인의 내적 자아가 추구하고 있는 구도의 과정처럼 시의 주류를 형성하고 있지만, 그래서 「풍장」 시편들을 시의 지류로 보이게 하지만, 시인이 도달한 시의 경지로 볼 경우에는 수많은 여행 시편들은 「풍장」에 이르기 위한 도정에 지나지 않는 것처럼 보인다.

2

이 시집의 서문에서 시인은 "초월은 결국 초월을 하지 않는 곳에 있다는 것을 깨닫기 위해 14년이 걸렸다"라고 쓰고 있다. 시인은 『풍장』 시편을 쓰는 동안 진정한 초월이란 초월이 없다는 깨달음에 도달하는 순간 가능하다는 것을 알게 된다. 다른 말로 하자면 시인은 죽음에 관한 성찰을 하는 동안 죽음을 극복하는 길을 죽음이 극복되지 않는다는 깨달음에서 발견하고 있다. "죽음과 삶의 황홀은 한 가지에서 핀 꽃인 것이다. 죽음이 없이 삶의 황홀이 어떻게 가능하단 말인가? 죽지 않는 꽃은 가화(假花)인 것이다. 그리고 삶의 황홀이 없다면 죽음을 맞아 끝나는 삶, 그 삶의 끝남이 무슨 의미를 지닌단 말인가?"라고 시인은 말한다. 『풍장』 시편을 써가는 도중에 만난 사랑하는 두 친구의 죽음이라는 충격적인 사건을 경험한 시인은 죽음이 삶을 황홀하게 한다는 깨달음에 도달한다. 그래서 시인이 생각하는 죽음은 슬프거나 처절하지 않고 일상적이고 경쾌하게 느껴지기까지 한다.

> 내 세상 뜨면 풍장시켜다오.
> 섭섭하지 않게
> 옷은 입은 채로 전자시계는 가는 채로
> 손목에 달아놓고
> 아주 춥지는 않게
> 가죽 가방에 넣어 전세 택시에 싣고
> 군산에 가서
> 검색이 심하면
> 곰소쯤에 가서

통통배에 옮겨 실어다오

〔……〕

바람을 이불처럼 덮고
화장(化粧)도 해탈(解脫)도 없이
이불 여미듯 바람을 여미고
마지막으로 몸의 피가 다 마를 때까지
바람과 놀게 해다오.

「풍장 1」에서 시인은 자신의 주검이 어느 무인도로 옮겨져 구두와 양말과 옷이 벗겨지고 손목시계마저 벗겨져서 육탈이 되어가는 과정을 해탈에 이른 사람처럼 아무렇지 않게 노래한다. 그래서 그 노래는 독자에게 죽음이 놀이처럼 즐거운 것이 아닐까 하는 생각을 하게 한다. 이 이유 없는 경쾌함은 어디에서 유래하는가? 그것은 이 시가 가정법에 기초하고 있기 때문이다. "내 세상 뜨면"이라는 이 시의 서두는 살아 있는 시적 화자의 존재를 전제로 한다. 살아 있는 사람은 자신의 삶을 죽음이 아니라 삶으로서 인식하기 위하여 죽음을 이야기한다. 그것은 사랑의 절정에 이른 사람이 이별의 순간을 이야기함으로써 현재의 사랑을 확인하는 것과 같다. 시인은 자신의 존재에서 삶의 희열과 충만함을 느끼고 있지만 언젠가는 죽음의 그림자가 다가오리라는 것을 알고 있다. 그래서 이 시는 "내 세상 뜨면"이라는 가정을 앞에 내세우고 "풍장 시켜다오" "통통배에 옮겨 실어다오" "살을 말리게 해다오" "바람 속에 빛나게 해다오" "바람과 놀게 해다오"라는 주문 혹은 기원을 한다.

그것은 마치 여행을 떠나는 사람이 어디어디로 데려다주기를 바라는 것처럼 경쾌하고 즐거운 느낌을 준다. 특히 '통통배'와 같은 시어는 그 발음에서나 그 이미지에서나 마지막 연의 "바람과 놀게 해다오"와 어우러져 마치 나들이 가는 사람의 노랫소리와 흡사하다. 그것은 일반적으로 죽음이 두렵고 더럽고 모든 것의 종말을 의미하는 것인 반면에 삶이 반갑고 깨끗하고 모든 것의 시작을 의미하는 일반적인 통념을 뛰어넘는 것이다. 그러면서도 시인은 "군산에 가서/검색이 심하면/곰소쯤에 가서"라는 표현을 통해서 이 작품이 씌어질 당시의 한국적 상황을 슬쩍 건드리고 간다. 신군부의 등장이 우리에게 얼마나 많은 죽음을 보게 했는지 이 작품은 우리의 기억을 되살린다. 죽음을 다루는 시인은 비극적 세계 인식을 바탕에 깔고 있으나 그 죽음은 여기에서 어둡고 비극적인 것이 아니라 밝고 긍정적인 것이다. 시인이 초월은 초월이 없는 곳에 있다고 서문에서 밝히고 있는 것처럼 죽음의 극복은 극복이 없는 곳에 있다는 논리로 귀결된다. 따라서 죽음에 관한 성찰로 일관된 「풍장」 시 쓰기의 과정은 죽음의 내적 체험이다. 그것은 죽음을 현재진행형으로 인식하는 것이면서 동시에 삶 속에서 죽음을 연습하는 것이다.

까마귀들 날고 떠들며
머리맡에서 서성댈 때
한눈팔다가 한 눈 파먹히고
팔 휘둘러 쫓으며 비스듬히 누워
한 눈으로 보는 세상.

—「풍장 5」 첫 연

여기에서 볼 수 있는 것처럼 자신의 몸에 지니고 있던 것뿐만 아니라, 자신의 육체의 부분들이 떨어져나가는 과정을 아픔으로 인식하는 것이 아니라 지금까지 인습으로 생각해온 온갖 편견에서 자유로워져 있는 그대로의 자신으로 받아들이는 시인은 오히려 세상을 훨씬 냉혹한 시선으로 볼 줄 알게 된다.

> 옷을 벗어버린 눈송이들이
> 지구의 하늘에서보다 더 살아 춤추는
> 우주의 변두리,
> 혹은 서울의 변두리 밖으로,
> 가고 싶다.
> 확대경 속에서처럼
> 큰 눈송이들이
> 공해에 찌든 몸의 옷 벗어버리고
> 속옷도 모두 벗어버리고
> 속살 그대로 날으며 춤추는
> 춤추다 춤추다 몸이 춤 되는 그곳으로,
>
> 여섯 개의 수정(水晶)깃만 단 눈송이들이.

—「풍장 34」 전문

풍장은 생전에 자신의 몸에 지니고 있던 온갖 소지품들을 버릴 뿐만 아니라 자신이 입고 있던 온갖 옷들을 하나하나 벗어버림으로써 원초적 생명의 상태에 도달하는 과정이다. 그 결과 육신은 물질로서의 무거움을 벗어버리고 가벼운 눈송이처럼 하늘을 나는 상승의 이미지로 변화된다. 춤추다가 몸 전체가 춤이 되는 무희처럼 육체가 큰 눈송이처럼 가볍게 무중력 상태로 하늘을 날다가 자연과 하나 되는 소멸의 상태에 이른다.

> 가을날
> 풀잎의 한 가닥으로
> 사근사근 말라
> 몸의 냄새를 조금 갈고
> 바삭바삭 소리로
> 줄기와 뿌리에 남몰래 하직을 하고
> 쌍사발 시계가 눈망울 구울리며
> 빨간 꼬리들을 달고 날아다니는 공간 속으로
> 잠자리채 높이 쳐든 소년이 되어 들어가리.
>
> ──「풍장 32」전문

육체는 마치 가랑잎이나 풀잎처럼 자신의 무게를 완전히 비우고 출신이나 가문과도 완전히 결별하고 흙으로 돌아간다. 그것은 편안한 휴식의 상태에의 돌입을 의미한다. 모든 덧없는 것들과의 결별 없이는 도달할 수 없는 평안이며 휴식의 상태이다. 그것은 시적 자아의 밖에 있는 모든 것, 자연을 포함한 모든 대상들이 시적 자아와 하나가 되는 황홀의 경지다.

> 내 마지막 기쁨은

시(詩)의 액셀러레이터를 밟고 또 밟아
시계(視界) 좁아질 만큼 내리밟아
한 무리 환한 참단풍에 눈이 열려
벨트 맨 채 한계령 절벽 너머로
환한 다이빙.
몸과 허공의 0미리 간격 만남.

아 내 눈!

속에서 타는
단풍.

— 「풍장 36」 전문

시인의 눈과 단풍이 하나가 되는 경지는 한계령의 단풍이 시인의 눈
속에서 타고 있고 황홀한 단풍 앞에서 시인의 눈이 타고 있는 것으로
나타난다. 그 황홀은 자연 속에 시인의 몸 전체를 던지고 싶은 죽음의
유혹 이상의 것이다.

그러나 이 시집에 수록된 시 작품들을 여러 번 읽으면 그 유쾌함 밑
에 숙연하게 하는 장중함을 느끼게 하는 요소가 있다. 왜냐하면 옷이
나 전자시계나 가죽 가방과 같은 일상의 용품들이 몸에서 하나하나 떨
어져나가는 모습을 마치 해탈한 것처럼 서술할 때에는 인간이 만들어
놓은 문명의 옷을 벗은 몸이 자연과 하나가 되고자 하는 시인의 염원
을 읽게 하지만 "몸의 피가 다 마를 때까지/바람과 놀게 해다오"라고
하는 구절은 육체가 무화되는 아픔을 내면화한 불교적인 혹은 노장적

인 생사관을 드러내주고 있기 때문이다. 바람과 함께 놀면서 자신의 내면에 죽음을 가까이하고 죽음을 길들이고자 하는 시인의 염원이 감동적으로 그려져 있다. 그것은 주검을 세월에 풍화시키고 뼈만 남기는 것처럼 자신의 삶과 정신을 세월이라는 시간과 생활이라는 바람에 풍화시켜서 정신의 뼈만으로 남고자 하는 것이며 그렇게 함으로써 자연과 하나가 되고자 하는 경지를 표현한다.

> 함박꽃 가지에서
> 사마귀가 성교 도중 암컷에게 먹히기 시작한다,
> 머리부터.
> 머리가 세상에서 사라지는 이 쾌감!
> 하늘과 땅 사이에 기댈 마른 풀 한 가닥 없이
> 몸뚱어리 몽땅 꺼내놓고
> 우주 공간 전부와 한번 몸 비비는
> 저 경련!
>
> ──「풍장 30」 전문

여기에서 볼 수 있는 것처럼 그 경지는 삶과 죽음의 경계선에 있는 것이어서, 때로는 삶이고 때로는 죽음이며 때로는 그 두 가지 모두여서 초월의 경지이다. 그것은 "하늘과 땅 사이에 기댈 마른 풀 한 가닥 없이/몸뚱어리 몽땅 꺼내놓고/우주 공간 전부와 한번 몸 부비는/저 경련"과 같은 쾌락의 절정이며 황홀의 극치이다. 그래서 시인은 '소주'도 마시는 것이 아니라 "몸속에 뿌리고" "춤추다 춤추다 몸째 춤이 되는" 눈송이가 되고 싶어 한다. 이 시집의 3부까지 시인은 자기 안에 타고 있는 정념의 불꽃을 억누르기 위해 그것과 대립되는 세계를 찾아 무거운 몸을 이끌고 다님으로써 자신의 무게가 조금씩 사라지는 풍장의 과정을 밟는 듯하다. 제4부는 그 무게를 벗어버린 시인이 가벼움과 고요함의 상태에서 자신이 자연과 합일되는 상태를 발견하는 시들로 구성되어 있다.

　　냇물 위로 뻗은 마른 나뭇가지 끝
　　저녁 햇빛 속에
　　조그마한 물새 하나 앉아 있다
　　수척한 물새 하나
　　생각에 잠겼는가
　　냇물을 굽어보는가
　　물에 비친 자신의 모습을 보는가
　　조으는가

　　조으는가
　　꿈도 없이

　　　　　　　　　　　　　　　　　—「풍장 70」 전문

한 폭의 수채화를 보는 듯한 이 작품은 시인의 긴 여로가 도달한 종착점이 완벽한 관조의 세계이며 그 결과 사물을 있는 그대로 받아들이는 시적 화해의 초연한 경지를 보여주고 있다. 특히 냇가의 물새 한 마리를 "조으는가/꿈도 없이"라고 묘사한 것은 그 완전한 합일의 꿈을 표현한 절창으로 보인다. 「풍장」의 다양하고 오묘한 의미를 통해서 우리는 이 시인의 '죽음에 대한 길들이기'가 사실은 '삶의 길들이기'임을 알게 한다. 지적인 시인 황동규가 이 시집과 함께 큰 깨달음의 시인으로 우리 앞에 나타난 것이다.

이야기의 복원 혹은 서사적 소설의 가능성
─ 김주영의 『아라리 난장』

1

1990년대 소설에는 이야기가 없다는 비난이 쏟아지고 있다. 거기에는 자신의 삶이 추구하고 있는 가치가 나타나지 않고, 무료하고 무의미한 일상적 삶과 내적 욕망으로 인한 감각적 삶만 나타나고 있다는 것이다. 그러나 1990년대 소설이 가지고 있는 이러한 특징은 우리 사회의 변화를 감안하면 당연한 것으로 받아들일 수 있다. 30여 년 동안 폭력적인 존재로 우리를 억압해온 군사정권이 무너지고, 자본주의 사회의 온갖 부조리에 대한 대안적 이데올로기를 대변하는 것처럼 내세워졌던 동유럽 사회가 붕괴됨으로 인해서 1990년대의 소설은 싸워야 할 대상도 잃어버렸고 추구해야 할 가치도 상실해버렸기 때문이다. 갑자기 이루어진 이러한 변화 앞에서 자아 밖으로만 향하고 있던 의식의 눈을 스스로에게 돌림으로써 1990년대 소설은 그들만의 독자적인 문제의식을 갖기 시작한다. 그것은 다른 사람과의 공동체적 삶에 대한 고통스러운 성찰이 아니라 타인과의 관계에 대한 무관심과 자신의 육체에 대한 관심으로 나타난다. 그렇기 때문에 1990년대 소설에는 즉물적이고 즉각적인 묘사만 있을 뿐 이야기가 없다.

이러한 1990년대 소설에 비해 1960년대 소설은 자유에 최고의 가치를 둔 개인의 발견을 추구했으며 1970년대 소설은 산업화의 거대한 물결 속에서 인간의 존재에 대한 물음을 가치로 추구했고 1980년대 소설은 군사독재의 무시무시한 폭력과의 싸움을 통해 문학적 의미를 추구했다면 그들의 소설은 본질적으로 '이야기'에 의존할 수밖에 없다. 그들의 삶은 그러한 추구의 과정을 보여주어야 하기 때문이다. 무엇을 위한 삶의 과정은 '이야기'일 수밖에 없고 이야기는 '서사'의 본질이다. 1990년대 이전의 소설은 그들이 싸워야 할 대상을 가지고 있고, 그 싸움을 통해 그들의 존재가 공동체적 삶에의 꿈을 가지고 있다는 것을 확인할 수 있고, 그것을 통해 그들 사이에 연대감을 형성할 수 있었다. 실제로 그들이 가지고 있던 현실 인식의 정도나 그들이 선택한 싸움의 방식이 서로 다르다는 차별성을 가지고 있지만, 고통을 받고 힘들어했던 싸움의 대상은 분명했던 것이다. 전후의 상처에서부터 민주화 운동의 희생에 이르기까지 그들의 고통의 근원에는 언제나 분단이라는 민족적 현실이 자리 잡고 있다.

따라서 지난 40년 동안 작가로서 활동해온 사람은 어느 누구도 이야기로서의 소설에서 벗어날 수 없다. 김주영도 바로 그러한 작가 가운데 한 사람이다. 이미 1970년대에 대하장편소설 『객주』를 발표하여 보부상들의 삶과 현실을 통해 민중적 삶의 실체를 제시한 바 있는 김주영은 『화척』을 발표하여 무신이 집권한 고려 시대 민중의 고통과 저항과 패배를 구체화시키고, 최근에 출간한 『아라리 난장』을 통해 오늘날의 또 다른 민중인 '장돌뱅이'들의 삶과 고통을 거대한 현대의 벽화로 제시하고 있다.

이러한 계열의 작품들에 비하면 1998년 대산문학상을 수상한 『홍어』는 그의 다른 중·단편 소설들과 동일한 계열에 속한다고 할 수 있다. 『홍어』가 우리들의 사라져버린 고향과 잃어버린 정서를 일깨워주는 작품이라면 『아라리 난장』은 3년 전 우리나라의 경제가 IMF 관리 체제에 들어갔을 때 우리 서민들의 삶의 모습을 형상화한 작품이다. 그러니까 『아라리 난장』은 『객주』 『화척』의 계열에 속하는 작품으로서 이 작가의 야심작이라 할 수 있다. 고려 중기의 무신란 이후를 다룬 『화척』이나 조선조 말 보부상을 다룬 『객주』에 비하면 이 작품은 역사 소설적인 요소를 지니지 않은 현대 소설이지만 일정한 시기의 민중의 삶을 그려보겠다는 작가의 의도를 고려한다면 앞의 두 작품과 동일한 계열에 속한다고 할 수 있는 작품이다. 그들은 모두 한곳에 정착하여 사는 사람들이 아니라 전국을 누비며 살아가는 사람들이다. 다른 것이 있다면 옛날에는 도보나 말을 타고 이동했지만 이 작품에서는 자동차를 타고 이동한다는 사실이다. 매일 장소를 이동한다는 것은 새로운 모험과 만난다는 것을 의미한다. 그 모험은 그들 각자가 가지고 있는 비범한 능력을 발휘할 수 있는 기회를 제공하는 것이고, 그 기회를 통해서 그들은 끊임없이 새로운 삶을 엮어나간다. 기대했던 것과는 전혀 다른 상황과 부딪치고 그것을 극복하는 과정에서 삶의 의외성과 원리를 깨닫게 된다. 그들은 앞이 안 보이는 절망적 상황과 만나지만 그들 앞에 예견되지 않은 활로가 열리는 것을 경험하기도 하고, 무심코 벌인 일이 그들에게 치명적인 결과를 가져오는 것도 경험한다. 어느 한 곳에 뿌리를 내리지 못하고 동가식서가숙하는 떠돌이의 삶에서 작가는 인간의 운명이 가지고 있는 비극적 진실을 발견하고 있다.

2

김주영의 『아라리 난장』이 발표되기 시작한 것은 우리 경제가 IMF 관리 체제 아래 들어갔던 참담한 시절이었다. 서울의 일류 기업체 부장직을 그만두고 아내 장윤정에게 이혼을 당한 주인공 한창범은 삶의 방향을 잡지 못한 채 절망적인 상황에서 강원도로 향한다. 그가 당장 해결해야 하는 문제는 그 자신이 앓고 있는 실업의 고통과 가정 파탄의 아픔을 어떻게 이겨낼 수 있느냐 하는 것이다. 그의 운명은 우연히 주유소에서 만난 트럭 운전기사 박봉환과의 관계로 인해 새로운 세계로 접어든다. 지금까지 대기업의 부장으로서 조직의 책임자 노릇을 해온 화이트칼라 출신의 주인공은 이제 매일매일의 수입에 의존하면서 감정을 절제할 줄 모르는 즉흥적인 '장돌뱅이' 박봉환이 살고 있는 세계에 들어가 살아야 한다. 그는 거칠고 무뚝뚝한 트럭 운전사 박봉환을 만나 동업을 하게 되지만 그의 합리적 사고방식이 트럭 운전사의 감정적 완력에 어떻게 대응하게 될지 마음 졸이게 하는 아슬아슬한 게임 같은 생활을 하고 있다.

그가 만나는 사람은 모두 그와는 전혀 다른 출신 배경을 갖거나 전혀 다른 생활환경을 지닌 사람들이다. 경상도 출신으로서 삼십대 중반의 나이에도 불구하고 아직 결혼하지 못한 박봉환은 강원도의 수산물을 서울로 운반하는 트럭 운전기사로서 짙은 사투리를 쓰는 투박한 인물이지만 대범하고 의협심이 강하여 불의를 보면 불같이 성질을 낸다.

208

그는 서울과 강원도를 오가면서 낮에는 자고 밤에는 운전을 하는 고달픈 삶을 살지만, 자신의 신세를 한탄하거나 비관하는 인물이 아니다. 한창범이 박봉환의 소개로 만난 두번째 인물은 영동식당의 주인 '승희'라는 여자로서 서울에서 결혼 생활을 했으나 아이를 낳지 못한다는 이유로 이혼을 당하고 주문진에서 뱃사람을 상대로 하는 식당을 운영하면서 식당에 드나드는 모든 남자들로부터 호기심의 대상이 되고 있다. 그가 만난 세번째 인물은 서울의 공사판에서 폭력배 노릇을 하다가 주문진에서 배를 타는 어부가 된 변석태로서 입만 열면 욕부터 나오는 험한 입의 소유자다. 그가 험한 입을 갖게 된 것은 고등학생인 아들 형식을 남겨두고 출분해버린 마누라 때문이다. 네번째 인물은 결혼해서 가정을 가지고 있는 윤종갑으로서 셈에 밝고 자신의 몫을 누구에게도 빼앗기지 않으려고 할 뿐만 아니라 자신의 이익을 위해서는 친구나 동업자도 서슴지 않고 배반하는 권모술수에 능한 인물이다. 그가 만난 다섯번째 인물은 고아 출신의 '태호'로서 앵벌이들의 추격을 피하고 있던 그는 장터에서 타령을 부르는 장기를 가지고 있다. 이들을 만난 한창범은 자신이 살아온 과거와 현재에 대해서 솔직한 반성에 이르게 된다.

아내와 헤어졌다는 사실이 하루하루 구체화되면서 세상에 대한 일종의 면역 기능 같은 것이 떨어지고 있다는 사실을 깨달았다. 연이은 폭음, 그리고 끼니를 챙겨 먹는 일에 대한 일탈, 많은 사람들 속에 섞여 있을수록 더욱 처절한 고립감, 마음속으로 충분히 슬퍼하고 있는데도 불구하고 그 추상적인 슬픔에 대한 미진함, 사는 일 모두에 대한 덧없음, 그래서 가슴속에 구멍이 난 듯한 공허함, 이미 기억에서 사라졌던 죽은 사람들에 대한 미세한 회상, 공연한 죄책감, 지나치게 예민해져서 내내 사로잡혀 있는 까닭 없는 불안감, 이제 와선 세상까지 등지게 되었다는 서러움까지도 그의 가슴을 차지하고 있는 것들이었다.

가정에서 버림받고 사회에서 외면당하고 있다는 통렬한 자기 확인의 과정을 거친 그는 "직립한 나무 아래 썩은 거름이 있어야 하듯 자신에게도 슬픔이란 거름이 있"다는 깨달음에 도달한다. 그 깨달음을 통해서 그는 월급쟁이로 반평생을 살아왔음에도 불구하고 실직과 이혼이라는 청천벽력과 같은 고통을 이기고, '장돌뱅이들'을 만나고 그들의 삶에 조금씩 동화될 뿐만 아니라 옛날 보부상들의 두목처럼 그들 일행의 우두머리가 된다. 그의 이러한 변신은 이 세상에는 월급쟁이의 삶만 있는 것이 아니라 그와 전혀 다른 삶도 있다는 것을 발견했기 때문이고, 그 삶도 또 하나의 훌륭한 삶이라는 것을 발견했기 때문이다. 무식하고 완력에 호소하고 감정적인 반응을 보이는 장돌뱅이의 삶에도 그 나름의 의리와 원칙이 지배하고 따뜻한 동지애가 흐르고 있다는 사실의 확인은 그로 하여금 동가식서가숙하는 장돌뱅이의 삶에 열정을 쏟게 만든다.

그는 떠돌이 장꾼들을 만나 그들과 부딪치고, 그들에게서 임기응변을 배우고, 그들과 동고동락을 하며 그들을 설득시키고, 그들과의 거래선을 트고, 시장 조사를 통해 처음에는 강원도 안에서, 그리고 점차적으로 인근 지역으로 오일장의 현실을 파악한다. 그는 그들과 동업자가 되어 동해안의 특산물인 명태와 오징어를 내륙 지방에 옮겨 팔고 또 내륙 지방의 특산물을 해안 지방에 옮겨 판다. 그의 삶은 한 사람의 화이트칼라가 중간 도매상으로뿐만 아니라 좌판을 벌이는 소매상으로 변신해가는 과정이다. 그는 각 지방의 특산물이 무엇인지 알아야 하고, 언제가 성수기고 비수기인지 알아야 하며, 자신이 사고파는 물건의 정확한 값을 알아야 한다. 그는 하루하루 이 장터에서 저 장터로 옮겨다녀야 하고, 남는 이익을 그들 공동의 재산으로 저축해나가야 하는 책임까지 진다. 이때부터 그의 삶은 한편으로 그들 집단 내부 동업자들 사이의 화합과 갈등으로 뒤섞이고, 다른 한편으로 다른 장꾼들과의 다툼과 공존의 소용돌이 속에 휘말린다.

"감수성 많았던 소년 시절의 대부분을" "저잣거리에서" 보냈다는 작가는 그들 일행이 전국 각지를 누비고 다니는 데 따라서 각 지방의 특산물을 생생하게 밝혀주고 있고, 장꾼들이 그들의 물건을 팔기 위해 부르는 구수한 장타령을 복원해놓고 있으며, 그들 상호 간에 주고받는 외설과 유머가 섞인 말들을 입담 좋은 장꾼들의 입을 통해서 전달하고 있다. 특히 그들 일행을 구성하고 있는 인물들은 서울 출신의 한창범과 승희, 경상도 출신의 박봉환, 강원도 출신의 변석태와 윤종갑과 묵호댁, 충청도 출신의 손달근, 전라도 출신의 방극섭, 고아 출신의 태호 등에서 볼 수 있는 것처럼 다양하고 특색이 있다. 그들은 출신 지역이나 신분을 떠나서 이해타산에 의해 만나고 동행하고 헤어지는 삶을 산다. 그 가운데 영월에서 합류하게 된 태호는 「나간다타령」에서부터 「코타령」에 이르기까지 온갖 종류의 장타령을 부름으로써 고객의 환심을 사고자 한다. 그가 부르는 장타령들은 떠돌이 장꾼들 삶의 희로애락이 그대로 반영되어 있어서 경쾌한 가락 밑에 깊은 슬픔과 해학으로 가슴을 적셔준다. 아마도 하루하루의 생활이 고달프지만 장꾼들이 살아갈 수 있는 힘은 이 장타령과 같은 삶의 조화에서 나오는 것 같다. 또 박봉환, 변석태, 손달근, 방극섭이 경쟁적으로 사용하고 있는 지방 사투리는 말의 오묘한 뉘앙스를 살리는 사투리 경연 대회를 방불케 한다. 이러한 장터의 재현은 작가 자신이 저잣거리에서 보낸 유년 시절의 경험이 도움이 되었겠지만 저자 자신이 전국의 장터를 답사하고 관찰한 후천적인 노력 없이는 불가능했을 것이다. 그들이 활동하는 무대도 처음에는 강원도 안으로 제한되어 있지만 그러한 장사가 경제적 여건의 악화로 인해 생계를 보장할 수 없게 되자 그들은 경상도, 전라도, 충청도, 그리고 중국의 동북 지방까지 진출하게 된다. 이처럼 전국 방방곡곡을 누비고 다니는 작중인물을 보면, 이 작가가 작품을 발로 썼다고 해도 지나치지 않을 것처럼 보인다. 장터마다 그 위치가 독특하고 특산물이 다르고 밥집과 여관의 특징이 다르다는 것을, 심지어는 이 장터에서 저 장터로 옮겨가는 길의 형태도 각각이라는 것을 앉아서 알 수 있는 것은 아니기 때문이다. 이 작가의 서술 기법은 대범하게 이야기를 이끌어가는 이야기꾼의 그것 같지만, 실제로는 섬세한 디테일까지 놓치지 않고 정교하게 서술하는 작가의 그것이다. 그런 점에서 이 작가는 오늘날 소설에서 사라져가고 있는 서사를 지키고자 하는 작가 가운데 하나임에 분명하다.

3

그러나 한창범 일행이 동패를 이루어 장사를 하는 일은 순탄한 길을 걷지 못한다. 여기에 작용하는 것은 아직 결혼을 하지 못했거나 결혼에 실패한 사람들이 모였다는 사실이다. 한창범, 변석태와 승희, 묵호댁은 결혼에 실패한 사람인 반면에 박봉환, 태호는 결혼하지 않은 사람이다. 이들 일행 가운데 박봉환이 그들과 헤어지게 되는 것은, 윤종갑이 복수심으로 박봉환에게 승희와 한창범의 관계를 폭로하는 것을 계기로 삼게 된다. 자신이 폭력을 포함한 모든 수단을 동원해서 승희와의 동거 생활에 들어갔지만 그녀의 사랑을 얻었다고 확신할 수 없을 때 윤종갑에게서 그 비밀을 알게 된 박봉환은, 자신도 한창범에게 보복을 하기로 작정하고 그들과 헤어진다. 그는 육체적 욕구를 해결하기 위해 관계를 맺어온 묵호댁의 출현으로 승희를 떠나보내고 윤종갑, 배완호와 함께 한창범 일행의 뒤를 쫓는다. 또 일행 중에 연장자 행세를 해온 변석태는 자신에게 감동을 안겨준 '차마담'과 동거에 들어가면서 아들 형식을 한창범 일행에게 맡기고 주문진으로 돌아와 정착하고자 한다. 그러나 '차마담'의 외도로 불행해진 그는 다시 나타난 본처 '배말자씨'와 그 정부에게 칼부림을 하고 감옥에 갇힌다. 또 그들의 우두머리인 한창범도 자신의 아내에게 이혼을 당하고 정처 없는 길을 떠나왔지만 승희와의 예기치 않은 관계로 인해 박봉환과 불화에 빠진다. 이러한 연유로 인해서 그들 일행은 한창범, 변석태, 태호가 한패가 되고 박봉환, 윤종갑, 배완호가 한패를 형성하여 서로 경쟁하는 관계에 들어간다. 여기에서 전자에는 차마담의 합류로 인해서 배석태가 주문진에 정착하게 되고 그 대신 그의 아들 형식이 한창범 일행에게 합류하게 된다. 이들에게는 박봉환을 떠나온 승희가 합류하여 넷이서 동패를 이루며 멀리서 변석태의 지원을 받는다. 반면에 박봉환 일행은 한창범 일행의 뒤를 쫓으며 그들의 장사를 훼방놓지만 뒤늦게 자신들이 윤종갑의 농간에 놀아났다는 것을 깨닫게 된 배완호와 박봉환이 이탈함으로써 분열하게 된다. 직장에서 퇴출당하고 아내에게 괄시를 받은 배완호는 박봉환과 함께 안면도로 가서 새우잡이 배의 선주인 손달근을 만난다.

이처럼 여자로 인해 만나고 헤어지는 운명을 거듭하는 동안 그들의
은원 관계가 뒤바뀌고 손익 관계도 달라지게 되지만, 그들에게 또 다
른 시련으로 다가오는 것은 이상기후로 인해 동해안의 어족이 바뀌게
되었다든가 한일 어업 협정으로 어로 구역이 좁아졌다는 것 등의 이유
이다. 그들이 장돌뱅이가 된 것은 IMF 관리 체제 속에 들어간 경제적
재난 때문이었지만, 이제 그들을 괴롭히는 것은 이상기후와 어로 협정
같은 것이다. 한창범 일행은 동해안의 명태잡이가 불황의 길을 걷게
되자 황태 장사를 그만두고 오징어 장사로 변신하며, 내륙 지방에 가
서는 산채를 수매해서 바닷가에 팔고, 고추를 사다가 중간 도매를 하
고, 홍시를 구매하여 겨울 동안 저장해두었다가 상당한 이익을 남기
기도 한다. 그러나 그들이 사고파는 품목을 바꿀 때마다 그들은 새로
운 활로를 찾기 위해 남다른 고통을 감내해야 한다. 어떤 품목을 어떻
게 사고 어디에서 팔아야 하는지 모색하는 과정은 그들이 지금까지 살
아온 인생 자체가 고달팠던 것처럼, 어쩌면 그보다 더 힘든 것이었다.
그들의 생활은 떠돌이의 삶이면서도 언제나 내일을 기약할 수 없는 모
험의 세계다. 찾아오는 구매자가 없으면 빈손으로 그날의 장사를 끝내
야 하고 예측이 어긋나면 사놓은 물건으로 손해를 볼 수밖에 없는 생
활이다. 그들이 그래도 함께 살 수 있는 것은 서로가 서로에게 갖고
있는 신뢰가 있기 때문이다. 하루의 손해가 다음 날에는 더 큰 이익을
가져다줄 수 있다는 믿음으로 품목을 바꿔가며 그들은 매일 새로운 장
터를 찾아 나선다.

안면도와 대전을 오가며 배완호와 한패가 되어 새우 장사를 한 박봉
환은 한밑천을 벌게 된다. 서문식당을 식주인으로 정한 그는 집주인인
손달근과 최은혜 부부의 도움으로 손달근의 처제인 최은실과 결혼을

한다. 그는 손달근의 꾐에 빠져 중국에서 뱀을 밀수입해서 동해안의 휴전선에서 잡은 토종 뱀으로 위장해서 파는 데 성공한다. 여기에서 엄청난 이익을 본 그는 최은실과 함께 두번째 뱀 장사에 나섰다가 불심검문에 걸려 트럭을 버리고 겨우 목숨만 부지한 채 살아난다. 노름꾼인 손달근의 꾐에 빠져 한번 재미를 본 박봉환은 그것이 얼마나 부도덕한 장사인지 생각하지 못하고 다시 시도했다가 혹독한 대가를 치른 것이다.

한편 한창범 일행은 새로운 품목을 찾아 헤매다가 전라도 지방에까지 이르러 고흥 출신의 방극섭을 만난다. 그들이 방극섭의 집에 머물면서 전라도 지방의 특산물을 거래하는 동안 태호는 오로지 장사에만 몰두하고 동패인 박봉환의 안부에 무관심한 한창범에 대한 불만을 터뜨린다. 그는 박봉환이 머물고 있는 안면도로 찾아가서, 옛날에 한창범의 고물 승용차를 처분해준 박봉환처럼, 박봉환이 버리고 달아난 트럭을 회수해준다. 태호는 경찰의 수배를 받고 있는 박봉환에게 중국에 건너가서 보따리 장사를 하자고 제안한다. 한국에서 간단한 가전제품과 의류 등을 가지고 중국에 건너가서 팔고 중국의 한약재를 들여오면 엄청난 이익을 볼 수 있다는 태호의 제안에 그들은 위조 여권을 만들어 중국으로 떠난다. 중국으로 가는 배 안에서 '강여사'의 짐을 맡아줌으로써 그들은 웨이하이〔威海〕에 도착해서는 강여사의 도움을 받을 수 있었다. 더구나 그들은 배 안에서 노름을 하여 손달근이 딴 2백만 원을 강여사에게 돌려줌으로써 그녀의 신임을 얻기도 한다. 그들 일행은 옌지〔延吉〕로 갈 때 강여사에게서 소개를 받은 김애린을 만나 여러 가지 편의를 제공받는다. 그들은 20여 일 동안 중국을 돌아보고 물건을 주문받아 귀국한다.

그들이 중국에 가 있는 동안 한창범은 안면도에 가서 최은실을 만나고 박봉환과 얽힌 이야기를 듣는다. 한낱 월급쟁이였지만, 1년여의 장돌뱅이 생활로 단련이 된 그는, 박봉환의 밀수를 고발했던 도매상을 만나 3백만 원을 받아내고 그 돈을 최은실에게 전해주면서 그가 박봉환을 찾는 이유가 동업자로서 그의 지분을 전하기 위한 것임을 밝힌다. 그는 주문진에 가서 변석태 문제를 해결하기 위해 '차마담'을 만나지만 해결의 실마리를 풀지 못하고, 결국 변석태는 칼을 휘두른 사건으로 인해 1년의 징역형을 산다.

박봉환 일행이 두번째 중국으로 건너갔을 때 그들은 준비한 물건을 손쉽게 처분하고 이익을 남긴다. 그들은 러시아 국경의 포시에트에 가서 그곳의 밀무역을 알아보려 했다가 복면강도들에게 가진 돈을 털리고 박봉환은 허벅지에 총상까지 입게 된다. 그들은 돈벌이에 재미를 붙이게 되자 죽음의 위협이 도사리고 있다는 것을 망각하고 있다. 다행히 목숨을 잃지 않은 그들은 옌지에 도착해서 박봉환의 상처를 치료받을 수 있었지만 중국인들에게 주문받은 상품이 제때에 도착하지 않을 경우 어렵게 터놓은 그들의 거래선이 끊길 위험에 직면하게 된다. 그들은 한창범에게 전화를 걸어 필요한 물품을 구해서 가져오게 한다.

아마도 이 소설의 절정은 그들 모두가 무엇이든지 할 수 있다는 자신감에 젖어 있는 이 시기라 할 수 있다. 그들은 귀국한 다음 부상당한 박봉환을 제외하고 다시 중국에 건너갈 생각을 한다. 그러나 위기는 항상 절정 다음에 온다. 한창범의 결혼 제의를 거절한 승희가 태호를 따라 중국에 가겠다고 나서고, 박봉환이 부상당할 때 혼이 빠졌던 손달근마저 태호와 동행하고자 하는 것은 그들의 운명의 비극을 준비하고 있다고 할 수밖에 달리 말할 수 없다. 결국 손달근이 노름해서

진 빚을 갚지 않고 귀국함으로 인해서 채권자들이 태호에게 대신 갚기를 요구했으나 태호는 이들의 요구를 거절하다가 그들에게 총살당한다. 고아 출신으로 한때는 앵벌이들의 추적을 받던 태호의 갑작스러운 죽음은 전혀 예기치 못한 죽음이다. 왜 그가 마치 유탄에 맞은 것처럼 그와 아무런 관계도 없는 손달근의 빚 때문에 죽어야 했는지 의문을 남긴다.

4

전국 각지에서 우연히 만난 그들이 때로는 의기투합하기도 하고 때로는 반목과 갈등에 사로잡히기도 하면서 경제난에 허덕이는 국민의 한 사람으로서 겪어야 하는 온갖 고통과 희열, 슬픔과 기쁨을 함께 나누며 공동체를 이루어가는 모습은 어쩌면 IMF 관리 체제 아래서 우리가 꿈꾸었던 삶의 모습이 아니었을까 생각된다. 작가가 의도적으로 각 지역 출신들을 만나게 했음에 틀림없다. 그들이 사용하는 각 지역의 사투리는 이 작품의 현장감을 탁월하게 살려주고 있다. 그들이 주문진에서 정선·영월·안동·하동·고흥·정읍을 거처 안면도로 무대를 바꾸면서 그 지역의 특산물과 인심의 경험을 통해서 알 수 있는 것은, IMF 관리 체제가 외환 위기와 외채의 압력에 의한 것이지만, 서민들 내부에서 독자적으로 그 위기를 극복할 수 있는 길을 모색하고 있다는 사실이다.

그들이 하나의 농업 공동체를 이루어 '월둔'에 자리 잡는 것은 얼핏 보면 이 작품의 감상적 결말일 수 있다. 특히 이 작품의 끝부분에서 "텔레비전도 없고, 전화도 없고, 전기도 안 들어오고, 신문도 안 들어오는 세상을 어떻게 살아갈지 걱정이 앞서네요"라는 말에 "그것들이 없는 대신 구룡덕봉 산자락의 절경이며 안개와 짐승들과 새소리까지 모두 내 꺼가 되었고, 철마다 다투어 피는 꽃이며 열매를 모두 가지게 되었지 않았습니까"라고 말하고 있다. 이러한 결말은 분명히 작가의 낭만적 감상이 곁들여 있는 것처럼 보이지만 그러나 여기에서 읽어야 할 것은 작가의 자연 친화적, 생태주의적 입장이 감추어져 있다는 사실이다. 한 철학자가 대학교수직을 그만두고 농촌에서 대안 학교를 시도할 수밖에 없는 오늘의 문명의 문제를 근원적으로 풀기 위해서는 이상적으로 보일 수 있는 모든 가능성을 생각하지 않을 수 없다. 그것은 IMF 관리 체제를 진정으로 벗어나는 길이 생태 문제의 해결에 있다는, 그리고 새로운 세기의 화두가 환경 문제에 있다는 작가의 인식을 드러내주고 있기 때문이다.

생명의 시: 삶의 괴로움 혹은 즐거움

— 정현종의 『견딜 수 없네』를 읽고

1965년 『현대문학』에서 「화음(和音)」 「독무(獨舞)」로 추천을 받은 이래 40년간 시 작업을 해온 정현종의 시 세계에서 가장 핵심적인 주제를 찾는다면 아마도 그것은 '생명'이 아닐까 생각된다. 그의 데뷔작에서부터 시인은 이미 살아 있는 생명체의 미묘한 움직임을 포착한 바 있지만, 2003년 시와시학사에서 발간한 『견딜 수 없네』를 읽으면 유독 살아 있는 것들의 움직임을 그리고 있는 시들이 많다는 것을 알 수 있다. 먹구름 속에서 소나기가 쏟아지는 여름날의 풍경을 완성하는 것도 '나방 한 마리'의 움직임에서 찾고 있고(「나방이 풍경을 완성한다」), 들고양이 한 마리의 재빠른 움직임이 삭막한 겨울 숲에 파동을 일으키고(「동물의 움직임을 기리는 노래」), "진달래, 벚꽃 핀 하늘에/새가 선회하며 난다"(「꽃들의 부력으로」). '나방' '들고양이' '새' 등 하찮은 생물들의 움직임이 생명의 살아 있음을 드러내고 있을 뿐만 아니라 세상에 존재하는 사물들도 움직임을 통해서 새로운 시간의 창조에 참여하고 있다. 눈이 내리기 시작하면서 똑같은 공간도 움직임으로써 새로운 시간의 시작이 열리고(「새로운 시간의 시작」), "시간이/검은 바람결로" "나는 슬픔이에요" 말하는 것도 '움직이며'이다(「"나는 슬픔이에요"」). 시인은 세상의 사물 하나하나에 깊은 애정을 갖고 그것이 가지고 있는 생명의 씨앗이 꽃을 피움으로써 이 세계에 경이를 낳고 있음을 꿰뚫어본다. 자유롭고 역동적인 그 움직임은 생명과 환희로 넘쳐서 생명 있는 모든 것을 비상하게 한다.

> 진달래, 벗꽃 핀 하늘에
> 새가 선회하며 난다.
> 꽃 때문인 듯 저 비상(飛翔)은,
> 꽃들의 부력(浮力)으로 떠서
> 벗어날 길 없는 듯.
> 미풍이나 거기 들어 있는 온기도
> 꽃에서 시작되는 것이었다!
>
> ──「꽃들의 부력으로」전문

추운 겨울이 죽음의 계절이라면 꽃이 피는 봄을 생명의 계절로 인식한 시인은 꽃에 대한 예찬인 이 시에서 새가 날 수 있는 것도 아름다운 꽃의 부력이고 봄날의 미풍이나 온기도 꽃에서 시작된 것으로 노래한다. 결과를 원인으로 바꿔서 말하는 도치법을 사용하고 있는 시인은 모든 생명의 절정을 꽃으로 본다. 그 생명의 절정은 아름다움의 극치로서 우리를 세속적인 억압에서 벗어나게 하여 모든 것을 수용하는 관용을 체험하게 한다. 자연의 순환이나 모든 살아 있는 것들의 움직임은 꽃핌이라는 생명의 절정을 향한 움직임이다. 따라서 이 시인에게 꽃은 모든 생명의 빛이다.

당신을 통과하여
나는 참되다, 내 사랑.
당신을 통과하면
모든 게 살아나고
춤추고
환하고
웃는다.
터질 듯한 빛—
당신, 더없는 광원(光源)이
빛을 증식한다!
(다시 말하여)
모든 공간은 꽃핀다!

당신을 통해서
모든 게 새로 태어난다, 내 사랑.
새롭지 않은 게 있느냐
여명의 자궁이여.
그 빛 속에서는
꿈도 심장도 모두 꽃망울

팽창하는 우주이니
당신을 통과하여
나는 참되다, 내 사랑.

─「빛 ─ 꽃망울」 전문

"터질 듯한 빛"으로 표현된 꽃망울의 힘을 노래하고 있는 이 작품에서 시인은 그것을 통과함으로써 "살아나고/춤추고/환하고/웃는" 시적 자아를 인식하고 그것이 모든 탄생의 비밀을 내포하고 있는 자궁으로 변주되는 것을 본다. 따라서 시인은 꽃망울이 터지는 데서 우주 자체의 팽창을 읽어내는 경이로운 상상력을 보여주고 있다. 그래서 꽃을 보는 시인의 마음은 '재 속의 불씨와도 같이' 감격을 비장하고 있고 길(공간)이나 시간이나 살림살이(생명)에서 살아갈 수 있는 것은 그 감격의 불씨로 점화할 수 있기 때문이다. 여기에서 볼 수 있는 것처럼 공간과 시간의 움직임 속에 삶의 존재 양상이 드러난다면 생명은 빛이 되어 우주 전체로 퍼져나간다. 이 우주적 질서 속에서의 시간은 어김없이 움직이며 모든 것을 변화시키는 힘이다.

문을 열고 나가자
복도 저쪽 어두운 구석에서
지키고 있었다는 듯이 시간이
귀신과도 같이 시간이
검은 바람결로 움직이며 말한다.
"나는 슬픔이에요"

오가는 발소리들
무슨 웅얼거림들
그 시간에 물들어
비치고 되비치며 움직이느니

우리는 때때로
제 목소리를 낮추어야 하리.
조용해야 하리.

—「"나는 슬픔이에요"」 전문

아마도 연구실에서 오랜 시간을 보내고 복도로 나왔을 때 그만한 시간이 흘러갔음을 새삼스럽게 확인한 시인은 그것이 자신의 하루, 혹은 삶이 흘러가고 있는 것이었음을 알게 되고 '벌써 가야 할 시간인가' 질문하게 만드는 슬픔을 깨닫는다. 그래서 시인은 "시간은 슬픔이다"라고 노래한다.

시간의 모습이다
얻는 건 없고
잃는 것뿐이다
흉악하다거나 야속하달 것도 없이
시간은 슬픔이다
그 심연은 밑도 끝도 없어
밑도 끝도 없이 왜 그러시는지
정말 밑도 끝도 없어

석탄을 캐내고 금을 캐내고
지축(地軸)을 캐내도
무량(無量) 슬픔은
욕망과 더불어
욕망은 밑도 끝도 없이
운명을 온 세상에
꽃도 허공의 눈짓도
실은 바꿀 수 없는
운명을 온 세상에
시간이여, 욕망의 피륙이여
무슨 거짓말도 변신술도
필경 고통의 누더기이니
살아서
다 놓아버린 뒤란 없기 때문이다
시간을 여의기 전에는……

— 「밑도 끝도 없이 시간은」 전문

보이지 않지만 냉혹하고 무자비한 것이 시간의 흐름이라면 그 시간의 흐름과 함께 이 세상의 모든 재화도 사라지고, 욕망이나 그로 인한 온 갖 죄악도 사라질 수밖에 없는 운명을 지니고 있다는 것을 깨닫게 하 는 이 시는 시적 리듬도 뚜렷하게 느끼게 해준다. 모든 것이 시간의 지배를 받고 있는 현실 앞에서 시인은 일정한 리듬으로 다가오는 시간 의 운명에서 벗어날 수 없는 자아를 발견하고 슬픔을 느낀다. 그 시간 의 흐름에서 시인은 자신의 마음의 폐허를 발견하고 거기에 "허공을 받치는 기둥을 세워/한 줌의 위엄이라도 감돌게 하"고자 시를 쓰고 있다. 시인에게 있어서 시간은 '원래 자연'이어서 "천천히 꽃피고 천천히/나무 자라고 오래오래 보석" 되는 것임에도 불구하고 시인이 살고 있는 세계에서는 "속도의 나락에서 헤어나지 못하"고 사람들은 "시간이 없다"며 시간의 생리를 왜곡하고 있다. 따라서 시인은 왜곡이 없는 자연, 즉 생명의 원리에 가장 충실한 데서 행복을 느낀다. 그것은 '시간의 궁핍'을 치유하는 것이고 생명의 꽃핌을 체험하는 것이다.

그러나 생명이란 시간의 흐름 속에서 생로병사의 과정을 겪는 것이다. 그 변화의 과정 속에서 고통을 느끼지 않을 수 없기 때문에 시인은 시를 쓴다.

길수록, 일월(日月)이여,
내 마음 더 여리어져
가는 8월을 견딜 수 없네.
9월도 시월도
견딜 수 없네.
흘러가는 것들을
견딜 수 없네.
사람의 일들
변화와 아픔들을
견딜 수 없네.
있다가 없는 것
보이다가 안 보이는 것
견딜 수 없네.

시간을 견딜 수 없네.
시간의 모든 흔적들
그림자들
견딜 수 없네.
모든 흔적은 상흔(傷痕)이니
흐르고 변하는 것들이여
아프고 아픈 것들이여.

—「견딜 수 없네」 전문

시인으로 하여금 견딜 수 없게 하는 것은 시간의 흐름 속에서 태어나고 늙고 병들고 죽는 시간의 그림자, 즉 흔적들이다. 부처가 출가하여 도를 닦는 것이나 예수가 광야에서 기도를 하는 것도 시간의 흐름 속에서 주어진 운명을 혼자서 감당하기 어려웠기 때문인 것처럼, 시인은 자연의 순리를 따라가고자 하지만 시간의 흐름 속에서 맺어진 인연이나 육체가 끊임없이 자아를 아프게 하는 것을 감당하기 어려워한다. 시인은 그 어려움을 자신에게서 떼어내기 위해서가 아니라 자신의 삶의 일부로 수용하기 위해 시를 쓴다. 시인은 모든 생명체가 겪을 수밖에 없는 생로병사의 운명에 대한 체념과 순응, 공포와 외경을 통해서 그것을 내적인 체험으로 승화시키고 있다. 모든 생명은 혼자서 존재하는 것이 아니라 다른 생명이나 사물과 함께 존재하기 때문이다.

이렇게 씌어진 시인의 시들은 감각적이면서도 논리적인 모순의 시학에 토대를 둔 것처럼 보인다. 그의 시에 드러나고 있는 현상 가운데 가장 주목할 만한 것은 감수성 예민한 젊은이만이 느낄 수 있는 여러 가지 감각이 시적 주제를 형성하고 있는 것이다. 하지만 정현종의 시에는 그것을 풀어가는 과정에 나이 든 사람만이 가질 수 있는 지혜의 샘물이 흐르고 있다. 거기에는 가벼움과 무거움, 딱딱함과 부드러움, 느림과 빠름, 기쁨과 슬픔, 즐거움과 괴로움 등의 주제가 끊임없이 길항 관계를 유지하며 사물의 표리 관계처럼 하나로 통합되는 놀라운 세계가 펼쳐지고 있다. 그 경이의 세계는 시인의 시적 나이를 가늠하기 어려울 만큼 투명하면서도 예리해서 자칫 잘못 건드리면 상처를 입을 것처럼 보이는데, 정작 그 세계 속에 들어가보면 그것이 우리의 존재의 집이 아닐까 생각될 정도로 따뜻하고 익숙하다. 이 모순되어 보이는 시의 세계는 우리들로 하여금 사물의 깊이가 절대적인 것이 아니라 우리의 시선의 깊이에 의해 결정된다는 것을 알게 만든다.

> 네 눈의 깊이는 네가 바라보는 것들의 깊이이다.
> 네가 바라보는 것들의 깊이 없이 너의 깊이가 있느냐.
> 깊고 넓다 모든 표면이여
> 그렇지 않느냐 샘물이여.
>
> ―「네 눈의 깊이는」 전문

거의 격언과 같은 이 시에서 볼 수 있는 것처럼 '샘물/깊이'라는 범상한 관계가 비상한 관계로 비약하여 통합하게 만드는 것은 시적 자아와 사물의 관계가 주체와 대상의 관계가 아니라 주체 속에 들어온 대상이며 대상 속에 들어온 주체로 인식한 데서 기인한다. 그러한 시인의 시적 자아는 자연 속에 있는 사물 자체에서 시를 발견한다.

> 바람결에 따라

풀잎은 공중에 글을 쓰지 않느냐.

어디로 가겠는가.

나는 손과 펜과 몸 전부로

항상 거기 귀의한다.

거기서 나는 왔고

거기서 살았으며

그리로 갈 것이니……

— 「풀잎은」 전문

이 시는 결국 풀잎처럼 자연으로 돌아가고야 마는 모든 생명에 대한 예찬이다. 생명 자체가 시가 되는 경지를 꿈꾸는 시인은 생명의 매 순간을 아름다움으로 파악하지만 특히 다음과 같은 황혼에 대한 예찬은 사라지는 모든 것의 아름다움에 대한 찬가가 아닐 수 없다.

이 저녁 시간에,

거두절미하고,

괴강(槐江)에 비친 산 그림자도 내

명함이 아닌 건 아니지만,

저 석양—이렇게 가까운 석양!—은

나의 명함이니

나는 그러한 것들을 내밀리.

허나 이 어스름 때여

얼굴들 지워지고

모습들 저녁 하늘에 수묵 번지고

이것들 저것 속에 솔기 없이 녹아

사람 미치게 하는

저 어스름 때야말로 항상

나의 명함이리!

—「나의 명함」전문

주체와 대상 사이의 구분이 사라지고 사물과 사물의 경계가 사라지는 수묵화 같은 석양은 시적 자아와 세계가 완전한 합일에 도달한 경지이다. 그것은 시인과 우주가 하나 되는 순간의 포착이며 생성과 소멸의 경지를 벗어난 생명의 절정의 표현이다. 정현종의 『견딜 수 없네』는 생로병사에 고통받고 있는 모든 사람에게 하나의 큰 위안처럼 보인다.

농촌소설을 넘어서
─ 이문구론

1

이미 30년 전에 '상황과 문체'라는 제목으로 이문구론을 쓴 것을 계기로 그의 친구가 된 나는, 그사이 그가 작품을 발표할 때마다 그의 작품을 읽으면서 그의 언어의 오묘함과 세계의 깊어짐에 감탄하며 그의 작가적 성장을 지켜보아왔다. 그의 작품은 화려하지는 않지만 확실한 세계를 형성하고 있고, 그의 문체는 표준말이 아닌 사투리지만 한국어가 가지고 있는 풍요한 감정과 율동적 리듬을 드러내고 있으며, 해학에 가득 찬 그의 표현은 웃음과 눈물을 동시에 분출시킨다. 그의 작품은 비평을 하기 위해 읽기보다는 즐기며 읽을 때 훨씬 더 가까이 느껴진다. 그의 사투리는 토속적인 분위기를 제공하는 이점을 지니고 있으면서도 그것이 사투리를 사용하지 않는 사람에게는 '다른 사람'의 이야기로 들리게 하는 약점을 지닌다. 일상생활에서 이문구의 대화는 느리고 더듬거리는 것 같지만 그의 작품에서 작중인물들은 재치 넘치는 비유와 순발력으로 빠르고 단호한 말을 청산유수로 뱉어내어 읽는 사람으로 하여금 쫓아가기 힘들게 한다.

농촌 현실을 다루고 있는 그의 소설을 읽는 독자는 처음에 그것이 자신과 관련 있는 이야기라는 생각을 하기 어렵다. 그의 소설에서 가난과 인정의 공간인 농촌은 우리 사회의 경제적 성장과 함께 변화를 겪는 순간, 새로운 문명의 이기들을 받아들이게 되는 한편 인정의 세계가 이해타산의 세계로 바뀌고 그 속에서 끝없는 갈등을 겪게 된다. 그런 점에서는 농촌의 생활이 도시의 그것과 다를 바 없겠지만, 거기에서 사용되는 사투리는 그 자체의 특성상 같은 사투리를 사용하지 않는 사람에게, 다시 말하면 그 지역에 살지 않는 사람들에게 그것을 듣는 순간 낯선 세계, 자신과 상관없는 세계의 이야기라는 심리적 편안함을 느끼게 만든다. 작중인물의 세계를 독자의 그것과 '차별화'할 수 있는 도구로서 사투리는 어떤 특정 지역의 언어보다 더 편리한 도구라 할 수 있다.

그러나 이문구의 사투리는 그것이 차별화의 도구로 사용된 것이 아니라 그 자체가 소설의 주제라고 생각된다. 왜냐하면 그 사투리의 사용자는 우리 사회의 중심에 있는 사람들이 아니라 중심에서 소외된 사람들이기 때문이다. 그들은 우리 사회의 중심에 있는 사람들이 아닐뿐만 아니라 중심으로 들어올 수도 없는 사람들이다.

이문구는 흔히 농촌소설을 쓰는 작가로 평가되어 농업협동조합에서 현상 모집 하는 문학 작품의 심사는 빠짐없이 그의 손을 거쳐간다. 그의 작품의 주인공은 모두 농촌에 사는 농민이거나 농촌에서 출생하여 도시로 흘러든 변두리 사람들이다. 우리 사회가 산업화의 길을 걷고 절대적 빈곤에서 어느 정도 벗어난 오늘날, 사투리를 사용하는 농촌은 '농자천하지대본'이라는 전통적 중심 생각에서 멀어져서 가장 소외된 지역으로 밀려난다. 농촌 지역 젊은이들이 대부분 그들의 경제적 이익과 생활 수준의 향상을 보장해주는 도시의 회사나 공장 주변으로 이동한 반면, 새로운 모험의 세계에 뛰어들 수 없는 노인들만 농촌을 지키는 현실은 농촌을 낙후된 미개발 지역으로 남게 만들어 빈곤의 대명사가 되게 한다. 도시로 이동한 젊은이들은 새로운 생활환경에 적응하면서 사투리를 내던지고 표준말을 쓰게 된 반면, 농촌에 남아 있는 노인들은 그들이 평생 써온 사투리를 그들의 언어로 간직할 수밖에 없다. 그는 사투리를 사용하는 그들을 통해 한국의 농촌이 어떻게 도시화되어가는지를 보여주는 동시에 경제적으로 나아지고 있다는 것이 농민들의 일상적 삶 속에서 어떤 과정과 양상을 밟게 되는지 보여준다.

그러나 많은 독자들은 전체 국민의 70퍼센트가 농업에 종사하던 시대에서 30퍼센트 미만이 농업에 종사하는 시대로 이행된 오늘날 농촌소설이 어떤 현실감을 가질 수 있는지 질문을 던질 수 있다. 실제로 오늘의 농촌 문제는 우루과이라운드가 선언되고 WTO가 발족한 다음 훨씬 더 심각하게 다가오고 있으나 우리 사회 전체의 경제 규모와 관련하여 소홀하게 다루어진 것이 사실이다. 우리 사회에서 중국산 마늘의 수입 문제가 제기되었을 때 여론은 마늘의 수입보다 수십 배 많은 IT 제품의 수출이 우리 경제 전체에 미치는 영향을 고려해야 한다는 쪽으로 기울었다. 이러한 현실에서 농촌 문제를 다룬 소설을 쓴다는 것은 시대에 뒤떨어진 소설을 쓴다고 보일 수 있다.

하지만 그러한 생각은 소설을 시의에 편승해야 하는 문학 장르로 착각한 것이다. 소설은 사회나 개인의 사소하고 하찮은 문제라도 그것이 그 사회나 개인의 보편적이거나 핵심적 문제와 관련이 있을 경우 그것을 간과하지 않는 문학 장르이기 때문이다. 농업 사회에서 산업사회로 이행하는 과정에서 어떤 집단이나 개인은 바로 그 변화 때문에 소외되고 고통받을 수 있다. 농촌이 이제는 소수의 집단이 살고 있는 공간이지만, 몇천 년 동안 농민으로 살아온 사람들이 지켜온 전통과 문화가 변화를 겪어야 한다면 그것의 진정한 의미에 대한 질문과 그 규명에 대한 천착이 있어야 할 것이다. 절대 빈곤에서 벗어났을 때 잘산다는 것은 무엇인가, 사람답게 산다는 것은 무엇인가 하는 질문을 던지지 않을 경우, 사람은 경제적 동물 이상이 되지 못한다. 이문구의 농촌소설이 가지고 있는 의미는 바로 그러한 질문과 상관되고 있다.

2

그는 이야기의 전개에서 본론으로 직접 들어가지 않고 좀 엉뚱하다고 생각되는 이야기에서 시작해 여러 가지 사설을 늘어놓다가 슬그머니 본론으로 미끄러져 들어가는 기법을 사용한다. 그것은 판소리나 탈춤에서 빌려온 것으로 보이는 기법으로서 농촌이나 전통 사회를 묘사하고 서술하는 그의 소설과 관련해서 볼 때 지극히 당연한 것처럼 보인다. 물론 그런 방식으로 소설을 쓰지 않을 수도 있지만 그의 소설을 이야기하는 글에서 그가 사용하지 않은 기법을 논한다는 것은 사리에 맞지 않는다. 오히려 그의 주인공들이 사용하는 어법에는 여러 가지 비유가 들어 있지만, 그 비유는 논리적 타당성의 검토 대상이 아니라 일상적 어법의 일탈이라는 통로를 통해서 풍자적이고 해학적인 즐김의 대상이다. 가령 "그냥저냥 살다 시들라니께 억울해서그려. 못자리에 던진 볍씨가 뒤주 것이 되려면 자기 말로두 여든여덟 번이나 손이 가야 헌다메? 그런 농사를 입때껏 표 안 내구 지어왔으면, 이런 예편네덜두 워느 때 한 번 말발에 끗발 나는 사람덜의 반에 반이라두 사람 노릇 좀 해볼 계제가 와야 쓰잖여. 새끼 까서 질러가며 농사짓구, 울안에 얽매여 부엌서 호령허구…… 여기 여편네들이 소허구 다른 디 있으면 얘기 좀 해봐…… 다르기야 다르지. 부리는 사람 많어 다르구, 수의사헌티 벗어 보이지 않어 다르구……?"(「우리 동네 장씨」) 농사짓는 여성이 자신을 일하는 소와 비교하며 다른 점이 있다면 수의사에게 가지 않는 것뿐이라고 하는 비교는 처절하지만 웃음을 웃지 않을 수 없게 하고, "사람덜의 반에 반이라두 사람 노릇 좀 해"보자고 하는 절규에는 엄숙해지지 않을 수 없다. 마치 탈춤의 광대처럼 끊임없이 주절대는 것 같은 독백 속에 한국 여성의 숙명과 같은 비애가 들어 있다. 추곡 수매가가 정부에 의해 정해지는 것을 빗대어서 "다른 물건은 죄다 맹그는 놈이 기분대루 값을 매기는디 워째서 농사꾼만 남이 긋어 준 금에 밑돌아야 해"(「우리 동네 강씨」)라고 하는 말은 농업 사회에서 산업사회로 이행하는 과정에서 농민들이 겪어야 하는 모순의 현실을 그대로 반영함으로 인해 핵심을 찌르는 예리함을 지니고 있지만, 동시에 자기가 만든 물건을 시장에 내놓고 자기가 정한 값과 구매자가 원하는 값에 따라 가격이 형성되는 자본주의의 기본적인 시장 원리가 그대로 통용되지 않는 현실을 고발하고 있다. 그러나 그의 소설은 이러한 현실의 고발 차원에 머무는 것이 아니라 삶의 구체적이고 총체적인 모습을 제시하는 데까지 발전하고 있다.

그는 『관촌수필』에서 자기 집안 이야기를 중심으로 자신이 떠나온 고향 이야기를 전개한다. '이토정'의 후손으로 자기 집안에 대한 자부심을 길러준 '할아버지'와 남로당에 가입하여 전쟁의 와중에서 죽은 '아버지'와, 그로 인해 몰락한 양반의 후손으로서 가난하게 살지만 할아버지에 대한 기억으로 가문의 자부심과 그에 어울리지 않는 가난을 추억하고 있는 '나'에 이르는 3대의 이야기를 연작 형식으로 구성해놓은 『관촌수필』은 이문구의 대표작이라 해도 과언이 아니다. '고색창연한 이조인'인 할아버지는 주인공에게 '왕소나무'로 상징되어왔으나 13년 만에 고향에 돌아온 그에게는 그 왕소나무 자리에 새로운 집이 들어선 것처럼 사라진 '왕소나무'에 지나지 않는다. 그럼에도 불구하고 주인공의 머리 속에는 개명한 사회주의자 '아버지'에 대한 추억은 거의 없고 오직 전통적 삶의 상징인 '할아버지'만이 추억으로 남아 있을 뿐만 아니라 사람의 '도리'에 대한 그의 관념도 할아버지에게서 받은 교육에 의존하고 있다. 그 자신이 『관촌수필』 후기에서 "내가 이 나이 먹도록 벗어나지 못하는 것의 하나가 이미 유년 시절부터 몸에 밴 조부의 훈육이기도 하지만, 이야기를 늘어놓기 전에 먼저 나부터 소개함이 바른 것 같"다고 하면서 "『관촌수필』만은 남의 이야기도 아니"라고 고백하고 있다. 실제로 이 작품집은 그의 집안의 중심에 할아버지가 존재하고 그 존재로 인해 그의 집이 마을 전체의 중심에 자리잡고 있기 때문에 그가 집안의 노복과 동네의 친구들을 이야기할 때도 언제나 그의 삶의 한가운데 할아버지가 존재하고 있음을 전제로 하고 있다. 그러한 사실은 작가 이문구가 현실적인 문제에 부딪쳤을 때 그의 선택이 급진적인 방향에서 이루어지지 않고 중용의 길에서 이루어지고 있는 것을 설명해준다. "세상이 아무리 앞뒤가 없어졌더래두 가릴 게라면 가려야 쓰는 게여. 생치는 양반 반찬이구 비닭이는 상것들이 입에 대는 것이다"라는 할아버지의 교육은 그 자신이 군사독재 시절 민주화 운동에 가담하면서도 스스로의 삶에 언제나 품위를 유지하게 한 힘이다. 그것은 마치 그가 첫돌을 맞고 18년 동안 살았던 옛집의 모습과도 같다.

    대천읍 대천리 387번지. 할아버지가 말년을 나고, 어머니가 기울어진 가운데 끝까지 시달리다 운명을 한, 그러나 내 손에 모든 것이 청산되어 이제 남의 집이 된 옛집. 대지 이백오십 평에 건평 칠십여 평의 ㄷ자로 된 그 집은 솔수평이 기슭 잔디밭을 뒤꼍 장독대로 하여 남향받이로 정좌한, 덩실하고 우아한 옛날의 풍모를 조금쯤은 간직하고 있는 듯했다.

이러한 집에서 태어나 전쟁의 체험만 겪지 않고 성장했다면 그는 풍부한 시적 상상력 속에서 행복한 시인이 되었을 것이다. 6·25 전쟁은 그를 시인으로 만드는 대신 작가로 만들었다. 전쟁의 와중에서 그의 집과 관련된 사람들과 그 자신이 겪은 비극은 그에게 너무 큰 상처를 남겨주었고 그는 그 상처를 안고 3대째 살아온 그 집을 남겨두고 관촌을 떠나 서울로 이사하지만 그 상처의 아픔을 평생 지니고 살았다. 그가 여기에서 다루고 있는 인물들은 모두 그의 집에서 부리던 노복이거나 그의 집에 드나들던 농민이거나 그의 유년 시절의 친구들이다. 그에게 전쟁의 상처가 그대로 남아 있는 것은 그의 유년 시절에 겪었던 삶의 동반자들에 대한 기억을 통해서다. 근대화의 물결이 전국을 휩쓸고 있던 1970년대 초 그의 생활은 빈곤의 상태를 면하지 못하고 있지만 그렇다고 해서 유년 시절의 삶으로 되돌아가고자 하는 복고적 희망을 가지고 있는 것은 아니다. 그의 소설은 오히려 그의 현재의 가난이 전쟁의 상처나 분단 현실과 무관하지 않음을 보여준다.

그는 할아버지의 영향을 이야기하면서도 아버지의 영향에 대해서는 침묵하고 있다. 그러나 그것이 곧 아버지의 삶이 그와 무관하다는 것을 의미하는 것은 아니다. 그에게는 '이조인' 할아버지와 '남로당원'인 아버지가 공존하고 있지만, 현실적으로 아버지의 존재는 겉으로 드러나지 못한 채 감추어져 있고 할아버지만 떳떳하게 드러난다. 실제로 『관촌수필』연작 가운데 가장 인상 깊은 작품 가운데 하나인「공산토월」의 주인공 '석공'은 사회주의 운동을 하던 '아버지'를 따라 '공산질'하며 다니다가 온갖 고문과 감옥살이로 고생을 한다. 출옥 후 본래의 농민으로 돌아온 그는 전쟁으로 아버지를 잃은 화자의 집안일을 도와주며 자신의 아내와 딸과 아들과 함께 행복한 가정을 이룰 정도로 열심히 일에만 매달린다. 그는 전쟁으로 아버지를 잃은 화자의 집안일을 돌보며 관촌을 떠난 화자와 관촌 사이를 연결시키는 역할을 한다. 그러나 그의 유위변전(有爲變轉)의 삶과 죽음은 작가로서의 화자뿐만 아니라 독자들에게도 깊은 감동을 남긴다.

3

『관촌수필』연작이 유년 시절 그의 집안과 연결된 사람들의 이야기라고 한다면, 『우리 동네』연작은 그가 떠난 1970년대의 농촌 이야기다. 그가 쓰고 있는 농촌소설은 농촌의 인정 삽화를 그리는 전통적인 농촌소설이 아니라 근대화의 물결 속에서 변화하는 농촌을 그린 새로운 농촌소설이다. 농업이 중요한 생산수단이었던 우리 사회는 1970년대 들어서 산업사회로 변화하기 시작한다. '잘살아보자'라는 구호 아래 농

업으로는 가난의 굴레를 벗어날 수 없다는 것을 알게 된 우리 사회는
공업과 그 생산품을 통한 기업의 활동으로 세계에 상품을 파는 산업화
를 시도한다. 그 산업화의 와중에서 농촌의 잉여 인구는 공장과 도시
로 이동하고, 농촌의 젊은이 숫자는 갈수록 줄어든다. 원래 농촌 문제
의 핵심이 가난이라고 한다면 근대화 운동은 바로 그 가난에서 벗어나
는 것이다. 실제로 산업화가 어느 정도 진행된 1970년대 중반 이후 우
리나라는 '보릿고개'로 상징되는 가난에서 벗어나기 시작했다고 말할
수 있다. 그러나 절대적 빈곤이라고 할 수 있는 보릿고개가 없어졌다
고 해서 농촌 문제가 해소된 것은 아니다. 이문구의 『우리 동네』 연작
은 산업화 과정에서 제기되는 농촌 문제를 다루고 있다. 그것은 제일
먼저 농촌과 도시의 소득 격차로 나타난다. 「우리 동네 이씨」의 경우
농가 1년 소득이 도시 근로자 두 달 월급에 지나지 않는 것으로 나타
난다.

    나만 해두 이십 년 농민인디, 이 이십 년 농민 금년 추수가 월만지
    아우? 까놓구 말해서 뒷목까장 싹 쓸어 담은 게 쌀 스무 가마여. 요
    새 쌀금이 월맙디야? 이만 육천오백 원이지? 알기 쉽게 따져봐두 열
    가마면 이십육만오천 원이구 스무 가마면 오십만 원…… 이게 뭐여?
    중견 사원 두 달 월급여. 지서기두 아다시피 일 년 내내 몸 달어봤자
    남는 건 겨허구 지푸래기뿐인 게 농민인디 뭐?

주인공이 느끼는 것은 이제 절대적 빈곤이 아니라 상대적 빈곤이다.
이 상대적 빈곤은 농민들에게 그들의 삶의 질과 인간다운 삶에 대한
의식을 일깨워준다. 농업의 향상을 위한 품종 개량이나 농기구 및 농

약 개발이 모두 농민의 부담으로 돌아오는 현실과 이에 반해 농산물 값의 안정이 농민 수입의 상대적 감소를 가져오는 현실은 농민들이 가장 먼저 겪는 고통이다. 더구나 농촌을 떠난 젊은이들이 도시에 가서 돈을 벌게 됨으로써 농촌에 남아 있는 사람들로 하여금 위화감을 느끼게 하는 것은 농촌의 공동체적 인심을 변질시켜놓는다. 「우리 동네 류씨」에서 순이는 농촌이 좋아졌다는 말만 믿고 고향에 와서 텔레비전 연속 방송극을 촬영하려고 했다가 실패하고 만다. "촬영반이 오는 것을 다시없는 영광으로 알아 서로 자기네 손님으로 받으려고 아우성치는 속에서, 집집마다 앞을 다투어 있는 것 없는 것 다 차려 잔치를 벌이기에 바쁘리라고 장담한" 그녀는 동네 사람들이 돈을 요구하고, 면에서는 고분고분하지 않은 관향리에 관을 동원하는 어려움을 고백한다. 그러나 관에서 비상 대청소라는 구실로 예비군과 민방위 대원을 동원하여 촬영에 들어가는 와중에서 류씨가 트랙터에 치여 죽는다.

그것은 단순한 농촌의 변화를 암시하는 것이 아니라 근대화라는 큰 목표를 실현시키기 위해 오랫동안 농민들을 속이고 소외시킴으로써 농민들 자신의 마음을 병들게 한다는 것을 보여준다. 보리나 벼의 수매에도 관권의 뒷받침을 받느냐 못 받느냐, 혹은 금전의 뒷받침을 받느냐 못 받느냐에 따라 수월해질 수도 있고, 등급을 높이 받을 수도 있다. 이처럼 농촌이 살기 어려운 곳으로 변하는 것은 농민이 살고 있는 사회 자체의 변화에 기인하기도 하지만, 그것으로 인한 농민 자신의 마음의 붕괴에도 원인이 있다. 새로운 도시 계획으로 논을 고가에 수용당해 갑자기 벼락부자가 된 농민이나 부동산 중개업으로 전업해서 돈을 모은 농민이 '경양식집'과 '일식집'을 드나들며 고급 술을 마시는 등 도시화되어가고, 이런 도시의 소비 풍조가 농촌에 들어옴으로써 농민들의 새참을 드는 풍속이 달라지고, 텔레비전 방송극에서 본 것처럼 농민들이 집 안에 냉장고를 사서 맥주를 들여놓고 이웃들의 방문에도 접대하지 않으면서 과시하는 풍속을 갖게 만든다.

농촌이 가지고 있던 공동체적 미덕은 사라지고 도시의 이기적 개인 주의가 농촌을 휩쓸게 된 현실에 대해서 이문구는 유머가 풍부하면서도 예리한 칼날을 감춘 표현을 통해 아픔을 드러내고 있다. 가령 「우리 동네 황씨」에서 마을 전체가 집집마다 6백 원 이상의 수재 의연금이나 구호품을 갹출하고 있을 때 가장 큰 부자 황선주가 수재민 구호품으로 내놓은 것이 입던 팬티였다. 의연금과 구호품을 모으러 다니던 사람들이 어처구니없어서 다음과 같이 말한다.

춘자 아버지두, 우리가 시방 춘자 아버지 입던 빤쓰를 은으러 왔단 말유? 희치희치허구 낡음낡음헌 빤쓰를…… 빤쓰 장수가 보면 불쌍해서 하나 그저 주게 생긴 걸레를 은으러 예까장 펄렁거리구 왔대유?

여기에 대한 황선주의 대답은 더욱 가관이다.

챙근 엄니는…… 말을 귀루 안 듣구 입으루 들유? 수재민이라구 홋것만 입으라는 삡이 워디 있유? 그러면 그 사람들이 한 끄니래두 끓이라구 추렴해준 양석 팔어 빤쓰버텀 사입으야 쓰겄우? 게, 다 나두 생각이 있어 내논 젠디 뎁세 나를 트집헐류? 말에 도장 읎다구 함부루 입방아 찧지 마유. 이게 왜 흔게유. 남대문표는 삼 년을 입어두 새물내만 납디다유. 공중 넘우세스럽게시리 이유 삼지 말구 얼릉 딴

240

다나 가보유.

황선주의 억지는 누구도 따라갈 수 없을 만큼 강한 것이지만, 여기에 대한 '창근 어머니'의 대꾸도 만만치 않다

　　남댑문이구 앞댑문이구 간에 수재민 고쟁이 걱정허는 사람은 팔
　　도강산에 느티울 춘자 아버지뿐일뀨. 확실히 우리게는 꽃동네 새동
　　네여.

이러한 실랑이를 거쳐서 황선주의 팬티가 마을 회관 앞마당 옆 밭고랑에 허수아비 꾸미듯 바지랑대에 걸리게 된다. 이 에피소드가 말해주는 것처럼 농촌에 돈을 좀 갖게 된 사람은 제일 먼저 도시화되고 그럼으로써 오랫동안 미덕으로 지녀왔던 공동체 의식이 사라진다. 이문구는 그의 작품 도처에서 농민들의 이러한 변화를 아프게 인식하고 있다. 그것은 농촌을 가난과 착함의 대명사로 그렸던 과거의 농촌소설이 아니라 이미 도시화되어버린 오늘의 농촌소설이다. 거기에는 온갖 간계와 억압과 불평등이 한편의 삶을 지배하는 현실과 이에 대한 불만과 분노와 저항이라는 다른 한편의 삶이 맞부딪치는 역동적 현실이 삶의 구체성과 총체성을 드러내는 그의 소설의 힘으로 존재한다.

4

이문구의 마지막 작품집이라고 할 수 있는『내 몸은 너무 오래 서 있거나 걸어왔다』는『관촌수필』과『우리 동네』에 이은 또 하나의 연작이다. 그러나 이 연작집에 수록된 작품들은 앞의 두 작품집과 비교할 때

연작집의 성격이 훨씬 약화된 것이다. 『관촌수필』이 화자의 유년 시절에 그의 집과 관련된 사람들의 이야기라면 『우리 동네』는 도시화되어가는 한 마을에 사는 사람들의 이야기다. 그런 의미에서 그의 마지막 소설집은 『우리 동네』와 성격이 비슷한 작품집이다. 지난 반세기의 한국 현대사를 몸소 산 농민들의 이야기인 『내 몸은 너무 오래 서 있거나 걸어왔다』는 외형적으로 그 인물들이 하나의 나무로 상징화되어 있다는 데서 연작의 형식을 찾아볼 수 있다. 첫번째 작품인 「장평리 찔레나무」에는 농촌에 사는 형수와 도시에 사는 시동생 사이의 갈등을 그리고 있다. 이금돈의 부인으로서 장평리 부녀회장과 기본바로세우기운동 장평 분회장을 맡고 있는 김여사는 '반갑잖은' 시동생 이은돈의 전화만 받으면 화가 나서 견디지 못한다. 이은돈은 대학에 들어갈 만큼 얻지 못한 조카 월미의 수능 성적을 묻고 대답을 못 듣게 되자 시비를 걸고 아무 전문대학이나 입학시키라고 권하지만, 형수는 시동생의 그 모든 말이 귀에 거슬리기만 하다. 그녀는 시동생이 준 행운의 열쇠가 순금이 아니라는 것을 알게 되고, 시동생에게 자신의 옷맵시를 "아줌마 패션치곤 미스포사급"이라 평가받고, 자신이 농사지은 콩과 고추를 시동생 가족에게 빼앗기고, 심지어는 까치를 잡아서 냉동실에 넣어두라는 부탁까지 받는다. 그녀는 서울에 사는 시동생의 일거수일투족뿐만 아니라 말 한마디조차 못 견디게 싫어한다. 결딴난 고추밭을 보면서 그녀는 다음과 같이 다짐한다.

제 성을 으레껀 먹던 떡으로 여기는 늠인 중 뻔히 알면서두 눈 뜨구 당했으니 인저 뉘더러 하소할 겨. 뭣이 워쩌구저쩌? 허리 높이끔? 그럼 내 꼬추밭을 무단히 밭떼기루 털어간 지년은? 지년은 도둑년이

니께 발모가지끕이구? 금붙이나 패물 도둑은 사치랑 허영을 훔친 도
둑이구. 농산물 도둑은 농사꾼이 삼백예순 날 쏟아 모은 땀방울 도둑
이라는 걸 알어야 혀. 작것덜아. 그러구 늬덜허구는 이게 끝이여. 앞
으루는 상종두 않을 겨. 내가 늬덜을 상종허면 내가 아니라구. 유유
상종이라구 했어. 우리가 왜 늬덜허구 유유(類類)냐. 허리허구 발모
가지는 유유가 될 수 없다는 걸 알라구.

거의 넋두리 같은 이러한 다짐은 가족들 사이에서 주고받는 말이 찔레
나무 가시처럼 상대방을 아프게 찌른다는 것을 알게 하며 그들의 관
계가 돌이킬 수 없게 된다는 것을 의미한다. 가족 사이에 있는 이러한
불화와 갈등은 가족 관계의 변화를 의미하며 그것은 서울과 농촌 사이
의 불화와 갈등으로 발전할 것으로 작가가 예견하고 있음을 의미한다.
최근에 농산물 가격에 대한 항의가 농민들의 시위로 발전하고 있고,
국가 간의 자유무역협정도 농민들의 거센 저항에 부딪치고 있다. 농업
이 국민 경제에서 차지하는 비중이 크지 않고 농민이 전체 국민의 수
에 비해 현저히 적다고 해서 농촌을 소외시킬 수 없는 것이 오늘의 현
실이다. 오늘의 경제 발전이 농촌을 희생시켜 이룩한 것이지만 농촌은
절대 빈곤에서는 벗어났으면서도 상대적 빈곤감에 시달리고 있다. 그
러한 농촌은 관리들의 부패와 억압, 농민들의 불신과 반목, 도시인들
의 끊임없는 간섭과 지배로 인해 전보다 더 복잡하고 분열된 삶의 공
간이 되고 있다. 마을 사람들이 모여서 의논하는 것이 아니라 자신의
입장에 따라 궤변을 늘어놓게 된 농촌의 현실은 함께 사는 공동체의
모습보다는 개인적 이기주의를 추구하는 이익집단의 모습을 짙게 보
여준다.

작가 자신이 마지막 작품집의 제목을 "내 몸은 너무 오래 서 있거나 걸어왔다"라고 한 것은 자신이 살아온 삶 속에서 보아온 것에 대한 통렬한 고백이다. 이 작품집에서 제목으로 사용하고 있는 나무들의 이름이 그러한 추정을 뒷받침해준다. 찔레나무, 화살나무, 소태나무, 개암나무, 싸리나무, 으름나무, 고욤나무는 모두 건축 자재로 쓸 수 있는 나무도 아니고 과실로 수확을 올릴 수 있는 나무도 아니다. 가령 화살나무는 "그루마다 마디게 자란 데다 다다분한 잔가지가 갯바람에 모지라져서 나무도 나무 같지 않은 화살나무"이고, 개암나무는 "자라고 싶은 대로 자란대도 키가 사람을 넘보지 못하는" "어느 것이 줄기고 어느 것이 가지인지 뚜렷하지 않게 떨기 져서 덤불처럼 자란" 나무이고, 으름나무는 "나무두 아니고 풀두 아니고 나무랑 풀 사이에서 어중간허게 걸치구 양쪽 눈치나 보구 사는 덩굴"이다. 이들 나무는 모두 경제성이 거의 없는 나무들이지만 그렇다고 그 나름의 존재 이유까지 없는 것은 아니다. 이러한 나무들이 재목으로 쓰일 나무와 과실을 수확하게 하는 나무들과 어울려 거대한 숲을 이루고 자연을 형성하는 것처럼, 이 세상에는 잘난 사람만 있는 것이 아니라 보잘것없는 사람도 있다는 것을 작가는 강하게 주장하고 있는 것 같다. '소태처럼 쓰다'고 하는 말처럼 소태나무는 그 쓴맛에 우리가 온 얼굴을 찡그리게 하는 인물의 상징으로서 그것의 존재가 다른 나무와 숲의 존재를 정당화시켜준다. 작가 자신의 다음과 같은 말에 귀를 기울여보자.

제목으로 쓰인 나무는 나무이되 나무 같지 않은 나무이지요. 그렇다면 덩굴이냐, 덩굴도 아니지요. 풀 같기도 한데 풀도 아니고 그러나 숲을 이루는 데는 제 나름대로 역할을 하는 나무지요. 꼭 소나무나 전나무, 낙엽송처럼 굵고 우뚝한 황장목 같은 근사한 나무만이 숲을 이루는 건 아니라고 생각합니다. 있는 듯 없는 듯 존재 가치가 희미한, 그러나 자기 줏대와 고집은 뚜렷한 사람들의 이야기입니다. 돈 없고 힘 없는 일년살이들도 숲을 이루는 데는 꼭 필요한 존재라는 것을 말하고 싶었습니다.

작가가 여기에서 분명히 말하고 있는 것은 화자가 비판의 눈으로 보고 있거나 부정적 시각으로 보고 있는 농촌의 서민들 각자의 존재 이유에 관한 것이다. 그것은 작가 이문구가 비범한 작가라는 것을 뒷받침해준다. 농촌의 일상적이고 하찮은 이야기를 한없이 늘어놓으면서도 그것이 농촌의 이야기로 한정되는 것이 아니라 우리의 삶의 보편적이고 구체적이며 총체적인 이야기가 되게 하는 것이다. 그는 그런 이야기를 목에 힘을 주고 심각하게 하는 것이 아니라 지나가는 객담처럼, 해학과 기지로 가득 찬 탈춤의 독백처럼 리듬을 살려 말하고 있는 것이다. 그렇기 때문에 1980년 신군부가 집권을 위해 무시무시한 폭력을 휘두를 때 그가 낸 산문집은 제목 때문에 판매 금지 처분을 당했다. 우리는 그때 소태처럼 쓰디쓴 웃음을 웃었다. 그 산문집의 제목은 '누구는 누구만 못해서 못하나'라는 것이다.

사랑의 시, 귀향의 시

── 박경석의 시

1

시인은 자신의 성장 과정에서 체험한 정서에서 독립적으로 존재할 수 없다. 많은 시인이 그러한 정서를 자신의 한계로 인식하고 그것을 극복하기 위해 평생 싸우기도 하지만 그보다 더 많은 시인은 그러한 자신의 정서에 순응하는 길을 모색한다. 그 순응은 어린 시절의 추억에 안주하여 거기에서 성장을 멈추는 것이 아니라 성장하고 있는 자신의 몸을 그 정서의 고향이라 할 수 있는 자연과 합일의 상태로 이끌어가는 것이다. 한 편의 시를 읽고 즐거울 수 있는 것은 그 합일이 주는 아름다움 때문이고 그 합일에서 만나게 되는 시인의 성숙 때문이다. 매일 한 편의 시를 읽을 수 있다는 것은 그러므로 우리를 망각의 늪에서 건져내주는 것이고 우리의 미적 감각을 버리는 것이다.

우리에게 추억이 없다면 그리움이 없을 것이고 그리움이 없다면 시도 없을 것이다. 사람은 각자가 가지고 있는 삶의 체험이 다른 것처럼 추억도 다르고 그리움도 다르다. 우리가 어렸을 때 산 집은 그 생김새부터 마을 안에서의 위치에 이르기까지 추억의 핵심적인 공간이다. 그곳은 우리가 일상적인 삶을 살아온 공간이면서 우리의 모든 상상력의 발원지이다. 어머니의 따뜻한 품이라든가, 사랑하는 사람의 죽음과 같은 최초의 고통 체험이라든가, 어른들이 모르는 비밀의 소유라든가, 불가해한 삶의 발견 등은 곧 삶의 양상이면서 동시에 무한한 상상력의 보고이다. 우리가 살고 있는 세계와 자아가 하나가 아니라는 사실의 발견은 우리로 하여금 그 하나의 상태를 꿈꾸게 한다. 그 꿈의 가장 확실한 표현이 시로 나타난다. 그것은 시적인 자아가 살아 있다는 증거이며 망각의 나락으로 떨어지지 않고자 하는 시인의 기원을 담고 있다.

시에 대해 이러한 생각을 갖고 있는 나로서는 박경석 시인의 시선집을 읽으며 감동을 받지 않을 수 없었다. 내가 박 시인을 처음 만난 것은 그 무시무시하던 1980년대 초라고 기억된다. 그의 첫번째 시집이 나오고도 6, 7년이 지난 다음이었던 그 시절 박 시인은 그 단단한 외모로 보나 자신만만한 어투로 보아 수줍음을 타는 시인으로 기억되지 않았다. 그는 바둑도 단단하게 두고 전혀 어수룩하지 않아서 누구에게도 만만한 인물이 아닌 것으로 보였다. 하지만 그와 이야기를 나누면서 얼핏 받은 인상과는 달리 그가 시골 특유의 깊고 너그러운 마음과 다정다감한 성격의 소유자라는 것을 알게 되었다. 특히 그의 첫번째 시집을 읽고 나서는 그의 진면목을 느낄 수 있었다. 당시에 나는 해직된 상태였기 때문에 그와 여러 차례 바둑을 두었고 대화도 나누었다. 그러나 어느 순간부터 그는 우리의 주변에 나타나지 않았다. 그와의 교류가 오래 있었던 것이 아니기 때문에 나는 곧 그를 잊고 살았다. 우리는 평소에 얼마나 많은 것을 망각 속에 두고 사는가! 그런데 1996년 1월 하순 십 몇 년 만에 그가 시선집 원고를 들고 내게 왔다. 나는 흘러간 세월의 폭을 가늠하면서 그가 큰 수술을 받았다는 것을 알았다. 그렇다. 사람은 누구나 보이지 않는 곳에서 확인하면서 주변의 많은 부재자들의 안부를 생각한다. 시선집의 해설을 선뜻 맡았으나 어느덧 두 달을 흘려보냈으니 나는 시인에게 책망받아 마땅하다.

2

박경석 시인은 과작의 시인이다. 그가 처음 문단에 등장한 것은 1957년 『전남일보』 신춘문예에 당선되면서부터이지만 중앙 문단에서 활동하기 시작한 것은 1969년 『현대문학』에서 추천을 받으면서부터이다. 그가 지금까지 낸 시집은 30년 동안 세 권이다. 여기에 모은 시선집은 그 자신이 뽑은 것이기 때문에 시인이 생각하고 있는 자신의 시 세계를 드러낸다고 할 수 있다. 그 고백은 그가 삶을 얼마나 아름답게 볼 수 있는지 이미 이야기하고 있다.

우리는 그해 여름
유촌으로 가는 길을 거닐었었네.

삐비풀꽃 기다리는 푸른 강언덕
찾고 또 찾고
나는 삐비풀의 하얀 속살을

감은 눈 그녀 입에 물려주곤 했었지.
버들아기 어르는 해모수같이……

몇 마장쯤 걸었을까.
흐르는 물에 발을 담그고
둘이서 나란히 땀을 쫓고 있었네.

노을빛 타는 수줍음 파라솔로 가리우고
새로 차린 각시방에 나를 부른 그녀
그녀 입술이 빚어 뿜는 풀 냄새

물소리도 시간도 흐름 멈춘 거기
무중력 상태로 우리는 떠 있었지.

그 여름 풀 냄새로 머리 얹고 시집와서
고주몽 같은 아들 낳고
삼남매의 엄마로 둥지 튼 그녀

두 딸아이 해수욕철 챙길 때마다
사랑의 순결법을 귀띔하고 있느니.

— 「유촌 가는 길」 전문

여기에서 시적 화자는 이제 3남매의 어머니가 된 아내와의 사랑의 역
사를 회고하고 있다. 그들은 둘이서 '삐비풀꽃' 뜯으며 들판을 걷기도

하고 냇물에 발을 담그며 땀을 쫓기도 하고 아무도 보지 않는 들판에서 파라솔로 가리고 입 맞추며 '무중력 상태'를 체험하기도 한다. 그리하여 아들 하나 딸 둘 낳고 행복하게 사는 자신의 삶은 단순한 이야기가 아니라 사랑과 감사의 표현이다. 그가 아들을 '고주몽' 같다고 하는 것은 아들에 대한 기대의 표현이 아니라 그만큼 자신에게 귀하다는 표현으로서 평범한 필부의 심정을 드러낸다. 그래서 해수욕을 떠나는 딸들에게 사랑의 순결법을 귀띔해주는 아내에게 감사하는 것은 자신과 아내가 순결로 맺어졌던 것처럼 자신의 아이들도 그렇게 맺어지기를 바라는 희원이 있기 때문인 것으로 보인다. 순결에 대한 시인의 마음은 그보다 6년 전에 씌어진 「아내의 개벽」에서도 잘 나타나 있다. '그'와 '아내'는 첫번째 만남에서 단군 신화에서처럼 '마늘과 쑥 냄새'로 통과제의를 거친다. 그 통과의례는 에로스적인 양상을 띠면서도 순결의 이미지를 미덕으로 지니고 있다. 「서동요」처럼 열아홉 살에 자신의 사랑을 고백한 시인(「내 열아홉 서동」)은 사랑하는 사람의 통과의례를 "아릿하고 황홀한" 석류의 '균열'이라는 절묘한 이미지로 표현하고 있다(「석류」). 특히 아내에 대한 시인의 애틋한 심정은 군대의 생활 체험을 희랍 신화의 틀에 접목시켜 노래한 「페넬로피아」에서 더욱 절실하게 나타난다. 자신의 세계에서 넘치는 정욕과 베틀에 앉아 기다리는 아내의 정절을 대비하여 자신의 사랑과 아내의 수틀이 날과 올이 되어 지혜의 피륙을 짜는 길쌈이 되어주기를 바라는 희원은 처절하기까지 하다.

쿠바 섬에 전운이 감돌고,
전군이 비상 훈련에 돌입했다며,

허리통에 수통 차고 불침번이 따로 없다며,

한 달 만에

출렁이는 파도를 부쳐왔어요.

출렁이는 그이의 부산 파도가

뜨거운 목소리로

내 잠옷의 해안선을 후비며

귓속 모래톱에 파고 스며요.

—「아내의 동동」 중 '동지마당'

쿠바 사태가 이 땅의 군대에서도 비상이 걸리게 한 사건을 전달하는 이 시는 한 달 만에야 부산에서 온 남편의 편지를 받은 아내가 잠 못 이루고 고통을 느끼는 모습을 그리고 있다. 아내에 대한 이처럼 애틋한 마음은 「미녀 엠마, 그 아픈 사랑의 수틀」에서도 절절하게 노래하고 있다. 군대 생활 중에 시인은 넬슨 제독의 최후를 담은 외국 영화를 보고 "나는 원균도 충무공도 아니란다./상등병 계급장 달고 전피장갑 끼고/수자리 지키는 콩나물 졸개,/연대 수송부 사역장에서/좌수영 울돌목이 보일 때까지,/폐품 타이어를 운반하고 있었다./사령부 산하에 점호 끝나고/소등 완료한 내무반에서/닭털 침낭에 지퍼 잠그고/아내의 기다림을 읽고 있었다"라고 함으로써 한편으로는 자신과 영화의 주인공을 차별화하여 자신이 하나의 평범한 필부임을 인식하고, 다른 한편으로는 자신의 그리움의 대상이 아내임을 이야기한다. 그런 점에서 이 시인은 행복한 시인이다. 30여 년 이상의 세월 동안 사랑하는 아내와 함께 살 수 있었다는 것은 그가 그 누구보다도 행복한 시인이라는 것을 입증하기에 충분하다. 이 시선집 제1부 '연가'는 대부분 아내와 그 밖의 가족에 관한 사랑의 노래이다. 그렇기 때문에 이 제1부를 읽는 독자는 시인의 행복을 함께 누릴 수 있을 것이다. 그가 이처럼 가족에 대한 사랑을 노래한 것은 그에게 불가능한 사랑의 비극적 체험이 없어서가 아니다. 그가 '광주 체험' 이듬해에 쓴 「공무도하」는 일제강점기에 죽은 이모부와 그 후에 세상을 떠난 이모와 어머니를 통해서 삶과 죽음이 공존하는 현실에 대한 깊은 인식을 보여주기 때문이다. "죽음 뒤에 오는 것은 통곡일까, 침묵일까,/삶과 죽음이 맞닿은 곳에/서러운 가락 흐르고 있다./죽음을 넘어선 탄금의 요정으로,/두터운 부피로,/내 안에 조용히 흐르고 있다"라고 함으로써 그에게 서러움이나 아픔이 없는 것이 아니라 내면화하고 있음을 고백한다.

3

그의 시가 내면의 울음이라고 하는 것은 그의 시가 가지고 있는 노래의 성격에 많은 빚을 지고 있다. 이 시선집 제2부 '판소리'는 물론이려니와, 제1부 '연가'나 제3부 '순례의 서'를 읽어도 그의 시가 본질적으로 노래의 성질을 띠고 있음을 알 수 있다. 노래는 행복한 순간에도 나오고 불행한 순간에도 나온다. 그렇기 때문에 노래는 우리의 아픈 마음을 달래기도 하고 슬픔을 잊게도 한다. 제2부의 시가 역사적인 사실을 토대로 전통적인 정서를 노래하고 있는 것은 시인의 내면에 감춰져 있는 설움과 고통을 달래기 위한 것이다.

> 내 어린 시절은 빼앗긴 땅—
> 식민지의 보리 뜨물에 된장을 탄 시락국이다.
> 춘궁기에도

요시다 여선생이 달고 다니는

조롱의 새는

조선 쌀밥톨에 격앙가를 부르며

항아리 모양 아랫배가 불룩해 있다.

곱삶이를 삶는 치사한 내 항문에서는

마쓰다 게이샤꾸의 이름으로

아닌 봄 우레가 슬픈 보릿고개를 울고 넘는다.

　　　　　　　　　　　　　　—「보릿고개」 전문

시인의 어린 시절은 그 가난한 시절에 체험했던 '보릿고개'와 같이 어려운 시절이었다. 배고픈 춘궁기에는 쌀밥은커녕 보리밥도 먹지 못하고 끼니를 거르는 '나'와 비교할 때 요시다라고 하는 일본인 여선생이 기르는 새는 쌀밥만을 먹어 아랫배가 항아리 같다는 것이다. 더구나 이름마저 '마쓰다 게이샤꾸'라고 창씨개명을 한 것은 만물이 소생하는 봄에 자신의 인생의 봄이 아니라 배고픈 보릿고개를 체험한 것이다. '빼앗긴 땅'으로 표현된 식민지 시대의 아픈 추억은 시인이 자신의 시대와 세계에 대해서 끊임없는 갈등과 절망을 느끼고 있음을 말한다. 그것은 "나의 소년 시절은 전쟁놀이—/따발총에 쫓기는 노을진 피난길에/남녘 마을 장독에는/한 핏줄의 방망이로 때려잡은 맨드라미"(「전쟁놀이」)로도 표현되고, "먹을수록 배고픈 도레미파탕—/제2훈련병의 강행군이다./3부 요로에 귀하신 자제들이/고추장과 김치로 식도락을 달랠 때" "황루도강탕 배불리 먹고/끓는 대낮에 더운 모래 위를 포복하고 있다"라고도 설명되며, "완구점에 들러/미8군의 철제 장난감,/길을 비켜다오./이래뵈도 동양의 아버지인 것을" 내세우게도 된다. 그를 둘러싸고 있는 세계, 그가 살고 있는 세계가 보여주고 있는 이 부조리하고 절망적인 상황에 대한 인식은 그로 하여금 가족에 대한 사랑, 거기에서 비롯된 행복만이 그를 살아남게 하는 원동력이 되고 있음을 깨닫게 한다. 그렇기 때문에 그는 이러한 현실을 비판해야 할 '지성'에 대해서도 "생각할수록 배고픈 지성—/오늘보다는 내일의 싸움,/새 세대와 겨룰 무기를 위하여/푸른 눈에 노랑털을 빌어오는,/자립을 모르는 행랑아범"이라고 개탄하며 비현실적이고 외세 의존적인 성질을 "외딴 곳에 버려진 산지기집./마침내 하나는 알고 둘은 모르는/침 먹은 지네, 살맞은 뒤꿈치여,/어리석은 약점이여"라고 개탄한다. 이처럼 시인에게는 현실감이 없는 외국 이론만을 내세우고 사고의 유연성 없이 꽉 막힌 고집을 가지고 있으면서도 무서운 권력 앞에서는 말을 못하는 지성은 이미 진정한 지성을 포기한 가짜 지성에 지나지 않는다. 그렇지만 그러한 비판과 개탄이 신랄하게 느껴지는 것이 아니라 경쾌한 리듬을 타고 있는 것처럼 느껴진다. 그것은 그의 시가 마치 일상생활에서 전언으로서의 메시지의 성질보다는 침묵의 공간을 대신하는 소리의 성질을 띠고 있는 데서 연유하는 것으로 보인다. 이 시선집의 제2부에 '판소리'라는 부제가 붙어 있는 것처럼 그의 시는 대단히 음악적인 리듬을 지니고 있어서 사설적인 경쾌함을 느끼게 한다. 그것은 그가 다루고 있는 주제를 부담 없이 가볍게 접근하게 만든다는 것을 의미한다. 그의 시적 주제는 고향으로 돌아가고자 하는 귀향의 노래이다. 그렇다고 해서 그가 돌아가고자 하는 고향이 옛날의 고향을 의미하는 것은 아니다. 그것은 얼핏 보면 회고적인 고향 같지만 사실은 자연에의 귀일을 의미한다. 그에게 고향의 상실은 자연의 파괴를 의미한다. 그의 시에 끊임없이 나타나는 옛날의 정서는 우리의 마음에서 사라져가는 자연의 회복을 위한 시인의 주문과 같다.

      노래 잃은 시대에 사는 자여,

      새벽닭이 울지 않는다.

      쇠붙이로 잠자던 산자락이 그리워

      시계 초침이 수탉 대신

      스타카토로 울고 있다

      철과 헤어질 때 산은 죽는다.

      몇 번이고 헐리며 죽어가는 산

      트럭에 실려 공장으로 지하철로

      산이 산을 떠나고 있다.

      수탉은 뜨락 양계장에서

      하루해가 길다는 표정으로 서 있다.

      톱니 볏 달고 살코기의 무게를,

      수컷의 구실을 키우고 있다.

      인공으로 알을 까는 무정란 암탉들이

      노래 잃은 벙어리를 쳐다본다.

      실직했을 때 나를 보던

      아내의 그 시선을 내가 보고 있다.

      천하농본을 버린 나에게

      고향이 주는 교묘한 앙갚음을 내가 보고 있다.

      아픈 시대에 사는 자여.

                              —「순례의 서」 전문

인간이 이룩한 문명이 자연의 파괴로 이어진다는 사실을 일깨우는 이 시는 우리에게 있어서 고향의 진정한 의미를 알게 한다. 그것은 그의 시가 자연의 순리를 되찾고자 하는 근원적인 염원을 담고 있음을 말한다. 그의 시는 그 무엇보다도 귀향의 시이며 노래의 시이다. 그의 시는 그 무엇보다도 생명의 시이다. 그래서 그의 시를 읽는다는 것은 문학의 즐거움을 누리게 한다.

시간 속에 묻힌 상처와 치유

—윤흥길의 「기억 속의 들꽃」과 『소라단 가는 길』

1

윤흥길은 단편 「회색 면류관의 계절」로 1968년 『한국일보』 신춘문예에 당선하여 작가가 된 이래 비교적 과작이기는 하지만 자기 세계를 꾸준히 구축해온 작가이다. 그의 작품은 정확한 묘사와 빈틈없는 구성을 토대로 삶에 대한 깊이 있는 통찰력을 보여주는 것으로, 특히 단편소설에서 탁월한 개성을 보여준다. 그의 단편소설들은 대략 세 계열로 나뉠 수 있다. 그 하나는 「황혼의 집」 「장마」 「양」 등의 작품으로 어린이들이 체험하고 관찰한 6·25 전쟁에 관한 이야기이고, 다른 하나는 「어른들을 위한 동화」 「몰매」 「빙청과 심홍」 「아홉 켤레의 구두로 남은 사내」 「직선과 곡선」 「날개 또는 수갑」 등의 작품으로 산업화의 과정 속에서 겪게 되는 소외 현상과 빈부 격차와 같은 비인간화 현상에 관한 이야기이며, 또 하나의 경향은 「무제」와 같은 작품으로 분단 현실에서 몽유병자처럼 방황하는 뿌리 뽑힌 사람들의 삶에 관한 것이다. 이 세 계열의 작품들은 편협하지 않고 당대의 삶이 지니고 있는 문제들의 본질에 접근하고자 하는 작가의 치열한 정신과 그것을 문학적으로 형상화하고자 하는 작가의 뛰어난 감각을 드러내기에 손색이 없다. 그 가운데서도 첫번째 계열에 속하는 작품들은 이 작가를 당대의 가장 인상적인 작가로 평가하기에 부족함이 없는 완벽한 작품들이다.

2

「기억 속의 들꽃」은 윤흥길의 작품 가운데 첫번째 계열에 속하는 작품이다. 이 계열의 작품의 특징은 6·25라고 하는 전쟁을 체험하는 어린이의 시점으로 그려져 있다는 데서 우선 찾을 수 있다. 어린이를 화자로 내세운 것은 우리 편 아니면 적이라는 극단적 이분법이 작용하는 전쟁의 상황에서 생존을 위해 수단과 방법을 가리지 않는 어른들의 세계를 아무런 이해관계 없이 보이는 대로 그리고자 하는 작가의 의도에 따른 것이다. 가령 「장마」에는 두 노인이 한집에서 살고 있다. 화자인 '나'는 국군에 입대했다가 전사한 외삼촌을 아들로 둔 외할머니와, 빨치산이 되어 밤마다 남몰래 찾아오는 삼촌을 아들로 둔 할머니가 한집에 살면서 겪게 되는 모순적인 상황과 이해관계가 엇갈려 서로 반목과 대립을 일삼는 일상적 상황을 서술하고 있다. 외할머니와 친할머니가 대립하고 있는 요인은 국군과 빨치산으로 나뉜 아들의 처지와 전쟁의 와중에서 죽게 되는 그들의 운명과 관련이 있다. 여기에서 어린 화자가 체험하는 것은 초콜릿과 같은 어른들의 미끼 때문에 아버지를 고문받게 했다는 죄의식으로 평생을 괴로워하게 될 정신적 상처이다. 그

258

러나 그 상처는 거기에서 끝나는 것이 아니라 외삼촌과 친삼촌의 죽음이 두 노인에게 가져오는 고통과 그로 인한 대립의 첨예화로 이어진다. 각각 자신의 아들을 잃은 두 노인은 한국 여성에게서 전통적인 한의 세계가 어떻게 발생하는지 그 과정을 보여준다. 이데올로기나 정치적 체제에 대해 아무런 의식이 없는 두 노인은 자식에 대한 절대적 지지와 사랑을 보내는 모성의 소유자로서 역사적 순간에 자신의 선택을 내세우는 것이 아니라 자식의 선택을 조건 없이 따른다. 자식에 대한 맹목적인 지지와 사랑은 두 노인에게 자식의 죽음을 받아들여야 하는 비극적 운명을 강요한다. 두 노인은 자식의 죽음이라고 하는 운명을 받아들임으로써 한을 지니게 된다. 이와 같은 한의 발생을 '포한'이라고 한다면 그 비극적 운명을 극복하는 방식을 한의 풀이, 즉 '해한'이라고 부를 수 있다. 「장마」에서 구렁이의 출현으로 그려지고 있는 비극의 정점은 두 노인이 화해에 도달하는 해한으로 끝난다. 그것은 문자 그대로 한이 해소되었음을 의미하는 것이 아니라 한을 지니고 살 수밖에 없지만 그것으로 인해 다른 사람과의 불화 속에 빠져 있던 상태에서 벗어나는 것을 의미한다. 죽은 사람의 영혼을 대신하여 나타난 구렁이를 앞에 놓고 마치 살아 있는 사람과 대화를 하듯이 달래는 외할머니의 모습을 보며 친할머니의 적대 감정은 사라진다. 전쟁으로 아들을 잃은 슬픔을 체험한 것은 친할머니나 외할머니나 마찬가지다. 갑자기 나타난 구렁이를 상대하는 외할머니는 비로소 아들을 잃은 사돈의 슬픔을 이해하게 되었고 구렁이를 아들의 영혼으로 생각하고 달래주는 사돈의 태도에서 자신의 정서적 동일성을 확인한 친할머니는 사돈에 대한 적대적 감정을 해소한다. 그 두 노인에게는 토속적인 믿음과 주술적 언어라고 하는 공통의 요소가 함께 있다.

3

그러나 윤흥길 소설의 고유한 기법은 이러한 어른들의 세계를 어린이의 시점으로 서술한다는 데서 찾을 수 있다. 그의 어린 화자에게는 초콜릿으로 자신을 유혹하는 낯선 남자나 삼촌의 야간 행적에 대해 침묵을 강요하는 부모나 자기 아들의 입장을 대변하듯 적대 관계에 있는 두 할머니가 모두 이해할 수 없는 어른들의 세계이다. 그 세계를 그는 자신의 판단이나 해석을 가감하지 않고 있는 그대로 서술한다. 잔인하고 교활한 어른들의 세계를 때 묻지 않은 순진한 시점으로 그리고 있다. 「기억 속의 들꽃」의 화자도 그러한 시점을 사용하고 있다. 만경강 다리를 건너면 지나갈 수밖에 없는 어느 마을에 사는 화자는 6·25 전쟁으로 인한 피란민들이 자신의 마을에 왔다가 어디론가 떠나는 것을 보며 자신도 피란민처럼 어디로 떠나고 싶어 한다. 그는 피란민의 고통과 죽음의 공포를 모르는 순진한 아이이다. 그 순진한 아이가 사는 세계에 낯선 침입자가 등장한다. 그것은 서울에서 온 '명선'이다. 그녀의 출현은 소박한 시골 생활에 익숙한 화자에게 새로운 모험의 세계를 체험하게 한다. 그녀는 남의 집에 와서 아무런 스스럼 없이 밥을 달라 하고, 밥이 없다고 하자 자신이 지니고 있던 금가락지를 꺼내서 그 대가로 밥을 얻어먹는다. 그녀는 동네의 개구쟁이들보다 더욱 장난을 좋아했고 끊어진 다리 위에서 누가 더 멀리 가는지 시합을 제안하기도 한다. 화자는, 그녀가 서울의 부잣집 딸이라는 것을 알고 그녀가 금반지를 여러 개 가지고 있다는 것을 안 부모로부터, 그녀를 감시하는 역할을 맡는다. 그녀는 적극적이고 대담하며 장난꾸러기여서 소극적이고 소심하고 얌전한 화자와 대조적인 성격을 지니고 있다. 화자는 그녀와의 모든 시합에서 질 수밖에 없다. 그러던 어느 날 끊어진 다리 위에서 놀다가 굉장한 폭음을 내며 날아가는 전투기 소리를 듣고 놀란 그녀는 강으로 떨어져 죽는다. 함께 오던 피란길에서 전투기의 폭격으로 부모의 죽음을 목격한 바 있는 그녀는, 무엇도 무서워할 줄 모르지만, 부모의 죽음을 불러온 전투기의 폭음을 무서워하고 부모의 죽음을 목격한 정신의 상처를 무의식 속에 지니고 산다.

이 작품은 전쟁이라는 배경만 없다면 황순원의 「소나기」와 거의 비슷한 구조와 분위기를 지닌 작품으로 보인다. 어느 시골 마을에 서울 출신의 한 소녀가 출현한다. 그녀는 대단히 활달하고 적극적이며 신비로운 재능까지 갖추어서 화자를 이끌어가는 역할을 한다. 그녀의 출현으로 화자의 일상적 삶은 풍요로워진다. 그런데 어느 날 그녀는 뜻밖의 사건으로 죽게 된다. 화자는 그녀가 떨어져 죽은 끊어진 다리 끝까지 가는 모험을 처음으로 감행함으로써 그녀가 감추어두었던 헝겊 주머니에서 금반지 몇 개를 발견하지만 그것을 그녀가 빠져 죽은 강물에 떨어뜨린다. 금반지도 그녀와 함께 사라진다. 이러한 구조는 산골 마을에 서울 소녀가 등장하여 화자의 세계를 흔들어놓았다가 뜻밖의 병으로 인한 소녀의 죽음으로 화자가 다시 혼자가 되는 「소나기」의 구조와 유사하다.

그러나 그의 집에 피란민 대열에서 빠져나온 '명선'의 출현은 화자의 단순한 생활에 새로운 활력을 불어넣는 데서 끝나는 것이 아니라 화자로 하여금 어른들의 이해할 수 없는 세계, 잔인하고 교활한 어른들의 세계를 드러나게 만든다. 명선의 숙부와 숙모는 그녀의 재산이 탐이 났거나 아니면 피란길에 그녀의 존재가 거북했거나 하는 어떤 이유로든 그녀를 죽이려고 했다. 그의 부모는 밥이 없다고 그녀를 쫓아

내려다가 그녀가 가진 금반지를 보자 태도를 바꾸고, 또 다른 금반지를 보고 그녀가 더 가지고 있을지도 모르는 금반지를 빼앗고자 하고, 그녀의 목에 걸린 명찰에서 그녀에게 유산이 있다는 것을 알고 그녀를 독점적으로 보호하고자 한다. 가난과 고난의 세월을 살아온 어른들은 전쟁의 와중에서 동물적인 생존 본능과 배타적 이기주의의 화신이 되어 무엇이든지 누구의 것이든지 자기의 것으로 삼고자 하는 탐욕으로 얼룩진 삶을 산다. 여기에서 작가는 전쟁의 소용돌이 속에서 세상에 물들 수 있는 순진한 어린이와 생존을 위해 수단과 방법을 가리지 않는 교활한 어른들을 대비시키고 있다.

4

이 작품에서 화자의 가족과 외부 틈입자인 명선을 이어주는 금반지의 상징성을 생각해보아야 한다. 금반지란 황금으로 된 고귀한 것으로, 누구나 가질 수 있는 것이 아니다. 그것은 특별히 축복받은 사람이나 신의 은총을 입은 사람이 가질 수 있는 것이다. 많은 소설들이 황금이라는 보물을 찾아 나선 사람들의 이야기를 하는 것은 그것이 누구나 접할 수 있고 소유할 수 있는 것이 아니기 때문이다. 그렇기 때문에 그것을 찾아 나선 많은 사람들이 그것을 발견하거나 소유하는 순간에 죽는다. 황금은 그런 점에서 성스러운 것이다. 명선이 부모에게 그것을 물려받을 수 있었던 것은 난세에 금반지의 환금 가치가 높기 때문이지만 그녀가 숙부에게 살해의 위협을 느낀 것도 바로 금반지 때문일 수 있다. 그녀가 화자의 부모에게 몸수색을 당한 것도 금반지 때문이다. 그녀가 죽음의 위협에서 벗어날 수 있었던 것은 그것을 몸에 지니지 않고 끊어진 다리 끝에 매달아놓았기 때문이다. 그녀가 다리 끝에서 금반지와 함께 있다가 전투기의 폭음 소리에 겁을 먹고 강으로 떨어져 죽는 것은 남몰래 감추어둔 금반지를 소유하고 그것을 혼자서 즐겼기 때문이다. 반면에 화자가 끊어진 다리 끝에서 금반지를 발견하고 그것을 강바닥에 떨어뜨리는 것은 화자를 죽음에서 구해준 것이다. 그것은 화자가 금반지를 소유하지 않았음을 의미한다.

그러나 이 모든 해석에도 불구하고 이 이야기가 감동적인 소설이 된 것은 그 소녀의 죽음이 이름 없는 한 송이 들꽃으로 상징화된 데 있다. 끊어진 교각 위에 핀 한 송이 들꽃은 생명의 연약하면서도 강인한 힘을 느끼게 한다. 그 꽃을 꺾어서 머리에 꽂고 있던 명선은 바람에 날려간 그 꽃처럼 전투기의 폭음 소리에 놀라 강으로 떨어져 죽는다. 전쟁의 폭력에서 살아남은 한 송이 들꽃인 그녀는 그 강인한 생명력에도 불구하고 가냘픈 들꽃처럼 강바닥으로 떨어져버린다. 이러한 들꽃을 기억 속에 간직하고 자라난 화자는 지금 어떤 삶을 살고 있을까? 그는 분명히 이 비극적인 운명을 극복하는 노력으로 살아가고 있을 것이다.

5

윤흥길의 창작집 『소라단 가는 길』은 그의 최초의 창작집 『황혼의 집』을 연상시키는 6·25 전쟁을 소재로 한 열한 편의 단편소설로 구성되었다. 초등학교 졸업 후 40년 만에 서울에 사는 동창들과 고향에 사는 동창이 모여서 하룻밤을 보내며 어린 시절의 행복과 가슴 아픈 이야기를 회고담 형식으로 재구성한 이 작품집은 우리가 이제는 거의 망각하고 있는 것들을 마치 커다란 자루에서 꺼내듯 하나하나 펼쳐 보이는 형식을 띠고 있다. 대부분이 서울에서 생활하고 있는 주인공들은 고향에 가는 전세 버스에서 그들의 잃어버린 사투리를 되찾으며 그들만이 공유했던 어린 시절의 전쟁 체험과 정서를 회복하면서 윤흥길 특유의 씁쓸한 희화화에 의해 개성을 획득하고 있다.

이 창작집의 도입부에 해당하는 「귀향길」에는 이 작품집에 등장할 동창들이 한 사람씩 소개되고 있다. 해외에서 무역업을 하느라고 '중국이'라는 이상한 한국말을 하게 되었다는 하인철, 출발 당시부터 취해서 떠들어대는 출판사 사장 양해식, 걸쭉한 입담으로 노래자랑 사회를 보던, 레스토랑을 경영하는 마누라 덕에 살고 있는 홍성만, 뜨내기 기차 손님들에게 장국밥을 파는 편모슬하에서 가난한 어린 시절을 보낸 소설가인 화자, 가난한 집안에서 태어나 사범학교를 졸업하고 교사로 평생을 보내며 모교의 교장으로 부임하여 이번 모임을 주선한 김기서, 기차 화통 삶아 먹은 목청으로 떠들고 나서기 좋아하는 나기형, 공부 잘해서 반장 노릇을 했던, 지금은 대학교수인 김지겸 등이 등장한다.

이들 외에도 「묘지 근처」의 자기 할머니의 죽음과 전쟁에서 부상당한 작은삼촌의 귀가 이야기를 하는 복덕방 주인 유만재, 「농림핵교 방죽」의 울새라는 별명을 가진 평화주의자 박경민 선생과 방죽 주변을 맴도는 미친 임신부와 방죽에서 찾아낸 흑인 아이의 시체에 대한 기억을 되살린 김지겸, 「큰남바우 철둑」의 빨갱이 아들이라는 이름으로 동네에서 괄시를 받으면서도 아이들 세계에서는 골목대장 노릇을 하는 염무환과 그와의 대결에서 언제나 이기지 못하고 그의 명에 따라 온갖 말썽과 장난에 동원되었으나 결국 염무환의 죽음을 목격한 최달식, 「안압방 아자씨」의 군대에서 바보 천치라는 이유로 귀향 조치되고 동네에서도 같은 취급을 받으며 온갖 궂은일을 하다가 통행금지 구역에서 총에 맞아 죽은 상득이라는 이름의 안압방 아저씨와 경동시장에서 한약방 도매상을 하는 차명수, 「아이젠하워에게 보내는 멧돼지」의 먼 친척 형으로 자기 집의 역전 식당에서 허드렛일을 하다가 궐기 대회에서 애국 청년으로 둔갑하게 된 창권이와 그의 가짜 학생 신분과 애국 행위의 허위를 관찰하게 된 하인철, 「개비네집」의 인공 치하에서 여맹 간부가 되었다가 수복 후 지리산 빨치산이 된 명주 누나와 천일고무 딸로서 아름답고 친절했으나 인공으로 피란 가서 돌아오지 않은 금옥 누나, 그리고 금옥 누나의 아름다운 모습을 완성하지 못한 미래의 화가 이진원, 「소라단 가는 길」의 이북에서 피란 나오며 부모를 잃고 서울에서 가수가 되는 꿈을 찾아 떠난 누나를 찾고자 했으나 실패한 박충서와 그와의 우정을 소라단에서 쌓았던 이기곤, 「종탑 아래서」의 전쟁 중에 부모를 잃는 충격 속에서 장님이 되어 고아로서 외갓집에 와 있는 명은이와 그녀의 열망을 들어주기 위해 교회의 종탑으로 데려가서 밧줄을 잡아당기며 소원을 빌게 해준 최건호 등은 모두 전쟁이 가져다준 비극적인 현실과 그 속에서 피어난 따뜻한 사랑 이야기의 주인공이다.

그들의 유년 시절 초상화가 마치 오래된 앨범에서 꺼낸 흑백사진처럼 빛바랜 모습을 드러내고 있는 이 소설집은 남북의 냉전 체제가 무너지고 있는 오늘을 사는 오십대 후반의 한국인들이 그 내면에 아직도 가지고 있는 분단과 전쟁의 상처의 기록이다. 이제 남부럽지 않게 일가를 이루어 살고 있는 것 같은 그들은 그 과거의 기록들을 슬프고도 아름다운 추억으로 감상할 수 있을 것 같지만, 그래서 술 마시고 흥겹게 떠들며 모교에서 하룻밤을 보낼 수 있지만, 「상경길」에서 하인철의 고백으로 드러나는 것처럼, 삶의 고통에서 완전히 벗어난 것이 아니다. 십대의 소년 시절에는 전쟁이라고 하는 폭력에 상처를 입었지만, 40년이 지난 오늘의 그들은 또 다른 아픔을 지니고 죽음의 위험에 직면하고 있다. 다른 것이 있다면 그들은 오랜 세월의 경험으로 그 고통을 드러내지 않고 있다는 차이가 있을 따름이다. 40년 만에 귀향을 했지만 그들의 소년 시절 삶의 현장들이 사리저버린 지금 그들의 마음속에 지니고 있던 고향의 모습, 그들의 오래된 사진첩에 있던 고향의 모습은 찾아볼 수 없다. 그것은 그들의 상처의 흔적도 삼켜버린 시간의 무상성을 확인하게 한다. 지금 그들이 직면하고 있는 삶의 아픔도 시간과 함께 되찾을 길이 없다는 비극적인 세계관을 작가는 입증한다. 바로 그 때문에 해결할 수 없는 삶의 물음을 작가는 종교 쪽으로 넘기고 싶어 하지 않을까 유추하게 된다.

이념과 사랑
──황석영의 『오래된 정원』

1

황석영은 삶 자체가 소설 같은 작가다. 만주에서 태어났고, 성장기에 여러 학교를 전전했으며, 1962년 불과 19세의 나이에 『사상계』에 「입석 부근」으로 신인 문학상을 받으면서 등단하였고, 이후 「객지」「삼포 가는 길」「한씨 연대기」『장길산』『무기의 그늘』 등 수많은 문제작들을 발표하여 문단의 주목을 받으면서 한국 소설사에서 중요한 자리를 차지하였다. 그는 1980년 광주 항쟁으로 군부의 억압이 극심하던 시기에 광주 항쟁의 기록을 담은 『죽음을 넘어, 시대의 어둠을 넘어』와 같은 증언을 발표하여 군부의 무자비한 학살과 민중의 처절한 항쟁을 세상에 알리고, 남북한 사이에 긴장 관계가 지속될 때 정부의 허가 없이 북한을 방문했다가 3년여 세월 동안 유럽과 미국을 전전하며 떠돌이 생활을 하고, 귀국한 다음에는 5년 가까운 세월을 감옥에서 보냈다. 이러한 그의 파란만장한 삶을 보면 그가 일상적 생활인으로서는 상상도 할 수 없는 용기와 결단과 행동으로 점철된 모험적 인물이라는 것을 쉽게 인정할 수 있지만, 그가 선택한 삶이 그에게 주어진 역사적 현실과 무관하지 않다는 것을 알 수 있다. 실제로 그는 박정희 정권의 가장 혹독한 유신 시대에 민주화 운동과 언론 자유 운동의 대열에 가담하였고, 그 후 신군부가 자행한 광주 학살의 참상을 세상에 공개적으로 알리는 데 결정적인 역할을 하였다. 그것은 그의 작가적 삶이 가지고 있는 사회성과 역사성을 단적으로 보여주는 하나의 예이지만, 그의 삶 자체가 실천하고 있는 드라마라고 할 수 있다.

이러한 그의 삶은 그 자신의 사회적 자아를 드러내기도 하지만 그가 쓴 작품들은 단순히 사회 속에서 사람답게 사는 삶에 대한 작가의 꿈뿐만 아니라 자신의 존재의 근거를 말할 수 있는 심층적 자아에 대한 질문을 담고 있다. 그렇기 때문에 그의 작품은 한편으로 이미 존재하고 있는 삶의 사실적 재현을 다루면서, 다른 한편으로 거기에서 끝나지 않고 앞으로 존재해야 할 삶의 상상적 세계를 꿈꾸고 있다. 그의 작품은 이미 존재했으나 알려지지 않은 사실들을 밝혀내는 한편, 앞으로 있을 수 있는 가능성의 세계를 정반대의 관점에서 제시하고 있다. 만일 그의 문학이 전자에만 고정되어 있었다면 그것은 폭로의 문학이나 증언의 문학 수준에 머물고 말았을 것이다. 그의 문학이 후자의 세계를 지니고 있다는 것은 그의 작품을 시사적 관심의 대상이 아니라 문학적 관심의 대상으로 읽고 즐기고 감동을 받는 작품이 되게 한다. 오늘날 우리 사회에 만연한 이분법의 세계에서 그의 문학은 어느 한쪽의 시선으로 고정된 우리의 편견에 대해 그것이 편견이 아닐까 질문할 수 있도록 다른 한편의 시선의 존재를 인식하게 한다.

2

그가 출옥 후에 처음 발표한 작품이 『오래된 정원』이다. 이 작품의 주인공은 운동권에 가담했다가 광주 항쟁 이후 붙들려서 무기징역 선고를 받고 18년 동안 감옥살이를 한 '오현우'와 그의 도피 시절에 그를 돕다가 사랑을 하게 된 '한윤희'다.

　표면적으로 본다면 오현우는 유신 독재 때부터 민주화를 위한 조직 운동에 가담해서 체제 전복의 꿈을 꾸고 광주 항쟁 이후 도피 생활을 한다. 광주 항쟁 때 그가 어떤 역할을 했는지는 분명하게 나와 있지 않지만, 도피 와중에 '한윤희'를 만나 스스로를 '사회주의자'라고 고백한 것을 보면 당시의 군사정권의 부당성에 저항한 그는 '불온한 사상'의 소유자임에 틀림없다. 권력을 장악한 군사정권의 입장에서 보면 그는 체제 전복을 꿈꾸는 친북 성향의 위험한 존재이다. 그는 현행법을 위반한 범법자이기 때문에 당국의 수배를 받고 탄압을 받는 것이 하나도 이상할 것이 없다. 그러나 한 사람의 지식인으로서 그가 보고자 하는 분단된 우리 사회의 현실은 제도화된 관점을 넘어선 것이다.

　이 작품에서 주인공 오현우는 대부분의 운동권 학생이 그러한 것처럼 대학생 시절에 동료들과 독서회를 조직하여 이론적인 활동을 하였고, 지하 단체에 가담하여 학생이나 노동자 들의 시위 사건을 주도하여 거기에 연루되어 징역도 살았으며, 강제로 징집되어 군대 생활도 한 것으로 되어 있다. 그러나 그가 당시의 군사정권에 대해 어떤 점을 비판하고 그것을 행동화할 때 그가 어떤 역할을 했는지는 구체적으로 서술되지 않는다. 그는 광주 항쟁이 터지기 2년 전까지 중고등학교 교사 생활도 하였지만 광주 항쟁을 전후로 다시 지명 수배를 받고 남의 주민등록증을 위조하여 반년 가까운 세월 동안 도피 생활을 한다.

역사적으로 본다면 이 무렵은 유신 말기로서 '긴급조치법'이 발동되고 '유신 정권'에 대한 비판 자체가 금지된 최악의 탄압이 지속된 시기여서 한국 사회의 민주 세력들이 가장 고통받던 때이다. 그렇기 때문에 그가 스스로 운동권에 가담한 것이 아니라 당대 사회가 그를 운동권으로 밀어넣었다고 말해야 옳을 것이다. 10·26 사건이 터짐으로써 우리 사회의 민주화가 이루어질 것이라는 기대감에 부풀었던 민주 세력들은, 신군부의 등장으로 새로운 군부독재가 전개되자, 거기에 대한 격렬한 저항 운동을 벌인다.

민주화를 위해 젊음의 열정을 쏟아부었던 주인공 오현우는 광주 항쟁이 터지자마자 광주를 떠나 서울로 온다. 그는 동료들과 함께 광주 학살의 진상을 알리는 유인물과 전단을 만들어 서울의 몇몇 구역에 뿌리는 작업을 한다. 그러나 광주 항쟁이 진정되고 군사 당국의 탄압이 강화되자 그는 은신처를 찾아 나설 수밖에 없어 친구의 소개로 '한윤희'를 찾아간다. 그때에는 이미 많은 동료들이 죽거나 외국으로 도피하거나 아니면 국내에서 재판을 받고 감옥 생활을 할 때여서 그는 우선 신군부의 검거 선풍을 피하는 길을 선택한다. 그는 여러 곳을 전전하다가 시골 중학교에서 미술 선생을 하는 '한윤희'를 찾아간다. 여기에서 그는 자신의 잠수 생활이 얼마나 지속될지 모르는 상태로 6개월 동안 그녀와의 행복한 동거 생활을 시작한다.

두 사람의 만남은 이 작품이 이들의 숙명적인 사랑의 이야기라는 생각을 하게 한다. 실제로 그들이 동거하는 동안 그들의 보금자리를 만들어가는 과정은 그가 도피 생활 중이라는 것을 잊게 만들 정도로 평화롭고 목가적이다. 그들은 그녀가 화실로 사용하려고 마련한 창고를 사람이 거주할 수 있는 공간으로 만들고 화실 바닥을 시멘트로 바르고 살림 도구와 생활 용구를 구해 살림을 차린다. 그러나 그들의 평화는 헤어져야 하는 운명과 함께 깨어지고 그들의 행복한 사랑은 비극적 사랑으로 바뀌게 된다. 당국의 수배의 손길은 시골구석까지 미친다. 자신이 '간첩단 사건'의 두목으로 발표된 신문 기사를 읽고 그는 그곳을 떠나기로 결심한다. 그 순간부터 행복한 생활은 사라지고 지옥 같은 고통의 생활의 연속이다. 화장실도 제대로 갖추지 못한 '벌집'에 은신하면서 막노동의 현장에서 막벌이를 하다가 동료들의 밀고로 수사 당국의 추적을 받고 다른 곳으로 옮겨가는 그의 생활은 불안과 초조의 연속이다.

그는 여관에서 검거되어 '45일간의 연옥'이라 명명할 정도로 무수한 고문을 당한 뒤 재판 과정을 거쳐서 무기징역을 선고받고 18년 동안 복역을 하게 된다. 그는 감옥에서 수감자들에 대한 비인간적 대우에 항의하다가 때로는 온갖 폭행을 당하고 때로는 독방에 갇혀서 외로움과 싸우고 때로는 추위와 무료함과 싸우면서도 출옥 후의 삶에 대한 꿈을 잃지 않는다. 그 기간 동안 그는 감옥 안에서 살고 있고, 한윤희는 면회도 못한 채 감옥 바깥에서 살고 있다. 그 두 사람의 공간적 이별은 그들의 불행한 사랑을 더욱 안타깝게 만들고 그들의 운명을 비극으로 이끌어간다. 여기에서 체제는 그가 가지고 있는 이념 때문에 그에게 사랑을 허용하지 않는다.

그렇다면 그가 가지고 있는 이념은 무엇인가. 그는 단 한 번 "저는 사회주의잡니다"라고 한윤희에게 고백한 적이 있다(상권, p. 84). 헌법상 사상의 자유와 양심의 자유가 보장된 민주주의 국가에 사는 사람이 자신을 사회주의자라고 해서 헌법에 위배될 것은 없겠지만 철저한 반공 이데올로기를 내세우고 있는 당시 사회에서 그가 한 고백은 대단히 '불온한' 것이다. 그것은 대립과 갈등의 분단 상황을 구실로 해서 군사정권이 금기로 삼아온 이념이기 때문이다. 남북이 대화와 교류를 지향하고 있는 지금까지도 존재하고 있는 '반공법'은 법률적으로 공산주의에 동의하는 사상의 자유를 인정하지 않는다. 그러한 상황에서 그가 스스로를 사회주의자라고 말했을 때 그는 이미 자신이 살고 있는 체제를 인정하지 않겠다는 의지를 표명한 것이다. 그런 점에서 그가 유죄 판결을 받고 감옥살이를 한 것은 당연하게 보일 수 있다.

그러나 그가 처음부터 사회주의를 표방하며 지하 조직을 결성하고 시위 운동을 벌인 것이 아니라는 사실은 그 자신이 북한의 사주를 받고 지하 조직을 결성하고 사회주의 운동을 벌이지 않았음을 입증한다. 실제로 그가 대학 시절에 학생 운동에 가담한 것은 많은 젊은이들이 부정과 부패, 불의와 독재에 항거하기 위해 운동권에 가담한 것과 동일한 맥락으로 보인다. 왜냐하면 그는 운동권에 가담한 것으로 인해 감옥살이를 하고 군대 생활을 한 다음 고등학교 교사로 있을 때까지만 해도 외국 유학을 꿈꾸는 순수한 정의감을 지닌 청년이었기 때문이다. 그는 사회운동으로 세상이 변할 수 있다고 믿고 행동하는 낭만주의자에 지나지 않는다. 그러나 유신 말기부터 광주 항쟁에 이르는 과정을 보면서 그는 세상을 바꾸기 위해서는 수단과 방법을 가리지 않아야 된다고 결심하고 스스로 혁명적 투사가 되어 변혁 운동에 가담한다.

우리 외에도 그런 동아리들은 수없이 많았다. 제일 먼저는 심야에 광주 미문화원의 지붕에 올라가 기와를 들어내고 화염병을 던져 불

을 지른 농민운동 현장 친구들이 있었고, 나중에 부산 미문화원을 항
의 방화한 현상이는 그때 서울과 영남 지역에서 끈질긴 피작업을 하
고 있을 즈음이었다. 모두들 광주에서의 무자비한 양민 학살을 보고
들었고 그것이 불의 시대였던 팔십 년대의 시작이었다. 이전처럼 어
중간한 생각이나 형태로는 막강한 폭력을 이겨낼 수가 없고 민중에
의한 권력의 장악은 한 세대가 지나도 불가능할 것으로 보였다. 모
두들 혁명을 이야기했다. 그리고 노동 대중의 힘에 대하여 생각했다.
자연스럽게 그들은 혁명의 전위를 키워가기 위한 사상 학습으로 치
달았다. 급진적인 경향은 절망과 치욕감을 이겨낼 수 있는 유일한 길
이 되었다.

여기에서 볼 수 있는 것처럼 신군부가 장악한 권력의 폭력성은 양민들
을 무자비하게 학살하고, 그것을 본 시민들은 그때까지의 순수한 정의
감이나 의식만으로 막강한 폭력에 대항할 수 없다는 무력감에 사로잡
힌다. 그들은 신군부에 의한 권력 장악에서 '민중에 의한 권력 장악'으
로 현실을 바꿔놓고 싶은 꿈을 가지고 있지만, 그 꿈의 실현이 당장은
불가능하다는 것을 깨닫게 된다. 그들은 신군부의 권력 장악에 대하여
절망과 굴욕감을 느낀다. 그들은 자신들의 주장을 알리기 위하여 미문
화원 점령이나 방화와 같은 극단적인 방법을 선택한다. 그들은 수단과
방법을 가리지 않고 폭력에 대항하고자 하고, 자신들의 행동에 정당성
을 부여하는 '사상 강습'을 시도하며, '혁명의 전위'를 키워나가는 급
진적인 경향을 띤다. 그들은 군사정권의 폭력에 대항할 수 있는 방법
이 폭력밖에 없다고 자각하기에 이른다. 그 자각은 사상 학습을 통해
서만 힘으로 바뀔 수 있고, 사상 학습은 그들이 몸담고 있는 자본주의

에 반대되는 것의 추구로 나아간다. 그들 가운데 한 사람인 '최동우'가 한 말은 대단히 의미심장하다. 그는 '해방 후 우리의 역사'가 '장기 말 쌓는 놀이 같'은데, 장기 말을 겨우 다 쌓았다고 생각하는 순간 '어떤 거역할 수 없는 힘'이 그 판을 툭 건드려서 무너뜨리곤 해왔다는 것이다. 그는 그 힘이 '분단과 외세'라고 말하며 그것의 극복을 꿈꾼다. 그에 의하면 '장기 말을 다 쌓았다는 상태'는 '민중에 의한 권력의 장악'을 의미하고, 그것이 이루어지는 마지막 순간에 그것이 무너져왔다는 것은 새로운 군부의 등장을 의미한다. 역사적으로 그의 주장은 충분히 입증될 수 있다.

1945년 일제로부터 해방이 되었을 때 자유로운 독립국가 건설의 꿈을 꾸지만 우리나라는 남북이 분단되고, 1950년 6·25 전쟁의 발발로 동족상잔의 피를 흘리나 민족 통일의 꿈은 실현되지 못한 채 휴전 협정이 체결되며, 독재정권에 대한 1960년 4월 혁명으로 민주적인 정권이 등장하지만 자유민주주의를 혼란으로 규정한 군인들이 빈곤 타파와 민족중흥이라는 기치를 들고 5·16 군사 쿠데타를 일으켜 군사독재를 강행하고, 1979년 10·26으로 유신 독재가 막을 내리고 새로운 민주주의가 정립되려는 순간에 신군부가 또다시 쿠데타를 일으켜 군사독재를 연장시킨다.

이 같은 불행한 역사의 되풀이 속에서 독재에 항거하는 민주 세력들은 법의 정당성에 이의를 제기하며 반정부 운동을 벌임으로써 이른바 운동권으로 분류되는 세력들을 조직화하고 민주주의를 위한 싸움을 한다. 그들은 역사적인 전기의 순간마다 '분단과 외세'라는 조건 때문에 민중에 의한 권력 장악이 불가능해졌다고 생각하며 '통일과 반외세'를 민중에 의한 권력 장악의 전제 조건처럼 생각한다. 그들은 통일을 지상 과제로 생각하며, 미국을 외세의 대표적인 존재로 간주하고 미문화원을 점거함으로써 반미의 기치를 내건다. 이러한 그들의 이념을 대표할 수 있는 사례는 주인공 오현우가 도피 중에 만난 최동우에게서 볼 수 있다. 그는 최동우가 "금기를 깨는 게 거듭나는 지름길"이라는 말을 하며 가져간 책이 서양의 것이 아니라 '저쪽'의『자본론』이라는 것을 알게 된다.(상권, p. 197) 그들은 '저쪽'이 어떤 체제이며, '민중에 의한 권력 장악'이 실현된 체제인가 하는 문제를 심각하게 검토하지 않은 채 '저쪽' '자본론'으로 사상 학습을 함으로써 혁명의 전위를 키워나간다고 생각하고 있다. 그것은 그들 조직의 일원인 '석준'이 일본에서 '새로운 사람'을 만난 것을 '좋은 일'이라고 규정하면서 그것이 어쩌면 조총련계의 교포이거나 북한과 관련된 사람이라는 것을 암시하고, 그가 보낸 책에 '자본'이 들어 있는 것으로 보아 충분히 짐작할 수 있다. 그러한 사실을 뒷받침할 수 있는 것은 한윤희의 일기에서도 드러난다. "좌경이라는 말이 왼쪽으로 기울었다는 말일 텐데 당신과 당신의 벗들이 책을 읽고 저쪽 생각에 대해서 학습하기 시작한 건 학살 이후부터였어요. 여긴 우리의 고향이 아니게 된 거였지요"라는 구절은 광주 항쟁이 순수한 민주화 운동을 좌경으로 기울어지게 만들었음을 증언하고 있다. 그들은 조직을 강화하기 위해서는 어떤 세력과도 연대하고, 군사독재가 '금기'로 여기는 모든 것을 깨뜨림으로써 해체 위기에 선 그들의 조직을 강화하고자 하며, 군사정권에 극렬하게 대응하고자 한다. 그들은 미국을 군사정권의 옹호자로 보고, 미군의 존재를 분단 상황에서 유래한 것으로 판단하여 통일만이 군사정권의 붕괴와 민주 정권의 등장을 보장한다고 기대한다.

그러나 여러 가지 사건에도 불구하고 결과는 언제나 군사독재가 지배한다. 이러한 현실은 '분단과 외세'라는 한계에서 비롯되고 있는 것으로 그들은 인식하고 있다. 분단이 있기 때문에 남북의 대치 상태에서 남한을 보호하는 외세가 존재하고, 그 외세의 존재가 군부의 권력 장악을 비호하고 있는 것으로 판단한 그들은 절망적인 상태에서 그들 나름의 대응 방식을 찾고 있다. 그 대응 방식으로 나타난 것이 미문화원 방화 사건과 같은 극단적인 의사 표현이다. 여기에는 북한 체제가 그들의 기대만큼 민주적인 정권인지, 남한보다 더 민주화된 체제인지 등의 문제에 대한 아무런 검토도 이루어지지 않고 있다. 그들은 오직 군사정권에 반대하기 위해서만 반미와 통일지상주의의 기치를 내건다.

하지만 그들이 대항하고자 하는 군사정권은 그들의 생각만큼 쉽게 물러서지 않는다. 그들은 군사정권의 수사망이 좁혀지자 신변의 위협을 느끼고 '위장 취업'을 하거나 도피 생활을 한다. 한 사람이 잡히면 조직 전체가 정체를 드러낼까 두려워서 그들은 철저하게 신분을 위장하고 지하로 '잠수'하지만 당국의 수사망은 그들의 주위로 좁혀진다. 주인공 '오현우'가 '벌집' 동네에서 만난 '순옥'이와의 대화는 그의 이념이 얼마나 소박한가를 말해주기에 충분하다. 그는 지식인이라는 자신의 신분이 노출되자 순옥에게서 "무엇 때문에 그런 일을 하죠? 남들은 공부하고 싶어도 돈이 없어서 국민학교도 못 마치구 일하러 서울로 오는데"라는 질문을 받고 "배우지 못하고 가진 것이 없어두 열심히 일만 하면 누구나 잘살 수 있는 세상이면 좋지 않겠습니까"라고 대답한다. 그것은 북한이 그러한 세상인가 하는 질문 앞에서 너무 쉽게 무너져버리는 세계관으로, 그들의 이념이 지닌 낭만적 허구성을 그대로 드러내준다. '열심히 일만 하면 누구나 잘살 수 있는 세상'이란 원칙적인 문제로 누구나 바라는 정의롭고 정당하고 정직한 사회를 말한다. 그 염원은 지상에 현존하는 모든 체제가 표방하고 추구하는 것이다. 제도화된 모든 사회는 그것을 현실화하기 위해 여러 가지 제도를 마련하고 실험하며 그것으로 인해 소외되는 사람이 없도록 개선하고자 하지만 제도화되지 않은 세력은 기존의 체제 자체를 전복시킴으로써 즉시 실현시키고자 혁명적 상황의 도래를 바라는 것이다. 민주적인 정의 사회는 국민의 자유로운 선택에 의해 그 실현 방법을 결정하지만, 막강한 군사 권력은 그러한 사고를 혁명적이라는 이유로 용인하지 않는다. 그들 조직원들은 대부분 투옥되거나 해외로 도피하거나 새로운 생활인으로 변화됨으로써 조직 해체의 경험을 하게 된다.

그자들은 막강한 무력과 폭력을 쥐고 번성해가는데 죽은 벗들은 가족의 숨죽인 울음에 둘러싸여 얕은 땅 아래서 몰래몰래 썩어가고 있었다. 무력이 있어야 하고 그것을 올바로 통제할 조직이 있어야만 한다. 세월이 얼마나 걸릴지 몰라도, 누군가 첫걸음을 내디뎌야 할 그 길은 남수가 말하던 산정에로의 지름길이었다. 끝까지 살아남아 민중의 권력을 쟁취하자는 봉한이의 멀고 먼 길이기도 했다. 동우는 민족 내부의 새로운 연대를 꿈꾸었다.

여기에서 볼 수 있는 것처럼 그들은 폭력으로 권력을 장악한 신군부를 부수기 위해 길고도 고된 대장정의 길을 꿈꾸고 있다. 게릴라와 같이 소모적인 싸움을 통해 민중들에게 신군부의 부당한 존재를 알리고 언젠가는 민중의 봉기가 가능할 때까지 기다리고자 하기도 하고, 민중의 힘을 조직화해서 신군부에 맞설 수 있는 힘을 기르기를 꿈꾸기도 하고, 민족 내부의 새로운 연대를 통해 남북의 민중이 힘을 합하는 것을 꿈꾸기도 한다. 그러한 변화 속에서 그가 꿈꾸는 세계는 어디까지나 꿈으로만 존재한다. 그런 점에서 그들은 철저하게 행동하는 투사가 되어 있다. 오현우의 어머니 말처럼 "너만 옳다구 생각하구 행동하면 나라두 나중에 저희 잘못을 알구 바뀌게 될" 것으로 그들은 믿고 있지만 그들은 체포되거나 형을 살거나 체포의 위협 속에 도피 생활을 한다.

3

소녀 시절에는, 평생 술만 마시고 어머니의 장사 수입으로 생계를 이어가게 하는 무능한 '빨치산' 출신의 아버지를 미워하다가, 광주 항쟁의 필름을 신부님으로부터 빌려 보고서 아버지를 이해하게 되었다는 한윤희는, 대학 시절에 군사독재에 항거하지 않았다는 죄책감과 함께 광주 항쟁을 계기로 그 방면의 책을 읽는다. '선배 언니'에게서 '광주 항쟁과 관계 있는 사람'이 올 것이라는 전갈을 받은 그녀는 처음 만난 32세의 '오현우'에게 자신이 화실로 사용하고자 얻어놓은 외딴집을 은신처로 제공하며 사랑에 빠진다. 여기에서 한윤희가 오현우를 사랑하게 된 것은 빨치산 출신의 아버지를 이해하게 됐기 때문인가, 대학 시절의 죄책감에 대한 보상 행위인가 질문하지 않을 수 없다. 아마도 여기에 대한 대답을 한마디로 하기는 쉽지 않을 것이다.

젊은 남녀가 만나 서로 끌린다거나 사랑하게 되는 이유는 말로써 특별히 표현할 수 없는 경우가 많으며, 있다고 하더라도 복합적이기 때문에 직접적인 대답은 불가능하다. 정신분석학적으로 한윤희의 사랑은 가족의 짐으로만 존재해온 아버지에 대한 원망을 아버지에 대한 이해로 바꾼 스스로를 용서하는 행위일 수 있고, 아버지의 이념에 동조하는 자기 변신의 행위일 수도 있다. 그러나 사랑은 그 자체가 자연 발생적이기 때문에 이유나 원인이 따로 있는 것이 아니라 사랑 그 자체일 따름이다. 그렇기 때문에 한윤희는 오현우가 감옥에 갇혀 있는 동안 일기와 편지를 쓰면서 자신과 오현우 사이의 사랑을 끊임없이 확인하고 있다. 일반적으로 사랑이란 개인적 감정이기 때문에 고백의 형식을 띠고 있는 것처럼, 그녀의 사랑도 일방적인 고백의 편지와 일기 형식을 띤다. 그것은 소설 속의 이야기 형식을 띤 것으로서 그녀의 이야기를 통해 오현우의 현재 마음을 비추는 역할을 한다. 그것은 그가 출옥한 다음에야 상대편인 오현우에게 전달된다. 그리고 오현우가 그것을 읽을 때에 한윤희는 이미 이 세상에 존재하지 않는다. 죽은 사람에게서 사랑의 고백을 듣고 있다는 것은 그들의 비극적 사랑이 얼마나 안타까운지 말해준다.

그러나 한윤희가 알게 된 많은 남자 가운데서 그녀가 진정으로 사랑한 남자가 오현우와 이희수 두 사람이라는 사실은 다른 남자들을 사랑할 수 없는 이유가 있었기 때문이다. 그녀가 처음 사귀었던 '조소과 상급생'을 그녀가 사랑하게 된 것은 그의 작품이 한국의 현실을 그대로 반영하는 현장성을 지니고 있었기 때문이다. 하지만 그녀가 그를 떠나게 된 것은 그가 공모전에서 대상을 받은 이후 그의 작품이 하나의 아이디어 수준에 머물고 있다는 것을 확인했기 때문이다. 그것은 그녀가 사랑한 것이 그 자신이 아니라 그의 작품 세계였다는 것을 말한다. 더 엄밀하게 말하면 어둡고 가난한 젊음에도 불구하고 그의 작품에서 나타나고 있는 '힘과 생기'가 그녀의 아버지의 젊은 시절과 닮았던 것이다. 그녀는 "내가 사랑한 건 아버지의 빛나는 젊은 시절에 대한 막연한 상상이었을 거예요"라고 고백한다. 그녀는 자신이 사랑한 사람이 공모전에서 대상을 받은 다음 그의 작품에 '힘과 생기'가 없어졌다는 것을 발견하고 그가 자신의 사랑의 대상이 아니라고 판단한다. 그것은 그녀에게 근본적인 반골 기질이 있다는 것을 의미한다.

그녀가 세번째로 만난 송영태도 그녀를 편안하게 만들면서 그녀의 사랑을 얻고자 하지만 그녀는 그를 사랑의 대상으로 받아들이지 않는다. 그녀가 그를 받아들이지 못하는 것은 아마도 그가 부유한 권력층 집안 출신이라는 것이 작용하고 있는 것 같다. 그녀는 그가 운동권의 자금을 대준다든가 혼자서 외국으로 도피하여 여행을 한다든가 하는 것들을 전폭적으로 받아들이지 못한다. 그녀는 그를 도와 유인물 제작을 하면서도 그와의 일정한 거리를 유지하고, 그가 독일로 찾아왔을 때도 그를 받아들이지 못한다. 그녀는 송영태가 이북에 갔다 와서 "감동과 절망이 반반이야"라고 하는 말을 듣고 "그런 기회주의적인 대답이 어디 있어"라고 항의한다. 그는 객관적인 시선을 잃지 않고 "어렵지만 버티며 살아낸 생활력이 눈물겹고 물샐틈없는 통제가 절망적이고"라고 말한다. 이러한 송영태에 대해 '십 년 전에 아버지의 젊은 시절 같은 어떤 그림자가 내 보호를 받으려고 나타났'다고 생각하지만, 이제 그녀는 10년 전의 그녀가 아니다. 10년 동안 세계는 엄청난 변화를 겪고 있음에도 불구하고 송영태의 세계관은 변하지 않고 있다. 이 변하지 않는 혁명가를 이미 변한 한윤희로서는 받아들일 수 없다. 그녀는 "나는 사생활을 탈환하고 싶"다고 선언한다. 그녀와의 사랑에도 실패하고 혁명의 성공에도 이르지 못한 송영태는 어느 날 어디론가 사라져버린다.

그녀가 네번째로 만난 사람은 환경공학을 전공하는 이희수라는 대학교수이다. 그녀가 오현우가 부재하는 세계에서 녹색 생태주의자인 이희수와 가장 가깝게 지낼 수 있었던 것은 불교에 심취해 있는 그의 세계관에서 새로운 세계에 눈을 뜰 수 있었기 때문이다. 그는 '세계를 변화시켜야 한다'고 주장하는 사람들에게 "인생은 아주 짧아요. 왜 사람이 세계의 주인이라는 생각을 버리지 못하는지. 저 동네에서는 언뜻 보면 대단히 물질적으로 대응하구 있"다고 비판한다. 한윤희는 "현실 상황에 대하여 얼마간 거리를 가지고 있는" 이희수에게 "전적으로 동의할 수는 없었지만" 자신의 일에 열정을 쏟는 그에게 이끌려 사랑하게 된다. 한윤희는 아무런 내색을 하지 않고 그와 "같은 선에 서서 넉넉한 시선으로 한 방향을 바라보아주는 아낙이 되고 싶었"지만, 그가 불의의 교통사고로 세상을 떠남으로써 그와의 사랑도 더 이상 지속하지 못한다.

그녀가 사랑한 사람은 따라서 '오현우'와 '이희수'라는 두 인물인데, 그녀가 그들을 사랑할 수 있었던 것은 10년의 간격을 두고 있다. 그녀는 자신의 이념적 동질성을 오현우에게서 발견했기 때문에 10년 전 그를 사랑할 수 있었고, 현실과 거리를 두고 있는 이희수에게서 삶의 안식처를 발견했기 때문에 그와의 사랑을 통해 사적인 생활을 '탈환'하고자 한다. 그것은 10년의 세월이라는 간격을 거치는 동안 변혁의 주체에서 한 사람의 '아낙'으로 바뀌고 싶어 하는 그녀의 여성성을 드러낸 것으로 보인다. 그녀는 오현우가 10년 가까운 세월 동안 감옥에 갇혀 있음으로 인해 그를 실체로 느낄 수 없다는 고백을 한다. 그녀의 두 번에 걸친 사랑은 그녀의 의지와는 상관없이 외적 요인에 의해 변화를 겪게 된다. 그녀는 이념보다는 사랑이 보다 큰 힘을 지니게 된다는 깨달음에 도달한다.

4

그녀가 오현우를 사랑하게 된 것은 그가 문자 그대로 '아버지의 빛나는 젊은 시절'의 모습을 지니고 있기 때문이다. 그녀는 "대개 사회적 보상 욕구가 큰 가난한 젊은이들이 작은 동아리를 만들고 거기서 권력을 실험하다가 적당한 때가 되면 재빠르게 자기 변신을" 한다고 지적하면서 그가 그런 종류의 사람이 아니라고 말한다. 그녀는 자신이 바라던 세상, 자신이 꿈꾸던 세상이 '갈뫼의 단조롭고 평화로운 일상과 같은 그런 곳'이라고 생각하지만, 오현우가 이룩하고자 하는 세상은 "결코 단조롭거나 평화스런 고장이" 아니라 "평등을 위한 단호하고 강력한 계급투쟁이 지속되고 있는 긴장된 소용돌이의 공간"이라고 말한다. 그것은 그가 바라는 세계가 혁명의 세계임을 의미한다. 그녀는 "당신만 곁에 있다면" "이념은 아무런 문젯거리도 아니"라고 말한다. 그녀는 '자유주의자의 공간'에 지나지 않는 '기만적 자유에 머물게 하는 아주 하찮은 소시민적 영역'에서 두 사람만의 행복의 꿈을 꾸고 있지만, 현실은 그녀에게 그 꿈을 살게 하지 않는다.

그들이 함께 기거하는 '갈뫼'의 집은 쫓기는 자의 입장에서 보면 어쩌면 불안한 사랑의 보금자리이지만, 그 두 사람의 함께 살고자 하는 삶의 꿈으로 보면 비극적 사랑의 장소인 것이다. 한윤희는 "그 뒤의 석 달 동안이 우리의 평생을 지배하게 되었"다고 인정하며, "우리에게 그 여름 한철이 두 사람의 모든 인생이었"다고 고백하고 있다. 오현우에게는 도피의 세월이 한윤희에게는 행복의 세월이었던 그해 여름의 '갈뫼'는 군사 당국의 수배가 좁혀오는 것과 함께 그들에게 더 이상 안전한 장소가 될 수 없었다. 그는 그곳에 한윤희만 남겨놓고 홀로 떠나 서울로 갔다가 체포되어 온갖 고문을 받은 끝에 재판에서 무기징역 선고를 받는다.

그가 투옥 중 감형되어 18여 년 만에 석방되었을 때, 그의 짧은 사랑의 대상이었던 한윤희는 그가 감옥살이를 하는 동안 혼자서 딸을 낳고 그의 부재의 의미에 대해 생각하며 아픔을 혼자서 견뎌야 하는 운명을 깨닫는다. 미혼모로서 새로 태어난 딸과 함께 살아내야 할 날들을 내다보면서 그녀는 자신이 공부를 더해야 살길이 열린다는 것을 알고 어머니의 집에 들어간다. 대학원 과정을 마친 그녀는 딸 '은결'을 결혼한 동생인 '한정희'에게 맡기고 독일에 유학함으로써 화가로서 대학 강단에 설 수 있게 된다. 이제 그녀는 독자적인 삶을 살 수 있는 능력을 갖게 되지만, 예기치 않은 발병으로 암과 싸우다가 비극적인 종말을 맞이하게 된다.

이러한 줄거리만 보면 이 작품은 6월 항쟁 이후 1990년대에 많이 보아온 운동권의 후일담 소설 같은 인상을 준다. 또 두 사람의 비극적 사랑에만 초점을 맞추면 기구한 운명의 사랑 이야기라는 생각도 든다. 사실 이 소설은 그러한 두 가지 측면을 모두 가지고 있다. 세상을 바꿔보고자 운동권에 가담했다가 감옥살이를 하고 나왔더니 세상은 하나도 변하지 않았는데 친구들은 죽거나 패배한 일상인이 되어 있다. 사랑했던 연인이 이미 이 세상 사람이 아니어서 꿈에 그리던 사랑을 이어갈 수 없게 된 자신의 존재를 확인하게 된다는 것은 후일담 소설의 한 정형으로 볼 수 있다. 또 서로 사랑하기 어려운 사이임에도 사랑을 하기에 이른 순간 상황이 허락하지 않아 헤어질 수밖에 없는 두 사람의 운명이 한 사람은 감옥에 갇혀 있고 다른 한 사람은 혼자서 살아갈 길을 모색하다가 그의 출옥을 보기 전에 죽음으로써 비극적으로 끝나는 것은 기구한 사랑 이야기라고 할 수 있다. 그러나 후일담으로 보기에는 이 작품이 오늘의 우리 사회의 갈등을 근본적으로 이해하게 하는 부분이 너무나 많고, 기구한 사랑 이야기라고 보기에는 그 운명의 비극성이 너무나 고전적인 성질을 띠고 있어서 현실감을 느끼게 한다.

5

이 작품은 '오현우'가 18년의 감옥살이를 하고 나온 다음의 이야기가 '사건의 시간'에서 현재형으로 진행되고 있고, 이미 세상을 떠난 '한윤희'의 이야기가 일기와 편지 형식이라는 '기술의 시간'에서 현재형으로 보고되고 있으며, '오현우'의 운동권 시절부터 감옥살이 이야기가 '사건의 시간'에서 회상의 과거형으로 전달되고 있다. 그것은 오현우를 화자로 한 소설 속에 한윤희를 화자로 한 다른 소설이 들어 있는 느슨한 '격자소설' 형식이다. 격자소설은 안에 있는 소설이 그것을 감싸고 있는 바깥 소설을 설명해주는 이중 구조를 말한다. 여기에서 '오현우'가 어떤 과정을 거쳐 '사회주의자'가 되었느냐 하는 것과 '한윤희'가 어떻게 하여 '오현우'와의 사랑을 자신의 운명처럼 받아들이게 되었느냐 하는 것을 검토해보고, 그들의 이념에 대해 작가는 우리에게 무엇을 생각하게 하는지 검토해볼 필요가 있다.

한윤희는 언제나 아버지의 청춘이 깃든 두 장의 사진을 간직하고 있는데 하나는 도쿄 유학 시절에 사각모에 망토를 입고 찍은 사진이고, 다른 하나는 해방 후 국민복을 입고 찍은 인텔리의 예리한 눈길이 살아 있는 모습이다. 그녀가 생각하고 있는 아버지의 청춘에서 전자는 포이어바흐와 마르크스와 엥겔스를 읽는 유학생 신분의 지식인 이미지이고, 후자는 볼이 움푹 꺼지고 눈이 매서운 아일랜드나 러시아의 직업 혁명가 이미지이다. 이러한 아버지의 이미지를 간직하기 전까지 한유희에게 아버지는 집에서 술만 마시고 술에 취하지 않았을 때는 책만 읽는 샌님으로서 어머니의 장사에 생계비를 의존하는 생활 무능력자이다. 고등학교 시절에 그녀는 아버지가 빨치산 출신으로서 가족의 애물단지라는 것을 알고 아버지에게 대들기까지 한다. 그러한 아버지를 이해하게 된 것은 아버지의 음주가 단순한 주정꾼의 차원이 아니라는 것을 알고 난 다음이다. 유신 때 사회안전법이 공포된 이후 반공법으로 처벌받은 사람들은 감시를 받아야 했고 감시를 받지 않으려면 보증인을 세워야 했다. 당시 변호사로서 사회적 지위를 누리고 있는 외삼촌에게 보증을 서달라고 부탁했다가 구박을 받은 아버지는 만취해서 돌아온다. 그러한 아버지가 간암에 걸려 오랫동안 투병 생활을 하는 동안 아버지의 간호를 맡게 된 한윤희는 아버지가 해방 후에 건준에 들고, 조선공산당이 성립되자 입당을 하고, 국립대안 반대 사건과 영남의 시월 투쟁에 가담할 정도로 열렬한 투사가 되고, 6·25 때 빨치산으로 입산했다가 붙잡혀 남원 수용소에 갇혀서 5년의 징역을 살고, 전향서를 쓰고 석방된 것을 알게 된다. 그녀가 대학 4학년 때 그녀는 아버지에게서 다음과 같은 고백을 듣는다.

윤희야, 나는 그때, 해방된 우리나라를 자유와 평등이 넘치는 세상으로 만들려고 친구들과 같이 활동을 했다. 그런데 아직도 세상 꼴이 이게 뭐냐. 우리 몇몇이 눈보라를 헤치며 뛰어다녔던 그 산자락들이 지금도 눈에 선하구나. 잡혀서 남원 수용소 가서 느이 큰삼촌 시키는 대로 전향서 쓰고 그리고 거기서 젊은 나는 시대하구 같이 죽어버렸어. 여기까지 이 껍데기를 끌고 잘도 버텼지.

이러한 고백은 그가 전향서를 썼지만 그의 사상이 바뀐 것을 의미하지는 않는다. 아버지는 "이건 우리의 세계가 아니야"라고 하면서 "너의 길을 걸어라. 세상이 어떻게 떠들든지"라는 부탁을 윤희에게 한다. 아버지는 비록 전향서를 쓰고 석방되었지만 그 후의 삶을 자신의 것으로 생각하지 않는다. 그는 머릿속의 사상을 바꾼 것이 아니다. 하지만 그녀의 아버지는 전향서를 쓴 다음 혁명 전사로서의 삶을 사는 것이 아니라 현실적인 패배자로서 정신적으로 이미 죽은 삶을 산다. 패배한 아버지의 삶을 보아온 한윤희는 오현우를 면회하러 갔다가 전향서 이야기가 나오자 "머릿속의 생각을 누가 참견해요?"라고 항변한다. 그녀는 이미 아버지와 오현우의 사상적 동질성을 이해하고 거기에 동의하고 있다. 한윤희는 "아버지가 숨지기까지의 몇 달 동안을 밤낮으로 함께 지내면서 서로의 눈빛만으로도 이해할 만큼 가까워졌"고 "다만 자유라든가 사람의 기본권이라든가 생존의 존엄성 등등을 존중하는 세상이었으면" 한다는 생각으로 아버지의 사상을 이해하고, 오현우도 "그런 사람에 지나지 않"는다고 생각한다. 그들이 하고자 하는 일은 송영태의 표현을 빌리면 '민중이 권력을 잡는 일'과 '미제와 앞잡이들을 몰아내는 일'이다. 그것은 북한의 주장과 같지만 그들이 북한의 사주를 받은 결과가 아니라 군사정권에 대항하는 투쟁을 벌이는 과정에서 자연 발생적으로 이루어진 사상이다.

그것이 광주 항쟁 직후 그들의 생각을 지배한 사상이라면, 독일로 유학을 떠나 동구권의 몰락을 자신들의 눈으로 목격한 그들은 지상에서 현실적인 모델을 찾을 수 없다는 절망감에서 벗어나지 못한다. 베를린에서 동서의 장벽이 무너지고 동서독의 자유 왕래가 이루어지자 그때까지 세계를 양분하고 있던 동구권이 한꺼번에 붕괴되는 것을 그

286

들은 현실로 목격한다.

　드디어 유럽에서 시작했던 현실사회주의는 실패한 것으로 드러났어요. 이른바 국가사회주의에서 자본주의 시장 경제로 이행되어갈 수밖에 없었지요. 천구백팔십구년을 기점으로 세계사의 반동이 시작되었습니다.

　아버지와 당신이 꿈꾸었고 내가 마음 깊이 찬동했던 우리들의 소망은 이제 전 세계적으로 처음부터 다시 시작하지 않으면 안 되는 출발점으로 되돌아온 거예요. 현재의 삶의 방식이 잘못되었다는 걸 잘 알면서도 어쨌든 이 변화된 세계 속에서 수많은 힘없고 가난한 이들과 더불어 다시 시작해내야만 하는 것입니다.

　우리가 지켜내려고 안간힘을 쓰고 버티어왔던 가치들은 산산이 부서졌지만 아직도 속세의 먼지 가운데 빛나고 있어요. 살아 있는 한 우리는 또 한번 다시 시작해야 할 것입니다.

한윤희의 이런 고백은 동구권의 몰락과 함께 그들이 사상적으로 패배한 현실을 받아들이면서 어떻게 새로 시작해야 할지 고민하는 모습을 그대로 드러낸다. 힘없고 가난한 사람들 편에 서고자 했던 그들의 이념이 이제 세계 어느 곳에서도 실현될 수 없다는 것을 그들은 확인하고 있다. 그렇지만 그들은 자신들의 이념이 틀렸다고 생각하는 것이 아니다. 그것은 한윤희의 아버지가 전향서를 쓰고도 사상적으로 승복하지 않은 것과 일맥상통하고 있다. 그것은 여건이 허락하지 않았기 때문에 일시적으로 자신의 사상을 포기하지만, 여건만 허락되면 언제든지 다시 들고 나올 생각이라는 것을 의미한다.

그러나 한윤희가 생각하고 있는 분단 현실의 극복 방법이 세계 어디에 이미 존재하는 방법은 아니다. 그녀는 "이런 식으로 끝나선 안 되겠지. 시간이 걸리더라도 여기나 베트남식으론 안 돼. 개항 이래 백 년이 걸린 싸움이었어"라고 송영태에게 말한다. 그것은 독일처럼 부유한 쪽이 가난한 쪽을 통합하는 '흡수 통일'도 반대하고, 베트남처럼 사회주의적 민족주의로 무장한 쪽이 외세와 결탁한 자본주의 사회를 이기는 '무력 통일'도 반대한다는 것을 의미한다. 그것은 어쩌면 분단된 두 나라가 공생 공존하는 또 하나의 다른 의미에서 '분단 고착'을 의미할지도 모른다. 여기에서 주목해야 할 것은 소련이 무너진 다음 러시아 여행을 하는 송영태가 마지막에 실종된 사실이다. 그는 지구의 6분의 1을 차지하고 있는 국가가 어떻게 그토록 엉성했는지 개탄하고 지구의 어느 오지로 사라진다. 그의 사라짐은 한윤희의 말처럼 '새로운 시작'을 위한 것인가, 아니면 자기 가치관의 영원한 패배를 인정한 것인가 생각해보아야 한다. 그가 자본주의의 전 세계화에 관해서 암울한 전망을 한 것은 자기 가치관의 영원한 패배를 인정한 것으로 보인다.

그렇다면 동구권의 몰락이 '최미경'을 비롯한 많은 젊은이들을 자살하게 만들고 감옥살이를 하게 만든 그들의 가치관을 완전히 무화시키고 패배하게 만든 것인가. 그동안 한국 사회에 군사정권이 물러가고 문민정부와 국민의 정부가 들어선 것이나, 한국노총과 민주노총이 결성되어 노동자들의 목소리를 대변할 수 있게 된 것은 그들의 피나는 투쟁의 결과가 아닌지 질문하게 만든다. 그 질문은 그들이 추구한 가치가 현실을 전복시키는 데 집중되어 있는 반면에 그들의 이상이 현실과 동떨어진 낭만주의적 성질을 띠고 있다는 혐의를 떨쳐버릴 수 없게 만든다. 그것은 그들 앞에 있는 군사정권이 너무나 막강한 권력의 실체로 군림하기 때문에 그것을 타도하는 것 이외의 어떤 것도 생각할 수 없을 만큼 그들의 사고가 경직되고 구속되어 있다는 증거라고 할 수 있다. 군사정권을 타도한 다음에 비로소 무엇을 할 것인지 자유롭게 생각할 수 있을 것이라는 희망이 그들에게 감추어져 있다.

6

이러한 이야기를 통해 작가가 보여주고자 한 것은 무엇일까. 이 작품의 주인공들의 비극적인 삶을 증언하고자 한 것일까, 아니면 그들이 꿈꾸던 세계의 부재를 이야기하고자 한 것일까, 혹은 군사정권의 무자비한 폭력을 고발하고자 한 것일까. 여기에 대한 정확한 대답은 한마디로 말할 수 없다. 하지만 한윤희의 아버지가 죽기 전에 본 허깨비가 그 질문에 대한 해답의 실마리를 제공할 수 있을지 모르겠다. 한윤희의 아버지는 숨을 거두기 전, 자신의 딸에게 문을 열어보라고 하며 "옛날 동지들이 찾아왔더라" "그치들이 날 데리러 왔던가 봐"라고 하며 가까워진 자신의 죽음을 예견한다. "다 떨어진 미제 군복을 입구 수염과 머리는 짐승같이 해갖구선" 나타난 허깨비는 6·25 전쟁 중에 죽은 원혼들이 아직도 떠돌고 있다는 작가의 현실 인식을 말해준다. 황석영은 진정한 민족 화해는 전쟁 중에 죽은 원혼들의 한을 풀어주는 데서 출발할 수 있다는 것을 뒤에 발표한 『손님』에서 뚜렷하게 보여준다. 그는 남북 관계가 진정 화해로 가기 위해서는 아직도 이 땅에 떠돌고 있는 허깨비들이 해원하지 않으면 안 된다는 것을 『손님』에서 강력하게 역설하고 있다. 이 작품에서는 남측을 대표하는 기독교인들이 전쟁 중에 자행한 학살에 의해 죽은 영혼들의 원한과 그 원한을 풀어주지 못하고 세상을 떠나는 그 주역들 사이의 해결되어야 할 과제를 이야기하고 있지만, 북측을 대표하는 공산주의자들이 자행한 학살에 의해 죽은 영혼들도 원한에 사무쳐 떠돌고 있으리라는 것을 짐작하게 한다. 전쟁 후 반세기가 지났음에도 불구하고 아직도 해결하지 못한 이 과제는 남북이 회해로 가는 길목에서 꼭 짚고 넘어가야 할 문제로서 작가는 제시하고 있다. 여기에서 다시 한 번 상기해야 할 것은 빨치산 출신의 한윤희 아버지가 한 말이다.

내 동료들이 꿈꾸었던 세상은 그저 허공중에 빛나는 별에 지나지 않았다. 이제 양쪽을 보니까 서로 거울을 맞대놓은 듯이 그저 사람살이의 좌우가 바뀐 데 지나지 않았어. 내용은 서로 싸우는 동안에 서로를 닮게 되었다고나 할까.

전향서와 함께 자신은 죽은 사람이라고 말하면서 자기 양심의 자유가 억압되지 않기를 바랐던 공산주의자가 죽기 전에 얻은 깨달음은 작가가 분단의 비극을 극복하는 길목에서 가장 강조하고 싶었던 것이라는 생각을 갖게 한다. 이제 아직 살아남은 그의 인물들이 어떤 깨달음에 도달할 것인지, 독자들은 분단의 아픔이 극복되는 그날까지 기다리며 지켜볼 수밖에 없다. 18년 만에 감옥에서 석방된 주인공 오현우는, 죽어서 말이 없는 옛 동료들의 무덤을 찾아보고, 소시민이 되어 생활에 매달리는 옛 동료들을 만나본 다음 무슨 생각을 할 것인가, 군사정권이 무너지고 민주 정권이 들어선 한국 사회에 동구권의 몰락과 함께 세계화의 거센 물결이 휩쓸고 있는 오늘의 현실 앞에서 그가 어떤 이념, 어떤 사랑을 선택할 것인가, 작가는 우리에게 질문하고 생각하게 만든다. 그것은 이념이란 덧없는 것이고 사랑이란 영원한 모성과 같은 것이라는 깨달음에 도달한 한윤희의 부드럽고 따뜻한 세계를 그가 찾아갈 것이라는 확신을 우리에게 갖게 한다. 그것은 이념이나 혁명으로 세계를 개혁하는 것이 아니라 사랑으로 세계를 품어 안는 것이다.

고향에서 부르는 행복의 노래
─진동규의 시집

1

사람이 일평생 살면서 가장 불행한 것이 무엇일까 질문하면서 나는,
자신이 무엇을 좋아하는지 모르거나 좋아하는 것이 없는 것이라고, 생
각한다. 물론 사는 일 자체가 힘겹고 짜증나는 것으로 엮여 있지만 그
럼에도 불구하고 그 속에 좋아할 수 있는 것, 좋아하는 것이 들어 있
기 때문이다. 또 사람들이 흔히 삶의 예지라든가 삶의 기쁨이라든가
하는 말들을 할 수 있는 것은 인생이라는 고해 속에서도 인간이 스스
로 기쁨을 창조할 수 있는 능력을 소유하고 있기 때문이다. 시인은 삶
의 기쁨이나 행복을 노래하는 특권을 가진 사람이다. 소설가가 삶의
고통이나 불행을 그 뿌리부터 결말까지 이야기하는 사람이라면, 시인
은 그러한 지속적인 삶 속에서 부딪치거나 발견하는 기쁨과 행복의 순

간을 포착하고 이를 노래하는 사람이다. 시인은 그런 의미에서 특별한 감각과 예리한 눈을 가진 사람이다. 그는 보통 사람들이 지나쳐버리는 삶의 순간을 포착하고 거기에 들어 있는 삶의 오묘한 진실을 간파하고 그것을 다른 사람도 느끼고 파악할 수 있게 만들기 때문이다. 소설가는 삶이 왜 부조리하고 불공평하고 괴로운 것인지 이야기하고 설명해야 하는 불행한 운명을 가지고 태어난 데 반하여 시인은 삶이 얼마나 아름답고 즐거운 것인지 노래하는 행복한 운명을 가지고 태어난 것이다. 그래서 근대 이후 불행을 이야기하지 않는 소설이 없고 행복을 노래하지 않는 시가 없다고 해도 지나친 말은 아니다.

시인과 소설가 사이의 이러한 차이는 고향에 대한 인식의 차이에서도 드러난다. 소설가는 자신이 살았던 고향이 사라졌고 이 세상 어디에도 존재하지 않다는 사실을 발견하고 거기에서 자기 불행의 근원을 찾고자 한다. 반면에 시인은 모든 사물에서, 그리고 어디에서나 고향의 모습을 재발견하고 그때마다 행복을 노래한다. 자신이 살고 있는 세계보다 상상의 세계에 더 많은 가치를 두고 그곳에서의 삶을 꿈꾸고 있는 낭만주의 시인도 상상적 삶의 행복을 노래하고 있지만, 지상에서의 스스로의 운명을 저주받은 것으로 인식하고 그것의 극복을 위해 초월적인 어떤 것을 찾고자 했던 '저주받은 시인들'조차도 삶의 순간에 발견한 절대적인 아름다움을 자신의 행복으로 생각하고 그것을 자신의 것으로 만드는 데서 시의 완성을 보고자 한다. 그런 점에서 소설가가 불행을 이야기하기 위해 태어난 비극적 운명의 소유자라면, 시인은 매 순간의 삶에서 행복을 발견하고 노래하는 초월적 세계관의 소유자라 할 수 있다. 시인의 고향은 시인의 마음속에 자리 잡고 있다가 시인이 발견하는 사물들과 함께 아름다운 이미지로 나타나는 데 반하여 소설가의 잃어버린 고향은 어디에도 존재하지 않아서 그리움과 아쉬움의 대상으로 이야기된다. 그러니까 소설가는 잃어버린 것에 대한 그리움을 불행으로 이야기하고, 시인은 기억 속에 남아 있는 것을 끊임없이 재발견하여 행복으로 노래한다.

산문적으로 말한다면 오늘날 현대인은 고향을 상실한 사람들이다. 하루하루 달라지는 도시나 농촌은 고향이라는 공간적 개념을 시간의 축에서 생각할 수밖에 없게 만든다. 농경 시대의, 변하지 않고 존재하는 고향은 언제나 '거기' 있는 것이다. 그러나 산업화 시대, 특히 후기 산업화 시대의 고향은 '어디에도' 없다. 시간이 갈수록 빨라지는 변화의 속도에 따라 어린 시절의 체험으로서의 고향은 빛바랜 사진처럼 우리의 기억 속에서 흐려져가고 있다. 그 흐려져가고 있는 고향을 고통스럽게 느끼고 그것을 설명하고자 하는 것이 소설가의 노력이라면 흐려져가고 있는 고향의 아름다운 모습을 현실 속에서 발견할 때마다 환희로 표현하는 것이 시인의 노력이다.

진동규의 시집을 읽으면 시인의 이러한 모습을 확인할 수 있다. 그가 살고 있는 현실은 분단된 나라에서 '남북의 창' 같은 TV 프로그램이나 젖은 신문에서 볼 수 있는 평양의 거리와 그 거리에서 수신호를 보내는 '교통 안전원' 소녀를 낯선 모습으로 느끼게 하는 현실이다. 고층 빌딩이 늘어선 넓은 교차로에서 마치 기계처럼 움직이는 그 소녀의 모습에서 자신과 다른 체제에 살고 있는 삶을 보고 소녀의 머리에 한 송이 꽃을 꽂아주고 싶어 한다. 그것은 그녀의 삶에 생명의 환희를 불어넣고자 하는 시인의 마음이다. 그 경우 그의 시는 한 편 한 편이 그 꽃에 해당한다. 그 꽃은 특별한 것이 아니라 '내 이웃들의 이야기' '우리 동네 풍광들' '들길에서 만났던 들꽃'과 같이 나의 일상적 삶을 형성하고 있는 것을 의미한다. 분단이라는 엄숙한 현실에서 소 떼를 몰고 그 장벽을 넘어가는 목가적 행동이 유머로 나타나고 있는 것처럼 시가 현실의 엄숙주의를 깨뜨릴 수 있는 부드러움의 강한 힘으로 작용할 수 있다는 시인의 생각을 드러내고 있다. 그것은 사진으로만 보는 사물화된 소녀가 우리와 같은 핏줄을 가진 존재가 될 수 있도록 생명을 불어넣는 행위이며 정서적인 존재로 만드는 행위이다. 군사적 대립으로 경직된 현실을 유연하게 만드는 것은 군복을 입은 교통 안전원의 머리 위에 한 송이 꽃을 꽂는 것이다.

　1960년대 말 월남전이 한창일 때 미국에서 반전운동을 고무하였던 마르쿠제는 반전시위에 가담한 젊은이들에게 경찰의 방어에 폭력으로 대항하지 말고 사랑으로 대항하는 것이 훨씬 효과적이라고 권고한 바 있다. 마르쿠제는 젊은이들의 히피 운동을 진정한 평화운동으로 생각하면서 경찰이 반전시위를 저지하려 할 때 그들에게 화염병이나 돌멩이나 몽둥이와 같은 폭력적인 방법으로 대항하지 말고 그 자리에서 동료들끼리 사랑의 애무로 대항할 것을 권고했다. 그것은 후에 히피 운동으로 발전하여 월남전을 종결시키는 데 기여한 바 있다. 군사 문화와 전제 정권의 지배를 40여 년 이상 받아온 나라에서 머리에 한 송이 꽃을 꽂아주는 행위는 폭력적인 체제에 대항하는 탁월한 방법이다. 남쪽에서 쌀을 얻어가면서 간첩선을 내려보내는 것과 같은 행위로 남쪽을 긴장시키는 북쪽에 천여 마리의 소 떼를 몰고 가는 것은 폭력을 유머로 제압하는 것 이상의 효과를 거둘 수 있기 때문이다.

2

진동규의 이번 시집은 그 자신이 살고 있는 고향 땅을 무척 사랑하고 있는 이야기로 가득 차 있다. 그가 사랑하는 고향은 백제 시대부터 오늘에 이르기까지 역사와 전통이 뚜렷한 전주라고 하는 특이한 장소이며, 그곳에서 역사의 영고성쇠를 함께 살다 간 사람들이며, 그들의 삶의 때가 묻어 있는 역사적 유물이고, 거기에서 볼 수 있는 자연경관들이다. 그는 자신이 노래할 수 있는 고향을 가졌으며 그 속에서 살고 있다는 점에서 행복한 시인이다. 산업화 이후 대부분의 사람들이 고향을 잃어버린 슬픔을 노래하고 고향 없는 황량한 삶을 한탄하고 있는 데 반하여, 그는 아직 고향에 사는 행복을 누리고 있고 그것을 노래하는 드문 시인이다. 그는 고향의 풀 한 포기, 꽃 한 송이도 놓치지 않고 그것이 가지고 있는 생명력에 감동하고 그것과 함께 숨쉬면서 산다. 그는 또한 고향에서 많은 문우들과 교유하며 사는 행복도 누리고 있다. 그의 시 가운데 문우의 실명으로 된 시들이 유난히 많은 것을 보면 그가 고향에서 사는 삶의 진정한 행복을 누리고 있음을 알 수 있다.

그렇다고 해서 그의 시가 행복만을 노래하고 있는 것은 아니다. 그의 시에는 역사적으로 충성을 다하다가 살해되거나, 저항을 하다가 투옥되거나, 모반을 하다가 씨족이 멸한 사람들의 이야기가 무수하게 나온다. 뿐만 아니라 젊은 나이에 뜻을 세워 자신의 주장을 펼치다가 비극적인 종말을 겪은 그들에 비하여 오십대 중반에 들어서도 소시민적인 삶을 살고 있는 자신의 초라한 모습을 한탄하기도 한다. 그러나 여기에서 다뤄지는 비극적 종말이나 자신의 소시민적 삶이 그의 진정한 시적 대상이 아니라, '그럼에도 불구하고' 삶이 살 만한 가치가 있다는 깨달음의 경지가 그의 진정한 시적인 대상이다.

진동규의 시는 어느덧 그의 나이에 걸맞을 만큼 삶에 대한 깊은 통찰과 넓은 포용력, 그리고 넉넉한 유머 감각으로 가득 차 있다. 옛날

선비의 문인화에서나 볼 수 있는 화제(畵題)와 같은 부제를 달고 있는 제1부 '기린봉에 달 오릅니다'에 실린 시들은 그가 1960년대부터 살아온 전주를 중심으로 한 역사적 장소들이 풍기고 있는 역사의 향기를 노래하면서 그 향기를 맡고 있는 시인 자신이 역사의 주인공들과 내적인 대화를 갖는 훈훈한 세계를 독특한 리듬으로 그리고 있다. 「눈썹 끝에 연꽃 피는」에서 젊은 장수 견훤의 모습을 그리고 있는 시인은 실패한 장수의 꿈이 마치 「서동요」의 설화를 실현하는 데 있는 것으로 파악하고 있다. 그래서 연못을 파고 연꽃을 피게 한 견훤이 '무왕' 대에 현신하지 않은 미륵의 세계를 실현하고자 한 꿈을 가졌지만 실패하고 그의 꿈이 연꽃으로만 남아 있는 애절한 사연을 시인은 노래한다. "눈썹 끝자리에 연못을 파고 연꽃을 피게" 한 시인의 상상력은 한편으로 선화공주를 본 서동처럼 가슴 두근거리는 체험을 하면서 다른 한편으로는 실패한 장수의 비통한 염원을 읽어낸다. '금산미륵'을 노래하는 「숯이 다 된 가슴 쓸어드리고」에서 시인은 견훤의 비극적 존재를 미륵의 재현으로 표현하고 있다. "길이 타고 들이 타고 산이 타서 된 숯"을 모아 못을 메우고 그 위에 미륵전을 세우고 미륵에게 빌면 '견훤의' '미륵 같은 아들' 하나는 틀림없이 얻는다는 이 시는 미륵 세계의 도래를 꿈꾸는 고향 사람들의 순박한 모반의 꿈과 그러한 정서의 밑바닥에 자리 잡고 있는 견훤의 모습을 그대로 보여준다. 시인의 역사적 상상력은 관조의 행복한 세계를 그리고 있지만 그 밑에는 실패한 장수의 비통한 염원이 깔려 있다.

그의 시에는 유난히도 견훤에 관한 이야기가 많이 나온다. 「누른 잎 지고 풍경 소리 깊습니다」에서도 정몽주에 관한 상념에 사로잡히면서 정몽주가 이성계의 쿠데타를 알고 견훤성에 올라 "만경대 누른 잎 지고 풍경 소리 깊습니다"라고 바위에 새겨놓은 글을 보며 시인은 정몽주의 발소리를 듣고 있다. 시인은 여기에서 조선 왕조를 세운 '이성계'에게는 아무런 존칭을 쓰지 않고 있다. 뿐만 아니라 「좁은 목 약수를 마십니다」에서 이성계의 선조에 대해서 "도조인지, 익조인지, 환조인지"라고 표현함으로써 태조 이성계의 선조에 대해 마치 어떤 필부쯤으로 호칭을 사용하고 있다. 게다가 이성계의 비범한 출생을 이야기하기 위한 한벽당의 전설을 들어 혼자만 살아 나오고 수많은 민중을 피흘려 죽게 만든 것으로 해석하고 있는 것은 성공한 쿠데타를 역사의 정통성으로 받아들이는 역사 해석에 정면으로 위배되는 입장을 취하고 있다. 반면에 고려의 마지막 충신 정몽주에게는 '선생'이라는 존칭을 붙이고 있고 또 후백제를 세우려 했던 젊은 장수 견훤에게는 '야심찬 대왕님'이라는 존칭을 사용하고 있다. 실패한 장수인 견훤이나 패배한 충신 정몽주에 대해서 존칭을 사용하고 있는 것은 백제의 꿈을 실현하고자 한 장수의 뜻이나 고려 왕국의 정통성을 살리고자 한 충신의 애국심이 시인의 마음속에 감동으로 자리 잡고 있음을 의미한다. 그것이 꺾이고 짓밟힌 점에서 아까워하고, 이루어지지 못한 점에서 안타까워하는 시인의 마음의 표현이다. 그러나 시인은 그런 역사 앞에서 자신의 절망이나 낙심을 노골적으로 드러내는 것이 아니라 그 패배 속에 감추어져 있는 의연함과 정당함을 노래함으로써 역사의 내면에 숨겨진 진실을 말하고자 한다.

진동규의 시 세계가 전에 볼 수 있었던 것보다 훨씬 큰 감동을 주는 것은 역사적 아이러니가 가지고 있는 비극적 감정을 자기 안에서 소화해내는 대범한 시적 정신에 기인하고 있는 것으로 보인다. 그래서 「댁 건너 대수리를 잡습니다」 같은 시에서는 '정여립의 난'으로 반역자의 씨족을 멸하고 그 앞에 흐르는 전주천 물길마저 돌려놓았다는 모반의 땅이 가지고 있는 핍박과 원한의 역사를 고발하고 과장하는 것이 아니라, 밤이면 자신들의 삶의 잔해들을 찾아 나섬으로써 그 슬픔을 내면화시키고 있다. 그래서 왜 모반의 땅, 저주받은 땅처럼 취급되고 있는지, 이 땅의 지역 감정의 뿌리를 찾고 있는 시인의 마음은 겉으로는 '아무렇지 않은' 것 같지만 내면엔 깊은 슬픔을 감추고 있다. 한벽당 병풍바위 밑에 나오는 약수를 받기 위해 오늘의 전주 시민이 아우성치며 모여들지만, 그곳은 이태조의 선조가 비를 피하다가 바위가 무너지는 순간 빠져나와 목숨을 건진 반면에 피하지 못한 민중들이 바위에 깔려 죽은 자리이다. 오늘날 그곳을 성역처럼 생각하고 있지만 사실은 그곳의 약수를 받고자 몰려드는 민중들의 피가 배어 있는 곳으로 시인은 보고 있다.

시인의 이러한 역사 인식은 역사적 슬픔을 끊임없이 내면화시키면서 장자적인 풍모를 보이지만 때로는 활시위를 당기는 행위를 노래함으로써 감추어진 공격성을 드러내기도 한다.

휘어도 휘어도 꺾일 수 없는 활, 하루에도 몇 번씩 시위를 당깁니다. 수렁에 빠져도 사는 그 억척의 물소뿔을 휘어 쑤꾸욱 쑥쑤꾹 억겁의 세월 낳고 풀어 시위를 당깁니다.

진안 곰티재 아지발도 목구멍에 쏘아 박고 만수산 드렁칡을 당기어 정몽주 뒤통수에 날린 살, 단풍보다 더 붉게 다가산을 덮어 흐르던 동학의 꽃 붉은 함성, 타는 보리 모가지에 또 한 대 살을 날립니다.

금강 섬진강 만경강 황토땅 흐르던 파랑새 울음을 시위는 울어줍니다. 맨발의 견훤대왕 등창에 박히어 울던 살, 오늘은 그대 가슴의 찬 바위에 쏘아 박을 한 대 살을 재어봅니다. 시위를 당깁니다.

—「파랑새 울음 웁니다」 전문

　이 시에서 "휘어도 휘어도 꺾일 수 없는 활, 하루에도 몇 번씩 시위를 당깁니다"라고 한 것은 시 쓰는 행위를 활을 쏘는 행위로 바꿔 읽게 만든다. 그가 쏘는 화살은 "정몽주 뒤통수에 날린 살"이며 "동학의 꽃 붉은 함성, 타는 보리 모가지에" 날린 살이고 "견훤 대왕 등창에 박히어 울던 살"이다. 그가 쏘는 화살이 역사를 바꿔놓은 화살인 것처럼 그가 쓰는 시는 역사에 대한 새로운 해석이다. "하루에도 몇 번씩 시위를 당"기는 것처럼 시인은 하루에도 몇 번씩 시를 쓴다. 그래서 그의 시는 때로 격렬해서 독자의 마음에 전율을 일으키고 서릿발 같은 원한을 느끼게 한다.

　그러나 진동규의 시 세계가 풍요롭게 느껴지는 것은 위에 인용한 시와 같이 단색으로 된 것이 아니기 때문이다. 마치 경쾌하게 노래하는 듯한 다음의 시를 보자.

　그저 그만그만한 등성이 논두렁 밭두렁 흐르는 삼천천, 우전면(雨田面) 가랑비를 완산 제일의 경관으로 꼽았습니다. 병풍처럼 둘러친 층암 절벽도 없고 한 자락 폭포도 없지만, 봄이면 황도백도 흐드러졌거니, 삿갓에 도롱이 입고 오는 벗 있으면 무릉이 따로 있겠느냐고 입바른 사람들은 말들을 하지만, 가라고 가랑비 있으라고 이슬비, 베적삼 젖어보지 않고 하시는 말씀이지요. 옥녀봉(玉女峰) 와우봉(臥牛峰) 천잠봉(天蠶峰)에 베틀 메어놓고 치르는 그 야단법석을 보지 못하고 하시는 말씀이지요. 하늘에서 실비 내리는 게 아니라 금실은실

하늘로 뽑아 올리는 것, 하늘잎을 먹고 자란 하늘 누에, 하늘실 뽑아 올리는 것, 베짜는 옥녀 옆에 눈 큰 황소 물무늬 눈물무늬로 워낭 소리 먹여대면 호남들은 온통 잔치만, 우금치 나갔다 동학군까지 다 모여들어 열무김치에 밥 비벼 먹고 바지 가랭이 걷어붙이고 논두렁 밭두렁 울린답니다. 소고 치고 징 울리고 그런 굿이 없답니다.

　　　　　　　　　　　　—「가라고 가랑비 있으라고 이슬비」 전문

이 시는 전주를 둘러싸고 있는 완산벌을 노래한 시이다. 큰 산도 없고 큰 물도 없는 평평한 완산벌에 가랑비 내리는 평화로운 풍경을 민요적인 가락으로 노래하고 있다. 논밭으로 이루어진 호남벌의 행복은 가뭄 들지 않고 풍년 드는 것이다. 하늘에서 가랑비 내리는 풍경을 보면서 멀리 있는 옥녀봉, 와우봉, 천잠봉에 베틀 매놓고 금실은실을 하늘로 뽑아 올리는 것으로 보고 있다. 평화의 상징 가랑비 내리면 "동학군까지 다 모여들어 열무김치에 밥 비벼 먹고" 북 치고 장구 치며 잔치가 벌어진다. 호남 지방의 행복은 모든 사람이 함께 먹고 마시며 어울리는 행복이다. 그러나 그 가운데에도 "가라고 가랑비 있으라고 이슬비" 같은 구절은 경쾌한 운율에도 불구하고 이별과 만남이 교차하는 슬픔이 깔려 있다. '우금치 나갔'던 동학군이 돌아왔다고 하지만, 거기에는 죽어서 돌아오지 못한 사람도 있다. 그러나 그들은 죽어서 돌아오지 못한 사람들의 소식을 묻는 것이 아니라 살아 있는 사람들끼리 잔치를 벌인다. 겉으로 보이는 평화와 잔치의 흥겨움 속에 이별과 슬픔의 고통이 감추어져 있다. 게다가 시의 리듬이 민요적이기 때문에 고풍스러우면서도 흥겹다.

이러한 시들을 읽으면 진동규 시인은 역사의 때가 묻은 자기 고향의 삶에 대한 역사적 상상력에 사로잡혀 있는 시인 같지만 사실은 자연 속에 있는 보이지 않는 변화가 가지고 있는 무시무시한 힘을 뚫어보는 관찰력을 가진 시인이다. 「꽃봉오리 속 꿀물 흘러서」는 한 송이 꽃이 피어나는 모습을 노장(老莊)적인 관점에서 묘사하고 있다. "세상하는 일이사 꽃 이파리 바깥의 일"이라고 하는 것은 우리의 일상생활이 아무리 복잡하고 막강한 힘을 갖고 있어도 꽃봉오리 속에서 일어나는 생명의 현상에는 아무런 영향을 미치지 못한다는 것을 의미한다. "꽃봉오리 속은" 바람 한 점도 없고 "풍경 소리도 닿지 않는 세상"이라고 한 것은 꽃의 세계가 그것만의 독자적인 세계임을 말한다. 꽃봉오리 속에 고인 꽃물이 조금씩 흘러나오고 있는 것을 바깥세상의 폭포로 표현한 것은 노장의 세계관을 드러내는 것이다. 이 세상의 어떤 폭포도 꽃봉오리를 터지게 하지 못하지만 꽃물은 꽃봉오리를 터지게 하기 때문이다. 꽃봉오리가 터지는 것을 보면서 그 안에서 봉황새가 날아오를 것을 상상하는 것은 자연의 보이지는 않지만 거대한 힘을 느낄 수 있는 사람만이 할 수 있는 상상력이다. 이러한 자연의 힘을 느낄 수 있을 때 시인은 자신의 삶의 풍요를 어디에서 찾을 수 있는지 알게 된다. 그는 자연 친화적인 세계에서 자기 삶의 정체성을 찾고자 하지만 현실은 그를 자연에서 멀어지게 만든다. 「털리는 별빛을 쪼으며 새들은」이라는 시를 보면 시인이 꿈꾸는 세계와 현실적인 세계 사이의 거리를 알 수 있다.

별들은 그 깜박이는 만큼 새떼들을 거느립니다. 비비정 갈대밭에 아정거리는 새떼들을 만난 선배 시인 김정희는 여기 정자랑 짓고 시도 한 수 읊조리고 갔습니다. 우리들은 이따금씩만 여기 나와 저 도

시의 밤이 썩어서 흐르는, 거품만 북적이는 갈대밭을 한참씩 바라보
고 그럽니다. 새 한 마리 보내지 않는 밤하늘을 망연히 바라보고 그
럽니다. 유토피아 궁전아파트 불빛들을 셈하면서 새떼들을 생각하
는 것은 부질없는 일, 지난겨울은 낙동강 하구까지 쫓아갔습니다. 미
친 바람으로 쫓아가서 갈밭 부서지는 사이로 눈빛만 나누고 헤어져
돌아왔답니다. 지금 두만강 어디쯤, 혜란강 어디쯤 깃을 다듬고 있을
나의 새들을 생각합니다. 털리는 별빛들을 쪼으며 쪼으며 새들은 길
을 잡아간다고 합니다.

　　　　　　　　　　　　　　　——「털리는 별빛을 쪼으며 새들은」 전문

여기에서 시인은 추사 김정희의 시화(詩畵)를 눈앞에 두고 있다. 비비
정이라는 정자나 갈대밭의 기러기 떼를 그려놓고, 이 시의 부제(副題)
로 비비낙안(飛飛落雁)이라 적어놓고도 현실 속의 시인은 비비정에 와
서 도시의 '궁정아파트'만 보게 된다. 그래서 지난겨울에 시인은 낙동
강 하구에까지 찾아가서 철새를 보고자 하지만, 철새는 눈빛만 나눈
뒤 어디로 가고 도시의 썩은 물과 갈대밭만 볼 수 있다. 별빛을 쪼며
북으로 날아간 철새 떼를 상상하는 시인은 궁전아파트 불빛과 살고 있
는 자신을 발견한다. 그 자신은 50 중반에 술에 취해서 빌딩 숲에 가
린 기린봉을 보게 된 시인이지만, 스물아홉에 기린봉에 와서 자신의
참아비를 만난 견훤을 생각한다. 자연 속에 있어도 역사적 상상력을
떠날 수 없는 시인의 운명은 그래서 슬픈 것이다.

3

진동규는 시인이면서 동시에 화가이다. 그의 시는 화가이면서 시인이

쓴 시라는 것을 뚜렷하게 알 수 있게 한다. 그의 시 가운데 많은 것들은 화가가 아니면 그릴 수 없는 묘사로 가득 차 있다. 이 시집의 제1부에 실린 시들은 모두 옛날 문인화에서 볼 수 있는 시제(詩題) 혹은 화제(畫題)가 붙어 있다. 시서화에 모두 능한 것이 우리의 전통적인 선비의 모습이라면 그는 옛날 선비 같은 시인이다. 한밤에 잠자지 않고 깨어서 일하는 '아내'를 노래한 「동지」 같은 시는 그의 시가 가지고 있는 회화적 요소의 극치를 보여주고 있다. 동짓달 긴긴 밤에 헌 옷을 꿰매고 있는 아내의 모습을 "연안의 잔물살 같은/무채의 찬란함이었습니다"라고 표현할 수 있는 것은 '무채(無彩)의 찬란함'을 아는 화가만이 쓸 수 있는 표현이다. 그러한 표현은 추사 김정희의 「세한도」가 가지고 있는 추위 속의 따뜻함, 빈곤 속의 풍요로움을 옹색한 안방에서 발견하는 「세한도」라는 시에서도 나타난다. 딸아이가 그린 그림 속의 새 한 마리가 현실 속의 자작나무 위로 올라앉는다는 시인의 상상력은 옛날 문인들이 그린 「세한도」와 현재의 딸이 그린 그림 사이에 유사 관계가 있음을 말한다. 「가을 도드리 1」은 가을 풍경을 그리고자 한 화가가 그림을 그리지 못하고 풍경을 감상하는 데 취해버린다. 「아무렇지도 않게 맑은 날」은 송홧가루가 날고 소쩍새가 울고 진달래 철쭉이 피고 있는 맑은 봄날의 평화로운 풍경을 그리고 있다. 이처럼 진동규가 보는 세상은 '미완성의 수채화'처럼 한두 가지 물감으로 선을 그은 듯하다. 시인은 그 그림을 완성시키고 싶지만 그의 시에서 대상의 묘사를 완성시켰다는 느낌을 받지 못한다. 시인이 시를 계속 쓰는 것은 자신의 작품을 미완으로 느끼고 그것을 완성시키고자 하는 욕망을 가지고 있기 때문이다.

진동규의 시에는 시인의 역사적 상처가 여기저기에서 나타난다. 그것은 시인이 상처받은 영혼의 소유자임을 의미한다. 그럼에도 불구하고 그는 가을 들판을 지나가는 기차를 보면 한 폭의 미완의 수채화를 그리고자 한다. 문명의 이기들이 자연을 파괴하지만 그 속에 이름 없는 꽃이 피어 수채화를 이루듯이 그는 그것을 시로 옮기고자 한다. 그가 꽃에 관한 시를 많이 쓰고 있는 것은 우연이 아니다. 그에게는 고샅길과 거기에 피어 있는 풀꽃으로 표현할 수 있는 고향의 정서가 넘쳐나고 있다. 그는 사라져가는 것을 붙들기 위해 투쟁하는 시인이 아니다. 사라져가는 것 속에 남아 있는 아름다움을 붙들기 위해 한순간도 놓치지 않으려 하는 시인이다. 그에게서 시는 삶의 지주이다. 그는 시인의 운명이 시에 의지해서 살 수밖에 없다고 생각하는 시인이다. 그래서 그의 시는 상상과 현실, 언어와 현실 사이의 경계를 허물고자 한다. 딸아이가 접은 종이학이 십장생도 속으로 들어가기도 하고, 그림 속의 새가 현실 속의 엽차 잔을 쪼아대기도 하는 환상적 상상력은 시와 삶의 행복한 만남이라고 할 수밖에 없다. 그의 시 세계가 풍요로워진 것은 시와 삶의 경계선을 허물고자 한 그의 노력에서 비롯된 것 같다.

떠도는 자들의 언어

─최윤의 『첫 만남』

1

이 소설집에 실려 있는 작품 제목을 보면 최윤의 최근 소설에서 문제되고 있는 주제에 대해 중요한 단서를 읽을 수 있다. '2마력 자동차의 고독' '밀랍 호숫가로의 여행' '시설(詩設) ─ 우울한 날 집어탄 막차 안에는' '그 집 앞' '굿바이' 등의 작품 제목은 주인공이 한곳에 머물러 있는 것이 아니라 끊임없이 떠돌아다닌다는 것을 암시하고 있다. 위의 작품뿐만 아니라 가령 '파편자전 ─ 익숙한 것과의 첫 만남' '틈' '느낌' 등의 작품 제목에서도 떠돌지 않고는 경험할 수 없는 요소들이 내포되어 있음을 알 수 있다. 물론 작품의 제목이 작품의 내용이나 형식이나 주제와 꼭 일치하는 것이라고 주장하려는 것은 아니다. 다만 한 가지 짚고 넘어가야 할 것은 이러한 제목들이 고전적 소설 문법을 상기시킨다는 사실이다. 그것은 '소설이란 여행이다'라는 명제다. 소설이 '있을 수 있는 모험을 통해 주인공들의 삶을 상상력 있는 표현으로 재구성하는 것'이라면 그 모험을 위해 주인공은 미지의 세계를 향해 떠날 수밖에 없다. 여기에서 떠남은 몸 자체가 실제로 떠나는 것을 의미할 수도 있고 몸은 한곳에 정착해 있지만 정신이 한곳에 머물러 있지 못하고 떠돌아다니는 것을 의미할 수도 있다. 그래서 소설 속의 모험은 문자 그대로 사건의 모험담일 수도 있고 정신의 모험담일 수도 있다. 모든 모험은 시간과 장소의 이동을 전제로 한다. 전통적인 19세기 소설이 사건의 모험담을 다루고 있다면 20세기의 전위적인 소설은 그 전통을 깨뜨리고 사건의 모험담 자리에 정신의 모험담을 대체시키는 경향이 있다. 가령 제임스 조이스나 프루스트 소설에서 의식의 흐름을 모험담으로 삼고 있는 경우가 거기에 해당한다. 여기에 보다 전위적인(?) 누보로망의 경우를 고려한다면 모험의 종류가 훨씬 더 다양해질 수 있다는 것을 알 수 있다. 가령 로브그리예의 『질투』라는 작품에서 주인공은 자신이 살고 있는 집 밖으로 단 한 발짝도 나가지 않고 집 안에서 자신의 의식과 삶이 사물화되어가는 과정을 지켜보고 있다. 뷔토르의 『변경』의 작중 화자인 주인공은 자신이 타고 있는 기차에서 밖으로 이동하는 경우에는 서술 자체를 중단함으로써 서사의 공간을 그 기차 안으로 제한하고 있다. 이 두 경우의 모험은 전통적인 모험 개념을 뛰어넘는다. 육안으로 볼 수 있는 현실에서는 어떤 모험도 일어나지 않지만 정신적인 현실에서는 엄청난 모험이 감행된다.

먼저 『질투』에서는 자신의 아내가 이웃집 남자 프랑크와 함께 항구에 다니러 간 사이에 화자인 주인공은 아내가 당일로 귀가하기를 애타게 기다리며, 아내가 집에 있을 때 들어가보지 못한 아내의 침실에 들어가 그 안에 있는 사물들을 샅샅이 들여다본다. 평소에 아내와 이웃 집 남자 사이의 대화에도 끼어들지 못하고 두 사람의 결정에서 늘 소외되어 있던 주인공은 아내가 부재한 사이, 그에게 출입이 금지되다시피 한 공간에 자유롭게 출입하면서도 아내의 무사 귀환을 기다리고 있나. 그는 낭일로 귀가하지 못하고 그다음 날 프랑크와 함께 돌아온 아내를 보며 안도하는 인물이다. 아내와 프랑크에게서 마치 부재하는 인물 혹은 사물처럼 취급을 당하면서도 아내의 무사 귀환에 안도하는 그는 겉으로 드러난 현실에서는 아내가 하루 늦게 귀가한 것에 지나지 않지만 정신적으로 엄청난 모험을 경험한다. 그는 눈앞에 전개되는 현실만을 묘사하고자 하는 철저한 '현실주의자'임에도 불구하고 그의 아내가 부재하는 동안 부재하는 아내에 대해 온갖 상상을 함으로써 극단적으로 왜소화된 모습을 보여준다. 자신은 남편으로서의 권리나 주장을 하지 못하고 타인에게 하나의 인격체로서 존중받지도 못하는 사물화된 모습을 구현하고 있다. 자신의 아내가 자신을 떠나지 않고 귀가할 것을 기다리는 주인공은 엄청난 정신의 모험을 경험한다.

『변경』이라는 작품에서 파리에서 로마로 가는 기차를 타고 가는 주인공은 21시간 30분 동안 자신이 자리 잡은 기차간을 떠나지 않고 그 기차를 타고 내리는 사람과, 기차가 달리면서 보여주는 풍경과, 기차가 정차하거나 통과하는 역의 모습을 관찰하며 자신의 삶을 되돌아보는 사람이다. 그는 현실적으로 눈에 보이는 어떤 모험도 감행하지 않는다. 그는 로마에 있는 애인 세실을 파리로 옮겨 정착시키고 파리에서 함께 살고 있는 아내와 아이들과 헤어져 별거에 들어갈 계획으로 여행을 떠난다. 여행하는 동안 그의 몸은 기차에 실린 채 기차에 맡겨져 있다. 그가 여행 중에 살고 있는 공간은 기차간 안으로 제한되어 있다. 따라서 기차 안에서 한 행동이란 그 안에 타고 내리는 사람들을 관찰하고 기차가 통과하는 바깥 풍경을 바라보며 자신이 살아온 과거의 순간들을 회상하는 수준에 머물러 있기 때문에 그 자체가 일상적인 여행의 수준을 벗어날 수 없다. 그는 일상생활에 찌들고 늙어버린 앙리에트와의 피곤한 삶을 청산하고, 그 대신 젊고 활력에 넘치는 세실을 파리에 데려와 함께 삶으로써 불모적인 일상생활과 자신의 육체적 늙음을 극복하고 새로운 생명력과 젊음을 되찾고자 하는 계획을 가지고 여행하고 있다. 하지만 그는 세실이 그의 일상적 공간이 아닌 로마에 있을 때 젊음을 발산하고 그에게 참신한 활력을 제공하지만, 그의 일상적 공간인 파리에 올 경우 그녀의 젊음을 유지할 수도 없고 그에게 활력을 불러일으킬 수도 없을 것이라는 깨달음에 도달한다. 세실을 로마에서 파리로 옮겨오는 것은 또 하나의 앙리에트를 만드는 것에 지나지 않는다는 생각을 통해서 자신의 계획이 가지고 있는 허구성을 발견한다. 세실은 로마에 있을 때만 젊음의 상징으로 남을 수 있다고 판단한 그는 세실을 파리로 데려올 경우 젊음의 상징으로서의 빛을 잃게 된다는 것을 깨닫는다. 그리하여 21시간 30분 동안 기차의 흔들림에 자신을 맡긴 여행을 하면서 그는 출발 당시의 계획을 완전히 변경하기에 이른다. 그는 이제 더 이상 세실을 만나서는 안 되겠다고 결심하고 로마에 도착한 다음에도 세실 없이 혼자서 지내다가 월요일 밤 기차 편으로 되돌아올 예정이다. 따라서 그의 현실적 여행은 기차간 안에 갇혀 있는 것이어서 기차를 타고 있는 동안 어떠한 모험도 없이 끝나고 만다. 그 순간 소설은 그 이야기를 소설로 쓰겠다는 주인공의 결심과 함께 끝난다. 여기에서 그가 경험하는 모험은 지금까지 세실과의 위선적인 생활을 청산하고 앙리에트와의 일상생활로 되돌아오기로 결심하는 정신의 모험이다. 이 여행에서 주목할 수 있는 것은 그의 몸이 파리에서 멀어지고 로마에 가까워질수록 그의 마음은 세실에게서 멀어지고 앙리에트에게 가까워진다는 것이다. 그가 도달한 깨달음은 삶에 있어서 시간의 불가역성이다. 한번 지나간 시간은 되돌아오지 않는 것처럼 한번 지나간 젊음은 그 무엇으로도 되찾을 수 없다. 주인공이 할 수 있는 것은 그 덧없고 불가역한 삶을 한번 흘러가면 영원히 잊히게 하는 것이 아니라 글로 씀으로써 언제나 다시 읽을 수 있고 의식할 수 있게 하는 것이다. 그것을 작가는 문학의, 특히 소설의 역할로 부각시키고 있다. 이처럼 현대 소설에는 전통적인 의미의 현실적인 모험이 없고 서사가 부재하는 것처럼 보이지만 정신의 모험, 혹은 마음속의 모험은 훨씬 더 비극적인 인간 조건을 보여주고 있다.

2

최윤의 소설에서 현실의 모험을 찾는 독자는 그의 주인공들이 끊임없이 어딘가로 떠남에도 불구하고 서사적 모험담을 찾지 못한다. 가령 「2마력 자동차의 고독」과 처음 만난 독자는 이 작품의 구성 자체에서부터 낯설게 느낄 수 있다. 첫 장은 '모월 모일'이라는 소제목이 붙어 있고 두번째 장에는 '6월 7일', 세번째 장에는 '8월 18일', 네번째 장에는 '9월 11일', 다섯번째 장에는 '1월 17일'이라는 제목이 붙어 있고, 여섯번째 장에는 다시 '모월 모일'이라는 소제목이 붙어 있다. 주인공인 '나'는 간호사인 직장 여성으로서 부모님에게 물려받은 적은 액수의 돈을 가지고 마치 집을 마련할 것처럼 복덕방을 통해 아파트들을 방문한다. 이미 물려받은 땅을 판 돈을 거의 써버린 '나'는 금요일마다 복덕방에 들러서 팔려고 내놓은 집을 순례하듯 방문한다. 거기에는 뚜렷한 목적이나 의도가 있는 것이 아니라 돈이 있을 때 친척들의 권고에 따르고자 시작한 '허구적 구매자'의 순례가 어느 틈에 습관처럼 이루어진 것이다. 그 방문을 통해 "직업과 계층, 사는 방식과 욕망, 욕망들의 현기증 나는 다양성"을 느낄 수 있었던 주인공은 반복되는 방문의 결과 그 다양성의 이면에 "삶의 양태의 지루한 반복"이 존재함을 깨닫고 그것이 모든 집을 똑같은 '무덤'처럼 느끼게 한다. 그리하여 집 없는 사람으로 하여금 '무덤' 같은 집을 마련할 필요가 없다는 인식에 도달하게 하고 스스로 위로받기까지 한다. '나'는 부동산 중개인의 안내로 빈집을 둘러보는 일을 마치 게임을 하듯 반복한다. 그렇게 함으로써 '나'는 순례자가 되어 "방 두 개와 화장실이 두 개"인 "서향으로 지은 집"을 찾는 허구적 구매자가 된다.

두번째 장인 '6월 7일'에서 '나'는 프랑스 남쪽의 작은 도시에 방을 하나 얻는다. 여기에서도 '나'는 언어적 장벽 때문에 집주인이나 이웃 사람들과 특별한 교류를 갖지 못한 채 일상적 나날을 보낸다. 기껏해야 무료 언어 강습을 받으러 다니고, 아래층에 세 들어온 일본 남자와 몇 마디 말을 주고받고, 준비 중인 학위 논문의 메모를 해둔 종이쪽지를 찾으러 온 옛 세입자인 한국 남자의 헛된 방문을 받고, 도서관에서 우연처럼 그를 만나 그의 2마력 자동차에 편승한 다음 '나'도 예정된 날에 귀국할 준비를 한다.

세번째 장인 '8월 18일'에서 '나'는 여전히 금요일의 집 순례를 하는 가운데 빈집에서 '그'의 사진을 발견한다. '그'는 주위에 있던 배경과 인물이 가위로 잘린 채 웃는 얼굴만 사진틀에 끼여 있다. 잘린 사람은 '그'의 여자 친구와 '나'이다. 그 사진은 폴라로이드 사진기로 두 번 찍은 것이기 때문에 또 한 장이 있을 것이다. 삶의 매 순간이 일목요연한 것이 아니라 우연한 점들의 연속인 것처럼 '나'가 간호사가 된 것도 우연의 선택이었다. 길에서 점을 치는 '가짜 할아버지'에게 첫 월급을 타서 송금을 하지만 그 주소가 '가짜'로 판명된다. '나'가 그에게 전해 준 휴대전화 번호가 가짜이듯이.

'9월 11일'에서는 결혼 후 시골로 내려간 간호사 출신의 친구 생일을 기억하고자 달력에 표시를 해두었지만 긴박한 상황으로 며칠을 보내느라 잊어버린 그날, 텔레비전 화면에서 뉴욕 월드트레이드센터가 테러범에 의해 폭파되는 긴급 뉴스가 전해지고 있다. 모든 사람들이 그 긴급 뉴스에 관심을 갖고 있는 동안 간호사인 '나'는 그 와중에 누구의 관심도 끌지 못한 채 자신의 병과 마지막 투쟁을 하면서도 끝까지 배 속의 아이를 살려내고자 항암 치료를 거부하고 있는 말기암 환자를 돌보며 고통스러운 몸 안의 아이를 살리고자 자신의 생명을 포기하는 젊은 여성의 외로운 싸움을 지켜본다. 죽음만이 그녀에게 평화를 제공해줄 것을 알고 그녀가 영혼의 여행을 떠나는 것을 지켜본다.

'1월 17일'에서 '나'는 금요일의 집 순례에서 보게 된 10여 년 전의 사진에서 세 사람이 만난 이야기를 상기한다. 각자가 서로 다른 이유로 주유소에서 일하는 세 사람 가운데 남자아이는 부모의 이혼과 어머니의 재혼 때문에 가출한 고등학생이고 여자애는 같은 학교에 다니다가 남자아이를 따라 가출한 고등학생이며 '나'는 가스 중독으로 부모를 잃고 자신을 맡아준 이모와 이모부에게 반항을 하는 문제아로서 고등학교를 겨우 졸업하고 간호 학교에 합격한 학생이다. 세 사람은 중동에서 걸프전이 터지던 날 주인이 텔레비전 뉴스 시청에 전념하고 있는 사이 주유소의 돈을 털어 도망 나온다. 그들은 동해시의 민박집에서 일주일을 보내고 헤어진다. 그 민박집에 있을 때 찍은 사진이 바로 폴라로이드로 찍은 세 사람의 사진이다.

다시 '모월 모일'에서 '나'는 그 사진이 다시 보고 싶어 복덕방을 찾아간다. 집을 둘러본 다음 돌아와서 컴퓨터에 메일로 전달된 반전 촉구문을 친구들에게 보내며 생명을 위해 자신의 죽음을 선택한 여자와 그렇게 해서 세상에 나온 아이 '정수'에게 존경을 표시한다. '나'는 2마력 중고 자동차를 몰고 달린다.

이 작품에서 삶의 몇 가지 에피소드는 아무런 인과관계 없이 서로 연결되지 않은 채 제시되고 있다. 그 삽화들을 요약해보면, 1) 화자인 '나'는 사고로 부모를 잃고 이모의 집에서 양육된다. '나'는 학교에서 쫓겨날 만큼 문제를 일으키지만 이모의 도움으로 고등학교를 졸업하고 간호 학교에 들어간다. 2) 사업에 실패한 이모부 집을 나온 '나'는 숙식을 제공한다는 주유소에서 아르바이트하는 두 명의 가출 남녀를 만나 주인집 돈을 훔쳐 달아난다. 3) 그들과 헤어진 '나'는 물려받은 유산으로 아파트를 구매하고자 하지만 그 액수에 마땅한 아파트가 없다는 것을 알게 된다. 4) '나'는 평소에 하고 싶던 프랑스로 여행을 떠나 남쪽의 작은 도시에서 프랑스어 무료 강습을 받고 몇 달을 지내고 귀국한다. 5) '나'는 간호사로 근무하는데, 임신한 여성 환자가 말기 암과 투병하면서도 뱃속의 생명을 살리기 위해 항암 치료를 거부하며 자신을 희생하고 아이를 낳는 과정을 지켜본다. 6) '허구의 구매자'가 된 '나'는 습관처럼 복덕방이 소개하는 아파트를 방문하다가 10년 전에 만났던 가출 소년의 사진을 발견한다. 이 여섯 개의 에피소드는 두 번의 큰 사건과 연결되어 있다. 주유소에서 돈을 훔쳐 달아날 때는 걸프전이 발발하여 텔레비전에서 패트리어트 미사일이 발사되어 목표물에 적중하는 모습을 방영하고 있었고, 임신부가 말기 암으로 고통을 겪으면서도 배 속의 생명을 살리기 위해 항암 치료를 거부하며 진통을 견디는 순간에는 텔레비전에서 뉴욕의 월드트레이드센터 쌍둥이 빌딩이 테러에 의해 무너지는 모습을 방영하고 있었다. 작가는 이 두 가지 사건 사이에 어떤 인과관계도 암시하지 않은 채 10년의 간격으로 벌어진 두 사건을 제시한다. 따라서 두 사건은 마치 주인공의 삶이 전개되는 동안 우연히 일어난 사건처럼 등장한다. 반면에 주인공의 삶은 사회의 중심에 아무런 영향을 미치지 않는 소외된 사람의 그것으로 제시된다. 부모를 잃은 사람을 고아라고 한다면 주인공은 그러한 처지에서 유산을 물려받지만 작은 아파트를 구입할 만한 것도 못 되고, 학교를 제대로 졸업할 만큼 공부를 잘하지도 못하고, 간호사로 근무하며 자신의 생계를 겨우 유지하는 능력을 지닌 인물이다. 그녀는 출세를 꿈꾸는 야망도 없고, 부자인 남자를 만나 훌륭한 결혼 생활을 계획하지도 못하고, 전문직 여성으로서 성공할 희망도 갖지 못한 평범한 간호사에 지나지 않는다. 그녀는 아파트를 살 능력도 없이 매물로 나온 아파트를 습관처럼 구경함으로써 아파트를 살 수 있다는 꿈을 가졌던 시절의 순례를 계속한다. 요컨대 그녀에게는 남들의 눈을 뜨게 하는 모험도 없고 그것을 감행할 능력도 없다. 그런 인물에게는 구질구질하고 반복적이며 보잘것없는 일상적 생활만 있을 뿐이다. 매일 일어나는 일 가운데서 그녀가 반란을 일으키는 행위가 아파트를 살 것처럼 "방 둘에 화장실이 둘인 서향집"을 방문하며 '허구적 구매자' 노릇을 하는 것이다. 걸프전이나 9·11 사건과 같은 거대한 세계사적 현실과는 아무런 상관도 없고 관심도 갖지 않은 채 살아온 그녀가 유일하게 관심을 갖고 지켜본 것은 말기 암 환자이다. 임신부인 환자는 자신의 목숨과 새로 태어날 생명을 바꾸기로 결심하고 항암 치료를 거부한다. 말기 암의 고통을 겪으면서도 생명을 보존하기 위해 항암 치료를 거부하고 아이를 분만하고 죽는 임신부의 마지막 과정을 지켜봄으로써 주인공은 인간의 죽음과 생명의 탄생이라는 엄청난 모험의 목격자가 된다. 그녀는 스스로 모험의 주인공은 되지 않지만 삶과 죽음이 일상적이면서도 얼마나 엄청난 모험인지를 깨닫는다. 남루한 자신의 일상적 삶에서 그러한 모험을 목격할 수 있다는 것은 그녀의 삶의 조건을 뛰어넘는 거대한 사건이 아닐 수 없다. 하나의 목숨이 태어나고 죽는 것이 일상적 모험 가운데 비할 바 없는 큰 사건이라면 수많은 목숨을 한꺼번에 죽게 하는 전쟁이나 테러는 그보다 훨씬 더 큰 사건이다. 그럼에도 불구하고 사람들은 마치 컴퓨터 게임을 구경하는 것처럼 텔레비전에서 전쟁이나 테러를 구경한다. 그것은 인간의 사물화 이상으로 커다란 비극적 인간 조건이다. 이 비극적 인간 조건을 아무런 의식 없이 센세이셔널리즘에 호소하는 오늘의 문명이 지니고 있는 무감각에 비한다면 한 사람의 죽음과 그것을 대가로 치르고 태어난 생명의 탄생에 관심을 가진 주인공은 겉으로 보이는 모습보다 훨씬 더 인간적이다. 작가는 소외된 그녀를 통해서 오늘의 문명이 감추고 있는 폭력성의 정체를 교묘한 방식으로 제시하고 있다.

아무런 모험도 없는 것 같은 이러한 소설 세계는 주인공이 모험을 찾아서 떠나는 것이 아니라 앉아서 당하는 입장에 있다는 점에서 피동적인 세계다. 「밀랍 호숫가로의 여행」의 화자는 남편이 이끄는 대로 아무런 설명도 듣지 못한 채 여행을 떠난다. 어느 별장에 부려진 그녀는 남편이 곧 돌아오겠다는 말만 남긴 채 떠나버려 혼자서 외롭게 지낸다. "가을 들판이 이토록 아름답게 다가오는 것은 내가 외롭기 때문이다"라는 문구로 시작되는 이 소설에서 화자와 그녀의 남편은 약사

부부로서 약국을 차려 함께 일함으로써 '다복한 부부'라는 칭호를 얻었다. 그러나 그들의 가정에도 말없는 불행이 닥쳐온다. 증권에 빠진 남편은 그들의 평생 생업인 약국을 팔고 낚시로 세월을 보내고, 어학 연수를 떠난 딸아이는 실종되어 그들 부부에게 슬픔의 근원을 제공하고 있는 가운데 '나'는 죽음이 다가오는 병에 걸려 진통제로 고통을 참아가며 삶을 살고 있다. '나'의 행복했던 삶이 행복한 상태로 끝나는 것이 아니라 비극의 밑바닥을 헤매고 있는 이 작품의 대단원은 병든 '나'를 별장에 혼자 남겨놓고 떠난 남편이 사흘 만에 돌아와서 '아이가 태어났다'는 소식을 알려주는 것으로 나타난다. 남편이 약국에서 함께 일하던 약사와의 혼외 정사로 아이를 낳았다는 것은 정상적인 결혼 생활을 하며 30여 년을 살아온 아내로서는 충격이 아닐 수 없다. 그러나 화자인 '나'는 그것을 '불륜'으로 취급하지도 않고 도덕적인 비난을 퍼붓지도 않으며 남편에게 오히려 연민의 시선을 보낸다. 그런 점에서 남편의 외도는 남편에게는 모험일 수 있지만 그 모험담의 결과를 받아들이는 '나'에게는 모험이 되지 않는다. 그러니까 '나'는 모험의 목격자도 주인공도 아니고 사건을 이야기로 전해 듣는 사람이다. '나'는 그 소식을 듣고 미소를 짓는다. 그것은 자신이 죽어가고 있는 가운데 남편의 새로운 생명이 태어난 데 대한 시니컬한 미소가 아니라 삶의 아이러니에 대한 깊은 통찰의 미소다. 표면적으로 아무것도 일어나지 않는 것 같은 현실의 이면에는 끊임없이 삶과 죽음이라는 엄청난 사건이 일어난다는 사실에 대한 깊은 통찰에서 나온 미소다. 그것은 자신의 죽음을 억울해하거나 원망하지 않고 그것을 삶의 연장으로 받아들이는 수용의 미소이며 남편의 불륜에 대한 연민과 관용의 미소다. 그렇기 때문에 '나'는 잃어버린 딸의 후배인 '명혜'의 개인전에 아무런 망설임 없이 갈 수 있고, 젊은 시절 실연으로 고통을 받았던 교감 선생의 늙고 초라한 노년의 모습을 아무런 거부감 없이 바라볼 수 있다. '나'는 자신과 연관된 이 모든 사건들을 거리를 두고 관찰하면서 그곳에 함몰되지 않는 것처럼 자신에게 일어나는 모든 일도 냉철하게 관찰하는 의식의 소유자다. '나'는 죽음이라고 하는 외롭고 고통스러운 현실의 접근을 격정의 감정이 아니라 쓸쓸하지만 피할 수 없는 현실로서 받아들인다. 자신이 살고 있는 그토록 아름다운 세상을 언제까지 볼 수 있을지 모르면서도 그것을 남기고 죽는 자신의 운명에 매달리지 않는 저 고요하고 도도한 수용의 자세는 삶과 죽음의 기쁨과 아픔에 대한 철저한 인식을 토대로 할 때 가능한 것이다.

「굿바이」라는 작품은 어머니의 죽음을 둘러싼 유예된 기간 동안 자신의 공허를 메워준 사랑의 이야기이자 이별의 이야기이다. 여기에서 주인공 화자는 6개월 전부터 매일 밤 고속도로를 20여 분간 달려서 회사 동료인 남자의 집을 방문한다. 그녀는 남자와 함께 몇 시간을 지내고, 새벽에 집으로 돌아와서 눈을 붙이고 아침이면 회사에 나간다. 그녀는 언제나 잠이 부족하여 낮에는 머리가 아프다. 그녀의 집에는 '아름다운 사람'으로 지칭되는 어머니가 아파서 신음 소리를 내며 어두운 방에 누워 있다. 어두운 방 반대편에는 '가장'으로 지칭되는 아버지가 코를 골며 잠들어 있다. 화자는 자기 방에 들어가 귀에 라디오 리시버를 꽂고 자리에 누워서 새벽까지 잠을 잔다. 그녀는 매일 아침 가전제품 대리점을 경영하는 '가장'을 가게까지 태워다 주며 가장에게서 '아름다운 사람'에 대한 애틋한 말을 듣는다. 그것은 '차라리 빨리 닥쳐왔으면 낫겠다'는 것으로서 '아름다운 사람'의 죽음을 의미한다. 그녀는 남자의 집에서 밤을 보내는 시간에도 어머니의 안부에 안절부

절못한다. 어머니는 증류수를 만들어 얼굴을 씻어달라고 요구한다. 마치 자신의 임종을 맞이할 준비를 하는 것 같던 어머니는 그다음 날 주검으로 발견된다. 장례를 치르고 모든 문상객이 떠난 다음 나흘 만에 회사에 출근한 화자는 많은 동료에게서 여러 종류의 위로의 말을 듣지만 그것이 자신의 현실과는 상관없는 타인들의 말에 지나지 않는다는 인식 때문에 '실소'하기까지 한다. 화자는 오히려 그 남자를 만나고자 하지만 그가 출장 중임을 알게 된다. 새벽에야 집에 돌아온 그녀는 집 안에 가득한 꽃을 버린다. 그녀 주변의 가족들이 모두 '가장'인 아버지를 누가 모실 것인지 논의할 때 그녀는 자신이 그의 부양을 책임지게 되는 상황을 상정한다. 그녀는 매일 밤 남자의 집을 다시 방문하고 새벽에 들어올 때 물구나무서기를 하는 아버지를 본다. 아버지가 취침과 기상과 출근이라는 일상생활을 회복하자 그녀는 어머니의 유물들을 정리하고 가정부에게 일주일에 두 번만 올 것을 청한다. 아버지는 가정부에게 매일 세 시간씩 와달라고 부탁하지만 화자는 가정부에게 매일 할 일이 없음을 인식시킨다. 동료 회사원인 남자를 출장으로 자주 볼 수 없을 때 화자는 자동차를 몰고 여기저기 떠돌아다니다 집에 돌아오곤 한다. 그녀는 순간순간 자신이 살아 있다는 생생한 사실을 확인한다. 어머니가 세상을 떠난 지 삼칠일이 지난 날 아버지가 화자인 딸에게 홀로된 자신을 돌볼 생각으로 집에 있을 필요가 없다며 집을 떠날 것을 권하지만 화자는 집을 떠나지 않는다. 어느 날 사무실로 찾아온 가정부에게서 아버지가 매일 전화로 "보지 않으면 미치겠다"는 고백을 한다는 말을 들은 화자는 가정부에게 매일 오기를 부탁한다. 화자는 회사에서 그 남자가 신혼여행 중에 신부를 잃어버린 과거를 가지고 있음을 알게 된다. 회사의 동료 여사원 하나는 불쌍한 그 남자를 좋아한다는 고백을 화자에게 한다. 화자는 그날 남자와 함께 밤을 보내고 집으로 돌아오는 길에 고물차가 불타버리는 것을 보고 남자에게 전화를 걸어 '굿바이'라는 이별의 말을 한다. 한 달 사이에 일어난 화자의 삶을 자세히 밝히고 있는 이 작품은 일상적 삶에 대해 아무런 의식 없이 살아가는 것 같은 존재가 타인들과 소통되지 않는 외로운 삶을 살고 있는 모습을 담담하지만 처절하게 보여준다. 우리의 삶이 가지고 있는 우연성과 희극성은 주인공에게 끊임없이 새로운 상황을 가져오지만 그것이 격정적인 모험이 되지 못하는 것은 주인공이 그것을 받아들이는 태도가 피동적이기 때문이다. 아무런 반응을 보이지 않음에도 불구하고 그를 둘러싼 세계는 끊임없이 주인공에게 간섭을 해온다. 주인공과 세계 사이에는 뛰어넘을 수 없는 간격이 생기고 세계 속에서 일어나는 모든 것이 부조리하게 보이기까지 한다. 마치 『이방인』의 주인공 뫼르소가 그러한 것처럼 어머니의 죽음에 애도를 표시하는 동료들의 위로를 들으며 주인공은 실소하기까지 한다. 그러나 뫼르소가 마지막에 의식의 잠을 깨고 부조리한 세계에 대해 반항하고 저항함으로써 자신의 살아 있음에 대한 뚜렷한 의식을 갖게 된 반면에 최윤의 주인공은 부조리한 현실을 인식하면서도 그것에 저항하거나 그것을 폭로하는 데 이르지 않고 있다. 최윤의 주인공은 오히려 자신에게 주어진 현실을 그대로 받아들인다는 점에서는 로브그리예의 사물화된 주인공에 가깝지만 동료인 남자 친구에게 '굿바이'를 선언하는 점에서는 뷔토르의 주인공과 더욱 흡사하다. 어머니의 오랜 투병 생활과 아버지의 무기력한 일상생활 사이에서 자신을 버티게 해주는 것이 남자 친구를 찾아가는 일이라면 그것 또한 일시적인 도피의 방법일 수는 있으나 주인공을 망각의 세계로 이끌지도 못하고 주인공의 현실에 해결

책도 되지 못한다. 그렇기 때문에 최윤의 주인공은 미지의 세계에 뛰어들어 엄청난 모험도 감행하지 못하고 쾌락의 세계에 빠지지도 못한다. 주인공은 아버지에게서 떠나라는 권유를 받은 뒤에 남자 친구에게 작별 인사를 보냄으로써 그 자신의 삶에 변화의 가능성을 제거하고 만다. 결국 아무것도 해결하지 못하고 원점으로 돌아오는 주인공의 삶은 왜소화되고 사물화되는 인간 조건의 한 전형을 보여주고 있다. 작가 최윤은 그러므로 모험의 이야기를, 서사적 세계를 만들어내는 것이 아니라 그것이 없어진 절망적 현실을 냉정하게 제시하고 있다.

3

「그 집 앞」에서 주인공은 다음과 같이 말한다.

　　이 집에도 한때는 웃음이 흘렀고, 한때는 향긋한 음식 냄새가 퍼져 나왔었다는 것을 상상하게 해주는 것은 이제 아무것도 없지. 집 주변의 건조한 잡목들은 침묵 그 자체고 집 안 저쪽 빛이 가장 많이 쏟아져 들어오는 곳에 위치한 부엌은 냉기에 싸여 스산하게 버려져 있지. 여전히 호두나무는 뒤안에서 늙어가고 있고, 두 그루의 감나무가 집 앞을 감싸고 있지. 감은 더 이상 열리지 않아. 이 집에 들어오기 위해 헤쳐야 하는 잡풀들의 크기와 거의 구별이 안 될 정도로 감나무는 그만 오그라들고 말았어. 이 집은 안온한 축에 속했는데 언제부터인가 바람으로, 그것도 기분 나쁘고 음험한 바람으로 기억되는 것은 이 집이 너 없이는 떠오르지 않기 때문이지.

여기에서 문제가 되는 것은 '너 없이' 떠오르지 않는 집에서 산다는 것이다. 이 작품집 전체에서 등장하는 주제이기도 한 '부재'의 이미지는 주인공의 삶의 의미를 빼앗고 있다. 한때는 행복했던 집이 폐허로 바뀌고 있는 것은 일상적 삶에서 '미풍'으로 존재하던 인물이 미풍처럼 사라졌기 때문이다. 사랑하는 사람의 부재는 주인공의 마음속에 공허를 심고 주인공으로 하여금 삶에 대한 의욕을 잃게 한다. 주인공 의식의 사물화의 원인이 사랑하는 사람의 죽음이든 떠남이든 부재와 관련되고 있음을 확인할 수 있다. 부재는 모든 사람의 절망의 끝에 해당하는 것으로서 삶 자체를 기구하고 부조리하게 만든다. 그것은 "이십 년 전에 보낸 구직 편지에 대해 세기가 바뀌고도 한참이나 지나 거절의 답신이 도착하는" 것이나 "죽은 지 수년이 지난 아들이 아이 적에 병에 넣어 바다에 던진 전언이 자식보다 오래 살아남은 부모에게 전달되"는 것처럼 세상을 우스꽝스럽게 만든다. 그렇기 때문에 죽음을 체험한 사람에게 행해지는 위로의 말이 실소를 자아내게 하고, 사랑이나 증오와 같은 감정의 진정성을 냉소적으로 보게 된다. 거기에는 출세를 위한 강한 의지도 없고, 돈을 벌기 위한 남다른 노력도 없으며, 권력을 향한 투쟁도 없다. 오직 있는 것은 자기 앞에 있는 세상과 자아 사이의 간극과 괴리뿐이다. 최윤의 주인공은 그것들을 철저히 의식하면서도 거기에 정면으로 대응하지 않는다. 그의 주인공은 저급한 애국심이나 값싼 철학에 매달리지 않는 이성적 존재들이지만 철저한 개인주의자들이다. 시니컬한 시각의 소유자인 주인공들은 일상적 삶이 가지고 있는 무의미하고 공허한 게임의 요소들에도 불구하고 변하지 않는 현실로서 존재하는 삶과 죽음의 드라마를 끝없이 체험한다. 여기에 수록된 최윤의 모든 작품에서 누군가의 죽음이 등장하고 그 가운데서 새로운 생명이 태어나는 것은 세상의 모든 사건들 가운데 삶과 죽음 이상의 드라마가 없다는 것을 입증한다. 그렇기 때문에 그의 주인공들은 나른한 의식을 가지고 있으면서도 새로운 생명의 탄생에는 비범한 열정과 정성을 기울인다. 그의 작중인물들이 서로 소통하지 못하는 외로움 속에서도 생명에 대한 외경심을 버리지 못하는 것은 작가 자신이 거기에서 가장 큰 가치를, 해볼 만한 모험을 발견하기 때문인 것 같다. 그의 작품에 목소리를 높인 주장이 없어서 침묵으로 말하는 것 같지만 생명에 대한 외경심은 그의 작품의 웅변에 해당한다. 그 웅변은 입에 발린 달변을 의미하는 것이 아니라 눌변의 설득력을 의미한다.

그의 문체는 그런 점에서 미로를 헤매는 듯한 느낌을 갖게 한다. 그의 작중인물들은 대부분 자신의 이름을 갖지 않고 '남자' '여자' '사람' '가장' 등의 보통명사와 '나' '너' '그' '그녀'와 같은 대명사로 지칭된다. 그것은 그의 소설의 여러 현상이 특이한 것이 아니라 보편적이라는 것을 입증한다. 특정인의 체험이 아니라 누구에게나 일어날 수 있는 일상적 삶을 최윤은 그 특유의 지적인 문체로 반추하게 한다. 그것은 떠돌면서 움직이지 않고, 말하면서 침묵하는 그의 독특한 문학의 힘이다.

낯선 땅에서 자아 찾기

—유국진의 시

1

자신이 살고 있는 삶을 성찰하는 사람은 누구나 그 삶을 표현하고자한다. 그것은 인간만이 언어의 능력을 가지고 있기 때문이다. 언어의능력은 인간이 가지고 있는 느낌이나 생각을 말로 바꿀 수 있게 하고,그럼으로써 인간으로 하여금 자신의 표현에 이르게 한다. 인간이 가지고 있는 감각과 사유는 자신의 존재에 대한 질문인 동시에 그것이 사물과 세계에 대해 갖고 있는 관계에 대한 질문이다. 그 두 개의 질문은 동전의 안과 밖처럼 삶의 본질을 밝혀줄 두 개의 상보적인 통로이다. 자신의 존재가 무엇인지 알기 위해서는 자신을 둘러싸고 있는 사물과 세계와 맺고 있는 관계를 알아야 하고, 삶과 세계가 무엇인지 알기 위해서는 그것들이 '나'에게 어떻게 간섭하고 있는지 알아야 한다.

'나'는 절대적인 자아와 세계 속의 자아의 결합체이기 때문에 '나'를 표현한다는 것은 시적인 자아와 사회적 자아가 언어를 획득한다는 것을 의미한다. 그러나 언어를 획득한다는 것은 그것이 곧 시를 의미하는 것이 아니라 시의 형식을 획득하는 것을 의미한다. 철학자는 존재에 대한 질문을 이성적 논리로 설명하고자 하고, 사회학자는 사회적 존재로서 자아를 설명하려 하며, 정치학자는 권력관계로 자아를 설명하려 한다. 시인은 시적인 언어로 자아를 형상화하고자 한다. 여기에서 형상화한다는 것은 언어의 논리적 구조를 말하는 것이 아니라 언어의 총체적 구축을 말한다. 언어의 총체적 구축은 언어의 형태가 논리를 초월한 단계에 도달한다는 것을 말한다. '언어는 존재의 집이다'라고 말할 수 있는 것처럼 시는 느낌과 생각의 집이다. 느낌과 생각의 집은 모든 표현의 가능태이고 개인의 존재론적 자아에 대한 성찰이다. 새로운 체험을 하는 모든 개인은 자신의 존재에 대해 질문을 던진다. 그 질문을 언어화하고자 하는 욕망은 시의 근원이고 원초적 형태이다.

　20여 년 전 남미로 이민을 간 시인은 그가 어떤 말로 자신의 떠남을 이야기하고자 한다고 해도 그것이 고통의 고백일 수밖에 없는 사람이다. 이민을 떠난다는 것은 지금까지 살아온 삶의 현장과의 이별이며 낯선 세계로의 투신이기 때문에 그 자체가 행복한 출발일 수 없다. 사람은 누구나 사회적 동물이기 때문에 자신이 형성해온 사회 — 함께 지내온 가족, 성장해온 친구, 직업적인 관계로 맺어진 동료 등 — 를 떠나기 위해서는 불가피하거나 남다른 사연이 있을 수밖에 없다. 어찌 사람과의 이별만을 의미할 수 있겠는가. 살아온 고향 집, 매일 드나들던 직장, 사랑하는 사람들과 무수한 시간을 보내던 추억의 장소 등을 버리고 떠난다는 것은 모험을 삶의 가치로 정한 사람이 아니라면 특별한 사정이 있을 수밖에 없다. 왜냐하면 자신이 만들어온 사회, 자신에게 익숙한 사회는 미지의 것에 걸어야 하는 불안과는 달리 관습적이고 편안한 삶을 보장하기 때문이다. 산을 넘고 물을 건너는 타향으로의 떠남도 보통의 결심으로 불가능하다면, 하물며 바다 건너 지구의 반대편, 인종과 언어, 기후와 생활이 다른 남미로 떠난다는 것은 더 말할 필요도 없다. 몇 세기 전 서양의 모험가들이 지구가 둥글다는 신념 때문에 자신의 목숨을 걸고 세계 일주의 여행을 떠날 수 있었다면 오늘의 시인이 인종과 언어가 다른 나라로 이민을 떠난다고 하는 것은 또 하나의 신념을 실현하기 위한 것이다. 그것은 떠나지 않고는 견딜 수 없는 고통이 떠남으로써 받게 되는 고통보다 크다는 것을 의미한다. 아니, 어쩌면 고통이 작은 곳을 향한 것이라기보다는 새로운 행복을 찾아 나선 것이다. 예민한 감수성을 가진 시인이 무엇 때문에 이 땅에서 고통을 받았는지 알 수 없고, 또 새로운 나라에서 어떤 행복을 발견했는지 들은 바가 없어 알 길이 없지만, 그가 후에 시인이 되고 시집을 냈다는 것은 언어화하고 싶은 것을 자신의 가슴속에 간직하고 있음을 의미한다. 이제는 말할 수 있다고 생각하는, 가슴속에 묻은 말을 알기 위해서 그의 시집을 읽어보는 것이 우리에게 주어진 과제 가운데 하나이다.

2

그의 첫번째 시집인 『초혼집』에는 다음과 같은 「서시」가 들어 있다.

> 무엇을 하며
> 어떻게 살아야 하는지

개나리 꽃밭에 주저앉아
노오랗게 피어오르는
대지의 가슴에게 물어본다

어둔 하늘 위로
주렁주렁 달려 있는
향기로운 과일들

그대 영혼이 보이고
파아랗게 반짝이는 사랑이 보인다

시원하게 뚫린 신작로
그 아래 십자가의 터널

위험한 공간에 서성이며
무엇을 어떻게 생각하며
살아야 하는지 몰라

나는 오늘도 하릴없이
시를 바다에 뿌린다.

시인은 남들처럼 하루 세 끼 밥을 먹는 것으로 만족하지 못하고 "어떻게 살아야 하는지" 질문하고 있다. '어떻게'라는 방법적인 질문을 던지는 시인은 자신이 존재하는 것만으로 충분한 것이 아니라 그 존재를 입증할 수 있는 어떤 것을 보여주고자 한다. '대지'에 피어오르는 노란 개나리꽃을 보며, 자연에게 말을 건다. 개나리꽃이 봄의 소식을 전하기 위해 피어나는 존재라면 시인이 사는 것은 단순히 생명을 보존하기 위한 것이 아니라 "위험한 공간에 서성이며" 시를 '뿌리기' 위한 것이다. 시는 모든 사람에게 의미 있게 받아들여지는 것이 아니라 대부분의 사람에게는 '하릴없'는 것으로 받아들여지지만 시인은 그것을 통해 자신의 존재 이유를 발견한다. 아무런 생각 없이 세상을 사는 것이 아니라 시를 통해 생각을 하고 시를 씀으로써 사는 방법을 찾는 것이 시인의 사명이라는 생각이 이 시인의 작업 속에 들어 있음을 알 수 있다. 시인이 1980년에 무슨 이유로 남미의 볼리비아로 이민을 갔는지 우리는 알 길이 없지만, 1980년에 이 땅에서 일어난 비극적인 사건과 관련이 있지 않을까 추측해볼 수 있다. 남미의 볼리비아가 국민 소득이 우리의 몇십 분의 1도 안 될 정도로 경제적으로 어려운 나라라는 것을 고려한다면 시인의 이민이 단순히 경제적인 이유만으로 설명될 수 없을 것처럼 보인다. 시인이 그곳에서 경제적으로 얼마나 성공했는지 우리는 알 수 없지만, 그가 시를 쓰는 이유는 무슨 생각을 하지 않거나 시를 쓰지 않고는 삶의 의미를 발견할 수 없는 시인 자신의 삶의 태도에 기인하고 있다. 그의 첫번째 시집에는 죽음에 대한 체험이 나온다. 「선제의 자살」에서 시인은 "일생의 모든 것을 빼앗기고 침묵으로 사라진" '선제'의 주검을 보며 "형언할 수 없는 분노가 심연 저 너머에서 솟아나는" "작은 정의의 목메임"으로 자신이 "싸울 것이다"라고 다짐하는 목소리를 듣는다. 그의 시 어디에도 이렇게 직접적으로 그리고 적극적으로 싸우겠다는 의사 표명을 하는 것은 찾아볼 수 없다. 어쩌면 이 억울한 죽음이 그로 하여금 나라를 떠나게 하지 않았을까, 그 싸움을 위해 시인이 이민의 길을 선택하지 않았을까, 그리고 싸움의 방법으로 시인은 시를 선택하지 않았을까 짐작할 수 있을 따름이다.

이번 시집에 실린 작품 가운데 「이슬」이라는 작품을 읽어보자.

거짓된 세상에서
인간이 미울 때
나는 언제나 꽃잎에 맺힌 이슬을 생각한다

이승의 어느 곳
내 영혼이 누울 자리는 없다

저 맑고 아름다운 완결
어느 누구의 純白인가

내 홀로 잠 못 이루고
떠난 자의 고독을 그리워할 때

한 점
똑 하고 낙하하는
너의 모습

아름다워라

잠 못 이루는 밤은

시인이 이슬을 "맑고 아름다운 완결"로 보는 것은 그것이 감춘 것도 거짓도 없는 순수의 결정이기 때문이다. 그것이 결정적 완결에 도달하는 것은 "한 점/똑 하고 낙하하는" 순간이다. 그 모습에서 순결을 느끼는 것은 세상이 거짓으로 가득 차 있고 거기에 살고 있는 인간이 밉기 때문이다. 시인의 영혼은 "이승의 어느 곳" "누울 자리"를 찾지 못하고 밤마다 잠 못 이루며 불면의 밤을 보낸다. 시인에게 유일하게 위안이 되는 것은 "한 점/똑 하고 낙하하는" 이슬을 보는 것이다. 여기에서 시인이 괴로워하는 것의 정체가 세상의 '거짓'임이 밝혀지고, 시인이 아름답게 느끼는 것이 이슬처럼 순수한 것임이 밝혀진다. 그렇다면 시인이 이 땅을 떠난 것은 거짓으로 가득 찬 사회에서 사람이 미워졌기 때문이고 자신의 영혼이 누울 자리도 없기 때문임을 알 수 있다. 시인이 아름답게 느끼는 것이 이슬이라는 것은 시인의 상상력 속에 물의 이미지가 자리 잡고 있음을 이야기한다. 「빗소리」라는 시에서 시인은 빗소리를 들으며 "어느 영혼이/내 작은 흔적의 조각을 모아/이 밤/내 발등을 어루만지나"라고 느끼거나 "어느 영혼이 있어/내 창가를 가볍게 두드리나"라고 느낀다. 그것은 빗소리를 통해 시인이 다른 영혼과 대화의 경지에 들어가고 있음을 알게 한다.

시인에게 중요한 것은 시적 영혼이 존재하고 그것이 서로 대화하는 삶이다. 위선과 거짓으로 가득 찬 이 땅을 떠나 투명하고 속삭임 같은 순수함을 찾아 나선 시인은 그러나 「고추장」 같은 시에서 고국에 대한 그리움을 처절하게 느낀다. "남미의 어느 하늘 아래서/고추장 한 숟갈 넣고/찬밥 쓱쓱 비비다가/지지배배 지지배배/새소리를 듣는다"는 시는 시인의 원초적 감각에 대한 그리움을 구체적인 형상으로 제시하고 있다. 이보다 더 구체적으로 시인의 그리움을 보여주는 것은 이 시의 마지막 두 연인 "朱論介!/長水에서 그대/내 목소리를 듣고 있는가?" "맵고도 붉은/마음을 지닌/고추장 같은 가시내"이다.

고향을 떠나기 전에는 세상이 거짓으로 가득 차 있는 것만 보였지만, 남미의 먼 나라에서 보니까 논개와 같이 맵고도 붉은 마음을 지닌 '가시내'도 보이고 그래서 고추장이 그리워진다. 이슬에 비하면 고추장은 훨씬 더 체험적이다. 이슬은 관찰의 대상이지만 고추장은 육체와 직접 닿기 때문이다.

3

이처럼 구체적인 체험이 없는 낯설기만 한 이방인으로서 삶은 시인으로 하여금 정신적인 방황을 하게 하고 자신을 나그네로 인식하게 만든다. "차가운 북방의 칼날 바람/내 마음은 시방 어디로 가고 있는가" 질문하고 삶에 대한 회의마저 느끼게 한다. "삭막한 이방의 하늘 아래/잃어버린 모태의 그림자/떠도는 고독의 무게로 다가오고"(「겨울 나그네」)와 같은 구절은 자신이 선택한 삶임에도 불구하고 모태에 대한 그리움을 지니고 외로움으로 고통받고 있음을 고백하고 있다. 그것은 아름다운 시적 영혼을 가졌음에도 불구하고 세상의 모든 인연에서 자유로울 수 없는 자신의 한계를 인식하고 시란 그것에서 벗어나기 위한 길을 찾는 고행임을 깨닫게 만든다.

부처의 길은

큰 나무를 찾아 헤매는

고행의 길

나는 어느 날쯤
부처를 닮을 수 있을는지

구원의 확신도
진리의 각성도
알지 못하는 슬픈 중생

한 끼만 굶어도 허기가 져
몸과 마음을 가눌 수 없는
슬픈 이승의 비오리

生死必緣도 알지 못하는
무상의 갈대

그러니 바람아
이제 나를 놓아다오!

— 「슬픈 비오리」 전문

이 아름다운 시는 시인이 아직 스스로 중생의 경지를 벗어나지 못하고
있음을 자각하면서 자신의 꿈이 부처가 되는 것임을 고백하고 있다.
"한 끼만 굶어도 허기가 져/몸과 마음을 가눌 수 없는/슬픈 이승의 비
오리"라는 자각은 안고수비와 같은 자기 존재의 무상함에 대한 통렬

한 자아의 발견이며 "生死必緣도 알지 못하는/무상의 갈대"와 같은 보잘것없는 나약한 존재로서의 자기 확인이다. 여기에서 우리는 시인이 조국을 떠난 것이나 이국 땅에서 이민 생활을 하는 것이 부처가 되고자 하는 고행의 길이었음을 알게 된다. 그것은 한 끼의 밥과 같은 물질적 욕망을 충족시키기 위한 것이 아니라 오히려 그것에서 자유로워지고자 하는 정신적 구원의 갈망을 담은 고행의 길이다. 그 고행의 길은 "멀리 있네/가도 가도 다다를 수 없는/너의 완벽/저만치 멀리 있네"에서 볼 수 있는 것처럼 시인에게 끝이 보이지 않기 때문에 "나는 숟가락을 부여안고/허무로 가네"와 같은 절망을 체험하게 한다.

이러한 절망에도 불구하고 시인이 버틸 수 있는 것은 그에게 시를 쓸 수 있는 길이 남아 있기 때문이다. 그래서 시인은 "나는 오늘도 하릴없이/시를 바다에 뿌린다"고 고백한다. 이러한 그의 시 세계를 쫓아가다 보면, 우리가 처음 그의 이민에 대해 했던 온갖 추측이 얼마나 물질적이고 세속적인 것이었는지 알게 된다. 그의 시는 그의 삶 전체를 가능하게 하는 지주이다. 낯설고 언어가 다른 이국 땅에서 그가 한국어로 시를 쓸 수 있다는 것은 한국인으로서 자기 정체성을 확인하는 길이다. 그의 시 쓰기가 자신의 삶의 버팀목으로 끝나는 것이 아니라 독자에게도 같은 역할을 할 수 있도록 언어에 대한 의식이 보다 철저해져서 긴장과 절제의 극치에 도달한다면, 독자들도 그의 시와 함께 부처가 되는 길에 나설 수 있을 것이다.

새로운 시도로서의 글쓰기
— 김다은의 소설

1

작가가 소설을 쓴다는 것은 자신에게 할 이야기가 있다는 것을 의미한다. 여기서 말하는, 할 이야기란 자신이 전하고 싶은 말일 수도 있고 자신이 생각하고 있는 소설일 수도 있고 그것을 전달하는 방식일 수도 있다. 자신이 전하고 싶은 말일 경우 소설은 무엇을 이야기하는 것이 문제가 된다. 자신이 생각하고 있는 소설일 경우 그것은 소설로 쓴 소설에 대한 생각이다. 무엇인가를 전달하는 방식일 경우 그것은 소설의 형식에 대한 탐구이다. 작가는 누구나 이 세 가지 문제에 대해 스스로에게 질문하고 그 해답을 얻고자 한다. 소설은 바로 그 질문의 방법이고 그 해답의 모색이다. 그렇기 때문에 어떤 작가에 대해 알고 싶으면 그의 작품을 읽으면서 그 문제를 제기해야 한다. 그것은 그 작가의 세계를 알게 하고, 그의 작품의 특성을 파악하게 하며, 작가가 작품을 통해서 집요하게 천착하고 있는 것을 알게 한다.

김다은의 소설집 『위험한 상상』에 실린 작품들은 얼핏 보면 대단히 가벼운 소품들로 보이지만 여기에서 작가가 시도하고 있는 것은 자신에게 있어서 소설이란 무엇인지 보여주고자 하는 것이다. 대부분의 소재가 일상적으로 보고 들을 수 있는 것이어서 농담처럼 웃을 수 있는 것이지만 거기에는 언어가 가지고 있는 애매성이라든가 인간의 운명이 가지고 있는 희극성이라든가 소설이 가지고 있는 반전의 묘미라든가 하는 문제를 밝혀보고자 하는 작가의 의도가 숨어 있다. 「말과 말」에서 29세의 대학 동창들이 모여서 늘어놓는 화제란 섹스와 관련된 것일 수 있다. '할 말이 많다'와 '할 말이 없다'라는 말을 가지고 말장난을 하는 것은 요즘 젊은이들에게 유행하는 이른바 난센스 게임의 범주에 속한다. 이처럼 '말'이라는 단어를 가지고 동음이의어의 효과를 노리는 것은 어쩌면 진부한 소재일 수 있다. 왜냐하면 러시아 민담집을 보면 이러한 말장난이 무수히 많이 나오기 때문이다. 그런데 여기에 두 사람의 미혼 여성을 내세워 그 말장난을 실천하러 나서게 하는 것은 그처럼 가벼운 농담이 개인의 삶에 어떻게 개입하는지 알게 한다. 그들이 미혼의 벽을 넘고자 남자를 찾아 나서는 것은 희극적이다. 그러나 그들이 만나게 되는 세 부류의 남자 가운데 그들이 선택한 남자들이 동성애자라는 것은 삶에서 우연성이 얼마나 크게 작용하는지 알게 한다. 우선 그들이 처음 보는 남자들에게 접근하고자 하는 것은 그들 생각 자체의 허구성을 말한다. 이 낭만적 허구성은 맹목적이어서 결국 그들의 기대를 저버릴 수밖에 없다. 그들은 두 시간 후에 만나기로 한 남자와 한 시간 후에 만나기로 한 남자 대신 눈앞에 나타난 남자에게 기대를 건다. 이러한 삶의 태도는 미래보다는 눈앞의 현재에 훨씬 큰 비중을 두는 요즈음 젊은이들의 사고방식의 한 단면이다.

하지만 그들의 기대는 어긋난다. 그들이 만난 두 남자가 동성애자이기 때문이다. 작가는 여기에서 독자에게 중요한 정보를 제공하고 있다. 그것은 우리 사회에 동성애의 풍조가 생겨나고 있는 현실을 보여주면서 두 여자가 농담처럼 던지는 말 속에 그들이 레즈비언이 될 가능성이 있음을 암시하고 있다. 그것은 성적인 억압이 남녀의 만남의 수월성을 허용하지 않을 경우 동성 사이의 사랑이라는 성적인 왜곡 현상이 나타날 수밖에 없다는 사실을 은연중에 보여주고 있다. 이와 같은 결말은 소설의 줄거리에 반전을 가져온다. 남자를 찾아 나선 두 여자가 서로 사랑하게 되는 것은 이성 간의 사랑을 추구해온 삶의 대전환을 뜻하기 때문이다.

이러한 전환은 「귀자와 시인」에서도 그대로 드러난다. 과부로서 딸 하나를 미국에 유학 보낼 만큼 성공한 '귀자갈비'의 주인은 한 시인의 집요한 편지를 받고 그것이 자신을 향한 청혼이라고 생각하고 고민 끝에 승낙하기로 결심한다. 그러나 그 시인은 청혼이 아니라 자신이 편집장을 맡을 계간 문예지의 출판을 제안한 것이다. 갈빗집 주인은 그것이 무슨 말인지 모르지만 자신의 딸이 오면 해결할 것으로 짐작하고 시인의 제안을 끝까지 청혼으로 받아들인다. 그런데 그녀가 이처럼 오해하게 된 이유는 그녀에게 그 시인을 소개한 여류 소설가의 말 때문이다. "이쪽은 시인이고, 오십에 가까운 노총각이에요"라고 한 말은 그녀의 머리에 주문처럼 새겨져서 그가 '마음의 결단'을 촉구하고 "우리의 삶의 여정에서 새로운 출발을 한다는 것은 쉬운 일이 아닐 것입니다"라고 말하며 "현명하신 결단은 저의 삶을 완전히 바꾸어놓게 될 것입니다"라고 하는 말을 청혼으로 오해하게 만든다. 그 오해가 그녀를 행복하게 할지 불행하게 할지 소설은 그 이전에 끝나기 때문에 알 수 없지만 오해가 인간의 운명을 바꿔놓는다는 것을 확실하게 보여준다. 그런 점에서 이 작품도 반전된 결말을 소설적 장치로 선택한 작품이다. 이 작품의 주인공은 오십대라고 하는 그의 나이에 걸맞게 결혼이라고 하는 제도에 대해 행복의 문이라 생각하고 있다.

반면 「교차로」에서 주인공은 결혼 생활이 자신의 날개를 묶어놓은 구속이라는 사실을 발견한다. 여자대학의 교수를 남편으로 둔 주인공은 어느 날 남편을 사랑한다고 주장하는 여학생의 방문으로 충격을 받는다. 그는 남편이 학회에 참석하기 위해 춘천으로 떠나자 그 뒤를 쫓아 춘천으로 간다. 처음에는 남편을 미행할 생각이었으나 기차를 타고 가는 동안 남편을 만나면 호수가 보이는 레스토랑에서 저녁을 먹고 싶어 왔다고 하겠다는 결심을 한다. 그러나 남편을 찾아가지 않고 낯선 카페에서 혼자 맥주를 마시다가 대학 시절에 연극을 함께했던 남자 친구를 만난다. 그와 함께 술을 마시고 '호수가 보이는 곳에서 저녁을 먹자'는 그의 제안에 따라 저녁을 먹고 그와 하룻밤을 보내며 사랑을 나눈 주인공은 비로소 남편에 관한 생각에서 벗어난 것을 느낀다. 그녀와 그는 함께 자신들에게 날개가 있고 그 날개로 날아보고 싶다는 생각을 한다. 그들의 만남은 '교차로'에서의 그것처럼 우연하게 이루어졌다는 점에서 당위성이 약해 보이지만, 각자가 일상의 늪에 갇혀 있다는 발견은 젊은 세대의 삶에 대한 태도를 엿보게 한다.

그러나 사랑에는 얼마나 많은 거짓이 개입될 수 있는지 「지상에서 가장 아름다운 밤」과 「관계의 비밀」은 보여주고 있다. 이 두 작품의 남자 주인공들은 자신의 육체적 욕망을 충족시키면서 자신의 행동이 사회적 지탄의 대상이 되는 것을 두려워한다. 그들은 자신의 사회적 지위를 이용해 제자와 불륜의 관계를 가지면서 그것을 사랑인 것처럼 가장한다. 이 작품은 그 위선의 정체를 통해 남성의 횡포를 드러내고 육체의 속임수에 의해 사랑의 이름으로 여성이 당하는 피해를 보여주고 있다.

남성들에게서 나타나는 다른 여자의 추구 현상은 이 작가의 대부분 작품에서 나타나는 보편적인 현상이다. 아내가 가출한 주인공이 아내를 기다리다가 아내와 닮은 여성과 함께 호텔에서 하룻밤을 보내는 「개만도 못한 소망」은 남자의 그런 욕망이 배반당하는 이야기이다. 그러니까 여기에 수록된 작품들에는 진지한 사랑보다는 일시적 욕망을 해결하고자 하는 사랑이 훨씬 많이 나온다. 그것은 어떻게 보면 사랑의 신화를 믿지 않고 사랑을 즉물적으로 생각하는 새로운 세대의 가치관과 풍속을 적나라하게 보여준다. 오늘의 세태가 젊은이들에게 사랑의 진실을 인정하지 않게 만든다는 것을 이 작품들은 표현하고 있다. 「위험한 상상」에서 스승을 짝사랑하던 여자 고등학생이 자살로 자신의 삶을 마감하는 것은 진실한 사랑의 불가능성을 이야기하기 위한 것처럼 보인다. 자신의 사랑이 전달될 수 있는 의사소통의 길이 막힌 상황에서 스승과 성적 접촉을 가진 것으로 상상하고 그것을 글로 남긴 주인공은 죽음을 선택한다. 그것이 과연 자살을 할 만한 충분한 이유인지는 쉽게 납득되지 않지만, 그러나 그녀의 자살은 그런 상상이 어떤 결과를 가져올지 고려하지 않고 그것을 통해 자신의 억압된 성적 욕망을 충족시킨 죄의식에 기인하지 않을까 추측하게 만든다. 그녀의 불어 교사는 자신의 의도와 상관없이 제자와 불륜의 관계에 빠졌다는 오해를 받고 곤경에 처한다. 여기에는 스승과 제자 사이의 사랑이 허용되지 않는 사회적 통념이 억압적인 요소로 작용하고 있다. 그리고 이미 성장한 개인을 독자적 인격체로 인정하지 않는 이런 억압이 있는 한 그 사회에는 자살과 같은 비극이 있거나 그렇지 않으면 위선이 지배하게 된다.

그런 점에서 「올림피아호텔 입구의 회전문」도 남성의 위선적인 모습을 그리고 있다. 그것은 작가가 가지고 있는 남성에 대한 편견 때문이라기보다는 남성 중심의 우리 사회가 가지고 있는 어떤 모습의 한 단면이라고 할 수 있다. 그러나 이 작품에서 작가가 시도하고 있는 것은 시점의 차이에 관한 실험이다. 대학교수 남편과 대학 입시에 실패한 아들을 둔 아내와, 그 교수를 애인으로 두고 전남편과의 사이에 난 딸을 키우는 잡지사 사장인 이혼녀가 서로 만나러 가는 이야기를 두 사람의 교차하는 시점으로 그리고 있는 이 작품은 삶이란 각자에게 절실하고 진실한 것이지만 상대편의 시점을 인정할 수 없는 것임을 뚜렷하게 보여주고 있다. 아내는 남편보다는 아들의 장래를 걱정하기 때문에 아파트를 팔아서 아들과 함께 미국으로 갈 수 있게 되기를 꿈꾸며, 애인은 남자의 아내가 아들과 함께 미국으로 가기를 원하면 돈을 댈 수도 있다고 생각한다. 여기에서 문제가 되고 있는 것은 윤리적인 문제도 아니고 사랑의 문제도 아니다. 그것은 아내에게는 아들의 장래가 중요하고 애인에게는 남자의 소유가 중요한 것이다. 그런데 그들이 같은 순간에 동일한 호텔의 회전문에 들어선다는 것은 그들의 삶이 일치하는 순간을 상징적으로 보여준다.

이 작품집에 실린 작품들은 비교적 소품들로서 일상적 삶을 경쾌하게 다루고 있지만 그 작품들이 포착한 삶의 순간은 결코 간과할 수 없는 것들이다. 특히 마지막에 실린 「초대받지 못한 그림들」은 중편소설로서 상당한 서사적 구조를 갖춘 무게 있는 작품이다. 한 화랑의 큐레이터가 다른 화랑에서 성공적으로 열린 이름 없는 전시회의 전말을 밝히고 있는 이 작품은 이중의 구조로 되어 있다. 하나는 큐레이터의 현재의 삶이고, 다른 하나는 이름이 밝혀지지 않은 화가의 일생이다. 큐레이터로 일하고 있는 주인공은 자신의 화랑에서 기획하지 못한 전시회가 다른 화랑에서 성공적으로 열리자 상사에게 질책을 받고 그 보고서를 쓰기 위해 진상 조사를 시작한다. 이를 계기로 '초대받지 못한 그림들'의 작가를 찾아 나서고 그 그림들의 전시회가 어떻게 가능했는지 알게 된다. e.e로 표시된 작가는 초등학교 시절부터 그림의 소질을 인정받았으나 교사에게 외면당했고 대학 졸업 작품 전시회에서도 심사위원들의 비위를 거슬러 작품의 우수성에도 불구하고 전시되지 못했던 경력의 소유자이다. 그러한 작가가 5개월 전에 99화랑에서 개인전을 가질 수 있었던 것은 그 화랑 주인의 아이를 갖게 되었기 때문이고 '초대받지 못한 그림들' 전람회를 갖게 된 것은 옛 애인의 죽음을 앞에 두고 그의 어머니 호의에 의해 이루어진 것이다. 이러한 현실은 문학이나 예술에서 대부분의 제도가 객관적으로 공정하게 운영되는 것이 아니라 개인적인 이해관계나 친분 관계에 의해 주관적으로 운영되는 현실을 드러낸다. 그것은 작가 자신뿐만 아니라 우리가 현실적인 제도에 뿌리 깊은 불신을 갖게 되는 이유를 설명해준다.

실제로 대부분의 작품에서 사람들 사이는 불행한 관계로 서로 어긋나고 뒤틀리고 있다. 우리의 삶이 불행한 것은 바로 그 어긋나고 뒤틀린 데서 연유한다. 가정도 있고 아내도 있고 남편도 있고 자식도 있는데, 우리가 행복하게 느끼지 못하는 이유는 우리의 일상적 삶에서 사람과 사람 사이의 관계가 어긋나 있고 뒤틀려 있기 때문이다. 작가는 여기에서 삶의 그 비극성을 겉으로 내색하지 않고 경쾌하게 그려내는 재능을 보여주고 있다. 비극은 무겁고 장중해야 한다는 고전적 명제를 넘어서는 재능은 비범하다고 할 수 있다. 게다가 이 작품들은 소설에서 사용되는 여러 가지 기법들이 어떻게 적용되고 있는지 알게 하고, 줄거리를 엮는 방법, 시간과 장소의 이동, 시점의 다양한 제시, 우연과 필연의 적절한 배분 등을 통해 소설의 이해에 도움을 받을 수 있게 해준다. 소설을 쓰고자 하는 사람들에게 소설이 무엇인지 생각할 수 있는 기회를 제공하는 작품집이다.